한번 읽어두세요!

조영남

영원한 친구로
손고 싶습니다.

Patti

그녀, 패티김

일러두기

1. 이 책은 패티김, 조영남이 2011년 8월부터 12월까지 매주 1~2회, 매회 3~4시간씩 나눈 이야기를 중심으로 구성한 것입니다. 약 3,500매 내외 분량의 원고를 현재의 분량으로 조영남이 재구성하였습니다.

2. 인물과 사건에 대한 추가 정보가 필요한 사항, 상황을 설명하거나 조영남의 코멘트가 필요한 부분에는 본문의 하단에 각주를 덧붙였습니다. 해당 각주를 지정하고 정리한 것은 조영남으로, 각주에서 본인은 '조영남'으로, 패티김은 존칭 없이 '패티김'으로 지칭하였습니다. 아울러 각주에 언급하는 모든 인물에 대해서는 존칭을 생략했습니다.

3. 본문의 내용 중 일부 맞춤법에 어긋나는 표현 등은 대화의 느낌을 살리기 위하여 그대로 둔 것입니다.

4. 책 뒤에 실린 패티김의 '주요 연보', '최초의 기록', '주요 수상 내역', '연도별 주요 발표곡', '주요 앨범' 등은 패티김의 소속사인 (주)피케이프로덕션에서 제공한 자료임을 밝힙니다.

5. 본문 및 각주의 내용은 대부분 패티김, 조영남의 기억에 바탕을 둔 것으로 일부 사실의 확인 및 보완을 위해 음악평론가 신현준 등이 함께 작업하여 펴낸 책 『한국팝의 고고학 1960/1970』(한길아트, 2005)을 주로 참고하고, 인터넷 검색 자료 등을 활용하였음을 밝힙니다.

그녀, 패티김

조영남 묻고, 패티김 이야기하다

조영남 지음

"날더러 자꾸 국민가수라고 하는데 저는 국민가수가 아니에요."

"그럼, 어떻게 불리시길 바라세요?"

"그냥 가수라고 불러주세요. 저는 가수 패티김입니다."

맞는 말이다.

가. 수. 패. 티. 김.

그녀에게 가장 잘 어울리는 말이 아닐 수 없다.

몇 차례인가 이곳저곳 패티김 콘서트를 다녀봤다. 나는 패티김 선배와 공연도 해봤고, 이미자, 패티 선배와 함께 빅3공연도 해본 적 있고, 물론 해외공연도 몇 차례 다녀본 적 있다. 그러면서 나는 저 선배들이 언제까지 저렇게 노래를 부를까, 늘 궁금했었다. 그때마다 패티 선배의 반응은 "나는 무대에서 쓰러지는 날까지 노래 부를 거야."였다. 그런 식이었다. 내 기억엔 그렇게 남아 있다.

그런데 2012년 돌연 은퇴를 선언하고 나섰다. 패티김의 은퇴 선언은 놀라지 않을 수 없는 일이었다. 뒤돌아보니 우리 가요사에 길이 남을 한 가수의 은퇴 선언은 이제껏 없었던 것 같다. 패티 선배의 성격상 한 번 말한 것은 자신의 자존심을 위해서도 지켜갈 것이라고 나는 생각한다.

"패티김이 은퇴를 한다." 그건 나한테만은 매우 충격적인 사건으로 다가왔다. 왜냐하면 패티 선배님께서 은퇴 선언을 하시는 것이 마치

'자! 나도 은퇴를 하니, 이젠 영남이 너도 은퇴를 해야 하지 않겠니?'
하는, 그런 소리로 들렸기 때문이다.

패티 선배의 은퇴 선언 이후 아니나 다를까 나한테도 똑같은 질문
이 들어오기 시작했다. 나는 워낙 은퇴 같은 걸 준비해본 적이 없기
때문에 얼결에 이렇게 대답하고야 말았다.

"나는 맥아더 장군식으로 할 겁니다. Old soldiers never die, they
just fade away. 노병은 죽지 않는다, 다만 사라질 뿐이다."

이 말을 인용하는 것은 딴 뜻이 아니라 나는 적당히 우물우물하다
가 은퇴 선언 없이 대충 사라지겠다는 의미다.

이것이 운인지, 아닌 건지는 몰라도 은퇴를 맞아 패티김의 자서전
은 뜻밖에 내가 맡는 것으로 공식 절차를 밟게 되었다. 출판사도 내가
관계된 곳으로 정해졌다. 나는 몇 번인가 책을 낸 경력이 있었기 때문
이다. 그러니까 이 책은 은퇴 기념 패티김, 김혜자의 일생을 다룬 자
서전이자 평전인 셈이다. 패티김을 소재로 한 최초의 책이자, 최후의
책일지도 모른다. 지금까지 내가 아는 한 그렇다.

나는 이 책을 작업하면서 같은 시대를 산 선배이자 동료격인 가수
의 이야기를 쓴다는 게 매우 어쭙잖게 여겨졌다. 읽어보면 알게 되겠
지만 일반적인 상식상의 자서전이나 평전과는 크게 다르다. 가수의
평전이건 자서전이건 책은 무조건 재미있게 읽혀야 한다는 이유 때문
에 내 딴에는 새로운 스타일의 책을 만들기로 작정을 했다. 그것은 단
호하고 엄격하면서도 한편 한없이 귀여운 패티 선배의 어투를 최대한
살린다는 것이었다. 내 경험상 책에다 쓸 수 있는 내용이 있기도 하
고, 써서는 안 되는 내용도 있는 법이다. 그러나 나는 최대한 담을 수

있는 범위까지 담았다고 본다. 패티 선배의 인생을 듣다보니 함께 지내온 우리 대한민국 대중음악계의 추억이 새록새록 떠올랐다. 패티김의 인생을 돌아보다보니 몇십 년의 세월이 단숨에 머릿속을 스쳐지나갔다.

나는 지금까지 패티 선배의 명령을 거스르거나 어겨본 적이 없다. 그러면서 수십 년 동안 옆에서 지켜봤다. 패티 선배님은 한점 부끄럼 없는 나의 좌표이자 모델이었다. 은퇴하는 방식만 빼놓고.

은퇴를 했다고 패티 선배의 마지막 행보가 궁금하지 않을 것인가. 나는 지금부터 그게 궁금해지기 시작한다. 은퇴 이후의 패티김!

이 책을 내는 것에 기꺼이 동의해준 돌베개 출판사의 한철희 사장, 책이 나오기까지 애써준 SBS이남기 사장, 안재영 대표, 권철호 사장 그리고 함께 만든 이현화에게 새삼 감사의 말을 전한다.

2012년 4월
조영남

차례

'따르르릉.'

내 집 전화가 울렸다. 저쪽에서 먼저 소리가 들려왔다.

"영남이니? 나 패티야."

"웬일이세요?"

"너 덥지?"

"예, 여름이라 더워요."

"얘. 너 냉면 좋아하니?"

"냉면 좋죠."

"내가 아는 데가 있는데 신사동 강서면옥. 내일 거기에서 너하고 나하고 둘이서 냉면 한그릇 먹자. 열두 시에."

내가 평소에 꼼짝 못하고 모시는 중전마마가 딱 두 분 계신다. 패티김과 이미자 선배님이시다. 중전마마이자 누님들이시다. 그중 '끗발' 날리는 중전마마 패티 누님이 전화를 주신 거다.

무슨 일일까. 왜 느닷없이 냉면을 먹자는 걸까. 이런 적은 없었다. 다른 때는 전화의 의미가 무엇인지 대충은 짐작할 수가 있었다. 대충 방송출연 관계나 음악프로그램에 관한 미팅 뭐 그런 거였다. 내 쪽에서나 누님 쪽에서 축하할 일이 생겼다거나 이러이러한 사람이 꼭 만나고 싶어 하니까 자리 한 번 만들자거나 뭐 그런 거였는데 이번엔 다르다. 오리무중이다. 캄캄하다. 전혀 모르겠다. 그렇다고 대선배께 왜 냉면을 먹어야 하는 거냐고 대놓고 물을 수도 없다. 무슨 일일까. 도무지 모르겠다. 짐작도 안 간다. 게다가 단둘이 냉면을 먹는다는 대목은 의미가 심각하다는 쪽으로 감지가 된다.

시간에 맞춰 약속장소에 나갔다. 패티 누님의 약속은 칼이다. 어색하고 어설픈 쌍방인사가 끝나고 우리 둘은 구석 테이블에 앉았다. 단골이라는 표시가 났다. 주문을 따로 안해도 나오는 음식이 있었기 때문이다.

패티 누이가 먼저 얘길 꺼냈다. 둘만 마주 보며 앉아 있는데도 뭔가 비장한 표정이 역력했다.

"영남이!"

"네?"

"나, 은퇴한다. 2012년에. 너**는** 어떻게 생각하니?"

보통의 경우 '너 어떻게 생각하니?' 하는데 누님은 꼭 '너는 어떻게 생각하니?' 하시면서 '**는**'이라는 조사를 꼭 제자리에 넣어서 사용하신다. 그런 식이어서 패티김을 잘 모르는 사람의 귀에는 늘 한국말을 어디선가 따로 배운 건가, 하고 서툴게 들릴 수가 있다.

은퇴라는 심각한 얘기를 처음 듣고 나는 그냥 잠자코 있었다. '너무

늦은 거 아니에요?'하고 장난삼아 얘기하고 싶었지만 그럴 상황이 아
닌 듯했다. 정말 놀랐다. 냉면을 먹으면서 은퇴 얘기를 나한테 들려줄
줄은 꿈에도 예상 못했다. 얘기가 이어졌다. 만남의 목적이 일단 제시
됐다.

"은퇴 기념으로 내 자서전을 내기로 했어. 내 회사에서 모든 직원들
과 여러 모양으로 의논해봤는데 영남이 네가 내 자서전 쓰는 걸 도와
주는 게 제일 적합하단 결론이 나왔어. 냉면 먹으면서 이야기하자."

이 책『그녀, 패티김』은 이렇게 시작되었다.

그녀, 패티김

1부

운명

가수가 되어보는 건 어때

조　누이, 우리가 우선 정해야 하는 아주 중요한 문제가 있어요.

김　그게 뭔데?

조　점심에 뭐를 먹을 거냐, 하는 거요. 나가서 먹을 거냐, 시켜서 먹을 거냐. 시켜서 먹을 거면 두 가지가 있어요. 중국요리와 일본요리. 일본요리로는 회덮밥하고, 메밀국수가 있고. 중국요리는 뭐 기스면[1], 짜장면, 짬뽕, 볶음밥, 류산슬[2] 그런 게 있어요.

김　류산슬 그게 뭐니?

조　해삼하고 해물 들어 있는 거. 그리고 잡탕밥도 있어요.

김　요새[3] 회 먹는 거는 조금 조심하는 게 좋고. 나는 짜장면. 여기 잘해? 맛있게 해?

1　기스면은 한자로 쓰면 계사면(鷄絲麵)이다. 가느다란 면에 닭고기 국물을 부어서 만든다.
2　류산슬은 한자로는 유삼사(溜三絲)라고 쓴다. 고기와 여러 가지 해산물을 가늘게 썰어서 볶아 만든 중국요리의 하나다. 녹말을 이용해서 국물이 조금 걸쭉한 특징이 있다.

조　캬하. 패티 누이 책 땜에 처음 만난 자리에서 모두 모여 짜장면을 먹는다. 이거 좋다. 아유 재밌어. 이거 좋아. 근데 음식은 제 경험으로 보면 재수가 100프로예요. 어디 가서 뭐가 맛있었다. 하는 것도 틀린 이야기예요. 내가 얼만큼 배가 고팠느냐, 그날 요리사가 잘했느냐에 따라 달라져요. 재수 있으면 맛있는 거 먹고, 재수 없으면 꽝인 거죠.

김　얘, 옛날에는 생일 때나 졸업 때, 입학식 때 뭐 무슨 잔치 때 짜장면에다 그거 뭐, 탕수육이 최고였잖아. 중국음식에는 옛날에 먹던 추억 같은 게 있어.

조　하하하.

김　그래서 나는 가끔 먹고 싶은데, 작은 짜장면집은 아무래도 내가 들어갈 수도 없는 입장이잖니. 작은 짜장면집들이 맛이 있는데. 큰 중국집에 가면 옛날 맛이 아니야. 지금 시키는 집은 맛이 어떠니?[4]

조　자주 시켜먹는 집이에요.

김　네가 자주 시켜먹는 집이면, 맛이 있겠지.

조　점심은 해결이 이제 됐고. 처음으로 집밖에서 노래한 게 언제에요? 노래로 데뷔한 거요. 집밖에서.

3　이 책을 위해 패티김과 조영남이 본격적으로 이야기를 나누기 시작한 것은 2011년 8월 31일이다.

4　패티김, 조영남, 돌베개 출판사 이현화, 때때로 패티김 사무실 안재영 대표, 패티김 막내동생 김정미 등은 주로 청담동 조영남 집에서 만나 이야기를 나누었다. 점심을 해결하는 것도 이야기를 나누는 것만큼이나 중요한 문제로 여겨졌다. 처음 만난 날은 중국집에서 짜장면과 짬뽕을 시켜 먹었다. 어느날은 메밀국수와 회덮밥, 어느날은 피자, 어느날은 샌드위치 등 배달이 가능한 음식들을 돌아가며 먹었다. 배달음식에 싫증 난 패티김은 직접 음식을 실어나르기도 했다. 조영남 집에서 25년여를 함께 해온 주복순 할머니가 교회에 간 날, 갈비탕·만두·각종 나물이 박스에 담겨 조영남 집 식당을 꽉 채웠다. 조영남 집에 변변한 식기조차 없을 거라고 생각한 패티김은 밥그릇, 국그릇까지 몽땅 싸왔다. 그 이후로도 배달 행진은 작업이 끝날 때까지 계속 되었다.

김 1958년 후반쯤?

조 58년! 그때가 몇 살이었어요?

김 만으로 스물한 살 정도였을 거야.

조 그전에는 뭐하고 있었어요?

김 고등학교 졸업한 뒤 곧장 취직자리 알아보러 다녔지. 무작정 명동을 다녔어. 내가 월사금을 제대로 못 내서 남들보다 늦게 졸업장을 받았어. 그 당시에 집안 형편이 좀 어려웠거든. 그때는 나만 그런 게 아니야. 월사금을 못 내면 몇 달 후에 돈을 내고 졸업장을 찾아가는 일이 많았어.

그런데 집안 형편이 어렵긴 했어도 우리 형제들은 다 대학에 갔어. 중퇴를 하더라도 문앞에는 다 갔다왔어. 근데 나만 대학을 안 갔어. 나도 가려고만 했으면 갔겠지. 대학 안 간 건 내가 가기 싫어서 그랬어. 나는 고등학교도 어렵게 졸업하기도 했지만 일찍부터 돈을 벌어야겠다는 생각을 했어. 그 당시에 여자들이 대학을 가는 거는, 아주 공부벌레거나 뭔가 전문적인 공부를 하겠다고 생각한 사람들 말고는 대부분 시집을 가기 위한 간판을 만들기 위해 들어가는 일이 많았거든. 그래서 대학 들어가 1, 2년 다니다가 시집들을 가. 다 중퇴야. 그런 걸 많이 봐서 나는 대학을 들어갈 생각을 아예 안했어. 괜히 시집 잘가려고 그 어려운 대학을 왜 돈 들여서 가나, 다른 애들 대학 가서 놀다가 적당히 시집을 갈 때 나는 얼른 사회 나가서 돈을 벌어야겠다 생각했지. 그리고 명동 거리를 무작정 나가서 돌아다녔어. 그때는 직원 구함, 이런 것들이 명동 시내 전봇대에 많이 붙어 있었으니까. 길거리 상점 문에도 많이 붙어 있었지.

조 뭘 하고 싶었어요?

김 내가 제일 하고 싶었던 건 스튜어디스였어. 비행기 타고 외국에 수시로 나가고, 넓은 세상을 보며 살고 싶었지. 그게 안 되면 외교관 한테 시집을 가는 거. 그러면 외국을 다 볼 수 있겠다, 생각이 들었거 든. 그다음에는 아나운서였어. 어릴 때부터 목소리 예쁘단 얘기를 항 상 들었기 때문에 아나운서라면 잘할 수 있겠다, 싶었거든. 그런데 그 과정이 참 힘들더라고.

조 하하. 가수 패티김이 스튜어디스를 하고 싶었다. 재밌는데요.

김 어릴 때부터 외국에 대한 동경이 참 컸어. 여기가 아니라 저 먼 세상에 대한 환상 같은 거 말야. 그런데 살다보니까 내가 스튜어디스 나 외교관 부인 이상으로 외국을 많이 다니게 됐지. 그렇게 어디 가서 뭐를 하나 궁리를 하면서 여기저기 쏘다니고 다녔지.

조 가수가 된다는 거는 생각을 못했구요?

김 그거는 꿈에도 생각을 못했어.

조 하기는 가수가 되는 것도 쉬운 일은 아니었을 테니까.

김 그래서 슬슬 명동 거리를 다니는데, 그렇게 다닌 지 얼마 안 됐 을 때야. 우리집에 항상 기타를 들고 놀러오던 오빠 친구를 길에서 우 연히 만났어. 곽준용이라고 벌써 돌아가셨는데 우리 둘째오빠의 아주 친한 친구였지. 자주 우리집에를 놀러왔는데 우리 형제들이 다 노래 를 잘하니까 그 오빠는 오면 맨날 기타를 치고 우리는 거기에 맞춰서 노래를 불렀어. 대부분 팝송이었지. 아니면 가곡이거나. 그 오빠가 내 운명을 바꿔준 거야.

조 하하.

김 직장 구하러 다닌 지 얼마 되지도 않아. 내 기억에 몇 주도 안 된 거 같아. 뭐 매일 나간 것도 아니니까. 그런데 그 준용이 오빠를 딱 만났어. 그 오빠가 날 보더니 "혜자야.[5] 너 뭐하니?" 그래서 "저 직장 구하러 다녀요." 그랬더니 그 오빠가 느닷없이 "너 노래 해보지 않을래? 너 노래 잘하는데, 노래 해보지 않을래?" 그러는 거야. 그 이야기를 들으니까 귀가 뻥, 하고 터지는 느낌이 들더라. 그때까지 가수가 된다는 건 상상도 못했는데, 어떻게 가수가 돼? 어디 가서 어떻게 가수가 되는지 생판 몰랐으니까. 그래서 "내가 가수가 될 수 있어요?" 그랬더니 "너 노래 잘하는데, 내가 소개해줄게." 그러는 거야. 알고 보니까 그때 그 오빠가 화양주식회사[6] 기타리스트였던 거야.

조　화양주식회사면 미8군[7] 상대로 공연을 주로 했던 그 화양주식회사였겠네?

김　맞아. 바로 거기야. 그러더니 며칠 후에 누구를 소개를 해주겠다, 그러는 거야. 그 오빠는 우리집에 자주 왔다갔다 하고, 우리 어머니한테도 어머님, 어머님 했기 때문에 나를 아무한테나 소개할 수는 없었겠지. 그러니 책임감을 느꼈을 거야. 그러더니 며칠 후에 나를 데

5　패티김의 본명은 김혜자다. 어떻게 패티김이 되었는지는 조금만 더 읽어보면 나온다.

6　화양주식회사의 원래 이름은 화양흥업이다. 군대가 들어서면 군인들을 위한 위문공연이 필수적이다. 주한미군 역시 위문단이 필요했다. 처음에는 미국의 본토 연예인들이 많이 왔고, 이때 수많은 미국 연예인들이 우리나라를 찾았다. 하지만 이들로는 한계가 있었다. 그래서 한국의 가수와 연주자, 무용수, MC들이 무대에 서기 시작했다. 이들이 개별적으로 각 부대나 클럽 등과 접촉하여 무대에 서게 되자 쇼단이 너무 많아져서 체계적인 관리가 필요해졌다. 그러자 미8군 사령부는 한국정부와 협의, '미군 전문 연예인 용역사업'의 틀을 잡기 시작했다. 이때 최초로 등장한 용역업체가 바로 화양흥업이고 이곳에서 연예군납회사인 '한국흥행회사'를 차렸다.

7　우리나라 대중음악사를 말할 때 미8군 무대를 빼놓을 수 없다. 당시 우리나라는 한국전쟁이 끝나고 폐허가 되다시피 한 상황이었다. 그때 음악으로 먹고 살아야 했던 많은 음악인들에게 미8군 무대는 최고의 밥줄이었다. 미8군이란 한국에 임시 체류했던 미국육군제8군을 말한다. 영어로 'Eighth U. S. Army'라고 하는데 쉽게 말해 주한미군(USFK)의 육군을 지휘하는 조직. 주한미군은 제2차 세계대전 뒤에 일본에 자리를 잡았다가 한국전쟁 참전을 계기로 서울 용산을 중심으로 우리나라 전역에 흩어져 주둔했다.

리고 베니김[8] 씨한테 간 거야. 베니김 씨가 누구냐면 화양주식회사 전무 있잖니. 트럼펫도 연주하던. 이해연[9] 씨 남편이기도 하고. 너도 알지? 그때 이해연 씨가 「단장의 미아리고개」로 어마어마하게 큰 히트를 치고 있었거든. 근데 그 오빠가 나를 그 베니김 씨 댁에 데리고 간 거야.

조　　으음, 집으로요?

김　　집으로! 준용이 오빠가 베니 선생한테 노래를 아주 잘하는 애가 있다고 미리 얘기를 했겠지. 명동에서 오빠 만나고 며칠 후야. 어디를 가자니까 줄레줄레 쫓아갔지. 교복 벗고 얼마 안 지났으니 내가 옷이나 있었겠니? 언니들이 자기네 옷을 입히고, 머리도 해주고 그래서 그럭저럭 차려 입고 따라나섰지. 거기서 베니김 선생을 처음 만났어.

조　　베니김이 화양의 역사에서 중추적인 역할을 했잖아요. 음악적으로도 그렇고 비즈니스도 그렇고. 미8군에서 공연하던 쇼단이 여러 개가 있었는데 그중에서도 화양이 최고였고, 그중에서도 베니김이 최고였지. 화양연예주식회사가 정식 이름이었을 거예요.

김　　너도 화양에 잠깐 다녔었지?

조　　그럼요. 나야 베니김이 있던 그 쇼단은 아니었지만.

김　　너는 그럼 어떤 악단에 있었니?

8　　베니김은 앞에서 말한 화양흥업을 이끈 사람이다. 본명은 김영순. 트럼펫 연주자이자 「단장의 미아리 고개」를 부른 이해연의 남편이다. 서울대 치대 출신으로 미8군 무대에서 자신의 이름을 딴 '베니쇼'를 이끌었는데 트럼펫 연주자로 활동 당시에 역시 서울대 치대에 다니던 길옥윤, 음대에 다니던 송민영과 함께 스윙밴드인 '핫 팟'(Hot Pot)을 결성하기도 했다. 이때 경기중학교 3학년이던 박춘석이 함께 섞였다는 게 놀랍다.

9　　일반인들에게 「단장의 미아리 고개」로 알려진 이해연은 미8군쇼에서는 주로 패티 페이지 등 재즈 가수의 노래를 부르는 것으로 유명한 가수였다.

조　에이 추레인(A Train).[10]

김　아아, 에이 트레인.[11]

조　A급이었죠, 그때.

김　A급이었지.

조　누이가 처음부터 그 전설적인 베니김을 만날 수 있었다는 게 정말 신기해요.

김　그러니까 나의 운명이야.

조　운명이야. 베니김이 화양에서도 중추적인 역할을 하고 그 베니쇼[12]가 톱 A클래스였잖아요.

김　톱 A중의 A였지.

조　A였죠. 부인이었던 이해연 씨가 그 쇼의 대스타였잖아. 그런데 베니김 씨한테 가서 처음에 뭐했어요. 기억나요?

김　기억나지. 베니김한테 딱 갔는데, 그 집 응접실로 나를 데려가더라. 쪼끄만 응접실인데 피아노가 있더라고. 그러더니 잠시 후에 베니김 선생이 나오시더니 나더러 무슨 노래를 할 줄 아느냐고 물으시대? 그때 내가 제일 잘한 게 「You don't know me」[13]와 「Memories

---

10　화양흥업은 후에 네 개의 방계회사를 거느린 국내 최대 흥행단이 되었다. '토미 아리오쇼', '쇼오브쇼', '쿨캐츠쇼', '에이 추레인쇼', '쇼보트쇼', '뉴스타쇼' '스프링 버라이어티쇼' '할러데이 어라운드쇼' 등 기라성 같은 쇼단이 수두룩했다. 화양을 선두로 하여 지금의 연예기획사 같은 용역업체들이 설립되었다. 이들 역시 2~30개의 쇼단과 밴드를 거느렸다. 이런 쇼단과 밴드를 이끄는 건 연주와 편곡, 작곡에 두루 능한 악단장들이었다. 악단장은 흔히 '마스터'로 불렸는데 이들 중 상당수는 60년대 중후반 등장한 민영방송사의 전속 악단장으로 명성을 이어나갔다.

11　조영남이 영어 발음을 대충 해서 말하면 패티김은 그걸 받아서 다시 정확하게 발음을 해주곤 했다.

12　베니쇼를 이끈 김영순은 당시 미8군쇼의 대부격이었다. 베니쇼에는 베니김과 이해연은 물론, 박형준, 현시스터스, 조광 등도 무대에 올랐다. 트럼펫 연주로 유명한 최상룡과 색소폰 연주자 길옥윤도 베니쇼 무대에 섰다.

are made of this」[14]였어. 학교 다닐 때 친구들에게 가르쳐주기까지 했으니까 자신이 있었지. you give your hand to me and then you say hello. 이거하고 you, you, you, 따라라라라.[15] 저 딘 마틴이 불렀던 노래야. 그렇게 두 곡을 불렀어. 선생님이 피아노를 치시고 곽준용 오빠는 옆에 서 있고. 내가 얼마나 떨었겠니. 키는 장대같이 큰 애가 보나마나 벌벌 떨고 있었겠지.

그 시대에 내 키는 너무 컸어. 168센티미터였는데 웬만한 여자나 남자보다도 머리 하나가 더 컸으니까. 어떻게 했는지도 몰라. 그랬더니 베니 선생이 준용이 오빠를 보고, "아, 굉장히 소질이 있는데?" 그러는 거야. 유망하다고. 그러면서 날더러 "가수 되고 싶으냐?" 묻더라. 그래서 "네." 그랬지. 그랬더니 그러면 자기네 집에 와서 레슨을 받으라는 거야.

그래서 그 뒤 2, 3일 후에 갔겠지? 그때 어머니가 같이 가주시더라고. 베니 선생한테 가서 정식으로 어머니가 인사를 하시면서, "제가 곱게 키운 딸입니다. 허튼 짓은 안하는 아이고, 한번 한다면 하는 아이입니다. 선생님한테 이제 맡기니까 잘 인도해주십시오." 그렇게 어머니가 정식으로 나를 선생님한테 넘기신 거지. 오빠들이나 아버지 몰래 어머니만 허락을 하셨어.

그래서 노래 인생이 시작이 된 거야. 그렇게 노래 연습을 하면서 한

13　　이 노래는 여러 가수가 불렀다.
14　　딘 마틴(Dean Martin, 1917~1995)의 노래다. 미국의 대중가수이자 영화배우였던 딘 마틴은 부드러운 바리톤 음성으로 인기를 얻었으며, NBC에서 자신의 이름을 딴 '딘마틴쇼'로도 인기를 끌었다.
15　　노래 이야기만 나오면 패티김은 몇십 년 전 일도 단번에 기억을 해냈다.

편으로는 견습생처럼 쇼를 보러 다녔어. 공연이라는 게 어떻게 흘러가는가를 알아야 되니까.

근데 그때부터 문제가 생겼어. 왜냐, 밤늦게 집에 오니까. 미군부대가 있는 오산도 가고, 파주도 가고 이러는데, 보통 덜컹거리는 트럭을 타고 다녔잖니. 열한 시쯤 도착할 거다, 그러면 열두 시도 될 수 있고 새벽 한 시도 될 수 있지. 길도 안 좋고. 그렇게 늦으면 전화가 있니, 뭐가 있니. 어머니는 큰오빠한테 들키면 야단이 나니까, 일찍 잔다거나 결혼한 큰언니네 놀러갔다거나, 뭐 그렇게 대충 둘러대시고는 내가 올 때쯤 되면 집에서 입는 옷을 가지고, 큰길가에서 기다리시는 거야. 우리를 태워다주던 트럭이 내리는 데가 있었어. 집에서 조금 나와야 했지. 좁은 길은 트럭이 못 들어가니까.

조　거기가 어디였어요? 그 장소가.

김　흑석동 어느 길가였겠지. 그때 거기 살았으니까. 어머니는 밤길에 서서 나를 기다리셨어. 내가 여름에 시작을 한 걸로 기억을 하는데 가을, 겨울까지 그렇게 내가 늦을 때마다 기다리셨지.

조　그때 누이가 흑석동에 살았어요?

김　흑석동에 살았지. 우리가 살던 흑석동 그 집 안채에는 큰 방이 두 개나 있었고 사랑채에 방이 두 개, 큰 대문과 중문 사이에 문간방 하나가 있었어. 큰오빠는 독방을 쓰셨고, 어머니는 안방에서 나와 내 바로 밑 동생 영숙이, 막내 정미를 데리고 주무셨지. 어머니와 정미가 같은 이불을 덮고, 나랑 영숙이가 같은 이불을 덮고 잤어. 그러고 오빠 둘이 같은 방을 쓰고, 언니 둘이 같은 방을 쓰고 살았어.

큰오빠는 책을 읽으시다가 내가 안 보이니까 어디 갔느냐고 찾으면 어머니가 이렇게 저렇게 핑계를 대시면서 막 둘러대셨겠지. 그러다 내가 올 때가 되면 밤늦게 큰길가로 나오셔서는 집에서 입던 옷을 입히시고 나를 몰래 데리고 집으로 들어가셨지. 내가 계속 집에 있던 것처럼. 그렇게 어머니가 감춰주셨어. 그렇게 시작을 했어.

조　아버지는요?

김　음. 아버지 이야기는 좀 나중에 하자.

조　그러세요, 그럼. 처음에는 공연만 보러 다니고 그때는 노래는 안했어요?

김　처음에는 노래 안하고 공연을 보러만 다녔지. 공연을 보고 있자니 하루라도 빨리 무대에 오르고 싶은 마음이 얼마나 컸겠니? 누가 시키지 않아도 저절로 연습을 열심히 하게 되더라. 프랭크 시나트라[16], 로즈마리 클루니[17], 도리스 데이[18], 패티 페이지[19] 등 좋아하는 외국 가수들 노래를 부르며 연습을 했는데 어떤 때는 그 사람들 흉내를 내보기도 하고, 어떤 때는 또 내 스타일로 만들어서 불러보기도 했어. 그때 나는 영어 공부도 참 열심히 했다. 팝송을 워낙 많이 외워 불러서 영어 발음에는 자신이 있긴 했는데 그것도 학교 다닐 때의 이야기지. 막상 미8군쇼 무대에 선다고 생각하니까 영어를 잘해야겠다는 생

16　프랭크 시나트라(Frank Sinatra, 1915~1998)는 명실상부한 미국의 대표적인 가수다. 배우로도 활약, 영화「지상에서 영원으로」로 아카데미상 조연상을 받기도 했다.

17　로즈마리 클루니(Rosemary Clooney, 1928~2002) 역시 미국의 가수이자 배우. 「우리집에 오세요」라는 노래로 유명해졌다. 영화「화이트 크리스마스」에 출연하기도 했다.

18　도리스 데이(Doris Day, 1924~)는 12세 때 댄서가 되었고, 그 뒤 악단 가수로 데뷔. 밝고 서민적인 용모와 정확한 창법으로 많은 히트곡을 남겼으며, 뮤지컬과 영화에서도 좋은 작품을 많이 남겼다. 텔레비전 프로「도리스 데이쇼」에서 맹활약했다.

19　패티 페이지(Patti Page, 1927~)는 미국의 컨트리 가수로, 1948년「고백」으로 데뷔하여 1958년까지 열네 장의 밀리언셀러 앨범을 낸, 당시 최고의 인기가수. 고교 시절에 방송국에서 노래를 불러 호평을 받은 것이 계기가 되어 가수가 됐다. 당시 미국 여성가수 중 최고의 인기를 누렸다.

각이 들대. 그러고 나서 내 기억에 한 2, 3개월 정도? 그렇게 보러 다니는데 어느날 노래를 시키더라고. 솔로는 아니고 이해연 씨하고 듀엣을 시키더라.

조   무슨 노래였어요?

김   무슨 팝송이었는데 정확히는 기억이 안 나네. 팝송인데 아, 뭐였지. 조금 빠른 노래였어. 내 생각에 아마 패티 페이지 노래였을 거야. 그래서 둘이 똑같이 까만 드레스, 치맛단이 아주 넓고, 팔은 없는 드레스를 입고 듀엣을 했어. 그렇게 듀엣을 부르는 걸로 시작을 했지.

듀엣이기는 해도 이해연 씨는 베니쇼의 간판 스타였어. 그때 이해연 씨는 30대 중반쯤이었는데 체격도 좋고 성량도 아주 풍부했어. 타고난 가수였지. 관객들한테도 스타였지만 나 같은 후배들에게도 스타였지. 그런 이해연 씨랑 듀엣으로 무대를 서는 것만으로도 나는 굉장히 떨렸어. 생각해봐. 최고의 쇼단에서 최고의 스타와 같이 무대에 서니 얼마나 흥분했겠니.

깜깜한 무대에 환한 조명이 비추기 시작하자 아무것도 보이지 않던 객석이 여명처럼 서서히 밝아왔지. 객석은 발 디딜 틈도 없이 빽빽하게 차 있었고, 여기저기서 환호성과 휘파람소리가 들려왔어. 무대 아래에서는 20대의 건장한 미군들이 환호와 박수로 아주 난리가 났지. 노래를 다 하고 나니까 박수가 터져나왔어. 우리가 무대를 내려와 대기실로 들어갈 때까지 박수소리가 계속 들리는데 정말 흥분되더라. 무대의 맛을 안 거지. 그렇게 몇 달 동안 이해연 씨와 듀엣으로 무대에 올랐어. 그때는 린다김으로 예명을 썼지.

브라보, 최고의 가수가 나타났어

조　그럼 혼자 솔로로 노래를 부르기 시작한 건 언제부터에요? 어떻게 시작했는지 생각이 나요?

김　생각나지. 듀엣을 부르다가, 바로 고 다음해에 너두 뭐 알겠지만, 거기는 3개월인가? 4개월에 한번씩 오디션이 있잖아.

조　오디션이라는 게 있었죠. 일종의 공개시험 같은 거요.[20]

김　그러면 공연 레퍼토리[21]를 다 바꿔야 하잖아. 의상도 바꿔야 하

20　미8군쇼는 정기적인 오디션을 거쳐 무대에 설 쇼 단체를 선정했다. 이 오디션은 엄격함으로 악명을 떨쳤다. 3개월 또는 6개월에 한 번씩 미국 국방성에서 직접 파견한 전문가들에게 테스트를 받아야 했다. 실력에 따라서 스페셜 A, 또는 더블A, A, B, C, D 등으로 등급이 매겨졌는데 아주 엄격했다. D를 받으면 낙제였고 높은 등급을 받으면 월급도 올라가고, 전국의 미군클럽을 돌며 공연을 할 수 있는 자격이 주어졌다. 이전 심사에서 좋은 등급을 받았어도 다음 오디션에서 실력을 못 보여주면 바로 무대를 뺏겼다. 대전, 대구, 부산, 마산 등지의 전국 미군부대클럽 매니저들이 오디션을 위해 서울로 모여들었다. 쇼 단체들은 오디션에서 더 좋은 등급을 받으려고 새로운 얼굴이랑 레퍼토리를 찾아다녔다. 가수들은 클럽 매니저들 앞에서 매번 새로운 의상, 새로운 음악과 안무로 새로운 쇼를 선보여야 했다. 음악인들은 어떻게든 높은 등급을 받으려고 치열하게 노력을 했다. 오디션은 음악인들의 밥줄을 좌우하기도 했지만 저절로 음악학교 역할도 맡았다.

고, 가수도 노래도 바꿔야 하고, 무용수는 무용도 바꿔야 하고. 그러니까 프로그램을 다 바꿔야 하는 거였잖아. 어휴, 오디션을 할 때면 각 지방 클럽 매니저들 몇백 명이 다 올라와. 물론 다 미군들이지. 그래서 며칠을 두고 미군 무대에 서는 쇼단, 그러니까 화양 같은 회사들의 오디션을 자세히 지켜보는 거야. 그리고 거기서 A, B, C, D등급을 매겨. D가 나오면 그거는 무대에 못 올라가. 다시 또 새 작품을 만들어야지. 그러니까 그때의 경쟁률은 말도 못했어. 그거를 3개월마다 했는지, 4개월마다 했는지 내가 잘 모르겠어. 그런데 하여튼 굉장히 치열했어.

조　3개월이나 6개월에 한 번씩 했을 거예요.

김　3개월에 한 번씩 했나? 하여튼 오디션 시기가 빨리빨리 돌아왔어. 그러니까 한두 곡을 가지고 서너 달 이상을 안 부르는 거야. 그런데 바로 1959년 정초였어. 너무너무 추운 날이었어. 나는 그때를 3월로도 기억했다 2월로도 기억했다 그러는데, 아무튼 59년 정초에 오디션이 있는 거야. 그러니까 베니 선생이 나더러 솔로를 시킬 거라고 연습을 하래. 그래서 「틸」[22], 「파드레」[23] 연습을 계속 한 거라. 연습을 계속 하다가 오디션할 때 「틸」, 「파드레」를 불렀어. 그런데 그날 그렇게 노래가 잘 되더라. 정말 잘했어. 그런데다가 나는 사람들에게 눈에 띄게 생겼었지. 한국여자치고 그때 그렇게 나처럼 키가 크고, 글래머러

21　미8군쇼 무대에는 가수만 오르는 것이 아니고 노래는 물론 무용, 코미디, 마술 등이 총망라되었다.

22　「틸」(Till)이라는 노래는 나중에 「사랑의 맹세」라는 타이틀로 패티김이 번안해 노래했다. 패티김의 초창기 히트곡.

23　「파드레」(Padre) 역시 사랑의 아픔을 처절하게 호소하는 노래로 패티김의 초창기 히트곡이다.

스한 체격을 가진 여자가 좀 드물었거든. 그런 여자가 「틸」, 「파드레」
를 부르는데 노래도 정말 잘하니까 어땠겠니. 다들 깜짝 놀랐지. 첫
번째로 받아본 오디션에서 S. A를 받았지.

조　최상급을 받았구나!

김　그래, 최상급이었지! 스페셜 A등급을 내가 받은 거야. 그러니
까 그냥 소문이 쫙 난 거야. '이야, 키 크고 노래 잘하는 가수가 나왔
다더라.' 그래가지고 단장들이 다 와서 보고 난리가 났지.

우리 세대는 다 미8군 출신이야. 1950년대 말 미8군쇼는 연예인들
의 주요 데뷔 무대였잖아. 근데 지금처럼 TV나 라디오가 많지 않아서
일반인들은 잘 몰랐겠지만 거기서 노래를 잘한다, 그리고 인정을 받
으면 정말 노래를 잘하는 거였지. 그러니까 다 노래들을 다 잘했어야
돼. 그때는 노래 못해가지고, 지금같이 얼굴 이쁘고 뭐 배꼽 내놓고
춤춰가지고 가수되는 시절이 아니야. 일단은 어떻게 생긴 거 이외에
노래를 잘해야 됐거든. 나보다 하루 뒤에 들어온 사람이 박형준[24]이
야. 그렇게 해서 박형준도 가수가 된 거야.

그니까 1958년까지 김혜자로 살아오다가 59년 정초에 패티김이 탄
생한 거지. 1959년 미8군쇼에 정식으로 데뷔한 뒤에는 하루아침에 스
타가 됐어. 키도 크고 몸매도 이국적이기도 했지만 트로트가 아닌 클
래식한 팝송을 불러서 일단 눈길을 끌었던 거야. 그래서 데뷔하자마
자 미8군쇼의 스타가 됐어.

조　패티란 이름은 어떻게 생긴 거예요?

24　박형준은 한국의 페리 코모라고 불렸다. 이북 출신으로 외국어대를 나와 가수가 됐다. 최희
준, 유주용, 위키리 등과 함께 1963년 노래모임 '포 클로버스'를 결성했다. 모두 미8군 출신이었던
이들은 주류 대중음악이 '트로트'였던 1960년대에 다양한 장르의 노래로 새로운 바람을 몰고 왔다.

김　내가 지었어. 김혜자라는 게 얼마나 촌스럽니. 연기자 김혜자 씨에게는 좀 미안한 말이지만 외국인을 상대로 무대에 서기에는 아무 래도 좀 그렇잖니. 하하하. 그리고 '김'이면 대한민국의 반은 김인데, '혜자킴'이러면 너무 흔하고 촌스럽잖아. 그래서 외국이름을 써야 되 겠다, 생각을 했어. 그러고는 내가 좋아하는 배우들 이름으로 바꿀 생 각을 했지.

　처음에는 '린다킴'이었어. 베니킴 선생님이 지어주신 건데, 그 이름 이 나하곤 안 어울리는 것 같아서 그렇게 싫더라. 그래서 "아유, 저 그 거 싫어요." 그러고는 이름을 어떻게 지을까 혼자 막 생각을 했어. 오 드리 햅번[25] 좋아했고, 캐서린 햅번[26] 좋아했고, 애바 가드너[27], 수전 헤이워드[28]도 좋았고, 리타 헤이워스[29]도 좋아했어.

　그래서 '리타킴' 해봤어. 괜찮아. '수잔킴' 해보니까 썩 좋지 않아. 캐서린? 역시 별로야. 오드리? '오드리킴'. 어감이 좀 안 좋아. 그래가 지고 결국은 린다로 아마 몇 개월은 갔을 거야. 근데 나는 그 린다킴 이 너무 싫은 거야. 린다킴이. 근데 어느날 패티 페이지가 눈에 들어

25　오드리 햅번(Audrey Hepburn, 1929~1993)은 벨기에에서 태어나 할리우드에서 활동한 영 화배우다. 아름답고 사랑스러운 그녀는 영화 「로마의 휴일」, 「티파니에서 아침을」을 통해 유명해졌 다. 말년에는 유니세프 홍보대사로 활약, 사람들로부터 큰 존경을 받았다.

26　캐서린 햅번(Katharine Houghton Hepburn, 1907~2003)은 미국의 영화배우다. 아카데미상 여우주연상을 네 번이나 받은, 최고의 개성미 넘치는 배우로 통했다.

27　애바 가드너(Ava Gardner, 1922~1990)는 미국의 영화배우. 영화 「살인자들」에서 버트 랭커 스터의 상대역으로 나와 스타가 되었고, 클라크 게이블과 함께 찍은 「모감보」로 아카데미상 후보에 올랐다. 허스키한 목소리, 매력 있는 외모로 1950년대 미국의 대표적인 '섹스 심벌'이라고 평가를 받았다. 세 번 결혼을 했는데 프랭크 시나트라와도 결혼 생활을 한 적이 있다.

28　수전 헤이워드(Susan Hayward, 1917~1975)는 미국 영화배우다. 「나는 살고 싶다」(1958)로 아카데미 여우주연상을 받았다.

29　리타 헤이워스(Rita Hayworth, 1918~1987)는 1940년대 최고 스타 가운데 한 명으로, 미국 의 영화배우이자 무용가이다.

오더라. 그때는 그 여자 노래뿐이었잖니. 패티 페이지 노래도 내가 많이 했는데 그때까지는 그 여자 이름은 생각을 못했어. 계속 영화배우만 생각을 했거든. 근데 가수도 괜찮겠는 거야. 그래가지고 패티킴? 했는데 어감이 딱 떨어지는 거야! 패티킴. 우리말로는 패, 티, 킴 이러지만, 영어로는 '패리킴'이 되잖아. 아주 부드럽게 넘어가지? 그래서 "선생님 나 이름 '패티킴'으로 할래요. 패리킴으로 할래요." 그랬더니 베니김 선생님이 "오! 그거 아주 좋구나!" 그러시대? 그래가지고 패티킴이 된 거지. 그래서 듀엣으로 다닐 때는 린다킴이었고, 오디션 볼 때부터는 패티킴이었지.

조　그때 이해연 씨도 따로 이름이 있었어요?

김　글쎄. 따로 없었던 거 같은데? 이해연이라고 한 거 같아. 리해련, 해련리, 뭐 이랬던 거 같기도 하고.

그런데 참 그 인기라는 게 그렇게 무섭더라. 이해연 씨는 키도 크고 아주 굉장히 멋스럽긴 했지만 아무래도 이미 그 당시에 애 둘 낳은 부인이었잖아. 그런데 그야말로 젊고 어린 20대, 스물한 살짜리가 탁 나오니까 관객들이 난리가 난 거야. 내가 나가면 군인들이 하여튼 환호성을 너무 질러서 노래를 시작을 못할 정도야. 그런데다가 나한테 딱 맞게 진한 초록 롱드레스에, 진한 핑크 리본을 달고 무대에 서면 군인들이 아주 모자를 천장에 던지고, 휘파람을 불어서 전주를 한 다섯 번씩은 해야 노래를 시작할 수 있을 정도였어. 그러니까 베니 선생이 나를 스타로 만들기 시작하고 그때부터 나는 스타가 된 거야. 그러니까 어제까지 인기 있던 사람이 새로운 스타가 나오면 들어가듯이 내가 인제 베니김쇼에 이해연 씨보다 더 큰 스타가 되더라구. 그래가지고 「틸」, 「파드레」, 「썸머타임」, 「베사메무초」 같은 그 당시에 유행하던 노래를 다 불렀지.

조 그때 미8군에서 누이가 노래할 때 활동하던 가수들이 또 있어
요?

김 많이 있지.

조 누가 있어요?

김 남자가수로는 최희준[30], 유주용, 위키리, 박형준[31], 쟈니리[32] 등

---

30 최희준(1936~)은 서울대학교 법과대학 3학년 때 학교 축제에서 샹송 「고엽」을 불러 입상
한 뒤 주한미군 부대에 발탁되면서 가수 생활을 시작했다. 1960년 「우리 애인은 올드미스」로 커다
란 인기를 끌었고, 이후에도 드라마 및 영화 주제곡인 「엄처시하」, 「맨발의 청춘」, 「하숙생」 등을 발
표해 꾸준히 인기를 누렸다.

31 최희준, 유주용, 박형준, 위키리는 1963년 노래모임 '포 클로버스'를 결성해 의기투합했다.
미8군 무대 출신이었던 이들이 많은 관심을 끌었던 이유 중 하나는 모두 명문대학 출신이라는 점이
었다. 최희준은 서울대 법대 출신, 유주용은 서울대 문리대, 박형준은 외국어대, 위키리는 서라벌
예대 출신이었다. '포 클로버스'는 성격이 달랐던 TV 프로그램 '쇼쇼쇼'와 '한밤의 멜로디'를 넘나
들며 당대를 풍미했다. '쇼쇼쇼'는 TV에 뮤지컬을 접목한 역동적인 쇼였다. 조영남도 여기에 출연
했는데 어떨 때는 러닝 셔츠 차림으로, 어떤 때는 누워서 노래를 불렀다. 그에 비해 '한밤의 멜로디'
는 작은 규모의 콘서트에 가까웠다. 포 클로버스는 '쇼쇼쇼'에서는 화려하게, '한밤의 멜로디'에선
서정적이고 감성적으로 노래를 불러 인기를 끌었다.

32 쟈니리(1938~)는 극단 '쇼보트'의 단원으로 1961년 미8군 무대에서 가수로 활동했다.
1966년에는 신세기레코드에서 「뜨거운 안녕」, 「통금 5분전」, 「내일은 해가 뜬다」가 수록된 독집 음
반 '쟈니리 가요 앨범'을 취입했다. 영화 「청춘대학」에도 출연했다.

33 윤복희(1946~)는 가수이자 뮤지컬 배우로 대한민국에 미니스커트를 유행시킨 것으로 유
명했다. 1967년 1월 6일 김포공항에서 미니스커트를 입고 귀국한 것으로 알려져 있지만, 이는 1996
년 신세계의 TV 광고로 인해 생긴 오해라고도 한다.

34 현미(1937~)는 1958년 미8군쇼 무대에 출연하면서 명성을 얻었다. 1962년에 번안곡 「밤
안개」로 가요계에 정식 데뷔, 1960~70년대 초까지 패티김, 이미자와 함께 최고의 여가수로 손꼽혀
가요계를 주름잡았다.

35 한명숙(1935~)은 1952년 '태양악극단' 단원으로 연예계에 등장, 이후 최희준의 소개로 작
곡가 손석우를 만난 뒤 「노란 샤쓰의 사나이」로 데뷔했다. 「센티멘털 기타」, 「눈이 나리는데」 등을
연달아 히트시키며 70년대 말까지 활발히 활동했다. 「노란 샤쓰의 사나이」는 파격적인 리듬으로 60
년대 한국 대중음악의 다양화를 이끈 노래로 꼽는다.

36 이금희(1940~2007)는 1959년 미8군 뉴스타쇼 전속가수로 데뷔했다. 1966년 「키다리 미스
터김」으로 큰 인기를 끌었다. 파격적인 댄스로 트위스트 열풍을 불러 일으켰고, 한국 최초의 댄스
가수로 평가를 받았다.

이 있었고, 여자가수는 윤복희[33], 현미[34], 한명숙[35], 이금희[36]. 이금희라는 가수는 국내에서는 조금 잘 모를 거야. 지금 일반 팬들이 알 만한 사람으로 거기 출신이 참 많은데 린다곽인가?

조   린다?

김   린다곽이라고 생각나니? 곽순영, 곽.

조   아, 잘 모르겠는데요.

김   뭐 탱고 부르고 그러던 여자야. 하여튼 그때 참 많았어. 영남이도 생각날 거 아니야.

조   아, 내가 생각나는 거는.

김   누구니?

조   한계가 있어요. 저는 늦게 들어가서. 신중현[37], 이석[38] 정도.

김   나도 한계가 있어.

조   그러니까 기억나는 가수는?

김   그 정도야. 아! 김상희[39]도 미8군 출신이다. 김상희는 나보다 한참 후에 시작하지 않았을까 싶어. 하여튼 60년대 활약한 사람들은,

---

37   신중현(1938~)은 16세 때부터 기타교본을 가지고 독학으로 기타를 공부하다가 1955년 미8군의 '스프링 버라이어티쇼(Spring variety show) 무대를 통해 데뷔했다. 미군들의 기호에 맞춰 재즈, 리듬앤블루스, 소울, 록 음악을 연주하며 한국 대중음악계에 서구 대중음악을 들여왔고 이후 5년간 미8군의 톱스타로 큰 인기를 누렸다. 한국 최초의 로큰롤 밴드중 하나인 '애드포'를 비롯하여 '덩키스', '퀘션스', '더맨' 등의 그룹을 조직하여 활동하면서 한국적 록음악의 지평을 넓혔다. 1973년 '신중현과 엽전들'을 조직해 두 장의 정규 앨범을 발표, 한국 록 음악사에 길이 남을 대표작들을 남겼다.

38   이석(1941~)은 대한제국 의친왕의 아들로, 1962년 노래를 부르기 시작했으며, 우연한 기회에 미8군 무대에 섰다. 워커힐에서 영어로 사회를 보며 팝송을 부르기도 했다. 「비둘기 집」이라는 곡이 유명했다.

39   김상희(1943~)는 고려대학교 법학과 1학년에 재학 중이던 1961년 가수로 데뷔했다. 1971년에 TBC 가요대상, 1973년 제1회 대한민국방송가요대상 여자가수 부문을 수상했으며, 「코스모스 피어 있는 길」, 「울산 큰애기」, 「대머리 총각」, 「경상도 청년」, 「금산 아가씨」 등을 히트시켰다.

거의 다 미8군에서 시작한 가수들이야. 그때는 거기가 주 무대였으니까. 다른 데가 없었으니까.

조 돈벌이로 음악을 할 수 있는.

김 그럼! 나보다 먼저 시작한 사람들이 최희준, 위키리, 유주용, 현미, 한명숙, 윤복희 등이 있었어. 윤복희는 어린 시절부터 아버지 어머니 따라서 노래를 시작했을 거야. 그리고 김시스터스[40]. 김시스터스들이 또 미8군 출신이야. 거기서 픽업돼가지고 미국을 갔지. 이난영[41]하고, 음······.

조 이난영?

김 응!

조 이난영 씨가 김시스터스 엄마죠?

김 그렇지. 그리고 아버지는······.

조 김해송[42].

김 응?

조 김해송!

---

40 '김시스터스'는 해방 이후 한국가수그룹으로는 처음으로 팝의 본고장인 미국으로 진출했다. 대한민국 수출1호 가수, 미8군 가수, '에드 설리반쇼' 출연, 최초로 미국에서 음반 발매 등 가난한 시대에 아메리칸 드림을 일군 최초의 연예인이자 걸그룹의 효시라고도 할 수 있다. 처음에는 작곡가 김해송과 가수 이난영 사이의 딸 김영자, 김숙자, 김애자가 활동했으나 후에는 김영자 대신 이난영의 조카 이민자가 투입됐다.

41 이난영(1916~1965)은 지금도 유명한 노래,「목포의 눈물」을 불렀다. 1932년 데뷔하여 한창 활동할 때는 블루스의 여왕이라는 명성을 얻을 만큼 대단한 인기를 누렸다. 스무 살 때 작곡가 김해송과 결혼, 김해송이 조직한 KPK악단을 운영하기도 했다.

42 김해송(1910~미상)은 작곡가이자 조선 최고의 밴드마스터이자 재즈 가수로 활약했다. 선구적인 '재즈송'을 부르기도 했던 그는 광복 전 최고의 여가수로 알려진 이난영의 남편이다. 광복 이전 그의 음악은 일본은 물론 동남아시아까지 널리 알려졌고, 광복 이후에는 KPK악단을 조직하여 주한미군 위문공연을 했다. 우리나라 뮤지컬의 선구자로 꼽히고 있으며 한국전쟁 당시 사망한 것으로 알려져 있다.

김   김해송? 맞니?

조   네, 김해송 같아요.

김   하여튼 그분들은 우리 대선배셨지. 이난영 씨 그리고 김해송 씨. 김해송 씨는 전쟁 중에 돌아가셨다고 하던데.

조   아, 그랬나요?

김   나도 소문만 들었지. 그 자녀들이, 김시스터스라고 어우 유명했지. 미국 가서도 성공한 케이스고. 그리고 내 후배뻘로는 김상희, 한상일[43]이냐?

조   한상일! 맞아요.

김   어! 노래도 잘하고 얼굴 잘생겼던!

조   한상일, 김석.

김   응! 아니아니 이석!

조   그리고 조영남.[44]

김   맞아, 조영남도 있었지? 하하하.

조   펄시스터스[45], 김치캐츠[46], 이시스터스[47] 등도 있었어요.

김   그런 가수들이 중추였지. 그런데 그때는 다른 가수들하고 이야

---

43   한상일은 서울대 공대 건축학과 출신의 가수로 졸업 후 미8군 장교클럽인 '유썸클럽'(Yusumclub)의 전속가수가 되었고, 이후 「내 마음의 왈츠」로 데뷔, 수많은 여성팬들의 사랑을 받았다.

44   조영남은 1968년 등록금을 벌기 위해 서울음대 재학 중 미8군 쇼단에서 노래를 부르기 시작했다. 그러다가 1969년 「딜라일라」를 번안해 불러 한국 가요계에 정식 데뷔했다. 그후 학교로 돌아가지 않았다.

45   배인순, 배인숙 두 사람이 듀엣으로 나온 펄시스터스는 당대 인기 절정의 걸그룹이었다. 그때까지만 해도 트로트가 대중가요의 주류였는데 신중현이 만든 새로운 스타일의 노래는 대중가요계의 인기를 휩쓸었고, 1968년 데뷔 후 얼마 되지 않아 문화방송 가수왕상을 받아 큰 파란을 일으켰다.

기하거나 친하게 지내거나 하는 그런 분위기는 전혀 아니었어. 대부분 소속되어 있는 단체들이 있었으니까 그 안에서 같이 쇼를 하는 사람들하고만 같이 다녔지. 우리는 베니김쇼였고, 뉴요커즈도 있었고, 너는 어디라고 그랬지?

조 에이 추레인. 특급열차 같은 거죠.

김 에이 트레인. 하여튼 이름이 다 있었어. 그러니까 그 그룹하고만 다녔지. 따로 만나고, 알고, 친해지고, 그럴 사이가 전혀 없었지. 특히 내 성격으로는 더더욱 없었어. 그 많은 단체들이 화양연예주식회사 소속인 경우가 많았어.

조 화양하고 또 유니버설이라는 데가 있지 않았어요? 그런 회사가 또 있었잖아요.[48]

김 몇 개 있었어.

조 그중에서도 유니버설하고 화양이 압도적으로 컸죠.

김 난 화양밖에 모르니까.

조 베니김은 화양에서 어느 정도였어요? 내 기억에는 꽤나 높은 사람이었던 거 같은데.

김 좀 그랬었어. 그지? 근데 화양주식회사의 사장은 아니었던 것 같애. 나는 잘 모르기도 하고, 그런 거 그때는 상관도 안했으니까. 하

---

46 김치캐츠는 '스리 덕스'(Three Ducks)라는 팀에서 한명숙이 솔로로 데뷔한 뒤 남은 두 사람이 만든 2인조 보컬팀이다. 「검은 상처의 블루스」라는 번안곡이 히트했다. 박춘석이 주로 작편곡을 맡았다.

47 이시스터스는 3인조 보컬그룹으로 「워싱턴 광장」을 번안하여 불러 인기를 끌었다.

48 당시 활발하게 활동했던 쇼단체로는 화양뿐만 아니라 유니버설, 삼진, 동영, 대영 등이 있었다. 당시 우리나라 수출액은 100만 달러에 미치지 못했는데 쇼단을 통해 연간 120만 달러의 외화를 벌어들였다고 한다.

하. 하여튼 화양주식회사는 굉장히 권위 있고, 굉장히 파워가 있던 회
사였던 거는 내가 알았지.

조 　그때 첫 월급이 얼마였는지 기억나요?

김 　맨 처음에 선생님이 월급이라고 3만 원을 주시더라구. 견습단
원 시절에. 그러니까 훈련기간이야, 알지? 한 달 지나니까 3만 원을
주셔. 근데 그때 3만 원은 굉장히 괜찮았던 거야. 그리고 오디션을 본
뒤 정식으로 가수가 된 다음에는 5만 원으로 월급이 올랐어. 그리고
뭐 자꾸자꾸 올라갔지.

조 　하긴 그때는 다 월급제였죠.

김 　그럼, 대부분 월급제였지. 아니었던 사람이 있었는지는 모르지
만 나는 월급을 받았어.

조 　그때 서울대학교 한 학기 등록금이 6만 원 정도였던 거 같아요.

김 　그랬니? 하여튼 5만 원이면, 보통 봉급쟁이의 월급보다는 훨씬
많았을 거야. 쌀 다섯 가마는 살 수 있는 돈이라고들 그랬으니까.

조 　그렇죠. 굉장히 높은 봉급쟁이였죠. 그렇게 봉급을 많이 주니까
내가 학교도 때려쳤죠. 근데 그때 회사에는 연습실이 있었어요?

김 　물론 연습실 있었지. 화양 안에. 화양이 그때 후암동 어디에 있
었는데.

조 　화양은 청파동 숙명여대 내려오는 길에 있었어요.

김 　하여튼 연습실은 후암동 뒷골목에 있었어. 내가 견습단원으로
한 달 있다가 처음으로 월급을 3만 원을 받았을 때, 그때가 생전 처음
으로 내가 돈을 번 거야. 하, 참 기분 좋더라. 그래서 어머니 양단 저
고리감을 끊고 커다란 케이크를 사가지고 집에 들어갔어. 치마까지
해드렸으면 좋았겠지만 치마까지는 해드릴 수가 없었어. 그렇게 커다

란 케이크 사들고 집에 가는 기분 정말 좋았어. 첫 월급 받아서.

조 이야, 진짜 신나셨겠다.

김 어휴. 신났지. 응! 너무너무 들떴지, 뭐.

조 그때 주로 공연을 다녔던 데가 미8군 클럽이었어요?

김 장교클럽, 상사클럽, 졸병클럽, 다 다녔지.[49] 그런데 장교클럽 같은 데가 분위기가 훨씬 더 좋았어. 일반병사들 오는 클럽에 가면 젊은 아이들이니까 여자들이 얼마나 이뻐 보이겠니. 댄서들은 화려한 옷 입고 춤추고, 예쁘고 젊은 여자들이 노래하고 그러니까 환호성을 지르고 아주 대단해. 너도 다녀봤으니까 알 거 아냐.

조 그렇죠. 박수도 요란하게 치고, 휘파람도 불고. 그때 우리가 몇 시경에 공연을 했어요? 기억나요?

김 내 생각에는 오후 여덟 시쯤이었던 거 같아. 아니면 일곱 시쯤?

조 아! 저녁 먹고.

김 그럼! 그래서 서울만이 아니고 뭐 파주, 오산, 수원, 문산, 대구, 부산, 의정부 그런 곳으로도 다녔지. 덜컹덜컹하고 트럭을 타고 몇 시간을 간 것 같아.[50] 생각해봐. 그때는 고속도로도 없었잖아. 근데 길에 차는 많이 없었지. 길은 나빴지만. 그러고 저녁에 공연하는 곳에 도착해서 내리면, 다들 먼지를 너무너무 뒤집어써가지고 다들 서로 보고 막 웃었다고. 모두 다 완전히 할머니 할아버지야. 머리가 다들 하

---

49   군대는 계급사회다. 클럽도 계급에 따라 출입할 수 있는 곳들이 달랐다. 장교들만 다니는 곳은 OC(Officers Club), 하사관들이 출입하는 곳은 NCO(Non Commissioned Officers)클럽, 사병들이 다니는 곳은 EM(Enlisted Men's)클럽이었다. 여기에 흑인과 백인들이 주로 가는 곳은 또 달랐다. 무대에 서는 이들은 어떤 클럽에 서느냐에 따라 공연의 레퍼토리를 바꿔야 했다.

50   가끔 트럭 대신 버스를 타고 다닐 때도 있었다. 그럴 때는 고급 승용차라도 탄 것처럼 편하게 이동할 수 있었다.

얗게 됐거든. 그러니까 여자들은 스카프 같은 걸 쓰지만, 그래도 별소용이 없어. 완전히 거지떼들이야. 우리가 봐도 이거는 완전히 피난민들 같고, 거지떼들 같애. 가끔은 미군들이 마중을 나와 있곤 했어. 먼지를 하얗게 뒤집어쓴 우리들을 한 사람씩 허리를 감싸안고 트럭에서 내려줬는데 아마 공연하러 온 사람들에 대한 나름의 예우였던 거 같아. 그렇게 트럭에서 내려 안으로 들어가면 무대 뒤에 커다란 홀 같은 데로 우리를 데리고 가. 거기가 바로 분장실이야. 그럼 거기서 남자, 여자 칸막이 같은 거 해놓고 여자들은 옷도 갈아입고 화장도 하고 그래. 한두 시간 후면 저녁이 나와. 햄버거도 주고, 프라이드 치킨도 주고 그러지. 그리고 화장을 마무리하고 옷을 다 갈아입으면 좀전까지만 해도 거지떼 같던 사람들이 아주 예쁘고 화려하게, 요정처럼 싹 바뀌는 거야. 그리고 공연 시간이 되면 무대 위로 올라가는 거야.

견습단원일 때는 무대 뒤에서 선배들이 공연하는 모습을 지켜보는데 조명이 얼마나 화려하니. 무대 위는 찬란하게 빛이 나지, 객석은 관객들로 꽉 차 있지, 노래 하나 끝날 때마다 박수소리, 환호성이 터져나오지. 공연장이 흥분으로 터져나갈 거 같은 거야. 그럴 때마다 마음속으로 다짐을 했다. 나도 빨리 저 무대에 올라가야지, 저렇게 환호를 받는 가수가 되어야지. 그게 그렇게 절실할 수가 없었어. 나만 그런 건 아니겠지. 수많은 견습단원들이 다 그런 마음으로 무대를 지켜봤겠지. 그리고는 공연이 끝나면 다시 서울로 돌아와야 하니까 쇼가 끝나자마자 바로 차를 타고 이동을 해. 바쁘면 차 안에서 화장을 지우고 그랬어. 그리고 서울에 오면 밤 열두 시, 한 시 막 이랬어. 먼 데로 가면 더 늦었겠지.

그럴 때면 트럭이 얼마나 빨리 달리는지 몰라. 운전은 주로 젊은 군인들이 했는데 밤늦게 차를 몰아야 하니까 맘도 급하고 기분도 별로 안 좋았을 거 아냐. 그러니까 차를 거칠게 몰았어. 비포장도로를 달리면 덜컹거릴 때마다 머리가 차 위에 자꾸 부딪혀. 길에 차는 없었지만 길은 상태가 나빠서 오래 걸렸지.

나 같은 견습단원은 물론이고 대부분 단원들은 트럭 뒤에 타고 가는데 이해연 씨는 스타니까 앞에 탔어. 말하자면 1등석이었지. 그담에 통역관 하나, 매니저 같은 사람이 탔는데 매니저는 영어를 잘했어. 서울 들어와서는 곳곳에 사람들을 내려주는 데가 있어. 사는 데가 다 다르니까 내려주는 곳도 다 달랐지. 근데 그때는 지금같이 서울시가 크지를 않았어. 지금은 대한민국 3분의 1이 서울시가 되어 가고 있을 정도로 넓지? 그때는 진짜 서울 그러면, 굉장히 좁았어.

조　　베니김쇼가 화양에서, 제일 특 A급 쇼단이고, 베니김 씨가 한국 가수들의 총 감독 비슷했던 걸로 기억이 나요. 그래서 우리 가수들한테 일일이 무슨 노래 불러라, 선정도 해주고. 나한테도 노래를 지정해주고 그랬어요.

김　　「올드맨리버」!

조　　나한테는 「올드맨리버」. 그걸 부르라고. 뮤지컬 「쇼보트」[51]의 주제곡인가 그랬어요, 흑인이 주인공인.

김　　그게 영남이 보이스에 맞지. 얼마나 멋있는 곡이니.

조　　그거 부르면 미군병사들 특히 흑인들이 울고불고 난리가 났어

51　　「쇼보트」(Show boat)는 19세기 말 미시시피강을 오르내리며 선객을 상대로 쇼를 공연하던 흥행선, 즉 쇼보트를 주요 무대로 하여, 선장 겸 단장의 딸과 도박사의 사랑을 중심으로 당시의 세태와 흑인차별의 비극을 그린 작품이다. 여기에서 나오는 주제곡 중 하나가 「올드맨리버」(Old Man River)인데 이 이름은 미시시피강을 지칭하기도 했다.

요. 베니김 씨는 내가 기억하기로 직급이 굉장히 높았어요. 저 들어갔을 때는.

김　그랬어.

조　상무였던가. 그래서 모든 비즈니스를 다 관장했던 거 같아요.

김　높은 사람이었지. 근데 굉장히 점잖고, 말도 많지 않은데, 한마디 말하면은 굉장히…….

조　권위가 있고.

김　응! 권위가 있고! 우리가 그 말을 꼭 지켜야 되는 사람이었지. 참 멋있는 분이셨어. 정말 멋있는 분이었지.

조　누이가 몰래 노래하는 걸 집에서는 다 알았어요?

김　어머니는 물론 아셨고, 아버지나 오빠들은 감쪽같이 몰랐지. 내가 한참 미8군에서 스타가 되고 무대에서 노래 부르는 재미에 빠져 있는데 집에 들통이 나버렸어.

조　얼마나 하다가?

김　한 1년 정도? 정식 가수 되고 난 뒤에 몇 달 후?

조　집에서 뭐라고 합디까?

김　뭐라고 하나마나 당장 집에 갇혔어. 큰오빠가 집에서 나가지도 못하게 하는 거야. 다 큰애 버리게 생겼다고. 그때만 해도 연예인은 아주 저속한 직업으로들 생각했잖니. 이러다 큰일 난다고 생각했지.

　근데 내 속은 막 끓는 거지. 집에 갇혀 있는 게 얼마나 괴로웠겠니. 그래서 한강 다리 위에서 떨어져서 죽는다고 내가 협박했어. 그랬더니 바로 위에 오빠가 그러더라. "야! 네가 뛰어내려 물에 빠지면 수영하고 나오지. 그대로 죽을 아이냐?" 그러는 거야. 저희들이 나 수영하는 걸 가르쳐줬잖아. 하하하하하.

그래서 죽지도 못할 입장이었는데 나를 시집 보낸다고 서둘러서 은행원을 하나 소개를 시켜주대? 하하. 그때는 은행원, 의사 이런 거가 일등신랑감이잖아. 그래서 거역은 못하고 일단 큰오빠 큰언니 따라나가서 명동에 있는 태극당 빵집[52]에 간 거야. 하하하하. 그때는 그런 다방, 빵집에서 선을 보고 그랬어. 그래 나갔더니 나보다 키가 좀 작은 거 같애. 나는 너무 밉고 속상해서 한눈으로 슬쩍 보니까, 좀 까무잡잡하고 '쨈보'같이 생겼어. 하하. 큰오빠하고 그 남자하고 맞은편에 앉아 있고 내 옆에 큰언니가 앉았고, 큰언니가 머리도 해주고 옷도 빌려주고, 그렇게 나갔어. 나가기 전에 큰오빠가 말을 하셨지. 아버지가 아는 분의 아들이고 은행원이니까 나중에 장래가 있다고. 그래서 소개를 해준 건데 이건 영 아니지. 그때 내 눈에 누군들 들어왔겠니. 그래서 한 10분도 안 됐어. "언니, 나 화장실 좀 갔다올게." 그러고 나와서는 바로 뺑소니를 쳤어. 하하하. 큰오빠, 큰언니, 그 남자 놔두고 화장실 잠깐 갔다온다 하고 그냥 도망 나온 거야. 그러니 우리 오빠, 언니 입장이 뭐가 됐겠니. 그래도 뭐 싫은데 어떡해. 그래서 아버지한테 또 큰오빠는 얼마나 야단을 맞았겠니. 아버지 친구 아들인데 체면이 그게 아니지. 아유. 그래. 그런 일도 있었어. 한번 선도 봤다, 나. 빵집에서. 하하하.

조   나는 평생 그걸 한 번도 못해본 게 후회가 돼요.

김   야! 후회할 거 하나도 없어! 아휴. 어색하고……

---

52   태극당 빵집은 서울에서 오래된 제과점으로 꼽히는 곳 중 하나다. 1953년에 시작했다는 기록도 있고, 1946년에 창업했다는 기록도 있다. 어찌 됐든 시작은 명동에서 문을 열었는데 1973년에 장충동으로 자리를 옮겨 지금까지 장충동 동국대 입구 쪽에 있다. 다른 빵도 맛있다지만 모나카 아이스크림이 제일 유명하다고 한다.

조　그런데 도망을 칠 만큼 그 사람이 맘에 안 들었어요?

김　내가 무대의 맛을 느꼈잖아! 조명 받고 박수 받는 재미를 이미 1년 가까이 느꼈는데, 집에만 있자니 미칠 거 같아. 그러니 선을 보고 싶었겠니? 그래서 도망친 거지, 뭐.

조　그래서 어떻게 됐어요?

김　그렇게 뺑소니를 치긴 했는데 집에 가면 얼마나 야단을 맞을까 생각하니까 집에를 못 들어가겠는 거야. 밤까지 집밖을 서성거리며 다니다가 컴컴해지니까 어떻게 해. 집에 들어가야지. 어머니는 '얘를 어떻게 하면 좋나.' 벌벌벌벌 떨고 계실 거 아냐.

　우리는 자라면서 어머니한테 맞을 일이 있으면 언제나 회초리로 종아리나 손바닥을 맞았지, 따귀를 한 번도 맞아보지를 않았어. 내 밑으로 여동생 둘이랑 놀다가 싸우기라도 하면 "너희 셋, 이리 와!" 그러셔. 그러면 부엌 옆에 있던 회초리를 가지고 어머니 앞에 딱 앉아. 어머니는 부엌 옆에 회초리를 모아두셨는데 회초리를 가져오라고 그러면 내가 제일 키가 크잖니. 그러니까 내가 가서 가져와야 했어. 그럼 나는 회초리 중에 어떤 게 덜 아픈가 쓱, 보고 그거 찾아오는 게 일이야. 가늘고 휘청거리는 게 제일 아파. 어머니가 어디 외출하시면 회초리 중에서 제일 아파 보이는 걸 골라내서 다 쪼개버리고 그랬다.

　근데 같은 형제끼리도 혼날 때는 참 다 달라. 어머니가 회초리 가져와, 이러면 막내는 그 말이 떨어지기가 무섭게 도망가고 벌써 없어. 그리고 바로 밑에 아이는 가만히 앉아서 그냥 있지. 나는 눈물을 뚝뚝 뚝뚝 흘리면서 회초리를 찾아가지고 오는 거야. 그리고 무릎 꿇고 앉아서 "어머니 잘못했습니다. 용서해주세요. 어머니 잘못했습니다. 용서해주세요. 다시 안 그럴게요." 이러고 빌어. 내 밑에 아이는 얼굴이 제일 이뻤거든. 형제 중에 아주 이뻤어. 근데 혼날 때는 눈물도 안 흘리고 용서도 안 빌고 그냥 가만히 앉아 있어. 그래도 우리 어머니는 똑같이 때려. 하하하하하. 나는 그렇게 잘 빌었어.

근데 선 보다가 도망을 쳤으니 집에 들어가면 뭔 일이 일어날지 겁이 나는 거야. 어릴 때처럼 회초리로 맞지는 않겠지만 야, 이거 까딱하면 큰오빠한테 따귀라도 한 대 딱 맞겠더라구. 이거 어휴 어떡하니. 근데 밤이 됐는데 갈 데가 없으니까 할 수 없이 집으로 들어갔지. 그런데 의외로 큰오빠가 아무런 야단도 안 치는 거야. 아무 말씀 안하셔. 그러니까 너무 겁나는 거야. 더 무섭지. 그래서 오빠 앞에서 무릎 꿇고 앉아 있었지. 한참 앉아 있는데 "너 그렇게 노래하고 싶으냐?" 그러시는 거야. "네!" 그러면서 그냥 이제 안심해도 되겠다 싶으니까 눈물이 주룩주룩 나오는 거야. "나, 나 너무 노래하고 싶어요. 저 노래 안하면 죽을 거예요." 하하하. 그랬다. 그랬더니 오빠가 이해를 해주신 거야.

내가 집에 갇혀서 무대에 서지 못하니까 화양에서도 큰일이 났겠지. 그래서 베니김쇼 관계자들이 집으로 찾아오기도 하고 그랬어. 어머니는 나 몰래 큰오빠를 계속 설득도 하고 그러셨다더라고. 나중에 알았는데 큰오빠가 베니 선생을 만나기도 했대. 내가 정말 소질이 있기는 한 건지 궁금하기도 했겠지.

그래서 그렇게 큰오빠가 포기하다시피 허락을 해줘서 다시 미8군 쇼에 나가게 됐어. 몇 개월 쉬었다 무대에 서니까 정말 좋더라.

미8군에서 조선호텔로,
그리고 일본으로

조   그럼 그때부터 완전히 자유의 몸이 됐겠네요.

김   그럼. 다시 노래를 시작했어. 그런데 사람이 익숙해지면 시시해지는 건가봐. 노래 안하고 집에 있을 때는 무대에만 서면 좋겠더니 다시 미8군쇼 무대에 서는 게 흥이 예전처럼 안 나는 거야. 관객들도 똑같지, 무대 분위기도 비슷하지. 그러니까 예전처럼 짜릿하지도 않아. 미8군에 앞뒤로 합쳐서 한 1년 7, 8개월 다닌 거 같아.

근데 어떤 사람이 어느날 날 찾아왔어. 조선호텔[53] 외국인 전용클럽 매니저였는데 나더러 그 클럽 전속가수로 가지 않겠느냐고 하는 거야.

---

53   조선호텔은 일제강점기인 1914년 10월 10일 조선철도국에 의해 설립됐다. 처음에는 일본식으로 '조선 호테루'였다가 이승만 대통령 때 지금 이름으로 바뀌었다. 당시 우리나라에 오는 외국인들은 조선호텔 외에는 묵을 만한 곳이 없었다. 조선호텔의 외국인 전용클럽은 우리나라 사람은 못 들어가고 외교관이나 장교들만 들어갈 수 있는 곳으로, 그곳의 무대에 서는 사람은 자기 분야에서 최고라고 인정을 받았다.

조　오호!

김　나는 항상 꿈이 좀 크잖아. 미8군쇼 무대에서 쳇바퀴 도는 것 같아서 다른 무대에서 노래했으면 좋겠다고 생각했는데 마침 그 사람이 찾아온 거지. 그때만 해도 조선호텔이 우리나라 최고였어. 외국인들이 한국에 오면 잠잘 데가 거기밖에 없다고 해서 '노 초이스호텔'(No Choice Hotel)이라고 부를 정도였으니까. 그런 데서 오라고 하니까 나로서는 너무 좋았지. 거기다가 조선호텔 외국인 전용클럽은 주로 외국 장성이나 외교관 그리고 그 외국인의 초대를 받은 우리나라 외교관이나 장성들만이 드나들 수 있는 고급 사교클럽이었거든. 나도 그런 데가 있다는 걸 알고 있었으니까.

조　그럼요, 거기는 서울서도 단연 유명했죠.

김　아주 고급 사교클럽이지. 여자들도 그 당시에는 롱드레스 입고 오고 그랬어. 그러고 장교들은 장교복 딱 입고 훈장 다 달고 들어왔어. 진짜 분위기 좋았지. 그러니까 내가 거기서 노래를 하고 싶더라구. 나는 이제 한 급 올리고 싶은 거지. 나의 뭐냐, 그거, 말하자면 단계를 올리고 싶은 거지.

조　격을 높이고 싶다!

김　맞아, 격! 미8군 쇼단에서는 아무리 해봐야 미군장병들 위문공연이니까, 그치?

조　TV 나오기 직전이었죠. 병자호란 직후지.

김　쓸데없는 소리 마. 그때 TV는 아직 안 나왔지.[54] 그래서 김 선생님한테 내가 자꾸 조른 거야. 조선호텔에 가서 일하고 싶다고. 그러고 그때 전낙원[55] 씨가 매니저를 하고 있었어. 내가 하도 부탁을 하고, 자꾸 조르니까 어떻게 해. 보내줬지. 그렇게 해서 결국은 조선호텔 전속

가수로 간 거야.

조 그때가 그럼 언제쯤이에요?

김 그때가 그러니까 정식으로 무대에 데뷔하고 1년이 조금 더 지났을 때니까 1960년 초반이었네. 내 생각에는 조선호텔에서 노래를 하면 조금 더 수준 있는 사람들을 만날 수도 있을 것 같았어. 아무래도 높은 사람들은 발이 넓을 테니까 나한테 뭔가 좋은 기회가 올 것 같기도 했어. 무엇보다도 나한테는 변화가 필요했으니까 잘된 일이지. 조선호텔 무대는 미8군 클럽보다 훨씬 격조도 있고 고급스러웠어. 출연료도 훨씬 높았고, 뭣보담도 트럭을 타고 여기저기 돌아다닐 일도 없고, 밤늦게 집에 들어가지 않아도 되니까 좋더라.

조 매일 저녁 공연을 했던 거죠?

김 매일이지. 그때 큰오빠가 오셨었대. 내가 노래를 얼마나 잘하나 들으러 오신 거지. 집에 가서 "혜자가 노래를 참 잘하더군요." 어머니한테 그러셨대.

조 큰오빠가 인정을 하신 거네요.

김 인정을 하신 거지.

조 조선호텔에는 얼마나 다녔어요?

김 거기도 얼마 안 있었어. 6개월쯤 됐나.

---

54 우리나라에 TV가 처음 등장한 건 1954년, 방송국이 설립된 건 1956년 5월 12일이라고 기록에 나와 있다. 세계에서 열다섯 번째라고 한다. 그렇지만 본격적으로 방송이 시작된 건 1961년 12월 31일 국영방송인 한국방송공사가 문을 열면서부터라고 하는데 이때는 텔레비전을 월부로 팔았다고 한다. 그 뒤 1964년 12월 7일과 12일에 동양방송이 서울과 부산에서 개국하면서 바야흐로 지방에서도 TV를 볼 수 있는 시대가 열렸다.

55 전낙원(1927~2004)은 파라다이스 그룹 창업주이며, 카지노업과 교육 사업, 연예매니지먼트 사업 등을 했다.

조 왜요?

김 어느날 공연을 끝내고 내려왔는데 미스터 황이라는 사람이 날 찾아왔어. 우리말 발음이랑 억양이 좀 이상했는데 아마 교포였던 거 같아. 근데 이 사람이 명함을 한 장 주면서 명함 주인이 나를 만나고 싶어 한다는 거야. 명함을 보니까 미군방송본부(Armed Forces Radio and Television Service) 소속의 에드 마스터스(Ed Masters)라는 이름이 적혀 있더라. AFKN[56] 하고 NHK[57]를 왔다갔다 하면서 일하는 사람이래.

근데 그때는 이미 내가 여러 사람한테서 너무 많은 유혹을 받고 있었어. "너무 노래 잘한다. 내가 미국에 데려갈게!" "노래 잘한다. 뭐 어디 데려가주고, 뭐 해준다." 이런 말을 수도 없이 들었지. 처음 들었을 때는 막 솔깃솔깃했지. 그런데 알고보면 그게 아니야. 그냥 나를 여자로 보고 호기심이 가서 그런 거지. 그래서 그다음부턴 그런 거에는 별로 관심을 안 가졌어. 패티김이 되면서부터 나한테는 오로지 노래뿐이었으니까. 노래에 방해가 되는 거면 나는 눈길도 안 줬어. 나는 경마장 말이 옆을 못 보게 가리는 보호장비를 머리에 쓰고 뛰는 거 하고 똑같았어. 연애도 정말 안해보고.

조 못한 게 아니라?

김 안했지! 못한 게 아니라. 뭐 그렇다고 데이트를 전혀 안해본 건 아니지만. 왜냐하면 남자 자꾸 생기고 연애하고 그러다보면 내 노래

---

56   AFKN은 'American Forces Korea Network'. 말 그대로 주한미군방송이라는 뜻이다. 1950년 10월 4일 인천상륙작전 당시 한미행정협정에 따라 방송을 시작했다고 한다. 주한미군을 대상으로 한 방송이었는데 한국정부의 통제를 받지 않았기 때문에 한국인들도 많이 접했다. 검열과 통제, 단속과 금지가 많았던 시절 탓이기도 하다.

57   NHK(Nippon Hoso Kyokai, 日本放送協會, Japan Broadcasting Corporation). 일본방송협회의 일본어 발음을 로마자로 표기한 것의 약자다. 1926년 설립된 일본의 공영방송이다.

에 지장이 있어. 하여튼 내 노래에 지장이 있다, 하는 거는 나는 다 금물이었으니까.

몇 번 내가 막 들떴다가 실망하고 실망하고 그러다가 관심을 갖지 말자, 이러고 있었는데 미스터 황이라는 사람은 달라 보이더라고. 행동이나 말투도 점잖고 격식도 갖췄고. 뭣보담도 명함이 믿을 만하잖아. 나도 꿈을 버린 건 아니었으니까 마음이 조금 움직였지.

조 꿈이요? 무슨 꿈이요?

김 좀더 넓고 큰 세상에서 노래를 부르고 싶다는 꿈을 계속 갖고 살았지. 조선호텔이 최고이기는 했지만 나는 더 큰 무대에서 맘껏 노래를 부르고 싶었거든.

조 그래서요?

김 그래서 공연이 다 끝난 뒤에 명함 주인을 만났어. 만났는데 만나는 동시에 '아, 이 사람은 내가 믿어도 되겠구나.' 그랬어.

조 왜요?

김 왜냐면 그 사람이 하반신이 불편했거든. 그 사람한테 참 미안하지만, 남자들은 젊은 여자한테 호기심이 생길 수도 있잖아. 그런 목적으로 접근하려는 남자들이 있다는 소문도 많이 들었고. 근데 이 사람은 그럴 일이 없을 거 아냐. 나중에 알게 된 일이지만 열여덟 살에 카레이서하다가 차 사고로 그렇게 됐다고 하더라고. 그니까 남의 불행이 나의 안심이 된 거야. 참 미안하게 생각하지만 그 사람을 딱 보는 순간에 '오! 이 사람은 믿어도 되겠구나.' 그런 생각이 들었어. 나를 여자로 뭘 어떻게 하려는 게 아니라는 걸 내가 금방 느꼈으니까.

그렇게 만난 사람이 바로 에드 마스터스야. 미군방송본부 중역이었던 에드 마스터스는 일본과 한국 지역 담당으로 주로 미군방송본부와 일본 국영방송인 NHK를 오가며 일을 하는데 조선호텔에서 노래하는 내 모습을 인상 깊게 보았다는 거야. "패티김! 당신의 노래 실력은 아주 뛰어납니다. 일본은 현재 엔카 가수가 대부분이고, 샹송을 부르는 가수가 몇몇 있지만 당신과 같은 스탠더드팝[58]을 부르는 가수가 전무합니다. 일본에 가면 당신은 분명 팝 가수로 대성할 거라고 확신합니다." 그러면서 일본에 가지 않겠냐는 거야.

조　그래서 뭐라고 했어요?

김　당연히 예스, 그랬지. 그때는 한일국교정상화가 이루어지기 전이라 개인적으로 일본에 가는 것은 불가능했어.[59] 일본을 가려면 NHK에서 초청을 해줘야 했는데 에드 마스터스가 서류랑 절차 이런 걸 다 해결해줬어. NHK가 한국가수를 초청한 것은 해방 이후 처음 있는 일이었어. 그렇게 해서 일본에 가게 된 거야.

　그게 1960년 12월이야. 그니까 58년 후반쯤에 처음으로 노래 연습생으로 시작을 한 거부터 시작을 하면, 사실상 58년에 가수생활을 시작한 거야. 솔로는 아니지만 듀엣으로 그때부터 무대에 섰으니까. 그러고 패티김이라는 가수가 탄생을 하는 거는 1959년 정초. 미8군쇼 오디션을 보고 합격하자마자 미8군 쇼단에서 노래를 하다가 조선호텔로 옮긴 지 얼마 안 돼 도쿄를 간 거야. 일본으로. 굉장한 일이지. 나는 정말 운이 터졌지, 뭐. 고생 안하고. 에드 마스터스가 안 도와줬

58　스탠더드팝(Standard Pop)은 로큰롤이 생기기 이전 1950년대 대중들에게 인기를 끌었던 미국의 고전적인 음악 장르다. '이지 리스닝 뮤직'(easy listening music)이라고도 한다.

59　1945년 해방 이후 미국의 알선으로 1951년부터 한일예비회담이 시작됐다. 그렇지만 여러 차례 회담은 결렬되었고 1961년 5월 박정희 정권의 탄생 이후 한일 관계의 개선을 위한 회담이 적극적으로 진행이 되었다. 그 이후 1965년 한일양국은 국교를 수립하였다. 패티김의 일본 초청이 1960년 무렵이었으니 이때는 아직 두 나라가 국교를 맺기 이전의 일이었던 셈이다.

으면 힘든 일이었지.

그렇게 해서 내가 1960년 12월에 일본에 간 거야. 그러니까 난 노래 시작하고 만 2년 반 만에 벌써 일본에 초대를 받아서 간 거지. 해방 이전에는 일본이 우리 선배님들의 주요 무대였어. 일본은 무대랑 시장이 넓으니까. 그래서 일본이랑 한국을 왔다갔다 했는데, 해방이 되면서 한일문화교류가 완전히 끊겼어. 그러다가 음……. 1945년에 해방하고, 60년이니까 한 15년 만에 처음으로 한국가수가 NHK에 공식 초청을 받고 일본으로 간 거야. 그때는 김포공항도 생기기 전이라 여의도비행장[60]에서 일본 가는 비행기를 타고 떠났어.

내가 가수가 된 거는 맨 처음에는 곽준용 씨, 베니김, 그다음은 미스터 마스터스 덕분이야. 그분들이 내 은인이지. 마스터스 그 사람이 나를 일본으로 진출하게 해줬고, 그 사람으로 인해서 63년에 미국까지 가게 됐고.

조　일본에 갈 때 한국에서 패티김의 위치는 어느 정도였어요?

김　국내 팬들은 별로 없었지. 그렇지만 연예계에서는 대단히 화제의 인물이었지.

조　신기하네.

김　그때는 TV도 없던 시절이야. 내가 59년 정초에 오디션 보고 패티김이 탄생했고, 60년 12월에 일본을 갔으니까 나는 진짜 무명 시절이라는 거는 거의 경험을 안했어. 꼭 따지자면 처음에 한 6개월 미8군

60　여의도공항은 우리나라 최초의 비행장이다. 1916년 일본이 만든 것으로, 1929년부터 1958년까지 비행장 역할을 했다. 1958년 김포국제공항이 생기면서부터 공군기지로 사용되다가 공군기지 역시 지금의 서울공항으로 이관하면서 폐쇄됐다. 여기서 말하는 서울공항은 김포공항이 아니라 성남에 있는 공군기지를 말한다.

쇼단에서 듀엣했던 것, 그 시절이 무명이야. 그니까 아티스트로는 어마어마한 운을 타고난 사람이지. 안 그러니? 얼마나들 5년, 10년 무명으로 지내면서, 고생 많이 하고 그러니. 그런데 나는 그런 고생이라는 건 없었으니까.

그다음부터 미스터 마스터스 그분이 나를 일본까지 보내주고 그러다가 보니까 동남아시아를 연달아 돌게 됐지. 그때는 비자 기한이 있어서 일본에서 2개월이 되면 다른 나라에 나갔다와야 했어. 그러면 홍콩 힐튼호텔 같은 데를 가. 거기 가서 한 사흘쯤 일을 해. 그런 뒤에 다시 비자를 받고 일본에 들어와. 그렇게 해서 한 거의 2년을 일본에서 와타나베 히로시[61]의 밴드인 스타더스트였나, 그 밴드 전속으로 있었지. 그때까지 에드 마스터스는 프로덕션을 통해서 내가 어떻게 지내는지 다 관리를 해줬어.

조　와타나베 히로시랑은 어떻게 만났어요?

김　와타나베 히로시는 NHK방송 악단장이었는데 내가 NHK 가서 공연을 하면서 알게 됐지. 그분이 일주일에 한번 정도씩 지방에 공연을 다니는데 내가 밴드의 전속가수처럼 같이 다니게 된 거야. 지금은 없어졌지만 니치게키 씨어터[62]라고 우리말로 하면 일극(日劇)극장이지. 거기에서도 내가 또 몇 번 공연을 했지. 일본은 전통을 지키는 나란데, 그 극장을 없앴더라. 도쿄 긴자거리가 쭈욱 이어지다가 양쪽으

61　와타나베 히로시(わたなべ ひろし)는 당시 일본 음악계의 거물이었다.

62　긴자의 니치게키(日劇) 씨어터는 일본에서도 손꼽히는 큰 극장이었다. 이곳에서는 언제나 다양한 공연이 이루어졌고, 반응이 좋으면 2, 3개월씩 장기공연으로 이어졌다. 유명 가수의 공연이 있는 날, 극장 입구에서 줄을 서서 기다리는 관객들의 모습은 긴자의 상징과도 같은 풍경이었다고 했다. 재개발 사업으로 철거되어 지금은 새로 생긴 영화관이 그 이름만 이어가고 있다.

로 갈라지는 데가 있어. 고 갈라지는 딱 거기가 일극극장이었었거든. 3층인가 4층이었어. 몇십 년 전이었는데 그때 이미 땅 한 평에 몇백만 불 했지. 아마 그래서 없어졌나봐. 그 극장을 없앤 거는 참 아까워.

조　일본 간 게 몇 살이에요? 스물······.

김　그때가 1960년이니까 스물세 살, 만으로 따지면 스물두 살이지. 그니까 나는 정말 척척척척 이렇게 막 올라갔지. 일본에 가서도, 일본에는 다 엔카[63]였잖니. 다 엔카 가수뿐이고, 그 당시 일본은 샹송을 그렇게 좋아하드라구. 샹송 가수가 몇 명 있었어. 그런데 나 같은 팝송 가수는 몇 없었어. 그니까 일본에서 정말 많은 호평을 받았지. 노래는 확실히 잘했으니까. 그러고 일본사람들이 몸집 같은 게 좀 작잖아? 그런데 내가 지금보다 더 말랐으니까, 키도 더 커 보이고, 지금보다 보통사람들이 더 작았으니까 더 돋보이게 커 보였지. 그러니까 신체적으로도 목소리도 그 사람들을 압도하는 게 좀 있었지.

조　일본에서도 패티김이라는 이름으로 노래했어요?

김　그럼, 패티키무. 거기서 그래. 패티키무상.

조　패티키무상.

김　패티키무야. 거긴 패티김이 안 되대? 패티키무상. 꼭 그랬어.

조　패티키무상.

김　너 혹시 오래전에 비행기 사고로 죽은 사카모토 규[64] 아니? 「우에오 무이테 아루코」 부른.

63　엔카. 演歌. 일본의 대중가요로, 메이지 시대 이후 유행하기 시작했다. 처음에는 정치적 선전을 위해 불려서 이름도 연설과 노래라는 한문 글자를 조합해서 만들어졌다. 점점 정치적 성격은 없어지고, 일본의 대중가요로 자리를 잡았다. 우리나라의 전통가요나 소위 '뽕짝'과 쌍벽을 이루었다.

조   아, 세계적인 가수. 동양인으로는 최초로 미국에 진출한?

김   동양사람 노래가 미국에 정식으로 등장한 건 사카모토 규가 최
초야. 아마 나보다 어렸을 거야. 그 가수랑 같이 공연도 했었어. 그때
사카모토 규짱은 아주 인기가 최고였지.

조   일본에서도?

김   아이, 물론이지. 사카모토 규의 노래가 막 나왔을 때, 말하자면
내가 스페셜 게스트였어. 외국인 게스트로 나가서 항상 뭐「틸」,「파
드레」,「썸머타임」같은 외국곡을 부르고,「아리랑」도 부르고 그랬지.

조   음. 아까 말씀 중에 동남아까지 다니셨다면서요. 어떠셨어요?

김   아까도 말했지만 일본에서 노래하다가 비자 때문에 어딜 가는
거야. 홍콩에도 가서 한 3, 4일 힐튼호텔 같은 데 가서 노래하고. 지금
생각하면 어떻게 내가 그렇게 대담하고, 용기가 있었는지 몰라. 혼자
서 그러고 가면 거기에는 필리핀 밴드들 아니면 이태리 밴드들이 와
있어. 한 5, 6명이 와서 연주를 해. 뭐 소규모 캄보밴드[65]지. 그렇게 그
냥 악보 가지고 다니면서 연습하고 거기서 노래하고 그랬어. 혼자서.

조   혼자서?

김   그럼! 일본에서는 이토 상이라고 내 매니저가 있었는데 그 사람
이 항상 나랑 같이 다니고, 운전해주고 그랬지. 그런데 외국에 나갈
때는 내 무슨 퍼스널 매니저가 없었으니까 어디어디로 가라 그러면

---

64   사카모토 규(坂本 九, 1941~1985). 일본의 유명 가수. 1961년에 발매한「우에오 무이테 아
루코」(上を向いて歩こう, 위를 보며 걷자)가 1963년 미국에서「스키야키」라는 제목으로 빌보드 핫
100에서 3주 연속 1위를 기록했다. 동양인으로서는 최초의 일이었다. 그러나 불행하게도 1985년 8
월 12일, 비행기 추락사고로 사망했다.
65   캄보밴드(Combo band)는 기타, 베이스, 드럼, 피아노 등의 연주자로 구성된 소규모 밴드
를 말한다. 여기에 트럼펫이나 트럼본 또는 색소폰 같은 관악기가 추가되기도 한다.

내가 짐 싸들고 가는 거지. 지금같이 뭐 핸드폰이 있니 뭐가 있니. 거기 연락처하고 호텔하고 에이전트 이런 것만 알고 가는 거야. 그럼 거기 비행장으로 사람이 나와. 이름 써들고 나를 기다리고 있지. 그럼 그 사람 쫓아가서 거기 호텔 체크인하고 클럽에서 연습하고 노래하고. 그렇게 동남아시아를 다니는 거야. 그렇게 해서 한 사나흘 있으면 일본 가는 비자를 다시 받잖아? 그러면 들어가서 노래하고, 일본에서 지내다가 비자가 끝나면 또 어디 필리핀 같은 데로 가는 거야. 거기서 또 사나흘 일을 해. 그래가지고 거기서 또 비자 받아서 다시 들어오고 그랬다구. 오키나와[66]도 갔다오고 그랬지. 요즘 스물두세 살은 너무 너무 어른이지. 애들이 조숙하잖아. 그런데 그 당시 나 정말 순진했거든. 근데도 그런 용기는 있었다는 거지. 그만큼 나는 노래를 사랑했고, 노래가 나의 그냥 생명이다, 내 운명이다 생각하고 노래를 위해서는 겁 나는 게 없었어. 그리고 노래를 위해서는 뭐든지 항상 포기했고, 무서운 줄 모르고 그러고 다녔어.

조　　　그때부터 우리나라에서 무대 사회자들이 동남아 순회공연에서 막 돌아온 누구누구, 그렇게 가수들 소개하고 그랬어요.

김　　　그렇게 일본에서도 노래하고, 동남아시아를 다니고 그러는 중에 오키나와에도 갔었는데 거기에도 미군클럽이 있잖아. 그런 데를 다 다녔어. 이런 걸 미스터 마스터스가 다 해줬어.

　　미스터 마스터스는 내가 일본으로 가기 전에 우리 어머니, 오빠, 언니 다 만났어. 몇 번을! 그리고 자기가 나를 맡은 거잖아. 그러니까 그

66　　오키나와(沖繩)는 일본 열도의 남쪽에 있는 곳으로 메이지 시대 일본 영토가 되었으나 제2차 세계대전 이후 미군이 점령한 뒤 1972년까지 미국의 통치를 받았다. 일본에 반환된 후에도 여전히 미군 기지가 상주하고 있다.

만큼 책임감을 갖고 있었던 거야. 일본에 도착해서 처음 며칠 호텔에 있다가 나를 어떤 집에 하숙을 시켰어. 사업하는 외국사람하고 일본 여자가 결혼해서 사는 집이었는데 아주 굉장히 교양 있고 잘사는 사람들이더라구. 그래야 내가 일본 습관도 알 수 있고, 무엇보다 안전하니까 그랬나봐. 그 부부랑 아마 친했었나보지. 집터가 아주 넓었는데 부인은 몇 번 봤지만 남편은 거의 본 기억도 없어. 한쪽으로 떨어져 있는 방 한 칸에 나를 있게 하더라구. 그만큼 나를 보호를 해줬어. 미스터 마스터스가.

거기 있다가 비자 기한이 다 되면 어디로 갈 건지 올 건지 그런 걸 미스터 마스터스가 다 해준 거야. 그렇게 동남아시아 곳곳을 다니고, 일본 전국을 다녔어. 그때.

조　일본에 처음 갔을 때 일본 연예 산업계라 그래야 되나. 거기 분위기는 어땠어요?

김　아. 나는 거기 가서 깜짝 놀랐지. 거기는 정말 체계적이야. 방송국도 그렇고 공연장도 그래. 시간도 정확하지. 무슨 연습, 무슨 연습 그런 게 계획대로 진행 되고, 연습 끝나고 리허설할 때면 방마다 도시락 쫙 놔주고 오고가는 복도에 각종 차를 다 준비해놓고 가수들이 최고의 컨디션으로 공연할 수 있게 준비를 다 해주는 거야.

일본 가기 전에 한국에서는 내가 직접 방송국에 가본 적도 없었으니까 으레 방송국은 다 그런 거라고 생각했었지. 근데 1966년 한국으로 돌아왔을 때 우리나라에 방송국은 남산에 KBS[67] 딱 하나 있었어.

67　KBS방송국은 1947년 처음으로 라디오 방송을 개국하고, 1961년 서울 국제방송국과 서울 텔레비전 방송국을 개국했다. 그리고 1968년 3개 방송국을 통합, 중앙방송국으로 다시 개편한 뒤 1973년 공영방송인 한국방송공사(KBS)로 출범했다. 현재의 여의도본사는 1976년 설립한 것이다.

방송을 하려고 거길 갔는데 완전히 엉망진창인 거야. 그러니까 그때만 해도 일본이 확실히 여러 면으로 우리보다 앞서 있었던 거지. 지금은 우리가 경제적으로도 그렇고, 많은 분야에서 일본과 비교해 뒤질 게 없지만 그때만 해도 몇십 년쯤은 뒤떨어져 있었던 게 사실이긴 하지.

조 일본에서 공연을 바로 시작했어요?

김 그것도 아니야. 나는 일본에 오면 곧바로 무대에 서고 공연을 할 줄 알았는데 처음 두 달은 공연을 안 시키더라. 대신에 수없이 많은 사람을 만나고, 수없이 회의를 했어. 그때는 몰랐지만 지금 생각해보면 일본은 이미 체계적으로 엔터테인먼트 사업을 했던 거 같아. 그러니까 그때 내가 영문도 모르고 참석했던 회의는 모두가 다 한국에서 온 가수 패티김을 어떤 식으로 기획하고, 마케팅할 것인지, 어떻게 데뷔시킬 것인지 철저하게 계획을 세우는 회의였던 거지.

내 경우에는 방송이나 무대를 통해 데뷔하는 것보다 앨범을 먼저 발표하는 게 나을 거라는 결론이 내려져서 콜롬비아 레코드사[68]에서 앨범을 제작했어. 일명 도너츠판. 한국에서 미국 팝송만 부르다가 한국노래로 앨범을 만드니까 오히려 낯설었지만 처음부터 다시 시작하는 셈이니까 열심히 불렀지. 그때 그래서 「도라지 타령」, 「아리랑」 같은 민요랑 「황성옛터」, 「목포의 눈물」 같은 노래를 불렀어. 악보도 없어서 해방 전 일본에서 활약했던 김정구[69], 현인[70] 선배나 장세정[71],

---

68 일본의 콜롬비아 레코드사는 일제 시대부터 우리나라 음악 음반을 많이 발매했던 회사다. 패티김은 여기서 1961년 「아리랑」 EP음반을 냈다. 패티김이 이 음반을 낸 뒤 1965년 한일수교가 이루어졌다. 그 이후 한국가수들이 일본에서 음반을 취입하는 데 패티김의 음반이 결정적인 역할을 하게 된 셈이다.

신카나리아[72], 이난영 선배 등의 레코드와 악보를 MK프로덕션에서 구해줘 그것으로 연습을 했지, 뭐. 한복 입고 절하는 모습이 내 앨범 사진이었어. 한국과는 달랐지만 일본에서는 그래야 한다니까 하라는 대로 했지. 그때부터 일본은 가수를 스타로 만들기 위해 뭔가 전략을 짜고 기획을 하는 일을 시작하고 있었던 거지. 그만큼 체계적이었어.

69   김정구(1916~1998)는 '두만강 푸른 물에'로 시작하는 「눈물 젖은 두만강」을 부른 가수다. 일제시대부터 미국 캘리포니아 지역에서 세상을 떠나기 전까지 활동을 했다. 대중가수 최초로 대한민국 문화훈장 보관장을 받았다.

70   현인(1919~2002)도 일제시대부터 노래를 부른 '가수 1세대'의 대표적 대중가수다. 대표곡 「신라의 달밤」, 「비 내리는 고모령」, 「굳세어라 금순아」 등은 1950~1960년대는 물론 지금까지도 어르신들의 대표곡으로 불리우고 있다.

71   장세정(1921~2003)도 일제시대부터 활동한 가수. 1937년 「연락선은 떠난다」로 데뷔, 대히트를 쳤다. 한창 활동할 때는 여자가수로는 「목포의 눈물」의 이난영과 쌍벽을 이룬다는 평이 있을 만큼 인기가 높았다.

72   우리나라 최초의 예명가수였던 신카나리아(1912~2006)는 이동극단 막간 가수로 가수 활동을 시작, 1928년에 「뻐꾹새」와 「연락선」으로 가수 데뷔를 했다. 1970년대에 직접 운영한 카나리아다방은 동료 가수들의 사랑방 역할을 하기도 했다.

일본으로 떠나는 여의도비행장

일본에서의 패티김

1

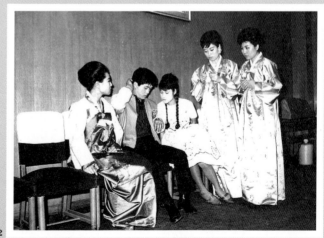

1 와타나베 히로시와 연습
하는 패티김
2 니치게키 극장에서 사카
모토 규 등과 함께

2

라스베이거스,
낯선 세계의 문앞에 서다

조　일본에서 활동하다가 미국으로 건너갔죠?

김　그렇지. 또 미국으로 갔지.

조　미국은 또 어쩌다 가게 됐어요?

김　오키나와에 가서 일을 하고 있는데, 미군클럽이었지. 거기서 내 노래를 듣고 어떤 미국사람이 나를 미국에 데리고 가고 싶다고 하는 거야. 근데 내가 먼저도 말을 했지만 그런 일이 좀 많이 있었거든. 협잡꾼들도 있고, 사기꾼들도 있고. 나도 맨 처음에는 막 흥분했다가 나중에 내가 세상이 그렇질 않다는 걸 알았지. 61년이 되고 62년이 되고 그러니까 나도 어느 정도 영어로 말이 통하긴 했어. 그 사람 하는 말이 나를 미국으로 데리고 가고 싶다고 하면서 자기가 김시스터스를 한국에서 픽업해서 미국으로 데려간 장본인이래. 김시스터스를 외국 사람이 픽업해서 미국 데려간 거는 나도 알고 있었거든. 근데 그게 이 사람인지는 몰랐지. 그래서 '나를 매니지먼트 하는 분이 미스터 마스

터스다. 그분하고 연락을 해라. 나는 예스, 노를 못한다.' 그랬지. 그
치만 속으로는 '라스베이거스[73] 데려가고 싶다.' 그러니까 귀가 뻥!
터지고, 드디어 미국에 가는 건가 흥분이 막 되더라구.

조　그전부터 미국엘 가고 싶었어요? 생각을 하고 있었어요?

김　일본에 갈 때도 맨 처음에 갈 때는 막 흥분하고 긴장하고 그랬
지. 일단 한국을 떠나는 거니까. 일본은 그때 우리 생각에도 최소한
30년쯤은 우리보다 앞서가는 나라라고 생각했으니까. 그런데 일본도
여기저기 몇 번 왔다갔다 하니까 그게 그거야. 같은 동양이고, 뭐 발
전도 별로 안 된 거 같았어. 그래서 미국을 가고 싶던 참인데, 이 사람
이 딱, 나타난 거야. 이름이 밥 맥맥킨(Bob Mc Mackin)이었어.

　이 사람이 내 말을 듣더니 미스터 마스터스한테 연락을 한 거야. 그
러고는 두 사람이 일본에서 만나서 의논을 한 거야. 미스터 마스터스
가 다 조사를 해보니까 밥 맥맥킨은 이미 결혼해서 애 둘 낳고 사는
남자고, 미8군쇼 무대에서 활동하던 김시스터스를 미국으로 데려가
1958년 한국가수 최초로 미국 라스베이거스쇼에 진출을 시킨 사람이
었어. 김시스터스는 귀엽고 앳된 외모에 노래와 춤은 물론 드럼, 트럼
펫, 아코디언 등 다양한 악기를 번갈아 연주해 당시 미국에서 큰 인기
를 얻었지. 김시스터스는 미국뿐 아니라 유럽여행도 해서 아주 화제
가 됐지. 그러니까 내 매니저가 아, 이 사람은 믿을 만하다. 괜찮다.
그랬지. "패티! 밥은 신뢰할 수 있는 사람이니, 그의 말대로 라스베이
거스로 가보는 것이 좋겠어요! 역시 미국은 쇼비즈니스의 본고장이라

73　라스베이거스(Las Vegas)는 미국 서남부 네바다 주에 있는 도시다. 도박장, 호텔, 나이트클
럽 등이 있는 유흥지이자 세계적인 도박의 도시로 유명하다. 사막 한가운데 있지만 1936년부터 관
광지이자 환락지로 각광을 받았다. 패티김의 미국 진출은 여기에서 시작되었다.

고 할 수 있지 않아요?" 그러는 거야.

밥은 김시스터스를 몇 년을 데리고 있었으니까, 말하자면은 김시스터스를 이을 만한 뉴스타를 찾고 있는 중이었어. 근데 우연히 나를 딱! 본 거지. 그래서 오케이, 미국으로 가자, 라스베이거스로 가보자, 이렇게 된 거야.

조   일본에서는 뭐라고 안 그랬어요? 누이를 데리고 딴 데로 간다고.

김   일본에서 내 활동을 도와준 곳은 MK프로덕션이라는 곳이었어. MK프로덕션 고바야시(小林) 사장은 전직 가부키[74] 배우였는데 가업인 인쇄업을 물려받아서 돈을 벌었지. 그렇게 번 돈을 엔터테인먼트 사업에 투자를 한 사람이야. 그렇게 해서라도 자신이 못 이룬 꿈을 이루려고 했던 거지. 고바야시 사장이 나를 참 많이 도와줬어. 그런데 내가 미국에 가겠다고 하니까 이 회사 입장에서는 아쉽기야 했겠지. 그래도 미국행을 막지는 않았어. 아마 그 사람들도 알았을 거야. 한국 가수가 일본에서 활동하는 것이 쉬운 일이 아니라는 걸. 그렇게 해서 일본에 온 지 만 2년도 안 돼서 미국으로 가게 된 거야.

조   그때가 그러니까 언제인 거예요?

김   그때가 63년 3월이야.

조   혼자 비행기를 탔어요?

김   아니지. 밥하고 같이 갔지. 라스베이거스에 내리니까 밥 부인이 나와 있더라고. 그런데 금발머리에 파란눈에 그런 미인이 없더라. 그이가 30대였어. 애가 둘이 있고, 나는 이제 그때 한 스물네 살 정도 됐

---

74   가부키(歌舞伎, かぶき)는 일본의 대표적인 전통극이다. 노래와 춤이 등장한다. 에도 시대부터 있었다.

나? 그랬겠지? 63년. 근데 거기 사람들이 나를 다 스무 살로밖에 안
봤어. 동양여자들은 굉장히 좀 앳되어 보이잖아. 내가 맨 처음에 가서
영어도 잘 몰라, 아는 사람이라고는 하나도 없어, 그러니깐 매니저의
부인이 애니였는데, 애니 여동생이 사는 방 두 개짜리 아파트에 나를
묵게 하더라구. 그래야 영어도 배우고, 우선 내가 안전해야 하니까,
안전을 최고로 여긴 거지. 미스터 마스터스는 그렇게 나를 배려를 해
줬어. 진짜 그런 은인이 없지. 미스터 마스터스가 죽기 얼마전에 아르
만도하고 정아랑 카밀라 데리고 방문하고 그랬었다구.

　　그래서 미국에서도 맨 처음에는 그렇게 몇 달을 살았어. 어딜 가면
그 와이프 애니가 항상 동행을 해줬어. 그 여자가 운전하고, 공연하는
데 데려다주고, 데리러 오고. 그래서 맨 처음에 라스베이거스 센즈호
텔, 달리호호텔, 썬더버드호텔 라운지에서 노래를 했어.

조　　라스베이거스에 가보니 어땠어요? 첫인상이.

김　　그 당시에는 지금처럼 여기저기 고층 빌딩이 많지도 않았어. 사
막 한가운데 황야 같았지. 도시 전체가 거대한 도박장 같더라. 가는
데마다 도박장이 있었으니까. 도시 어디를 가도 도박장, 술집, 음식점
아니면 호텔이지. 사람들이 모이는 곳이면 어디든 슬롯머신이 있고.
세계 각국에서 몰려든 사람들로 온종일 밤낮없이 북적거려. 근데 내
가 더 놀란 건 호텔마다 엄청나게 큰 쇼 무대가 있다는 거야. 어디를
가든 호텔 로비에는 유명 가수와 배우들의 공연이나 쇼를 알리는 포
스터가 붙어 있고, 다양한 프로그램이 매일매일 열리는 거야.

조　　지금도 그러니까.

김　　그렇지. 지금은 더하겠지. 라스베이거스 호텔은 대부분 딱 들어
가면 라운지가 있어. 거기서는 항상 거의 24시간 쇼를 해. 밤낮으로

음악소리가 나오고, 좀더 들어가면 메인룸이 있어. 쇼룸! 그 쇼룸에는 빅스타들이 오는 거지. 그 당시에.

조　당대 빅스타들이 왔겠죠.

김　그 당시에, 내가 라스베이거스에 있을 때 프랭크 시나트라, 냇 킹 콜[75], 페리 코모[76], 셰어[77], 폴 앙카[78], 딘 마틴 등등도 공연을 왔어. 그동안 말로만 듣고, 라디오나 레코드로만 듣던 유명 가수들의 얼굴 이 커다랗게 인쇄된 공연 포스터 앞에 서 있으니까 꿈만 같더라.

조　새미 데이비스 주니어[79]는?

김　새미 데이비스 주니어도 물론. 나 사진도 찍은 거 있어. 그런 걸 보는 내 기분이 어땠겠니. '이것이야 말로 쇼비즈니스로구나! 내가 정 말 쇼비즈니스의 본고장인 미국 땅을 밟은 것이로구나!' 온몸으로 실

75　냇 킹 콜(Nat King Cole, 1917~1965)은 소년시절부터 노래를 불렀다. 주로 재즈와 팝송을 불렀는데 흑인 특유의 애수가 느껴지는 목소리가 매력적이었다. 킹이라는 애칭은 자기 스스로 붙인 것이라고 한다.

76　페리 코모(Perry Como, 1912~2001)는 이발사 출신의 미국가수다. 1937년부터 노래를 불러 수많은 히트곡을 발표한 그는 한때는 프랭크 시나트라와도 인기를 겨루는 스타였다. 우리나라 가수 박형준을 한국의 페리 코모라고 부르기도 했다.

77　셰어(Cher, 1946~). 가수이자 배우. 역시 일찍부터 활동을 시작했다. 열일곱 살인 1963년 에 가수가 되었고, 1970년대는 텔레비전 코미디 프로그램에 출연하면서 인기를 끌었다. 또한 「문스 트럭」 등에 배우로 출연, 아카데미 여우주연상을 받기도 했다. 소니 보노(Sonny Bono, 1935~1998) 라는 유명 남자가수와 결혼, '소니와 셰어'(Sonny&Cher)라는 듀엣팀을 만들어 활동했다. 훗날 두 사 람은 이혼을 했고, 남편 소니 보노는 정치인이 되었다.

78　폴 앙카(Paul Anka, 1941~)는 캐나다 출신으로 열다섯 살 무렵 자신의 노래 「다이아나」로 데뷔, 선풍적인 인기를 끌었다. 톰 존스, 프랭크 시나트라 등 유명 가수들에게 노래를 주기도 하고, 직접 노래를 부르기도 했다. 우리나라에서는 「Crazy Love」, 「You Are My Destiny」, 「My Home Town」 등의 노래가 1960년대 많은 사랑을 받았다.

79　뉴욕 할렘에서 태어난 새미 데이비스(Sammy Davis, 1925~1990)는 어려서부터 아버지, 큰 아버지와 함께 무대에 섰다. 1954년에 자동차 사고로 눈을 잃었지만 다음해 바로 복귀하여 노래, 댄스, 드럼, 성대모사 등 다양한 재주를 보여줬다.

감을 했지.

조 그때 웨인 뉴톤[80]도 봤어요?

김 웨인 뉴톤은 조금 후야. 웨인 뉴톤하고 나하구 리노, 너 리노[81]
가 어딘 줄 아니? 리노 나이트클럽에서 같이 일했다? 2주쯤. 웨인 뉴
튼 위드 제리 뉴톤 두 형제가 듀엣으로 노래를 시작했어.

조 웨인 뉴톤이? 와우!

김 걔네들하고 나하고 같은 클럽에서 거의 2, 3주 같이 했어. 그러
더니 언젠가 보니까 웨인 뉴톤의 「당케 쉔」(Danke Schoen)이란 노래
가 히트하면서 완전히 라스베이거스의 터줏대감이 되더라. 아직도 거
기서 쇼해. 그 사람 이름을 보고 오는 거지. 그 당시에 바브라 스트라
이샌드[82]도 왔어. 그런데 리버라치[83]라고 아니? 게이[84]인데 왜.

조 알죠. 화려한 옷 입고 아주아주 유명한 게이죠. 자기가 게이라
는 거를 자랑스럽게 말하고. 피아노도 화려하게 기막히게 잘 치고. 보

---

80 웨인 뉴톤(Wayne Newton, 1942~)은 열다섯 살인 1959년 라스베이거스에서 처음 노래를
부르기 시작했다. 1990년대 후반까지 그의 공연을 보기 위해 팬들은 길게 줄을 서서 티켓을 구매해
야 할 정도로 대스타였다.

81 리노(Reno)는 미국 네바다주 북서쪽에 있는 도시로, 1900년까지 주로 유통중심지였으나
1931년 이래 라스베이거스와 함께 도박의 중심지로 알려졌으며, 카지노와 호텔·레스토랑 등이 많
다.

82 바브라 스트라이샌드(Barbra Streisand, 1942~)는 우리나라 사람들에게도 잘 알려진 가수
이자 배우다. 1961년 아마추어 가수 경연대회에서 우승, 이듬해 브로드웨이로 진출했다. 1963년부
터 콜럼비아 레코드에 취입하기 시작하고, 1964년에는 뉴욕에서 뮤지컬 「퍼니걸」(Funny Girl)의 주
인공이 되었고, 1968년에는 영화 「퍼니걸」로 아카데미 여우주연상을 받았다.

83 리버라치(Liberace, 1919~1987). 피아니스트이자 엔터테이너. 화려한 코스튬 플레이, 즉 무
대의상으로 인기를 끌어 사람들은 그를 가리켜 '세계가 사랑한 피아니스트'라고 불렀다. 본명은
Wladziu Valentino Liberace. 앞부분을 어떻게 표기해야 하는지는 잘 모르겠다.

84 게이(gay)는 '동성애자', 주로 남성 동성애자를 뜻한다.

석 달고.

김 자기 피아노 위에다 샹들리에 올려놓고 하는데 참 재밌어. 그 사람이 메인 스타고, 바브라 스트라이샌드가 항상 오프닝 가수였어. 워밍업해준 거야. 그렇게 분위기를 만들어주는. 가수 공연 앞에서는 코미디언이 시작을 해주고 반대로 그런 연주자나 유명한 코미디언 앞에 오프닝하는 사람은 가수야. 근데 그 바브라 스트라이샌드가 오프닝 가수였어. 오프닝 액터는 대강 15분에서 18분해. 그런데 소문이 쫙 난 거야. 아주 괴상하게 생긴 여잔데, 노래를 정말 잘한다.

그런데 라스베이거스에서는 매주 수요일마다 두 시에 엑스트라쇼가 있어! 왜냐하면 쇼가 여덟 시에 있고 열두 시에 있거든. 아니야. 여덟 시에서 열 시에 끝나고 열한 시에서 한 시에 끝나던가? 하여튼 그래. 그런데 수요일마다 두 시에 공연이 있어. 그거는 거기 와 있는 모든 엔터테이너들이 가서 볼 수 있게 해줘. 그럴 때는 난 빠짐없이 가서 보지. 다른 때는 내가 볼 수가 없잖아? 쇼 시간이 똑같으니까. 그래서 바브라 스트라이샌드가 라스베이거스에서 오프닝 액터로 시작할 때 가봤어. 그 사람 데뷔 무대를 본 셈이지. 「마이 웨이」(My way)를 부른 프랭크 시나트라를 만나 함께 사진도 찍고 사인도 받았어,[85] 하하하. 하여튼 기회만 있으면 쇼를 보러 다녔어. 쇼 보고 배우는 거지. 그렇게 시작을 했어.

조 일본에서 미국 가기 전에 한국은 안 들렀어요? '빠이빠이' 인사도 안 하고.

김 왜, 했지. 미국에 가기 전에 1962년 한국에 돌아와서 한국팬들

---

85   패티김은 그때 프랭크 시나트라에게 받은 사인을 지금도 소중히 간직하고 있다.

앞에서 처음으로 공연을 한 거야. 그동안에는 미8군에서만 공연을 했지, 한국팬들 앞에서 노래를 한 적은 없었어. 가수로 데뷔한 지가 3년이 넘었는데 처음이었지. 그때 내가 공연했던 곳이 피카디리극장이야.

조　그 행사를 그때 누가 주최를 하고 관리를 했어요? 무슨 신문사나 방송국?

김　아냐. 그런 것도 아니야. 결국은 베니김이 도와주셨고, 뒤에는 흥행사가 있었지. 신문사나 방송국 그런 건 하나도 없었어.

조　아, 그때는 흥행사가 있었구나. 맞아. 쇼 흥행사가 있었지.

김　그럼, 대부분 다 흥행사들이 했지. 그때는 TV 이런 것도 없고, 기획사가 아니고 흥행사[86]야. 혼자서 조그만 단칸방 하나 빌려가지구 사무실 하나 차리고 그런 거지. 그래서 왜 나중에 그 당시 주간연예부 기자한테 코 물렸던 남자 누구니?

조　김용순, 이용순?

김　아니야, 그런 이름이 아니야. 하여튼 그 사람이 내 공연을 맡았어. 이 씨인 건 알겠는데.

키도 좀 작고, 그 사람이 내 쇼를 맨 처음에 한 거야. 그 피카디리가 지금은 극장 이름이 뭐라 그러드라?

조　그냥 피카디리일 거예요.

김　응? 그러니? 영화관이었어. 거기가 1960년에 개관을 해서 한국

86　당시 우리나라에는 극장쇼라는 것이 한참 유행이었다. 인기가수들이 영화를 상영하던 극장 무대에서 노래를 불렀는데 서울 시민회관이 제일 좋은 곳이었다. 시민회관은 지금 세종문화회관의 전신이라고 할 수 있다. 이밖에도 서울의 많은 극장들이 가수들의 무대가 되었다. 이렇게 가수들을 무대에 올리는 역할을 한 사람들은 극장쇼의 흥행주인 쇼단 단장들이었다. 흥행사라고도 불렸다.

영화만 상영했던 곳이야. 이름이 원래는 반도극장이었어. 근데 영국 런던 피카델리 서커스 있잖니. 그 거리 이름을 붙이고 외국영화 상영관으로 재개관을 한 지 얼마 안 됐을 때야. 새로 단장을 한 지 얼마 안 됐으니까 공연을 할 수 있겠다, 싶었나보지. 그때는 시민회관도 없을 때야. 그러니까 영화관을 빌려서 공연을 한 거야. 공연 이름이 '패티 김 리사이틀'[87]이었어. 그 이름은 내가 그렇게 붙여달라고 한 거야. 대중가수들 공연 이름은 대부분 이름 다음에 쇼가 붙었는데 나는 그냥 쇼보다는 다른 이름을 붙이고 싶더라. 원래 리사이틀은 클래식 음악 연주회에만 붙이던 거였는데 나는 내 공연에 그 타이틀을 붙여달라고 요구를 했지.

조　그때 사람들 반응은 어땠어요?

김　가수 이름도 패티김이고, 사람들이 와보니깐 키는 큰 데다가 얼굴은 까맣고 서구적이니까 다 나를 외국인 2세로 알더라. 그런데다가 틈틈이 나는 선텐을 해가지고 얼굴이 구릿빛이었다구. 머리는 사자같이 풀고, 손톱은 하얀 페인팅을 하고 얼마나 화려했는지. 그니까 이거는 한국여자가 아니다 이렇게 된 거지. 그래서 나더러 "한국말, 우리말, 한국말 할 줄 아세요?" 그러는 거야. 너무 서구적으로 생겼다고, 내가 어디 혼혈인 줄 알았다고 다 그렇게들 말했어.

87　리사이틀(recital)이라는 말은 국어사전에 한 사람이 독창하거나 독주하는 음악회라고 나와 있다. 보통은 한 사람의 연주자가 피아노나 소합주 반주에 맞춰 노래를 부르는 걸 리사이틀이라고 하는데 이 말의 처음 시작은 1840년 런던에서 작곡가 리스트가 독주회를 했을 때부터라고 한다. 어쨌거나 패티김이 우리나라 대중가수 무대에 '리사이틀'이라는 말을 처음으로 사용한 건 매우 신선한 일이었다. 당시 다른 가수들 스타일과는 달라도 한참 달랐던 패티김은 사람들의 시선을 사로잡았고, 패티김의 이 공연이 끝난 뒤부터 그녀에게는 카리스마라는 단어가 평생 따라다니고 있다.

조　그랬기도 했겠어요.

김　그런데 피카디리에서 공연을 하니까 시내 곳곳에 포스터를 막 붙이잖니. 여기저기 붙은 포스터를 우리 아버지가 보신 거지. 거기다가 신문이나 잡지에 김인현 씨의 딸 가수 패티김이라고 기사가 나기도 했어.

조　아버지 이야기는 처음 하시네요?

김　아버지에 대해서는 아는 게 별로 없어서 할 이야기도 많이 없지, 뭐. 우리 아버지는 『민주일보』[88]라는 신문사를 차리기도 했던 분이야. 아버지 이야기는 나중에 또 하자. 하여튼 그때까지 우리 아버지는 내가 클래식 음악 공부하러 일본 갔다고 알고 계셨나봐. 일본에 갈 때 큰오빠가 그렇게 말씀을 드렸었대. 그러니 얼마나 기가 막히셨겠니. 그때 아버지한테 내가 가수라는 걸 처음 들킨 거야. 신식학문을 공부했다고 해도 그 시대 어른이니까 어깨를 훤히 드러내고 노래 부르는 딸의 사진이 시내 전봇대마다 붙어 있는 게 마땅치가 않으셨을 거야. 그래서 사람을 사서 서울 시내에 붙어 있는 포스터를 다 떼오라고 시키셨대. 그러고는 집에 오셔서 어머니와 오빠들을 야단을 치셨다는 거야. 나는 나중에 들었지 뭐. 그래서 3년 만에 가수가 된 걸 들키게 된 거야. 하하하. 큰오빠가 사실은 이만이만 하고, 일본에 가서 공연도 하고 뭐 이랬습니다. 혜자가 노래를 잘합니다. 이래가지고 그게 설득이 되셨어. 뭐 설득이 안 돼도, 무섭지는 않았어. 그때는 큰오빠가 무섭지, 아버지는 무섭지도 않았어. 같이 살지도 않는데, 뭐. 나

88　『민주일보』(民主日報)는 1946년에 창간이 된 일간종합신문사였다. 패티김의 아버지 김인현 선생이 발행인이었는데 이 신문사는 상해 임시정부세력과 연결이 되어 있었고, 신탁통치반대에 앞장을 서 습격을 받기도 했다고 한다. 조영남은 이런 사실을 이번에 처음 알았다.

는 밉기만 했던 분인데. 그렇게 공연을 끝내고 나는 미국으로 떠났어.

조　미국에 처음에 가서 뭐를 먼저 했어요?

김　라운지에서 노래를 했지. 시간 날 때마다 쇼를 보러 다니기도
했고. 그런데 몇 달이 지나도 메인쇼 무대에 오르기가 쉽지가 않아.
계속 라운지에서만 노래를 부르며 지냈지. 마침 그때 뮤지컬 제안을
받았어. 「플라워 드럼 송」(Flower drum song)이라는 작품이었는데 뉴
욕에서 1958년 공연을 시작해 600회 공연을 하고 1960년에 막을 내
린 뮤지컬이야.

　브로드웨이에서 몇 년 하다가 막을 내린 뒤에는 각 지방의 도시를
돌며 공연을 하잖니. 오프브로드웨이(OFF Broadway)라고 하지. 「캣
츠」[89] 같은 건 30년 하고 막을 내렸잖아. 「왕과 나」[90]도 「마이 페어 레
이디」[91] 같은 것도. 「플라워 드럼 송」도 브로드웨이에서 공연하다가
막을 내리고 다른 도시에서 공연을 했어. 이 작품이 1963년 라스베이
거스에서 공연을 했는데 내가 거기에 캐스팅이 된 거지. 샌프란시스
코 차이나타운을 무대로 이민 온 중국인들의 삶을 다룬 거야. 줄거리

---

[89]　「캣츠」(Cats)는 브로드웨이의 4대 뮤지컬 중의 하나다. 미국 출신의 영국의 유명한 시인
T. S. 엘리엇의 「Old Possum's Book of Practical Cats」(1939년), 우리말로 '지혜로운 고양이가 되
기 위한 지침서'에 나오는 열네 편의 시를 바탕으로 앤드루 로이드 웨버(Andrew L. Webber)가 작
곡하여 무대에 올린 작품. 극중 늙은 창녀 고양이 그리자벨라가 부르는 「메모리」(Memory)가 대표
적인 노래다.

[90]　「왕과 나」(The King and I)는 영국 출신의 젊은 미망인과 태국 왕의 러브 스토리를 그린 작
품으로 우리나라에는 율 브리너, 데보라 커 주연의 영화로 더 유명하지만 원래는 브로드웨이 인기
뮤지컬 중 하나였다.

[91]　「마이 페어 레이디」(My Fair Lady) 역시 오드리 헵번이 등장한 영화로 우리나라에서는 더 유
명하다. 1956년 3월에 브로드웨이에서 초연되어 6년 6개월에 걸쳐 롱런 공연한 뮤지컬이었다. 조지
버나드 쇼의 희곡 「피그말리온」(Pygmalion)이 원작이며, 뮤지컬에서는 줄리 앤드루스가 주인공을
맡았다. 조지 버나스 쇼가 뮤지컬 만드는 걸 반대해 그가 죽고 난 뒤 무대에 올릴 수 있었다고 한다.

는 미국에 사는 중국인 2세가 주인공인데 이 사람은 미국에서 나고 자랐으니까 미국사람인데 그 부모는 절대로 중국여자하고 결혼을 해야 한다고 해서 중국에서 여자를 데려오는 거야. 그런데 이 중국인 2세는 스타인데, 벌써 미국여자하고 연애하고 사랑을 해. 뭐, 그런 내용이야. 그런데 중국인 2세 역을 맡은 남자는 일본인 2세였어. 일본사람. 미국여자는 당연히 미국여자였고 그러고 그 중국에서 데려온 색싯감은, 또 거기서 그래도 많이 쇼를 했던 여자였어. 나는 주인공을 사랑하는 재봉사의 역할을 맡아 처음으로 메인쇼 무대에 서게 됐어. 비록 조연이었지만 주인공을 사랑하는 역할이었기 때문에 솔로로 두 곡을 부르게 됐어. 배역은 별로 크지는 않았는데 노래는 그 쇼에서 제일 이쁜 노래를 해. 「러브 룩 어웨이」(love look away)라고 정말 아름다운 노래야. 그 노래를 부르면 항상 박수를 굉장히 많이 받았어. 그니까 역은 조그만 역이었지만 노래는 왜 「캣츠」에서 그 늙은 고양이가 부르는 노래 있지.

조　「메모리」(Memory)!

김　털 다 없어지고. 그냥 그 지하실 같은 데서 웅크리고 있고 이러잖아. 젊고 막 윤기가 나는 고양이들은 활발하게 춤추고. 그렇지만 마지막 「메모리」를 부르면서 천당으로 올라가는 그 노래가 그 쇼의 최고잖아. 그 고양이는 그 노래 하나만 불러. 내 노래가 그런 식이었어. 나는 춤도 안 췄구, 그냥 노래만 두 곡을 했는데, 제일 예쁜 노래를 불렀어. 그래가지고 1년 8개월? 거의 2년을 공연을 하러 다녔어.

조　지내는 건 어땠어요?

김　지내는 거야 아무 문제 없었지. 근데 맨 처음에 미국에 갈 때는 정말 어마어마한 희망과 꿈을 가지고 갔어. 스타가 될 꿈을 꿨지. 미국에서 스타가 된다, 이런 꿈을. 그런데 딱 가서 몇 달 있어보니까, 아 여기서 스타가 되는 건 하늘에 별따기보다 힘들구나, 생각이 들더라. 나는 키도 크고 노래도 잘한다고 자신이 만만해서 갔는데 나보다 더 키 크고, 나보다 더 이쁘고, 나보다 더 노래를 잘하는 가수들이 아주 깔렸어. 내가 저 틈에서 뭔가를 한다는 건, 우와! 미국에서 동양여자가 솔로 가수로 자신의 이름을 걸고 쇼 무대에 선다는 게 불가능해보이더라구. 그래서 힘이 빠졌었지. 그런데 뮤지컬에 캐스팅이 되고 뮤지컬이란 거를 해보니까 굉장히 재미가 있더라구.

조　　그전에는 뮤지컬이라는 걸 알고는 있었어요?

김　　아, 뮤지컬? 처음이지! 나는 뮤지컬이란 게 있는지도 몰랐는데. 사실 「플라워 드럼 송」에 출연하기 전까지 뮤지컬이라는 것을 단 한 번도 본 적이 없었지 뭐. 뮤지컬을 본 적도 없는 사람이 배우로 무대에 서서 뮤지컬을 한 셈이지. 그래서 뮤지컬을 하게 됐는데 하다보니까 이거 참 괜찮은 직업이다, 그런 생각이 들더라.

조　　그때까지는 라스베이거스에 있었던 거죠?

김　　아직은 라스베이거스지. 라스베이거스 썬더버드호텔이라구 지금은 없어졌드라. 그 썬더버드호텔에서 1년 8개월 무대에 섰지. 손님은 뭐 매일 바뀌니까. 거기는 투어 버스가 와가지고 객석이 언제나 꽉꽉 차지. 그래도 난 뮤지컬 쪽으로 나가야겠다, 거기에는 좀 승부를 걸 만하다, 솔로로는 불가능하다, 이거는 동양여자가 할 수 있는 일이 아니다, 그런 생각이 들었어.

그때는 동양사람이 너무 없을 때야. 김시스터스가 성공을 하긴 했지. 김시스터스는 악기를 한 사람이 두세 개씩 다뤘어. 아주 진짜 쇼야. 중국옷 깜찍하게 입고, 머리는 포니테일로 묶어서 딱! 중국인형들

같이 했었다구. 그러니까 이게 히트를 쳤지. 드럼하지, 베이스하지, 트럼펫하지, 그리고 막 노래하지. 이러니까 얼마나 귀엽니. 미국사람들이 볼 때 이건 딱 중국인형이야. 중국인형들이 나와서 하는 것 같으니까 얼마나 예쁘겠니. 그런데 나는 솔로, 더구나 발라드 싱어인데 그 사람들 눈에 띄기가 어렵겠더라구. 그런데 우연히 시작하게 된 뮤지컬이 굉장히 흥미가 있는 거야. 뮤지컬 해야겠다! 맘을 먹었지. 그런데 뮤지컬도 끝났어.

그러니까 다시 라운지에서 노래를 부르는 것 말고는 이렇다 할 쇼 무대에 설 일이 없어. 밥의 주선으로 라스베이거스 이외의 미국 내 여러 지역 힐튼호텔을 돌며 노래를 하기도 했지만 역시 난 라운지 가수지 뭐. 그러니 재미가 없잖아. 단조로운 라스베이거스 생활에 점점 싫증이 나는 거야.

조   그래서 어떻게 했어요?

김   마침 뉴욕에 다녀올 일이 있었어. 라스베이거스에서 한 2년쯤 살다보니까 가끔 뉴욕을 갔다올 일이 있었거든.

조   공연하러? 아니면 여행으로?

김   여기저기 공연을 하러 다니기도 했는데 그즈음에 전위 예술가들의 거주지로 유명한 그리니치빌리지의 '봉수아'(bonsoir)라는 클럽으로 공연을 하러 갈 일이 있었어.

조   가보니 어땠어요? 그때 뉴욕은?

김   뉴욕을 가니까 이건 또 딴세상이야. 엠파이어 스테이트 빌딩부터 빽빽하게 들어선 고층 빌딩에 그 사이를 오가는 사람들 모습을 보면서 정말 깜짝 놀랐지. 남자나 여자나 모두 정장 차림에 걸음도 빠르고 말도 빠르고 모든 게 스피디하지. 얼마나 멋쟁이들이니. 라스베이거스는 그때는 그냥 사막 같았어. 호텔도 지금은 아주 상상도 못할 정도지, 그때는 센즈호텔, 썬더버드, 트로피카나. 또 뭐가 있었나. 몇 개 없었어. 그런데 뉴욕은 완전히 다른 곳이잖니. 뉴욕은 비즈니스를 비롯해 모든 분야의 전문가를 위한 도시처럼 보이는 거야.

조   그렇죠. 뉴욕은 라스베이거스랑은 영판 다른 도시니까요.

김   그러니까 뉴욕으로 와야겠다는 생각이 왈칵 들더라. 뮤지컬 배우가 되려면 뮤지컬의 본고장인 뉴욕에서 시작해야겠다는 생각도 들었어. 그때부터 내 머릿속은 온통 뉴욕으로 가득 찼지, 뭐. 그 이후로도 '자니 카슨 투나잇쇼'[92]나 '마이크 더글라스쇼' 등에 출연하기 위해 몇 차례 더 뉴욕을 오고 갔는데 그러면서 미국생활에도 더욱 익숙해졌고, 그와 동시에 뉴욕에 가고 싶다는 마음도 더 커졌지. 그때부터 밥한테 그냥 내가 조르는 거야. 나 뉴욕에 보내달라고, 나 뉴욕에 보내달라고. 그치만 라스베이거스에서도 메인쇼 무대에 서보지 못한 동양여자가수가 뉴욕에 가겠다고 마음을 먹는다고 갈 수가 있는 건 아니잖아.

조   그렇죠. 그럼 어떻게 뉴욕으로 가게 된 거예요?

김   그게 또 참 신기해. 「플라워 드럼 송」이 3개월 계약으로 애틀랜틱시티(Atlantic City)에서 공연을 하게 됐어. 애틀랜틱시티는 뉴욕에서 세 시간 정도 떨어진 곳인데 라스베이거스처럼 도박장이 많아. 말하자면 뉴욕 쪽 라스베이거스 같은 곳이야. 「플라워 드럼 송」은 '파이브

---

92   자니 카슨 투나잇쇼(The Tonight Show)는 심야 텔레비전의 왕, 토크쇼의 황제라 불린 미국 토크쇼 진행자 자니 카슨(Johnny Carson, 1925~2005)이 30년 이상 진행한 NBC 방송의 인기 프로그램이다. 자니 카슨은 배우이자, 코미디언, 작가로도 활동했다. 본명은 존 윌리엄 카슨(John William Carson)이지만 애칭 '자니 카슨'으로 더 유명하다.

헌드레드 클럽'(500Club)이라는 유명 클럽에서 공연했는데, 그 클럽 사장이랑 내가 친해졌어. 이름이 폴 디아마토(Paul D'amato)였는데 이탈리아계야. 키가 아주 크고 깡말라서 별명이 '스키니'(Skinny)였어. 근데 이 사람이 애틀랜틱시티는 물론이고 미국 곳곳에 아는 사람이 꽤 많아 보이더라구. 쉽게 말하자면 꽤 파워를 발휘할 수 있는 사람으로 보였지. 그 사람 눈에는 내가 다른 가수들에 비해서 순진하게 보였나봐. 나를 여동생처럼 돌봐주더라구. 그때 마침 내 여동생도 미국에 와 있었는데 스키니는 우리 자매를 보호해주고 싶었나봐. 내 생각에는 스키니가 도와줄 수도 있을 거 같았어. 그래가지고 스키니에게 뉴욕에 가고 싶다는 말을 여러 번 했지. 물론 밥한테도 끊임없이 졸랐지. 내가 미국에 처음 갈 때 밥하고 5년 계약을 했거든. 근데 계약 기간이 끝나기도 전에 뉴욕으로 보내달라고 하는 셈이 된 거야.

그런데 자기도 데리고 있어봤자 돈벌이도 안 되겠고 내가 하여튼 끈질기게 조르니까 나중엔 나를 풀어줬어. 그래서 뉴욕에 자기가 그때 말하자면 기획사 사람을 다 연락하고, 스키니와 함께 내가 뉴욕에 가서도 기본적인 생활을 할 수 있도록 출연 교섭도 해주었고, 많이 도와줬어. 그렇게 해서 또 뉴욕을 갔다. 나 참 용감하지?

조　그때 그 스키니라는 사람은 한국사람도 별로 못 봤을 거 아니에요. 지금처럼 많지가 않았으니까.

김　그럼, 그때는 한국사람이 거의 없었지. 길 가다가 한국사람을 만나면 정말 반가워서 서로 막 껴안고 무슨 친척 만나듯이 그랬어. 그 당시에 로스엔젤레스에 한국사람이 3천 명 정도 있었다 그랬어. 지금은 100만 명 돌파했잖아. 옛날엔 그 정도였어.

뉴욕의 벽, 뜻밖의 귀국

조　뉴욕에 가니까 어땠어요?

김　뉴욕으로 가서 아파트 하나 얻고, 거처를 정한 다음에는 무작정 오디션을 보러 다녔어. 그땐 참 오디션이 많더라? 브로드웨이를 돌아다니며 오디션 공고가 붙은 것을 보기만 하면 일단 가서 오디션에 참가를 했어. 그래서 나 클라리넷 연주자로 유명한 베니 굿맨[93] 악단의 전속가수 오디션도 봤어. 그 사람이 피아노 치면서. 합격되지는 않았지만, 베니 굿맨, 그런 악단의 전속가수라면 얼마나 기가 막히겠어. 하여튼 「페임」[94]이나 「플래시댄스」[95] 같은 영화 보면 애들이 매일 이

93　베니 굿맨(Benny Goodman, 1909~1986)은 클라리넷 연주자이자 악단 지휘자다. 스윙재즈의 황금시대를 만들었다. 재즈만이 아니라 클래식 연주도 뛰어났다.

94　「페임」(Fame)은 스타를 꿈꾸는 예술학교 학생들의 이야기를 담은 뮤지컬이다. 영화로도 만들어져 우리나라에서도 인기가 높았다.

95　「플래시댄스」(Flashdance)는 철공소에서 일하는 젊은 여성이 열심히 춤을 연습해 댄스여왕이 된다는 줄거리의 영화다. 신인배우 제니퍼 빌즈(Jennifer Beals)가 이 영화로 톱스타가 됐다.

력서 가지고 가서 오디션 보잖아. 그거랑 다를 게 없지. 두 시간씩 기다리다가 오디션 보고 'ok! thank you! We will call you.' 연락하겠다고 말은 친절하게 하지만 그게 끝이야. 연락 오는 일은 거의 없지. 그걸 그냥 들고 다니면서 오디션을 수도 없이 보는 거야. 오디션을 보는 중에도 내 귀가 번쩍 뜨일 정도로 정말 노래를 잘한다 싶은 애들이 너무 많더라. 톰 존스[96]도 나랑 같은 곳에서 오디션을 봤어. 시커멓고 컴컴한 나이트클럽에서 오디션을 같이 봤는데 정말 노래 잘하더라. 감탄했지. 그런데 얼마 있다 보니까 「딜라일라」로 팡, 터지더라구. 그러고는 스타가 됐지.

조　혼자 그런 델 다녔어요?

김　그럼, 혼자지. 그러면서 틈틈이 공연하러 다녔지. 기획사가 있었으니까 그 사람들이 스케줄을 잡아줘. 오케이 패티! 유 고! 휴스턴, 힐튼호텔! 그러면 나 혼자 거길 찾아가는 거야. 내가 뭐 유명하지 않은데 나한테 사람을 붙여주니? 그럼 거기 가서 노래하고, 나와서는 시간 날 때마다 오디션 보고 그랬지. 지금 하라면 난 못할 거 같아.

　　그러면서 뉴욕에서 음악공부를 해보려고도 했어. 그리고 뮤지컬을 하려면 몸을 좀 움직여야겠더라구. 그런데 나는 춤에 소질이 없으니까 춤도 좀 배우고, 연기도 해야 되니까 연기도 공부하려고 했지. 뮤지컬은 노래ㆍ춤ㆍ연기 세 가지를 다 해야 되잖아. 그런데 역시 기본은 노래야. 우선은 노래를 잘해야 돼. 노래만 잘하면 막 춤추고 이러지 않아도. 그거는 다 코러스들이 다 해주고, 다른 사람들이 다 해주

96　톰 존스(Tom Jones, 1940~)는 영국 출신의 가수로 영국과 미국의 텔레비전쇼에도 출연하여 당시 최고의 인기를 누렸다. 그의 히트곡 중 하나인 「딜라일라」(Delilah)를 1969년 무렵 조영남이 당시 TBC 텔레비전 프로그램 '쇼쇼쇼'에서 불러 최고의 인기를 누렸다.

니까 노래만 잘하면 되는 거였어. 그런데 문제는 동양인인 내가 할 수 있는 배역이 별로 없다는 거야. 그나마 동양사람이 등장하는 뮤지컬 「남태평양」[97]은 내가 미국에 오기 10년도 더 전에 이미 막을 내렸고 「플라워 드럼 송」은 이미 브로드웨이를 떠났으니까 내가 다시 할 수가 없었지. 혹시 할 수 있는 작품이 있다고 해도 무슨 하인 역할이나 뭐 몇째 부인들같이 전부 뒤에서 나오는 배역들이지. 주인공들은 다 서양배우들이 눈 화장 진하게 해가지고 나가는 거야. 영화도 그렇잖아. 「왕과 나」율 브리너[98]가 어떻게 태국사람이니. 그니까 다 자기네 빅스타들이 동양인 역할을 맡아 하는 거야. 뮤지컬도 마찬가지더라. 배우가 유명해야 관객들이 들어올 거 아냐. 그니까 남녀 주인공은 일단 유명한 사람을 써. 주인공만이 아니라 무게 있는 역할은 외국사람이 동양사람처럼 분장하고, 정말 동양사람들은 그냥 뒤에서 왔다갔다 하는 거야. 그러니까 아무리 오디션을 보러 다녀도 동양사람을 쓸 뮤지컬이 없는 거야. 거기서 내가 또 한 번 실망하고 좌절을 했지. 아, 현실이 이렇구나. 뉴욕에만 가면 브로드웨이에 진출해서 뮤지컬에 출연할 수 있을 것이고, 그렇게 몇 번 뮤지컬에 출연하고 나면 자연스레 주인공도 할 수 있을 것 같았는데, 그러다보면 또 누군가의 눈에 띄어 머지 않아 스타가 될 것이라고 꿈에 부풀어 있었는데 내가 너무 몰랐던 거지.

조　거기서 그렇게 얼마나 있었어요?

97　「남태평양」(South Pacific)은 제2차 세계대전 당시 남태평양에 있는 작은 섬을 무대로 프랑스인 농장주인과 종군간호사, 미국장교와 섬처녀의 사랑 이야기를 그린 작품이다.

98　율 브리너(Yul Brynner, 1920~1985)는 러시아 출신의 배우다. 뮤지컬 「왕과 나」에서 주연을 맡아 크게 유명해졌다. 「왕과 나」는 영화로도 만들어졌는데 여기에서도 역시 왕 역할을 맡아 아카데미 남우주연상을 받았다. 이 역을 위해 삭발을 한 것이 그의 트레이드마크가 됐다.

김　어우. 뉴욕에 한 2년 정도 있었지. 어디 가서 오디션 보러 다니느라구 고정적인 직업을 가질 수도 없었어. 뉴욕 기획사에서 가끔 나를 힐튼호텔 체인으로 보내면 거기 가서 노래를 불렀지. 주로 불렀던 노래가 발라드니까 그런 호텔에는 어울렸지. 그 당시에는 호텔마다 볼룸(ballroom)이 있었어. 나이트클럽이. 근데 분위기는 아주 좋지. 내가 노래를 부르면 사람들이 나와서 춤을 춰. 오케스트라가 연주하고. 그렇지만 내 솔로 쇼는 아니지. 그런 거 해서 얼마씩 받는 거지. 그러면서 '자니 카슨 투나잇쇼'에도 몇 번 나갔고, '할리우드 팔레스'라는 쇼에도 나갔고. '마이크 더글러스 토크쇼'에도 나갔고. 그렇게 기획사에서 틈틈이 나를 여기저기 내보냈어.

조　그동안에 영어를 익혔군요?

김　영어를 익혔는데, 그래도 어디 나가 인터뷰할려면은 너무 긴장해가지고 데데데데 거렸지, 뭐. 대화는 하지만 뭐 어려서 미국 가서 배운 영어도 아니고 그지? 그래서 그냥 굉장히 실망, 좌절하고 있었어.

조　의기소침하고.

김　그때 주급으로 500불 맨 처음에 받았어. 그러더니 '자니 카슨 투나잇쇼'를 몇 번 나갔다오니까 800불로 주급이 올라가더라구. 힐튼호텔 체인도 부킹이 좀더 들어오고. 거기도 역시 TV의 힘이 그렇게 크더라구. 그러는 동안 점점 나는 뜻대로 안 되니까 좌절하면서 힘이 많이 빠졌지. 그래도 주급 800불이면 괜찮았어. 그래서 방 두 개짜리 아파트를 얻어놓고, 우리 어머니하고 막내를 미국으로 데려오려고 했지. 그때 내 바로 밑에 아이는 LA에 와서 벌써 학교를 다니고 있었구. 그래서 어머님 모셔오구 동생 오구 그리고 나는 뉴욕에서 정착하고 살 생각이었어. 하여튼 한 번 갔는데 뿌리를 빼봐야 될 거 아니야. 그럴 마음이었어. 한 2년 참 고생 많이 했지. 몸은 고생한 게 없는데 마음이 굉장히 힘들었어. 굉장히 우울했고 그러다보니까 내 나이도 벌써 스물일곱 이렇게 됐을 거 아니야? 스물일고여덟? 그런데 제대로 된 보이프렌드도 없었고 너무 외로웠지. 뉴욕에 살았을 때 내가 제일 많이 울었던 것 같아. 일 끝나고 아파트 들어가면 방 두 개짜리에 응접실만 덩그렇지. 돈이 뭐 있어야 뭘 사지. 어머니 모셔온다고 침대만 사놓고 다른 건 없었어. 요만 한 턴테이블에 LP판 걸어놓고 울고, 눈 뜨면 또 틀어놓고 울고 그렇게 살았어. 그래도 포기는 안하고 있었어. 한국에 돌아갈 때 돌아가더라도 브로드웨이 뮤지컬 무대에 한 번은 반드시 서보고야 말겠다는 생각을 했지.

조　어머니는 그래서 뉴욕에 오셨어요?

김　아니, 못 오셨지. 66년 2월이었나? 어머니가 위독하시대. 아무래도 한 번 나와야겠다고 한국에서 연락이 왔어. 그전에도 어머니가 몇 번 병원을 들락날락 하셨어. 심장에 모인 혈액과 산소를 뇌로 공급하는 경동맥이 파열돼서 그야말로 한치 앞을 예측할 수 없는 상황이라는 거야. 40여 년 전이니까 그때 의학기술이라는 게 지금과는 비교도 안 됐지. 지금도 경동맥 파열은 위험한 건데 그때는 사형선고나 다름이 없었지. 수술해서 살아남는 사람도 별로 없었고. 근데 이젠 아무래도 수술을 하셔야겠다, 그러니까 네가 잠깐 와봐야겠다, 오빠가 그렇게 연락을 해왔어. 우리 어머니가 나한테 어떤 어머니니. '나는 너를 믿는다'는 말 한마디로 내가 가수 되는 것을 기꺼이 지지해주셨잖아. 추울 때도 큰길가에 서서 나 오기만 기다렸던 모습도 눈에 어른거렸지. 내가 미국 일이 뜻대로 안 돼서 힘들 때도 어머니 생각하면서 힘을 냈는데 어머니가 위독하시다니까 하늘이 무너지는 것 같았겠지.

그렇지 않아도 그때쯤 되니까 나는 벌써 외국생활한 지가 6년이 넘었으니깐 항상 우리 어머니가 그립고, 가족이 그리웠어. 그렇다고 친구도 없었으니까 굉장히 외로웠지. 그런데 어머니가 돌아가실 것 같다고 하니까 뭐 눈앞이 캄캄한 거야. 그래서 기획사에 내가 애걸을 했지. 어머니가 돌아가실 거 같다, 큰 수술을 하셔야 한댄다. 경동맥 파열을 영어로 어떻게 내가 말하니. 그래서 급하니까 내 목을 가리키면서 'very very important operation.' 내가 그랬다구. 그러면서 두 달만, 두 달만 휴가를 달라고 사정을 했어. 겨우 오케이 사인을 받고 한국으로 날아온 거야. 그때가 66년 2월이었어. 내가 몇 년 만에 온 거니. 내가 62년에 일본에서 미국으로 떠나기 전에 잠깐 굿바이 하고 떠난 거니까 햇수로 4년 만에 돌아온 거지. 그런데 병원에 계신 어머니를 만나러 가는 거니까 기가 막히지. 한숨도 잠을 못 잤어. 왜 그렇게 비행기는 천천히 가니. 엄마 한 번 만나러 가는데 시간이 그렇게 오래 걸리니까 정말 초조하고 불안하고 그랬지.

근데 김포공항에 딱 내렸는데, 기자들이 쫙 나와 있는 거야. 그러고 사람들이 많이 나와 있어. 내가 얼마나 깜짝 놀랐겠어. 그게 박춘석[99] 선생님이 다 그렇게 주선을 하신 거야.

그래가지고 뭐 난리가 났어. 그러니까 나는 그때 처음으로 '와 내가 스타가 된 건가, 내가 나도 모르게 여기선 스타가 됐구나!' 실감을 했지. 정말 기분이 좋더라구. 오자마자 방송국, 신문사, 잡지, 라디오에서 매일매일 인터뷰지 뭐.

조   이야. 어떻게 된 일이에요?

---

99   유명 작곡가 박춘석 선생에 대해서는 뒤에서 자세히 이야기를 할 예정이다.

김　미국에 가기 전 박춘석 선생의 권유로 앨범을 내고 갔거든. 그런데 그게 크게 빅히트를 한 거야. 그러면서 데모 테이프만 녹음했던 「초우」[100]까지 세상에 알려지게 된 거지. 가수는 국내에 없는데 「틸」, 「파드레」와 함께 「초우」가 꾸준히 방송을 탔고, 큰 인기를 끈 거야. 나도 모르는 동안 한국에서는 내가 스타가 되어 있었던 거야. 그런데 패티김이 어머니가 편찮으셔서 한국으로 온다니까 기자들이랑 매스컴이 비상이 걸린 거지. 그때 나는 우리나라 방송국에 처음 가봤어. 미국 가기 전에 미8군쇼 무대에서 공연하던 가수들도 그때 TV에 자주 나오더라. 그러면서 오랜만에 사람들을 많이 만나기도 했지.

조　어머니는 어떻게 되셨어요?

김　다행히 괜찮아지셨어. 의사 선생님 말씀으로는 기적에 가까운 일이었다고 하더라.

100　패티김의 대표곡 「초우」는 작사 작곡 모두 박춘석의 작품이다. 한자로는 '草雨'라고 쓴다.

10 LAS VEGAS SUN   Saturday, October 26, 1963

DOUBLE DUTY — Pretty Patti Kim, one of the stars of "Flower Drum Song" at the Thunderbird, also will be featured in the resort's lounge next month. "Flower Drum Song" is offered twice nightly in the hotel's big room. Dinah Washington headlines the lounge with Suzie and the Night Owls, the Frank Moore Four, Ken Colman and Christine Chatman also featured.

Two Roles Soon For Patti Kim

Working two different shows a night might seem a difficult task to most entertainers, but to Patti Kim it's fun because this Korean beauty thrives on hard work.

Currently playing the role of Helen Chao in "Flower Drum Song" at the Thunderbird Hotel, Patti has been signed by Dave Victorson, T-Bird executive vice president to appear in the lounge starting November 1 with the piano team of Bobby Stevenson and Henri Rose. She also will continue as one of the stars of "Flower Drum Song."

All seven months of Patti's United States residency has been spent in Nevada.

"Las Vegas is a crazy city, but very exciting and I love it," she chuckled.

Her ambition is to become a recording star in this country. She already achived this goal in her native Korea where she was born and raised, one of eight children.

Patti has been a performer the past four years, starting with the entertaining of GI's in Korea. From there she went to Tokyo where she appeared in the largest night clubs. A few tours of the Far East followed and then to Las Vegas.

When "Flower Drum Song" returned last June, Patti worked the Broadway show and in between appeared in the lounge at the Tallyho.

"I enjoy working like this because I love to sing," said Patti. "I've had enough rest now since I worked at the Tallyho and I'm ready 'to dig in.'"

Miss Kim, who sings only "Love Look Away" in Flower Drum Song," will sing ballads and blues in the lounge. In her unique style, Patti sings songs, half in English and half in Korean. She does "Goodby To Rome" and "Summertime" in this style.

Although only 23 years old, Patti is one who thrives on hard work and she loves it.

미국에서 뮤지컬 배우로
활동하다

1 「플라워 드럼 송」의 한 장면
2 당시 신문기사
3 「플라워 드럼 송」에 함께 출연한 요코 오쿠라

미국에서의 패티김

Asia Song Star Now at Tallyho

A newcomer songstress who comes heralded as the outstanding singing star of the Far East will usher in an expanded entertainment policy in the Polo Lounge of the new Tallyho Hotel and Country Club tonight.

The performer is Patti Kim, a 21-year-old Korean beauty, who will be making her American debut at the Tallyho. Miss Kim, who speaks perfect English, has been in the United States less than a month.

ONE OF THE highest-paid performers in the Far East, Miss Kim made her mark there in nightclubs and recordings. It was producer Monte Proser who recommended her to Maury Stevens, executive vice-president of the Tallyho, after Proser had heard one of her disk albums in which she featured American ballads.

Signing of the newcomer, who has been set for two weeks with options, will mark

PATTI KIM

the first time that the $12,000,000 Tallyho will have a non-instrumental star. Marty Heim, a pianist who has been working solo in the Polo Lounge since the Tallyho inaugurated its entertainment policy early in February, will hold over during Miss Kim's engagement.

MISS KIM, who specializes in American ballads, will vary her routine with a smattering of tunes indigenous to the Far East. Starting at 10 p.m., she will do four shows nightly. Although she has a big voice, her forte is the accent on lyrics. An initial auditioning audience at the Tallyho recently—all of them "hep" in show biz—were unanimous in acclaiming her future star possibilities in the U.S.

Although she has become known in the Far East mostly because of her recordings, Miss Kim has worked extensively in theaters, nightclubs and television.

TALLYHO STAR

A 21-year-old Korean beauty, **Patti Kim**, has been chosen to debut the expanded entertainment policy in the Polo Lounge of the **Tallyho Hotel** this Friday, April 26. Miss Kim (above), one of the top-earning singing stars of the Far East, will be making her American debut at the Tallyho, where she has been set for two weeks with options.

TALLYHO HOTEL

THE BEST ARE ALWAYS IN THE SPOTLIGHT · 3

PATTI KIM

She'll look for you tonight At Tallyho

선배는 하늘이다. 아직도 우리 쪽 정서가 이러하다. 특히 나한테 패티김 선배는 하늘 이상이다. 하늘로 알고 살아왔다. 단 한 번 선배님 말씀을 거역해본 적도 없는 거 같다. 물론 나한테 무리한 일을 시킨 적도 없지만 말이다.

"너, 왜 텔레비전에 나와 얘기하면서 귀를 후비고 그러니. 후볐으면 됐지. 왜 그걸 눈앞에 대고 쳐다보고 그러니. 지저분하게스리말야."

이 정도가 고작이었다. 그런가 하면 나와 패티김은 악연의 연속이기도 했다. 내 쪽에선 적어도 그랬다. 왜냐하면 나는 평생 가수생활을 해오는 동안 나를 만나는 사람들로부터 신기하게도 한결같이 이런 소리를 들어왔기 때문이다.

"저는 패티김, 조영남을 너무너무 좋아합니다."

맨 이런 식이었다. 단 한 번 "저는 조영남과 패티김을 좋아합니다."라고 조영남이란 이름을 패티김 앞에 붙여서 얘기하는 걸 들어본 적이 없다. 이젠 그냥 패티김, 조영남에 익숙해졌다. 왜 그게 신기하냐 하면 단 한 번 "나는 이미자와 조영남을 좋아합니다."라거나 "조용필과 조영남."이라거나 "남진, 나훈아와 조영남을 좋아합니다."라는 소리를 들어본 적이 없기 때문이다. 자동적으로 매번 패티김, 조영남이다. 조영남이 패티김 앞쪽으로 불려본 적이 거의 없었다는 얘기다.

영어 이름이라서 패티가 먼저일까 싶어서 그럼 나도 영어 이름으로 바꿔야 하나 하고 조지 조, 리처드 조, 더글러스 조도 생각해봤지만 연륜이나 인기나 히트곡이나 음악에 대한 열정이나 뭐 그런 것부터 도저히 따라갈 방법이 없다고 판단되어 쭉 참고 있었다.

이런 판국에 날더러 자서전을 책임져달라는 청탁이 온 거다. 이것은 청탁을 넘어 명령이다. 왜냐면 나는 내가 아무리 바쁘다 해도 선배님의 청탁엔 '찍소리'도 못하는 입장이기 때문이다. 적당히 거절을 하려면 나는 냉면과 빈대떡을 얻어먹지 말아야 하는데 그쯤 나는 벌써 냉면 한그릇을 거의 비워가고 있었다. 패티 누이의 이야기는 이어졌다.

"내가 내년 2012년에 은퇴를 공식발표하고 마지막 은퇴공연을 준비하고 있는데, 내 회사 안재영 대표가 자서전을 꼭 해야 한다는 거야! 사실 난 자서전을 안 낸다고 했거든. 예전에도 몇 번 자서전 내자는 제의는 많았었는데 안했어. 얼마전 안 대표가 영남이 네가 책을 쓰면 어떨까요? 라고 묻는 거야. 그 순간 '나 안해!'라는 말이 안 나오더라구. 보통 자서전하면 좀 무겁고 재미없잖아. 그런데 네가 내 이야기를 쓰면 재밌을 거 같은 거야. 그리고 나에 대해서도 영남이 네가 제일 잘 알고 제일 가까우니까. 넌 책도 많이 썼잖아! 그래서 널 만나자고 한 거야. 근데 너 지금까지 책을 몇 권이나 썼지?"

"열여덟 권쯤이요."

내가 이렇게 단번에 대답을 할 수 있었던 건 광주시립미술관에서 나의 그림을 전시할 때 책까지 함께 전시를 하겠다며 내 책꽂이에서 빼간 내 책의 수가 열여덟 권이라는 걸 들은 적이 있기 때문이다. 그때 나도 놀랐었다.

내가 물었다.

"패티김 일생에 대한 자료 같은 건 따로 없나요?"

"있어! 내가 2008년에 『중앙일보』에 연재한 '남기고 싶은 이야기'라는 제목의 기사들 뭉치고 온갖 신문, 잡지 기사와 사진 수천 장이 있긴 해."

"그럼 된 거 같아요."

이렇게 일은 이미 시작이 되었다.

2부

만남

베니김, 패티김을
세상에 나오게 하다

조   패티김을 처음 가수로 만들어준 사람은 누구라고 할 수 있어요?

김   베니김 선생이지. 처음 소개해준 건 오빠 친구 곽준용 씨지만 그래도 내가 가수를 하게 된 건 베니김 선생 덕분이야.

조   콧수염 아저씨.

김   콧수염! 그 옛날에 콧수염 있고.

조   정말 멋쟁이셨죠.

김   딱 일본의 야쿠자[101] 스타일이야. 이마가 반듯하고, 머리를 올백으로 쫙 넘기고, 콧수염이 멋있었지. 처음 그분을 본 순간 '어머, 대한민국에 저런 남자가 있나!' 싶더라니까. 난 밤낮 우리 셋째오빠한테 시집 간다 그러고, 기분에 따라 둘째오빠였다가 셋째오빠였다가 했

---

101   야쿠자는 일본의 대규모 조직폭력단이다. 일본어로는 'やくざ'라고 쓴다. 이들만의 독특한 헤어 스타일과 의상 스타일이 있다.

대. 또 철없을 땐 우리 아버지한테 시집 간다고 그랬대. 내 눈엔 우리 아버지나 우리 오빠가 굉장히 멋있었거든. 다들 키들이 엄청 컸어. 지금 나보다도 머리 하나씩은 더 있었을 정도였지. 근데 베니김을 처음 본 순간, 너무 떨고 있는데 가슴이 콱, 막히는 거 같더라. 와, 대한민국에 저런 남자가 있었나, 그런 생각이 저절로 들었지.

조　멋쟁이셨죠.

김　내가 처음에 그 집에 가 베니김 선생을 처음 만났을 때 입고 있던 옷도 기억이 난다. 영화에서나 보던 짙은 갈색 홈가운을 걸치고 계셨어. 굉장히 멋졌어.

조　역시 멋쟁이야.

김　멋쟁이지. 그러니까 이 스물한 살 처녀 가슴이 두근두근했지. 그분은 이미 30대였는데 얼마나 점잖으신지. 정말 점잖으신 분이야. 그분은 정말로. 나중엔 나 혼자서 막 짝사랑도 했어.

조　그 젠틀맨이 나중에 미국으로 이민 갔다고 들었는데.

김　응, 나중에!

조　가서 뭐하셨을까?

김　아무것도 안하셨어. 따로 뭘 하시지는 않고, 아들 둘에 딸 하나가 있었거든. 걔네들이 트리오로 노래를 했어. 악기도 좀 만지면서. 얘네들 인솔해가지고 아마 공연을 다니셨을 거야. 그러면서 나하고 연락이 멀어졌지. 그러다가 병이 드셨고, 결국은 병으로 돌아가셨어. 나는 가끔 외국에 있다, 서울에 들어오면 특집을 했었잖아. 항상 한 시간짜리 특집. 언젠가 한번 그 아이들을 내 공연에 게스트로 무대에 세운 적이 있어. 그때 선생님이 오셨지. 그게 내가 본 베니김 선생의 마지막인 것 같아. 그런데 내가 가끔 후회해. 왜 내가 좀더 연락을 자주 하지 않았을까. 나는 참 그런 것 잘 못해. 사람한테 전화하고 안부 묻고 그런 거를 참 안해.[102] 그런 인간관계 같은 거를 너무 소홀히 하고 사는 거지. 못하는 게 아니라 안하는 편이야. 물론 몇몇 사람들하고는 연락도 자주 하고 그러기는 하지만. 그런데 베니김 선생님하고는 그렇게 못했어. 그게 그렇게 후회스러울 때가 있어.

조 스타가 될수록 그런 게 좀 생기는 거 같아요.

김 아니, 나는 꼭 스타여서 그런 건 아니고, 약간 좀 나로서는, 그 당시의 나로서는 그런 이유가 좀 있었어.

조 그게 뭐에요?

김 그걸 얘기해야 되니?

조 해도 되고 안해도 되고.

김 내가 짝사랑했거든. 처음 만날 때부터 그랬다고 했잖아. 아버지와 오빠들 말고는 처음으로 만난 남자였는데 정말 멋있었다고. 눈썹도 진하고, 눈빛은 강렬하고, 숱도 많은데 머리를 올백으로 뒤로 넘겨서 인상이 아주 강렬했어. 그때 내가 스물 갓 넘긴 때였으니 세상물정도 몰랐겠지. 그런 내 눈에 그렇게 스타일리시한 사람을 만났으니 어땠겠니. 바라보는 것만으로도 황홀하고 가슴이 설레더라구.

쇼가 시작되기 전에 무대 위에 오를 준비를 하는데 그가 대기실로 들어오면 나도 모르게 얼굴이 달아올라서 눈도 못 마주쳤지. 근데 그 사람은 아이도 셋이나 낳은 아버지였고, 부인은 톱스타였던 이해연 씨였으니까 내가 뭘 어떻게 할 수도 없는 일이었지, 뭐. 그냥 먼 발치

---

102 이 말은 사실이다. 패티김은 그렇게 오래 연예계에서 활동해왔지만 다른 연예계 사람들하고 만나서 밥 먹고 차 마시고 수다를 떠는 일을 즐기지 않는다.

에서만 보는 것으로 마음을 달랬지. 내가 이해연 씨한테 질투도 했었다. 하하하. 열일곱 살짜리 여학생이 선생님 짝사랑하는 거랑 비슷한 마음이었겠지, 뭐. 말하자면 첫사랑이었다고도 할 수 있겠지. 근데 그런 마음을 가지고 있는데 내가 어떻게 선생님께 연락을 자주 할 수가 있겠어. 그래서 의도적으로 연락도 안하고 조금 멀리 하게 되더라고. 뭐, 그 정도로만 알아둬.

평생의 은인, 에드 마스터스

조　베니김이 가수가 되게 해준 거라면 에드 마스터스는 또 다른 길을 열어준 사람이었겠어요?

김　에드 마스터스는 나의 은인이야. 몇 번이라도 말하고 싶어. 나에게 정말 크고 넓은 세계 무대를 향한 큰 문을 열어준 사람이지. 내가 일본으로 간 것도, 미국으로 간 것도 다 그 사람 덕분이야. 내가 일본에 가서 활동할 때도, 밥을 만나서 미국에 갔을 때도 언제나 나를 최선을 다해 보살펴줬지.

조　미스터 마스터스하고는 계속 연락을 주고 받았어요?

김　그럼. 아르만도 게디니[103]하고 내 두 딸 데리고 몇 번을 그 사람 만나고 그랬어. 그 사람은 정말 대단해. 내가 '자니 카슨쇼'에 나갔던

103　아르만도 게디니(Armando Ghedini)는 패티김의 두 번째 남편이다. 뒤에서 좀더 자세히 등장한다.

테이프도 내가 가지고 있어. 미스터 마스터스가 간직하고 있다가 전해줬어.

조   지금도 연락을 해요?

김   세상 떠났어. 그걸 생각하면 마음이 아프지. 내가 그 사람이 열여덟 살 때 자동차 사고로 하반신을 다쳤다고 그랬잖아. 그러니 발에는 물론 감각이 없을 거 아니야? 그래서 혼자 걷기가 불편했겠지. 그래도 절대 누구 도움 같은 거 안 받으려고 하고, 누가 부축해주는 것도 싫어했어. 그러고 자동차도 장애인들이 쓸 수 있게 개조된 차를 직접 운전을 하면서 다녔지. 그런데 항상 그렇게 얘기를 했어. 자기가 걷지 못하고 운전을 못하면 자기는 죽음이라고. 더 살 필요가 없다고. 항상 그렇게 얘기를 하더라구. 내가 그 말 들은 게 수 차례야. 자기가 걷지 못하고 혼자 운전을 못할 땐 자기는 더 살 필요가 없다. 그러더니 아마도 자살을 시도한 거 같아.

조   그게 몇 살 무렵이었어요?

김   한 50대 중반이었을 거야. 나는 근데 사실 그 사람 나이도 잘 몰라. 나보다는 열 살에서 그 이상 그 위였을 거야. 이 사람이 처음 자살을 시도했다가 발견이 됐는데 그때 나는 미국에 살고 있었어. 미스터 마스터스는 필리핀 병원에 한참 있었지. 그런 다음에 한국으로 다시 왔어. 마침 그때 내가 한국에 와 있을 때였어. 외국인만 살던 남산타워 아파트에 살고 있었는데 내가 애들을 데리고 거길 찾아갔어. 그런데 그때는 이미 이 사람은 혼자 일어나지도 못하고 그럴 때야. 누워 있더라구. 혼자 힘으로 걷지도 못하고 일어나지도 못하고 그러니까 화장실도 못 가는 몸이었어.

조   간호하는 사람은 있고?

김   그렇지.

조   좀 미안한 말인데 어떤 식으로 자살을 하려고 했다, 그런 말 안 해요?

김   내가 그건 아예 물어보지도 못했어. 그런데 내가 보기에 혼자서 목을 맬 수도 없는 상황이야. 약을 먹은 거 같기도 하고, 나는 모르겠어.

조   음, 알겠어요.

김   그런데 내가 그 사람을 만난 건 그게 마지막이야. 그렇게 만나고 왔는데 얼마 후에 이 사람이 결국 죽었어. 그때는 목을 맸지. 그런데 나한테 연락이 왔어. 패티한테 꼭 전하라는 박스가 하나 있대. 미8군 부대 안에서 장례식을 했는데 그때 한국에 마침 있었으니까 내가 참석을 했지.

그런데 목을 매달았다는데 이 사람이 혼자 일어나서 목을 맬 수도 없는 상황이었어. 목을 매달아 죽으려고 하면 위에 올라갔다가 떨어져야 하잖아. 그래서 누군가 도왔을 거다, 그런 말들이 있었어. 처음에는 총으로 쐈었대. 그런데 자기 손도 제대로 못 썼으니까 빗나갔나봐. 빗나간 것 같애. 목을 아주 관통을 안하고 실패한 거지. 그러고는 목을 매달았대. 그런데 이거는 절대로 누구 도움 받지 않으면, 자기가 혼자 죽을 수가 없는 상황이었어. 그러니까 모두들 이거는 이발사가 도왔을 거다, 그런 말들이 있었어. 그 사람을 몇십 년 동안 머리를 깎아준 이발사가 있었거든. 미스터 마스터스가 너무 불쌍하니까 도와준 게 아니겠나, 그런 거지. 음⋯⋯. 어쨌든. 그래서 그 사람 결국은 걷지 못하면, 운전 못하면 죽겠다고 자기가 늘 이야기하더니 그렇게 세상을 떠나더라구.

조　그래서 장례식장에서 누이 앞으로 남긴 박스를 받았어요?

김　응! 그래서 박스를 받아왔어. 그동안 내가 신문에 난 거, 일본, 미국에서 내가 공연 다닌 거 관련 자료들이 박스 안에 가득 있는 거야. 그리고 거기에 '자니 카슨쇼' 테이프가 딱 있더라구. 릴 투 릴 테이프[104]가. 그러니까 옛날엔 다 그거였지. 하여튼 커다란 상자에 다 내 자료가 가득하더라구.

조　이야! 꼼꼼하게도 모으셨네.

김　원래 그렇게 굉장히 꼼꼼한 성격이야. 세상을 떠나긴 했지만 미스터 마스터스야말로 내 은인이고 나를 진정으로 사랑한 팬이었지.

104　릴 투 릴(reel to reel). 외부에 녹음용 릴 두 개가 노출되어 돌아가는 식의 테이프를 말한다. 요즘은 아니지만 옛날에는 다 이걸로 녹음을 했다.

잊을 수 없는 이름, 박춘석

조　박춘석[105] 선생도 누이 가수 인생에서 빼놓을 수 없는 분이죠?

김　그럼. 물론이지.

조　박 선생하고는 언제부터 알았어요?

김　박춘석 선생은 아주 초창기부터 알고 지냈어. 내가 미8군에서 처음에 가수가 되고 얼마 안 돼서 직접 나를 만나러 오셨어. 그때는 다른 쇼 단체에서 피아노 연주를 하고 계셨는데 내 노래를 듣고는 큰 가수가 될 거라고 칭찬을 많이 해주셨어. 그 뒤로도 가끔 연락을 하면

105　작곡가 박춘석(1930~2010)은 우리나라 대중가요사에서 빼고 말할 수 없는 존재다. 1950~ 1990년대 활동하며 그가 남긴 노래가 대략 2,700여 곡이라고 기록에 남아 있다. 「비 내리는 호남선」, 「마포종점」, 「섬마을 선생님」, 「가슴 아프게」 등 셀 수 없이 많은 히트곡이 있다. 서울대 음대에서 피아노를 전공하다 자퇴를 한 그는 「황혼의 엘레지」라는 곡으로 작곡가로 데뷔, 「아리랑 목동」, 「비 내리는 호남선」 등을 연달아 히트시키며 스물여섯 살의 젊은 나이에 주목 받는 작곡가가 됐다. 당시 미8군 무대에서 활동하던 패티김은 그와 함께 번안곡 「틸」과 「파드레」가 수록된 첫 독집음반을 내며 유명해졌다. 1964년 지구레코드사로 옮기면서 수없이 많은 트로트곡들을 만들어 히트시켰다.

서 지내곤 했지. 내가 일본에 있다가 미국으로 간다고 하니까 "패티! 그래도 한국에서 앨범 하나는 만들고 가라." 그러셨어. 떠나기 전에 한국에서 앨범 하나는 내고 가야 하지 않냐고, 해외 무대에 나가더라도 고국에서 기억해주는 자기 노래 한 곡쯤은 있어야 하지 않겠냐고 그러시더라고. 그때는 앨범이 8인치짜리 이렇게 쪼그만한 거였잖니? 거기에다 「틸」, 「파드레」를 번안해가지고 불렀어. 나는 영어로만 하겠다고 고집을 부렸는데 그래도 한국말이 들어가야 라디오에서 틀지, 영어로만 해가지고는 안 된다고 나를 달래서 한국말 가사를 만들어 앨범을 하나 냈어. 그때 나 달래고 설득하느라 박 선생님 참 애쓰셨어. 하하하. 박 선생이 만든 「초우」라는 노래를 나한테 부르게 하고, 그것도 데모 테이프를 만들었지. 그러고 나는 미국으로 떠났는데 나 없는 동안에 노래가 히트를 친 거야. 「초우」는 내가 미국에서 온 뒤에 신성일[106], 문희[107]가 주연으로 나온 영화 「초우」[108]의 주제곡이 되기도 했지.

조 아하. 사람은 없는데 노래만 유명해졌네.

김 그렇지. 하하하. 나는 미국으로 가고 없는데 「초우」, 「틸」, 「파드레」 이 노래를 부른 이 가수가 대체 누구냐, 누구냐 이렇게 된 거지.

조 아!

---

106 신성일(1937~)은 대한민국 영화계를 대표하는 영화배우다. 1960년 「로맨스 빠빠」로 데뷔한 뒤 「맨발의 청춘」을 비롯해 수십 편의 영화에 출연했다. 본명은 강신영이었는데 신성일이라는 예명으로 활동하다 국회의원에 출마하면서 강신성일로 이름을 바꿨다. 청춘멜로영화에서 함께 주연을 맡았던 배우 엄앵란과 결혼해서 지금껏 살고 있다.
107 문희(1947~)는 1965년 데뷔하면서 미모와 연기력으로 스타가 됐다. 남정임, 윤정희와 함께 1세대 여배우 트로이카 시대를 열었다. 결혼과 함께 영화계를 떠났다.
108 영화 「초우」는 1966년 정진우 감독의 영화로 60년대 멜로영화의 수작이라는 평을 받았던 작품이다.

김   참 그니까 내가 얼마나 운이 좋은 사람이니. 정말 나는 축복을 받고 나온 사람이지. 가수는 없는데 라디오에서 「초우」가 그냥 계속 나오구, 「틸」, 「파드레」가 계속 나오는 거야. 그러니까 이 가수가 누구냐, 다들 궁금해 했을 거 아냐. 미8군에 잠깐이라도 있던 사람만 패티 김이 누군지 알지, 일반인은 딱 한번 피카디리극장에서 공연하고 외국으로 떠났으니까 나를 모를 거 아냐.

조   미국에 있을 때 그렇게 히트치고 있다는 것도 몰랐어요? 하기야 통신수단이 지금 같지 않았겠죠.

김   맞아. 그래도 미국에 있을 때 박 선생님하고는 가끔 연락을 주고 받았어. 전화를 하려면 회사로 해야 하고, 그러니까 번거롭잖아. 그래서 전화는 가끔 하고 주로 편지를 보내셨지. 미국에서 외로울 때 박 선생님 편지와 전화가 큰 위로가 되었어. 그 편지에 한국 대중가요계 상황을 아주 상세하게 알려주셔서 대충은 알고 있었지. 가끔 통화를 하게 되면 선생님은 내가 뉴욕에서 일이 생각처럼 안 되는 듯한 느낌을 받으셨는지 한국으로 돌아오라는 말씀을 여러 번 하셨어.

"패티! 지금 「틸」, 「파드레」와 「초우」가 얼마나 대단한 인기인 줄 알아요? 패티는 몰라도 「초우」는 여기서 엄청 히트를 치고 있다구. 지금이라도 빨리 들어와서 다시 한국무대에 서라구. 아니 왜 거기서 그런 쓸데없는 고생을 하고 있는 거야?"

힘들 때 그런 말을 듣고 있으면 마음이 흔들리기도 했지만 그래도 이왕 뉴욕에 왔는데 해보는 데까지는 해봐야겠다고 마음을 굳게 먹었지.

조   그때 박춘석 선생님의 말을 들었어야 하는데.

김   그래, 맞아. 그랬으면 내 인생은 또 달라졌겠지.

조   젊을 때 박 선생은 참 잘생기셨죠.

김   그럼. 잘생겼었지. 박 선생님은 평생 독신으로 살았는데 젊을 때 아주 미남이었어. 검은 뿔테 안경과 특유의 헤어스타일이 그분의 트레이드 마크가 되었지만 박춘석 선생은 희고 고운 피부와 부드러운 이목구비, 점잖은 인상의 그야말로 귀공자 스타일이었어. 그리고 그 생김새만큼이나 성품도 점잖고 얌전한 정말 귀공자였고. 내가 공연하던 미8군 무대로 직접 찾아와 인사를 나눈 다음 우리는 그 뒤로도 가끔 만났어. 같은 화양연예주식회사 소속이었기 때문에 당시 남영동에 있던 회사에서도 우연히 마주칠 기회가 많았고, 그렇게 얼굴을 익힌 다음부터는 박춘석 선생이 자주 나를 찾아오기도 했거든.

나중에는 아주 친해져서 당시 충무로에 있던 박 선생님집에 내 막내동생[109]과 함께 놀러가기도 했지. 휴대전화가 뭐야, 전화도 흔치 않았으니까 그냥 가는 거야. 그 당시 박춘석 선생은 어머니와 함께 살고 있었는데, 나중에는 마치 참새가 방앗간 드나들듯 오고가는 길에 드나드는 곳이 되었어. 심지어 박춘석 선생이 집을 비웠는데도 태연히 그 집에서 중국음식을 잔뜩 시켜먹고 놀기도 했지. 그러다가 집에 돌아온 박춘석 선생을 만나기도 했지만 선생이 아주 늦는 날이면 우리는 그냥 집으로 내빼버리기도 했어. 그러면 "이 녀석들, 오늘도 또 잔뜩 시켜먹었구나!"하며 환하게 웃던 선생의 모습이 지금도 눈에 선해.

박춘석 선생은 가까운 사람에게는 아주 격의 없이 대하고 재미있는 이야기나 짓궂은 농담도 곧잘 했어. 그런데 친한 사람들한테만 그랬지. 대부분 사람들에게는 점잖고 아주 얌전하게 대했어. 어느 정도였

---

109   패티김의 막내동생 김정미는 패티김이 힘들 때마다 옆에 있어주었고, 지금도 함께 살고 있다. 이 책을 위해 패티김을 만날 때도 몇 차례 함께 만났다. 그때마다 흐릿한 패티김의 기억을 되살려주는 역할을 충실히 해냈다. 패티김은 그녀를 '미아'라고 부른다.

냐 하면 박춘석 선생은 밖에서는 술을 한 잔도 마시지 않았어. 그래서 지금도 박춘석 선생은 술을 못 마시는 사람이라고 알고 있는 사람들이 많은데 사실은 술도 아주 잘 마셨어. 대신 집에서만, 친한 사람들과 함께 있을 때만 술을 마셨지. 술을 마시면 박단마[110], 이난영, 현인, 김정구, 백설희[111] 선배들과 공연하던 때의 에피소드를 재미있게 이야기해주기도 했는데. 얼마나 말을 재미있게 하시는지. 평소에는 말이 없는 편이지만 이야기 보따리를 한 번 풀면 한 시간이고 두 시간이고 시간 가는 줄 모르게 이야기가 술술 쏟아져 나와. 너 박 선생이 욕쟁이였던 거 모르지. 하하하. 박 선생은 욕쟁이였어. 그런데 하나도 상스럽지 않고 밉지 않은 욕쟁이.

박 선생은 내게 친오빠 같았어. 나이가 여덟아홉 살이나 위니 큰오빠뻘이기도 했지만 둘 다 미혼이었으니 충분히 이성적인 감정이 생길 수도 있었던 관계였지만 선생 역시 나를 철없는 막내동생쯤으로 여겼던 것 같애. 물론 그랬기 때문에 오랜 세월 좋은 관계가 유지될 수 있었겠지. 나도 꽤나 짓궂어서 박춘석 선생을 많이 놀리기도 했어. 결혼은 왜 안하냐고 물었는데 젊어서 한 여자를 깊이 사랑했는데 그로 인한 상처가 너무 커서 다시는 사랑을 할 수 없을 것 같다고 그러대. 농담인지 진담인지 잘 모르겠지만.

조 박춘석 선생 세상 떠나기 전에 제일 마지막으로 본 건 언제에

---

110   박단마(1921~1992)는 박춘석 선배님의 곡 「아리랑 목동」을 부른 가수다.
111   백설희(1927~2010)는 1943년 조선악극단원으로 활동을 시작하였고, 1950년대 말에 전성기를 누렸다. 「봄날은 간다」로 유명하며 한국전쟁 당시 전선을 돌며 위문공연을 한 공로로 1990년대에 국가유공자로 선정되었다. 남편은 유명 영화배우 황해. 황해의 본명은 전이웅으로, 가수 전영록은 이들 사이의 아들이다.

요? 쓰러지신 뒤 오래 고생하셨잖아요.[112]

김　나는 선생님 쓰러지신 뒤에도 거의 1년에 적어도 한 번 아니면 두 번씩은 찾아가서 뵈었어. 돌아가실 때까지 뵌 셈이지.

조　누이가 가면 뭐라고 하세요?

김　쓰러지시고 나서는 말을 못하셨어. 전혀 못하셨어.

조　16년 동안 말을 못했어요?

김　아우, 쓰러진 이후부터 말을 못했어. 꽥꽥 소리만 지르셨지. 아무런 표현을 못했어.

조　그러면 심한 중풍이셨어요?

김　중풍이지! 중풍인데 한쪽 뇌가 완전히 죽었어. 왜 그렇게 된 줄 알아? 쓰러지고 나서 너무 늦게 발견이 됐으니까. 그것도 집에서.

조　혼자 계실 때 그러셨구나.

김　아니, 일해주시는 아줌마가 있었지만, 박 선생님은 새벽 늦게까지 일을 하고, 그러고는 늦게까지 주무셨거든. 오후 열두 시, 한 시 이때나 되어서야 일어나. 그런데 한 시가 지나고 두 시가 되고 세 시가 지났는데 일어나지 않았대. 그런데도 아줌마가 들어가질 못했어. 왜? 오늘은 아마 한 대여섯 시까지 일하다가 늦게 주무셨나보다, 그런 거지. 그러니까 선생님이 오전 열한 시에 쓰러졌는지 오후 한 시에 쓰러졌는지 아무도 모르는 거지. 완전히 몇 시간을 그냥 그대로 쓰러져 있었기 때에 그 지경이 된 거야.

조　세상에!

112　박춘석은 1994년 8월 뇌졸중으로 쓰러진 뒤 2010년 3월까지 오랫동안 투병생활을 하다 세상을 떠났다.

김　그래서 상태가 너무 심해서 말을 못하신 거야. 중풍은 뭔가 증상이 와서 세 시간 안에 병원에 가면 90프로 회복할 수 있고, 여섯 시간 안에 가면 75프로 회복이 된대. 그게 시간이 있더군. 그게 보통 세 시간 간격이야. 아홉 시간 안에 응급처치를 하면은 50프로에서 60프로 정도는 회복을 할 수가 있대. 그런데 이 선생은 쓰러진 상태로 그냥 방바닥이잖아. 그 차가운 데서 한참 쓰러져 계신 거지. 그래서 상태가 그렇게 심한 거야. 말도 못하고 손도 발도 다 못 쓰고. 내가 쓰러졌단 얘기 듣고 찾아갔을 때는 누워 계셨는데 내가 가서 "선생님. 저 왔어요, 패티." 그랬더니 고개를 저쪽으로 돌리시대. 보여주기가 싫은 거야. 자기 그런 모습을. 정신은 있으니까.

조　그럴 수 있지.

김　그래서 손을 만지면, 손을 당신 쪽으로 빼시고 그러더라구. 보여주기 싫다 이거야. 혼자 돌아. 몸을 돌려 옆으로도 못 누워. 고개만.

조　말씀으로는 의사표시를 전혀 못하시고?

김　전혀 못했지. 그런데도 나는 꾸준히 갔어. 대화가 안 되니까 나 혼자만 주절주절 이야기를 했지. "아, 선생님. 빨리 일어나셔야지요." 이런 말만 했지. 그러다가 내가 문득 노래를 했어. 「초우」를! 내가 노래를 하면, 선생님이 듣는 줄 알았으니까. 그래서 「못 잊어」도 하고.

　　　　못 잊어 못 잊어 못 잊을 사랑이라면

　　　　언제까지 당신 곁에 나를 버리고 살 것을

　　　　못 잊어 못 잊어 못 잊을 슬픔이라면

　　　　사랑하는 당신 품에 돌아가서 안길 것을

　　　　낙엽진 가을의 눈물 눈에 덮인 긴 겨울밤

못 잊어 못 잊어 당신을 못 잊어

못 잊어 못 잊어 못 잊을 슬픔이라면
사랑하는 당신 품에 돌아가서 안길 것을
낙엽진 가을의 눈물 눈에 덮인 긴 겨울밤
못 잊어 못 잊어 당신을 못 잊어

조 누이가 느껴집디까? 아, 이 선생님이 듣고 계시는구나, 하는
걸?

김 그럼 느껴지지. 내가 노래를 부르면 듣고 있어! 가만히. 그러다
가 눈물을 주루룩 흘리시더라구.

조 이야.

김 그러니까 내 가슴이 너무 아프지. 그래서 내가 손을 잡았지. "선
생님."이러면서. 그러니까 손을 안 놔. 내 손을 놓지를 않아. 음악이
병을 치유한다고 하잖아. 그런 효과가 있다는 말을 내가 들었거든. 그
래서 그다음부터 가면 내가 노래를 하는 거야. 막「가을을 남기고 간
사랑」도 부르고, 생각 나는 노래는 다 부르는 거야. 그러면 선생님이
눈을 감고 듣고 계셔. 그러다가 우시지. 눈물을 주루룩 흘리시면서.
그래서 계속 가서 뵙고 가서 노래 불러드리고 그랬지. 그리고 내가 못
갈 때는 아줌마한테 전화해서 "어떠세요?" 묻기도 했어. 그러면 "뭐,
그러시죠." 그러는 거야. 참 고생 많으셨어. 그런데 그분 앞에서 울 수
는 없잖아? 응? 그래도 정신이 있으신 것 같애. 그래서 말도 조심하고
그랬어. 아줌마들이 선생님 계신 데서 "아휴, 저 양반은 왜 그러지."
이러면 아줌마들한테 "말을 못해서 그러지 다 들으시니까 말들 조심

하세요." 그랬어.

시간이 지나니까 그래도 조금씩 나아지시더라구. 휠체어 타고 응접실도 나와 계시기도 하고. 그때도 가서 뵈면 나는 손 붙잡고 계속 그냥 노래를 하는 거야. 그런데 사람을 잘 못알아봐. 내 막내동생을 그렇게 귀여워하셨거든. 그래서 돌아가시기 몇 년 전에 동생이랑 같이 갔었어. 그런데 "에에에, 에에에." 이러시면서 소리를 막 지르시는 거야. 나가라고. 나하고는 손 붙잡고 노래 불러주면 가만히 듣고 계시던 분이 막내가 가니까 그렇게 소리를 지르시대. 내 동생이 아주 기절을 하고 뛰어나갔지. 내가 가면 손을 자꾸 비비고, 손을 안 봐.

자세히 말할 수는 없지만 이루 말할 수 없이 고생을 하셨어. 얼마나 힘드셨겠어. 그런 선생님 모습 뵐 때마다 마음이 너무 아팠어. 힘들어하시는 거 보면서 오죽하면 내가 속으로 '박 선생님은 빨리 돌아가시는 게 최곤데', 그랬겠니. 진짜 나는 제발 저분 빨리 돌아가셨으면 하고, 기도를 하고 싶을 정도였어. 그렇게 사는 건 사는 게 아니잖니. 그렇게 16년을 사셨어. 내가 선생님께 가봐야지, 그런 생각을 하면은 몇 주 동안 내 마음이 너무 무거워. 가긴 가야 되는데. 내가 특히 외국을 가거나 아니면 새해가 되면 혹시라도 돌아가실까봐 꼭 가게 되는데 그러자면 한 2주 전부터 내일 갈까, 아니야. 그러다 오늘 갈까, 이랬지. 가보는 게 나한테 너무 힘든 일이었어. 그래도 어떻게 해. 가봐야지. 그렇게 가서 보고 오면 내가 며칠 동안이나 아픈 마음에서 헤어나오지를 못하는 거야.

조　다른 사람들도 많이 다녀갔겠죠.

김　그건 잘 모르겠어. 아줌마가 그래. "김여사님밖에 오는 사람 없어요." 전화해주는 사람도 나밖에 없다고 그러더라구. 그 소릴 들으니

까 속상하더라. 남들이 볼 때는 내가 냉정해 보이겠지만 내가 의리는
있잖니.

조   누이가 박 선생님께 그렇게 지극하셨다는 건 참 놀라운 일인데
요, 의리 있다는 말은 안하는 게 좋아요.

김   어머, 왜? 나는 의리를 정말 중요하게 생각하는데.

조   누이는, 무슨. 의리라는 말은 하지도 말아요. 우리 같은 사람들
한테 의리가 어딨어요. 딴따라들 사이에서 의리를 왜 찾아요. 나는 의
리 찾는 사람치고 정말 의리 있는 사람을 본 적이 없어요. 딴따라로
사시면서 나는 의리가 있다, 이런 말은 거짓말이에요. 어떻게 그럴 수
가 있어요. 그럴 수가 없죠.

김   어머, 내가 너한테 의리 없는 일을 한 적이 있었니? 나는 연예
계 사람들하고는 아는 사람도 별로 없고, 자주 안 만나서 뭐라고 말을
못하지만 내 주변 사람들한테는 나 굉장히 의리 있는데……. 패티김,
하면 의리로 통해. 나는 의리가 있는데.

조   …….

김   아니라면 할 수 없지.

조   의리를 말할 필요가 없어요, 우리 같은 사람은.

김   하여튼 나는 박 선생님 쓰러지신 뒤로 좀 놀랐어. 주변에 사람
도 참 많았는데 쓰러지신 뒤 혼자 계시는 거 보면서 좀 슬펐어.

조   그러니까요. 우리 같은 사람들한테 의리를 기대해서는 안 된다
니까요.

1 베니김과 함께
2 베니김, 김치캣츠와 함께
3 왼쪽부터 둘째언니, 패티
김, 에드 마스터스, 오른쪽
끝이 바로 밑 여동생

박춘석 선생과 패티김

그 사람, 길옥윤

조   길옥윤[113] 선생 이야기를 안할 수가 없지 않겠어요?

김   안할 수 없겠지.

조   길 선생님하고는 언제 어떻게 만나게 된 거예요? 미국에서 귀국하신 담에?

김   아니야. 내가 일본에 갔을 때 처음 만났지. 1961년 초 일본 도

---

113   작사가이자 작곡가이며 색소폰 연주자였던 길옥윤(1927~1995)은 평안북도 영변 출신으로 서울대 치대의 전신 경성치과대학을 다녔다. 학교 선배인 김영순(베니김)의 미8군 쇼단 멤버가 되어 재즈를 접하고, 1950년 초 도쿄로 건너가 오자와(小澤秀夫)에게 재즈와 색소폰을 배우고, 1952년 일본에서 주일미군캠프촌을 순회하는 악단을 조직, 본격적인 재즈맨이 되었다. 본명은 최치정이었으나 일본에서의 이름은 요시야 준(吉屋潤)이었다. 1966년 한국에 돌아와 「4월이 가면」을 발표하고, 그해 패티김과 결혼했다. 패티김과 함께 숱한 히트곡을 발표했고, 1972년 패티김과 이혼한 뒤 1976년에 그가 발굴한 신인가수 혜은이는 엄청난 인기를 얻었다. 1989년 신사동에 창고(倉庫)라는 카페를 차렸으나 부채가 늘어 일본으로 건너가야 했다. 일본에서 건강을 잃은 뒤 가까스로 1994년 한국으로 다시 돌아온 그는 투병 중에도 작곡을 쉬지 않았으나 1995년 3월 세상을 떠났다. 서울 세종로 공원에는 서울시에서 건립한 「서울의 찬가」 노래비가 서 있다.

쿄에서였어. 그때 그 사람은 요시야 준이라는 이름으로 이미 일본에서 유명한 재즈 뮤지션이었지. 나는 이제 막 한국에서 온 가수였고. 어디선가 내 소문을 듣고 찾아왔더라고. 선배 음악인이었으니까 가끔 만나기도 했고, 같은 한국인이니까 함께 방송에 출연을 하기도 했었지. 그때 길 선생은 내가 일본에서 크게 성공할 거라고 몇 번이나 말을 해줬어. "패티! 지금 일본에는 패티 같은 장르의 대중가수가 없잖아요. 엔카 가수가 대부분이고, 그렇지 않으면 샹송 가수 정도이니 패티가 여기서 활동하면 팝 가수로서는 미소라 히바리[114]의 위치를 차지할 게 분명해요!" 그러더라구. 그때 일본에서 미소라 히바리는 국민가수였거든. 인기가 대단했지.

조　그럼요. 일본 쇼와 시대[115] 아이콘이었잖아요. 지금도 한국인한테 널리 알려져 있죠.

김　그런 미소라 히바리와 나를 비교해주니까 얼마나 기분이 좋니. 그런데 그렇게 몇 번 만나다가 내가 미국으로 가면서 다시 만날 일은 없었지.

조　그럼 다시 만난 건.

김　다시 만난 건 내가 미국에서 한국으로 돌아왔을 때였어. 그때 마침 길옥윤 씨도 한국에 와 있었거든. 길옥윤 씨는 아주 일찍 밀항을

114　미소라 히바리(美空 ひばり, 1937~1989)는 당시 일본을 대표하는 국민가수이자 여배우였다. 1949년 7월에 「갓파 부기우기(河童ブギウギ)」를 통해 가수로 데뷔하고, 1960년에 「애수 부두」(哀愁波止場)로 일본 레코드대상 가창상을 수상했다. 그녀의 최후의 곡 「흐르는 강물처럼」은 NHK에서 조사한 '일본의 명곡'에서 1위로 선정되고, 그녀의 장례식은 각 방송사에서 생중계가 되고, 약 4만 2천여 명이 조문할 정도로 일본 전 국민의 사랑을 받았다. 세상을 떠난 뒤에는 일본 여성 최초로 국민영예상을 수상했다.
115　쇼와 시대(昭和時代, しょうわじだい)는 쇼와 천황의 통치에 해당하는 1926년 12월 25일부터 1989년 1월 7일까지를 가리키는 20세기 일본 연호의 하나다.

해서 일본으로 건너간 사람이거든. 하여튼 그 양반 어머니 돌아가신다고 해서 한국에 와 있던 거야. 그러다보니까 미디어에서 인터뷰를 할려면 꼭 길옥윤하고 나하고를 같이 묶어서 하는 일이 너무 많았고, 어디 방송국 프로그램을 해도 같이 하게 되고 자꾸 그렇게 되더라구.

그런데 한국 연예계에서 요샛말로 완전히 우리를 왕따를 시키는 것 같더라고. 한국 가요계에서 나는 가수들한테, 길 선생은 색소폰 연주자분들한테 왕따를 당했지. 뭐 누구누구 거론을 할 수가 없어. 그중에 돌아가신 분도 있고, 아직 살아 있는 사람도 있지. 어떤 여자가수는 아직도 살아 있는데 "야! 패티김 공연할 때 너희 절대로 찬조출연하면 안 돼!" 이랬다는 거야. 그것만이 아니야. 무대 올라가기 전에 분장실이 있잖니. 내 단독무대면 독방을 쓰니까 괜찮은데 여러 사람이 함께 쓰는 경우가 있잖아. 그러면 내가 같이 있는데도 자기들끼리만 모여서 이야기하고 뭐 먹을 것도 자기들끼리만 먹는 거야.[116] 내가 미국에서도 외롭고 힘들었는데 우리나라에서도 그러니까 참 속상하더라. 방송이고, 신문사고, 잡지사에서는 나를 막 환영하는데 정작 동료들한테는 환영을 못 받은 셈이지. 아닌 척 하긴 했지만 신경이 쓰이고, 약도 올랐지. 그러니 어떡해. 더 열심히 하는 수밖에. 나는 나 혼자로도 얼마든지 해나갈 수 있으니까 실력으로 승부하면 된다고 생각했어. 그때는 사회자가 꼭 있을 때니까 무대에서도 큰 문제는 없었지. 그렇게들 우리를 왕따시키니까 완전히 우리가 외톨이가 되더라구. 다른 사람들하고 우리하고는 뭔가 소통이 안 됐어. 그럴수록 내 맘에는 오기 같은 게 생겨서 두고 보자, 누가 오래 노래하나 해보자, 이런 생각

---

116   그때나 지금이나, 어른이나 애들이나 '왕따'의 풍경은 똑같다.

도 했지. 어렸으니까. 그러니 우리 둘이만 상대적으로 점점 더 가깝게 된 거지. 그러니까 나랑 길 선생 두 사람이 자꾸 친해지게 되는 거야.

조　미국에 돌아갈 생각은 안 들었어요?

김　길 선생도 그렇지만 나도 한국에서 계속 화제의 인물로 관심을 많이 받았잖니. 계속 우리 둘이 화제의 인물로 뜨고, 어딜 가든 나를 좋아해주니까 '아, 한국이, 우리나라가 이렇게 좋구나. 나를 이렇게 환영해주고.' 그런 마음이 들더라. 미국에서 내가 너무너무 외롭고, 너무너무 힘들었고, 희망도 별로 없고, 가능성도 없는 상태로 지내고 있었잖아. 그래도 미국에서 포기하겠다는 생각은 전혀 안했는데 사람의 운명이 또 그렇게 바뀌는 거야. 우리 어머니 때문에 한국에 돌아왔는데 어디를 가든지, 나는 이미 완전히, 완전히 스타가 된 거야. 그니까 기분이 너무 좋은 거야. 응? 기분이 너무 좋은 거야.

　그래도 나는 4월에는 미국에 다시 갈 생각이었지. 미국에 돌아갈 거라고 생각해서 가방 두 개만 들고 왔는데, 그래도 미국 뉴욕이 내 집이라고 아파트 방 두 개짜리에다가 침대도 놓고 왔는데 안 갈 수 있니? 그런데 한국 쪽에 자꾸 맘이 쏠리더라구. 그래서 그래도 한번쯤은 정리를 하고 다시 오더라도 다시 미국에 가야지, 그랬어. 그래서 나는 4월말이면 가기로 하고 있었지. 그때 워커힐호텔에 투숙을 하고 있었어. 어머니는 병원에 계시고 그때 둘째오빠가 어머니 모시고 있었고. 그리고 뭐 복잡하니까 막내동생하고 워커힐에 묵었지. 거기 왜 빌라같이 한 채씩 된 거 있잖니.

　그런데 언젠가부터 밤마다 길옥윤 선생이 내 방으로 전화를 걸어오는 거야. 주로 그날 공연에 대한 이야기도 하고, 음악에 대한 이야기를 나누게 됐지. 거의 모든 방송출연을 함께 하다보니 매일 얼굴을 보고 지내기는 했지만 개인적으로 이야기를 나눌 시간은 별로 없었어. 그리고 우리 둘 다 곧 미국과 일본으로 돌아가야 하니까 서로 바빴지. 그래서 하루 일을 마치고 숙소로 돌아오면 그제야 혼자가 되는 거지. 그럴 때면 길 선생이 전화를 해왔어. 그런데 가끔 하던 전화가 자주 걸려오더니 언젠가부터는 거의 매일 전화가 오는 거야.

그러던 어느날이야. 비가 주룩주룩 오는데, 길옥윤 씨가 전화를 했더라. 그 사람은 벌써 술이 이만큼 올랐지.

조　길옥윤 선생 손에 술잔이 없는 걸 보려면 오후 네 시 전에 만나야 된다고들 했어요. 벌써 오후 네다섯 시만 되면, 손바닥에 술잔을 풀로 붙여놓은 거처럼 늘 술잔을 들고 계신다고들 그랬어요. 그런데 그때부터 그러셨나봐요. 전화를 해서는 뭐라셨어요?

김　"패티, 미국에 가기 전에 내가 곡을 하나 선사하고 싶어요." 그래. 그러면서 들어보래. 그래서 "그래요?" 그랬지. 나는 그 사람한테 전혀 이성이란 걸 느끼지 않았거든. 그랬더니 가사를 읽어줘.

눈을 감으면 보이는 얼굴
잠이 들면은 꿈속의 사랑
사월이 가면 떠나갈 사람
오월이 오면 울어야 할 사람
사랑이라면 너무 무정해
사랑한다면 가지를 마라
날이 갈수록 깊이 정들고
헤어지면은 애절도 해라
사랑이라면 너무 무정해

사랑한다면 가지를 마라

사월이 가면 떠나야 할 그 사람

오월이 오면 울어야 할 사람

그쯤 되는데 어라, 그랬지.

조   그거 「4월이 가면」[117] 아니에요?

김   가사를 읽어주는데 이게 딱 무슨 사랑고백 같아. 사실 고백이었지. 예정대로라면 나는 4월이면 떠나갈 사람이었고, 그와 나는 5월이 오면 헤어질 사람들이었으니까. 그렇게 된 거야. 그러니깐 나도 그 외로운 미국에 돌아갈 일도 까마득하고, 여기서 난 이제 스타인데, 그런 생각이 들었겠지. 그러고 어디 가서 노래를 하면 돈도 잘 들어오더라구? 하하하. 거기다가 형제 있지, 어머니 있지. 그래서 그냥 주저 앉았어.

조   미국은 어떻게 하구요?

김   미국에 「플라워 드럼 송」 같이 공연하면서 알게 된 친구가 있었어. 일본에서 온 친구였는데 그 남자친구랑도 알고 지냈거든. 그 남자친구한테 내가 이만이만 해서 당분간 안 갈 거 같으니까 내 짐을 좀 치워달라고 부탁을 했지. 미국 아파트에는 지하실마다 자기네 창고가 하나씩 있잖아? 내가 뭐 미국에 얼마나 살림이 있었겠어. 그냥 침대 두 개에 뭐 요만 한 테이블 그런 거 정도니까. 옷은 좀 있었지. 그래서

---

117   「4월이 가면」은 길옥윤이 패티김을 위해 처음으로 작곡해준 노래라고 할 수 있다. 두 사람이 그해 겨울에 결혼을 했을 때 사람들은 이 노래가 두 사람의 사랑의 고리가 되었을 거라고 생각했다. 두 사람은 12월 10일 워커힐호텔에서 2,000여 명의 하객들이 지켜보는 가운데 성대한 결혼식을 올렸고 「4월이 가면」은 빅히트를 쳤다.

부탁을 했지. 내가 어떻게 몇백 불씩 집세를 내고 있니. 그리고 미국에서는 두 달 집세 안 내지? 그러면 관리인이 들어와서 문을 잠궈놔. 그러고도 또 안 내지? 그러면 짐을 바깥에 내놔. 그래서 지하실에 갖다놓아달라 그러고 한국에 눌러앉았지.

조   그러고 나서 본격적으로 활동을 했겠네요?

김   그럼. 그때부터 아주 맹렬하게 일을 시작한 거지. 길옥윤 씨하고 공연을 계속 했어. 그때 내가 만 스물아홉 살이 됐어. 그 사람이 마흔이고 나보다 열한 살 위인데, 그 사람은 여자가 있었어. 부인이 아니라 동거인. 일본에서 내가 왔다갔다 할 때 그 여자도 보고 그랬어. 일본여잔데 왜 남자 연예인들한테는 여자들이 많이 따르잖아. 길옥윤 씨는 그때 일본에서 완전히 스타였어! 쿨캐츠라고 자기 캄보밴드도 가지고 있고, 요시야 준, 하면 웬만한 사람 다 아는, 이미 자리 잡고 있는 엔터테이너였어.

그래도 외국생활 정말 오래하고 설움도 많이 받고 그렇게 지내다가 나 만나게 됐으니까 결혼하고 싶었겠지. 그래서 마흔 노총각, 스물아홉 노처녀가 그해 12월에 결혼한 거야. 연애도 한번 제대로 못해보고, 왜 그러냐면 기자들 눈이 있으니까 어디 가서 식사 한 번 하려면 내 막내동생 미아랑 매니저라는 사람들이랑 여럿이 같이 했지. 둘이만 따로 데이트도 한 번 못해봤어!

조   그러면 우리 같이 살자, 결혼하자는 얘기를 누가 먼저 했어요? 누군가는 했으니까 결혼이 성립됐을 거 아니에요?

김   결혼합시다! 내가 했어. 내가 했지.

조   어떤 마음으로, 어떤 상황에서 하게 됐어요?

김   버스 타고 판문점인가, 어디 위문공연 가는 버스 안이었어.

조　　그런 말을 왜 하게 됐어요?

김　　이 사람이 얘기를 안하니까. 6월인가 7월에 앨범이 나왔어. 나한테 불러준 「4월이 가면」이랑 「사랑하는 당신이」랑 해서 몇 곡을 레코드로 만들었는데 「4월이 가면」이 펑, 터졌지! 그때는 앨범 한 번 만들면 최소한 서너 곡 히트송이 막 나오는 거야. 이야, 이게 사는 거구나 했지. 그렇게 앨범까지 내고 계속 공연을 하고 다녔지. 근데 뭐 더 이상 진전 이런 게 없어. 그렇다고 정말 우리가 호텔에 들어갈 입장도 안 되고. 그러니까 그냥 답답하지. 그런데 그때 월남으로 장병들 떠나고 그러는 데 위문공연을 하러 다녔어. 그래서 그날도 공연을 하러 가는 길에 버스 안에서 그랬지. "우리 결혼이나 합시다!" 그랬더니 "뭐라고?" 이래. 내가 다시 "우리 그냥 결혼이나 합시다." 내가 그랬다구. 그러니까 한 6, 7개월 그냥 이렇게 알고 지냈지, 뭐 제대로 데이트 한번 못해보고 결혼을 한 셈이야. 그래서 우리 결혼이 실패한 거야. 너무 몰랐기 때문에. 결혼을 하려면 상대를 좀 알아야 돼.

조　　상대도 잘 모르는데 "결혼을 합시다!" 했을 때 누이로서는 뭐 그만 한 사정이 있지 않았을까?

김　　나도 인제 그 사람한테.

조　　호감이 있고!

김　　물론 호감이 갔지! 정말 젠틀맨이고, 이 사람이 작곡하고, 연주하고 나는 노래하고. 그 이상의 환상의 커플이 어딨니? 그러고 아, 나는 인제 여기서 그냥 기반 잡고 살아야겠구나, 맘을 먹었지. 점점 시간이 흐르니까 비자가 기한을 넘어버린 거야. 내 물건들은 찾아오지도 못하고.

조　　그래서요?

김　두 달 안에 갔어야 했는데 그때 미국 비자 받는 거는 하늘에 별 따기야! 그래서 비자를 받을 수도 없고, 솔직히 가고 싶지도 않았거든. 그래서 미국에 있는 친구한테 난 비자를 못 받아서 못 간다, 그러니까 너무 미안하지만 옷만 좀 놔두고, 침대 같은 거는 얼마라도 좋으니까 팔아서 그동안에 밀린 세를 어떻게 해달라고 그랬지.

그래도 난 한번 갈 생각을 하고, 옷은 보관해달라고 한 거야. 옷이래야 뭐 싸구려옷이었겠지, 돈도 없는데 내가 비싼 옷을 살 수가 있었겠니? 아마 그 친구가 그때 이렇게 저렇게 자기 돈도 꽤 썼을 거야.

한참 후에 카네기홀에서 공연할 때[118] 그 친구를 만났어. "나 인제 드디어 미국에 왔다! 카네기홀에서 공연한다, 와라!" 그랬지. 그래서 내 공연도 와서 봤어. 그때 "당신한테 돈 빚진 것도 있을 텐데, 너무 미안하다." 그랬더니 "오. 패티 신경 쓰지 마." 그러더라구. 치과의사라서 돈 잘 벌었거든. 그 사람은 완전 미국식 사고를 지닌 사람이니까. 그렇게 된 거야. 하하하.

조　젊은 시절에, 누구에게나 있음직한 결혼 전 애틋한 상황 같은 게 누이한테는 너무 없네요. 그거 알고 있어요? 무슨 말인지?

김　누구 얘기야?

조　누님 얘기잖아요.

김　나? 없어! 길 선생하고 결혼 전에 애틋한 상황은 고사하고 누구랑 뜨겁게 연애를 해본 적도 없어. 나는 내 삶에 굉장히 성실하게 충실하게 살았어. 이 사람이다, 싶으면 그 사람만 바라보고 살았지. 지

118　약 23년 뒤인 1989년 패티김은 우리나라 가수로는 처음으로 미국 뉴욕의 카네기콘서트홀에서 공연을 했다.

금도 그래. 나 30대 때, 연애 많이 못해본 거는 굉장히 억울해, 지금 생각하면. 근데 그런 걸 느낄 때가 되니까 내가 너무 나이를 많이 먹었더라. 이래봬도 내가 진짜 춘향이 스타일인가봐. 흠. 그런데 그랬기 때문에 내가 아직도 노래를 할 수 있지 않을까?

조   참 재밌네요. 패티김이 춘향이라, '일편단심 민들레'야가 아니고 '일편단심 패티김'이야. 하하하.

김   하하하하.

길옥윤 선생과 패티김

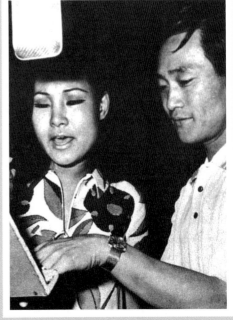

그녀가 사랑한 노래

조 　누님. 지금 내가 누님 노래 CD를 가지고 있거든요. 누님의 모든 노래 CD를 가지고 있는 거예요. 자, 그럼 그중에서 한 곡 골라서 틀어 보자. 그러면 무슨 노래를 틀었으면 좋겠어요? 이게 지금 누님하고 나하고의 마지막 대화일지도 모른다 치구요.

김 　「9월의 노래」.

조 　그거 어떻게 하는 거죠?

김 　난 이 노래가 정말 좋아.[119]

　　구월이 오는 소리 다시 들으면 꽃잎이 피는 소리 꽃잎이 지는 소리

　　가로수의 나뭇잎은 무성해도 우리들의 마음엔 낙엽은 지고

119　노래 이야기만 나오면 패티김은 그 자리에서 흥얼거리듯 눈을 감고 노래를 불렀다. 그 덕분에 조영남은 자기 집 거실 소파에 앉아 패티김의 노래를 독차지해서 듣는 영광을 수 차례 누리게 됐다.

쓸쓸한 거리를 지나노라면 어디선가 부르는 듯 당신 생각뿐

구월이 오는 소리 다시 들으면 사랑이 오는 소리 사랑이 가는 소리
남겨진 한마디가 또 다시 생각나 그리움에 젖어도 낙엽은 지고
사랑을 할 때면 그 누구라도 쓸쓸한 거리에서 만나고 싶은 것

조　「가을을 남기고 간 사랑」이 아니네? 이 노래가 「가을을 남기고
간 사랑」보다 좋은 이유는요?

김　이건 길 선생 곡이야.

조　이햐.

김　이 노래는 많이 안 알려졌어. 알려지긴 「가을을 남기고 간 사
랑」이 히트가 됐지. 그런데 이거는 그렇게 크게 히트는 안했지만 나는
이 노래가 제일 좋아. 나 이 노래 하면 어떨 때는 눈물이 주루룩 흐른
다? 왜 그러는지 몰라. 이 노래에 따로 사연은 없어. 뭐 다른 노래들
은 왜 길 씨가 술 먹거나 뭐 며칠 잠적했다가 미안하면, 만들어 보냈
다거나 하는 사연이 있는데 이 노래는 그런 것도 아니야. 그런데도 나
는 이 노래가 제일 좋고, 그다음이 「가을을 남기고 간 사랑」이야.

조　하하하.

김　왜 웃어, 너는. 사람 말하고 있는데.

조　제 예상이 너무 틀려서 그래요.

김　「가을을 남기고 간 사랑」은 내가 진짜 그 인물이 돼가지고 노래
를 해. 노래 속의 인물이 되는 거지. 그리고 「9월의 노래」도 마찬가지
야. 바로 내가 노래 속 그 인물이 되는 거야. 나도 모르게 어느 대목에
가면, 그냥 눈물이 주루룩 흘러. 왜 그러는지 몰라, 이 노래는. 어떤,

내가 기억 못하는 뭔가 스토리가 있었는지, 그건 잘 모르겠어. 왜 「9월의 노래」를 부르면 그렇게 어디 저 영혼 속, 깊은 어딘가에 휙 갔다 오는 기분이 들고, 왜 그렇게 눈물이 나오고 그럴까? 그래서 내가 그 노래를 정말 좋아하는데 잘 안 부르려고도 해. 기억은 안 나는데 뭔가, 뭐가 있나봐. 잠재의식 속에 뭐가 있을까.

조　나도 왜 그러는지 모르고 깊숙이 빠지게 되는 노래가 있어요. 세 곡 정도 있어요. 정지용의 「향수」[120]가 그래요. 그 노래를 배우면서 며칠을 계속 울었어요. 나 혼자 내 방에 들어가서 말예요. 가사가, 어휴.

김　「향수」는 참 좋아! 내가 좋아하는 곡 중에 한 곡이 「향수」야. 가사가 이거는 그냥 대중가요의 가사가 아니야. 그건 시 자체야. 하기는 원래 시니까. 가사가 정말……. 너하고 나하고 그 노래 참 많이 불렀다.

넓은 벌 동쪽 끝으로 옛이야기 지줄대는 실개천이 휘돌아 나가고
얼룩백이 황소가 해설피 금빛 게으른 울음을 우는 곳
그곳이 차마 꿈엔들 잊힐리야
질화로에 재가 식어지면, 비인 밭에 밤바람 소리 말을 달리고
엷은 졸음에 겨운 늙으신 아버지가 짚 벼개를 돋아 고이시는 곳
그곳이 차마 꿈엔들 잊힐리야
흙에서 자란 내 마음, 파란 하늘빛이 그리워
함부로 쏜 화살을 찾으러 풀섶 이슬에 함초롬 휘적시던 곳

120　노래 「향수」는 1927년에 시인 정지용이 발표한 시 「향수」를 1989년 작곡가 김희갑이 노래로 만든 것으로 테너 박인수와 대중음악 가수 이동원이 함께 불러 화제가 됐다. 조영남도 패티김 그리고 그밖에 수많은 가수와 함께 무대에서 부른 바 있다.

그곳이 차마 꿈엔들 잊힐리야

전설바다에 춤추는 밤물결 같은 검은 귀밑머리 날리는 어린 누이와,

아무렇지도 않고 예쁠 것도 없는 사철 발 벗은 아내가 따가운 햇살

을 등에 지고 이삭 줍던 곳 그곳이 차마 꿈엔들 잊힐리야

하늘에는 성근 별, 알 수도 없는 모래성으로 발을 옮기고,

서리 까마귀 우지짖고 지나가는 초라한 지붕 흐릿한 불빛에 돌아앉

아 도란도란 거리는 곳 그곳이 차마 꿈엔들 잊힐리야

조 그랬죠. 그 시가 눈물을 흘리게 했어요.

김 또 다른 노래는 뭐니? '나 혼자만이~' 그거 아니니?

조 아니야, 아네요. 그것 말고 있어요. 「모란동백」이라는 노래인데
'모란은 벌써 지고 없는데, 먼 산에 뻐꾸기 울면~' 이렇게 나가다가
'나 어느 변방에' 할 때는 누이가 「9월의 노래」 부를 때처럼 저도 아
주 미쳐요. 누이하고 똑같애.

김 그러니? 너 그 노래 참 자주 하더라. 네 공연에 그 노래 항상 부
르던데.

조 무대에서 할 때도 몇 번인가 눈물이 나와서 애먹었어요.

김 누구 곡이니?

조 가사는 시인 이제하[121] 시에요. 내가 생각하기에 현재 살아 있
는 사람 중에 글을 제일 잘 쓰는 사람인데 이 사람이 원래 겸손한 사
람이라, 그렇게 표시를 안 내요.

---

121 이제하(1938~). 경상남도 밀양 출신으로 서양화를 전공한 시인이다. 1959년 시로 등단하
고, 소설도 썼다.

김 시 쓰는 사람들 다 좀 그렇잖아.

조 이 사람은 보통 시인답지 않게 특이해요.

김 곡도 중요하지. 곡을 누가 붙였는데?

조 시도 이 사람이 쓰고, 곡도 이 사람이 썼다니까요.

김 아, 가사도 쓰고 곡도 쓰고?

조 그 시인이 경상도 밀양 출신이에요. 지금도 평창동 어딘가에서 조그만 카페를 해요. 맥주 테이블 두세 개 놓고 말이에요.

김 나 또 하나 있다! 노래 부를 때마다 그냥 순간적으로 내가 어디 멀리 떠나가는 거 같은 노래. 박 선생님 노래, 「가시나무새」[122]가 그래. 그 노래를 부를 때는 어느 대목에 가서 잠깐 내가 순간적으로 그냥 내가 어디 멀리 가는 거 같애.

황혼이 밤을 불러 달이 떠도 고독에 떨고 있는 가시나무새

어둠이 안개처럼 흐르는 밤에 환상의 나래 펴네

그대 곁에 가고파도 날을 수 없는 이 몸을

그대는 모르리라 가시나무새 전설을

가시나무새 가시나무새 날을 수 없네 날을 수 없네 서글픈 가시나무새

찬바람 이슬 내린 가지 위에 외롭게 떨고 있는 가시나무새

한숨이 서리되어 눈물 흘려도 님 찾아 날을 수 없네

그대 곁에 가고파도 날을 수 없는 이 몸을

그대는 모르리라 가시나무새 전설을

---

122 패티김은 박춘석의 장례식 때 이 노래를 불러 주위를 숙연케 한 바 있다.

가시나무새 가시나무새 날을 수 없네 날을 수 없네 서글픈 가시나무새

찬바람 이슬 내린 가지 위에 외롭게 떨고 있는 가시나무새
한숨이 서리되어 눈물 흘려도 님 찾아 날을 수 없네

조　가시나무새가 어떤 새에요?

김　가시나무새는 전설 속의 새야. 살면서는 절대 울지를 않는대. 그런데 지가 죽을 때가 되면 그 새가 가시가 있는 나무에 가서 확, 찔려 스스로 죽어! 그때, 죽을 때, 죽어가면서 딱 한번 아름답게 운대. 그건 박춘석 선생님이 썼거든? 그 곡이 나를 굉장히 감동시켜. 「9월의 노래」하고 「가시나무새」야. 맞아! 「가시나무새」를 뺄 수 없다. 내 일생을 두고 죽을 때까지 내가 정말 사랑을 하고 애정을 갖는 노래는 그 노래들인 거 같애.

조　「초우」는 어때요, 혹시.

김　개인적으로 「초우」는 내가 썩 좋아하는 노래는 아니야.

조　그래요, 그거 뜻밖인데요?

김　내가 대표곡이라 할 수 있는 「초우」를 그다지 좋아하지 않는다는 것이 의외일 수도 있고, 충격일 수도 있겠지만 솔직히 그래. 아마 그 노래를 부를 때 나는 그 노래의 의미를 잘 모르고 불렀던 거 같애. 그때 나는 20대 초반의 한창 나이였잖니. 50년 전이었으니까. 여자 몸으로 미국이라는 새로운 세상으로 떠날 준비를 하고 있었을 때야. 지금처럼 미국 가기가 쉽지가 않았잖아. 그런데 그 일을 어쨌든 내가 해낸 거고, 나는 이제 가기만 하면 대스타가 될 거라고 생각했으니까, 게다가 일본무대가 시시해서 미국으로 가는 건데 얼마나 겁이 없었겠

니. 그러니까 「초우」의 가사를 내가 어떻게 이해를 했겠니. 가슴속에 스며드는 고독에 몸부림치며 꿈을 잃고 방황하는 나그네의 신세를 머릿속으로 그저 상상만 하면서 그저 그런 척 흉내내기에 바빴지. 세월이 흐르면서 「초우」를 참 많이도 불렀다.

가슴속에 스며드는 고독이 몸부림칠 때
갈 길 없는 나그네의 꿈은 사라져 비에 젖어 우네
너무나 사랑했기에 너무나 사랑했기에
마음의 상처 잊을 길 없어 빗소리도 흐느끼네
너무나 사랑했기에 너무나 사랑했기에
마음의 상처 잊을 길 없어 빗소리도 흐느끼네

아마 그동안 내가 가장 많이 부른 노래일걸? 나이가 드니까 조금 이해가 되기도 했어, 물론. 그래도 내 대표곡인 거는 맞지.

조 「가을을 남기고 간 사랑」은 어떻게 만들어진 노래에요?

김 그거는 정말 명곡이지. 1983년 부산에서 공연하던 때 만들어진 곡이야. 아마 박춘석 선생이 그날 공연 마치고 난 뒤부터 다음날 새벽 사이에 만든 거 같애. 아침 일찍 내 방으로 전화를 하시더라. 그러더니 무조건 당장 호텔 로비로 내려오라는 거야. 무슨 일인가, 싶어서 내려갔지. 그랬더니 피아노 앞으로 나를 데리고 가시더니 "패티, 한번 들어볼래?"하고는 피아노 연주를 하는 거야. 전주를 듣는데 어머, 전기가 오는 거 같더라. 좋은 노래는 전주가 좋아야 하는 거야. 전주에서 사람의 마음을 사로잡으면 좋은 노래지. 그런데 이 노래가 그랬어. 듣고 있는데 전율이 느껴지더라구. 그 곡에 초안으로 가사를 붙이셨는데 그걸로 그 자리에서 노래를 불렀어.

  가을을 남기고 간 사람 겨울은 아직 멀리 있는데
  사랑할수록 깊어가는 슬픔에 눈물은 향기로운 꿈이었나
  당신의 눈물이 생각날 때 기억에 남아 있는 꿈들이
  눈을 감으면 수많은 별이 되어 어두운 밤 하늘에 흘러가리
  아 그대 곁에 잠들고 싶어라 날개를 접은 철새처럼

  눈물로 쓰여진 그 편지는 눈물로 다시 지우렵니다
  내 가슴에 봄은 멀리 있지만 내 사랑 꽃이 되고 싶어라
  아 그대 곁에 잠들고 싶어라 날개를 접은 철새처럼
  눈물로 쓰여진 그 편지는 눈물로 다시 지우렵니다
  내 가슴에 봄은 멀리 있지만 내 사랑 꽃이 되고 싶어라

가사며 멜로디가 가슴에 그냥 그대로 와닿는 거야. 그길로 서울에 오자마자 박 선생이 곡을 마무리해서 연습을 했지. 나는 세 번 만에 녹음을 했어. 그러더니 빅히트를 친 거야. 이 노래는 정말 내가 가슴으로 불렀지. 수많은 노래를 불렀지만 지금도 내가 손에 꼽는 노래지.

조　　그래도 박 선생님보다는 길 선생님한테 노래를 많이 받았죠?

김　　나는 박 선생님한테는 노래 별로 안 받은 편이지. 주로 길옥윤 선생한테 받았지. 길 선생은 결혼해서 자기가 뭘 잘못해서 내가 화를 내고 있으면 슬며시 곡을 써서 제자한테 들려보내더라. 내가 화가 나서 말을 안하고 있으면 와서 잘못했다, 미안하다, 그러지도 않아. 그냥 아무말없이 내 눈치만 보는 거지. 그렇게 며칠이 지나면 제자가 무

슨 악보를 들고 슬며시 오는 거야. 그렇게 받은 노래가 많지. 「사랑하는 당신이」도 그렇게 받은 노래야.

　　사랑하는 당신이 울어버리면 난 몰라 난 몰라
　　나도 같이 덩달아 울어버릴까 난 몰라 난 몰라
　　아니아니 울지말고 달래줘야지
　　쓰다듬고 안아줘야지 끝없는 내 사랑 당신이니깐

　　사랑하는 당신이 화를 내시면 난 몰라 난 몰라
　　나도 같이 덩달아 화를 낼까봐 난 몰라 난 몰라

마음이야 그러고 싶었는지는 모르겠지만 말로는 미안하다는 사과도 한마디 제대로 못하는 사람이었어. 참 말로 하는 표현에는 인색한 사람이었지. 말도 없고 내성적이었던 사람이 자기 감정을 표현하는 유일한 수단이 음악이었나봐.

　그래서 그 사람 음악에는 그때 그 사람 감정이나 기분이 그대로 드러나는 일이 많아. 행복하면 행복한 노래가 나오고, 슬프면 슬픈 노래가 나오고. 「그대 없이는 못 살아」 이런 노래는 얼마나 신이 나니.

　　좋아해 좋아해 당신을 좋아해
　　저 하늘의 태양이 돌고 있는 한 당신을 좋아해
　　좋아해 좋아해 당신을 좋아해
　　밤하늘의 별들이 반짝이는 한 당신을 좋아해
　　그대 없이는 못 살아 나 혼자서는 못 살아

헤어져서는 못 살아 떠나가면 못 살아

아마 이 노래 만들 때는 우리 부부 사이가 괜찮았나보지. 「사랑이란
두 글자」도 그래.

> 사랑이란 두 글자는 외롭고 흐뭇하고
> 사랑이란 두 글자는 슬프고 행복하고
> 사랑이란 두 글자는 씁쓸하고 달콤하고
> 사랑이라는 두 글자는 차겁고 따뜻하고

그런데 또 「연인의 길」은 듣고 있으면 참 외로워. 그 사람은 참 외로
운 사람이었어. 그러니까 그 외로움도 노래를 통해서 나타나는 거지.

> 왜 이다지 보고 싶을까 이슬비 내리는 밤이 오면은
> 지금은 어디에서 차거운 이 비에 젖고 있을까
> 말없이 냉정하게 떠나간 당신을 목메어 불러보는 내 마음도 모르고
> 오늘도 걸어가는 비 내리는 쓸쓸한 길 연인의 길

「빛과 그림자」 있잖니. 그 노래는 사랑으로 인한 행복과 불행을 동시
에 노래한 거야. 우리가 잘 아는 부부가 있었는데 아내가 정신과 쪽으
로 많이 아팠어. 집을 나가더니 영영 못 돌아왔대. 아픈 부인을 보고
있는 남편 마음이 어땠겠니. 그 이야기를 듣고 길 선생이 만든 노래
야. 이 노래를 처음 부른 건 최희준 씨야. 그 뒤에 내가 다시 부르게
됐지. 그 부부를 나도 잘 아니까 노래 부를 때마다 생각이 나서 몇 번

노래 부르면서 울기도 했어. 참 가슴 아픈 노래야.

　사랑은 나의 행복 사랑은 나의 불행

　사랑하는 내 마음은 빛과 그리고 그림자

　그대 눈동자 태양처럼 빛날 때 나는 그대의 어두운 그림자

　사랑은 나의 천국 사랑은 나의 지옥

　사랑하는 내 마음은 빛과 그리고 그림자

조　　그러고보니 「이별」[123]도 있네.

김　　하긴 그 노래도 잊을 수 없지. 길 선생이랑 나랑 결혼생활이 썩 좋지는 않았잖아. 별거를 하다가 잘해보자고 마음을 먹었는데도 잘 안 됐어. 길 선생은 뉴욕에 있고, 나는 한국에 있는데 어느날 전화가 왔어. "패티, 내가 새로 곡을 하나 만들었는데 한번 들어볼래요?" 그 러더니 나지막하게 노래를 불러. 결혼하기 전이나 결혼한 뒤나 별거 하고 있을 때도 길 선생은 곡을 만들면 나한테 제일 먼저 들려주고 내 의견을 물었거든.

　어쩌다 생각이 나겠지 냉정한 사람이지만

　그렇게 사랑했던 기억을 잊을 수는 없을 거야

123　　1972년 「이별」은 가요계를 휩쓸었다. 이 노래가 나오자 사람들은 패티김, 길옥윤 부부의 이별을 암시한 것이라고 짐작들을 했다. 수많은 연인들이 이 노래를 들으며 자신의 상황을 떠올렸 고, 자신들의 이야기라고 생각했다고들 한다. 덕분에 노래는 그해 최대의 히트곡이 되었고, 노래 때 문인지 아닌지는 모르지만 어쨌든 이 부부는 다음해 9월 이혼을 발표, 또 한 번 화제의 주인공이 되 었다.

때로는 보고파지겠지 둥근 달을 쳐다보면은

그날밤 그 언약을 생각하면서 지난 날을 후회할 거야

산을 넘고 멀리멀리 헤어졌건만 바다 건너 두 마음은 떨어졌지만

어쩌다 생각이 나겠지 냉정한 사람이지만

그렇게 사랑했던 기억을 잊을 수는 없을 거야

노래를 다 듣고 난 담에 나는 일단 악보를 보내달라고 했어. 악보를 받아보니 제목이 「어쩌다 생각이 나겠지」라고 되어 있더라. 곡을 받으면 나한테 제일 중요한 거는 가사야. 내가 노래를 하면서, 내 가슴에 와닿아야 돼. 근데, 곡은 다 괜찮아. 멜로디도 참 예쁘고 가사도 참 좋은데 타이틀이 싫은 거야. 참 시시해. 그래서 내가 뉴욕으로 전화를 했어. "곡 참 예쁘고, 가사 내용도 좋은데, 타이틀은 좀 싫어요." 그랬더니 그 사람은 내 의견을 언제나 존중해주니까 "그래? 그러면 뭘로 할까?" 그래서 「이별」로 하자 그랬지. 그런데 그게 우리 '이혼쏭'이 될 줄이야 누가 알았니? 그러고 그 다음해 말에 우리가 이혼발표를 했잖아. 그니까 완전히 우리 '이혼쏭'이 되어버린 거야. 이 노래가 만일에 「어쩌다 생각이 나겠지」라는 타이틀이었으면 그렇게 히트가 됐을까. 타이틀 곡목이 「이별」인데 우리가 실제로 이혼을 했단 말이야. 그런 스토리가 연결 돼서 이 노래가 히트를 친 거라고 나는 생각해.

조　　누이는 참 띨띨한데 어떻게 그걸 다 기억을 하고 살아요?[124]

124　패티김은 겉보기에 이성적이고 차가워 보이지만 의외로 허점이 참 많다. 노래 말고 다른 거에는 흥미도 관심도 없다고 보면 된다. 순진하기도 하고 바보 같아 보일 정도로 세상 돌아가는 일에 모르는 것 투성이다. 그래서 조영남은 패티김을 공식적으로 '띨띨이'라고 칭한다.

김 또 떨떨하다 그러니. 그거 몇 명한테나 말했니. 벌써 10년도 더 됐나봐. 네가 '패티김 선생은 의외로 떨떨한 분이다, 떨떨이 누님이 다' 그런 게. 내가 그 뜻을 몰라서 떨떨이가 뭔데? 그러고 물어봤잖아.

조 누이가 떨떨하긴 해요.

김 나는 말도 느리고, 먹는 것도 느리고, 걷는 것만 빨라! 그리고 형용사 제대로 잘 못 쓰고, 표현을 잘 못하잖아. 그러니까 좀 답답하지.

조 그래서 같이 무대에 서면 누이가 말이 너무 느려서 내가 답답해서 왔다갔다 하는 거예요. 한참 무대를 기웃기웃거리며 다녀도 아직 말이 안 끝나.

김 그럼 네가 그러잖아. 제발 말 좀 빨리 하세요. 하하하. 그런데 이미자[125]는 나보다 더 느리질 않니? 나보다 더 말 못하고, 더 느려. 하하하. 그래도 나는 느리긴 해도 할 말은 다 하고 가는데 미자는 말도 잘 못하는데 나보다 더 느리니까 내가 제발 말 좀 빨리 해, 그러지.

조 둘 다 똑같은데 서로 빨리 하래. 하하하.

김 그래도 이미자하고 나하고 영남이 네 흉 자주 보잖니. 우리는 네 흉 보는 게 그렇게 재미 있을 수가 없다. 하기는 후배 앞에 놓고 그럴 수 있는 것도 너밖에 없지. 다른 후배한테는 안 그래, 우리가. 너는 똑똑하잖아. 말귀도 잘 알아듣고, 잘 맞춰주고. 근데 가끔 보면 너도 떨떨할 때 많아. 똑똑했다가 떨떨했다가 왔다갔다 해. 너는 나더러 떨떨이 누님이라고 하지만 너도 알고보면 참 떨떨이야.

---

125 트로트의 여왕 이미자(1941~)에 대해서는 달리 설명할 필요를 못 느끼겠다. 다만 조영남이 선배라고 부를 만한 분이 딱 두 사람 남아 있는데 한 사람이 패티김이고 다른 한 사람이 바로 이미자다.

조　그렇긴 해요. 하하하. 누이는 나한테 잔소리도 많이 하잖아요.

김　너는 그걸 왜 잔소리라고 생각하니? 그게 다 너한테 애정이 있으니까 하는 소리야. 내가 그런 말 하는 것도 너밖에 없어. 다른 사람들한테는 절대 이거 고쳐라, 말아라, 이런 말 안하지. 근데 너랑 나는 어떻게 만났니? 그냥 우연히 방송국에서 만났겠지? 난 어떻게 우리가 맨 처음에 만났는지, 어디서 만났는지도 모른다, 넌 아니?

조　난 누이하고 길옥윤 선생이 어디 호텔 개관식할 때 거기서 같이 나오는 거 봤어요[126].

김　음! 그 얘기 하는 거 들었어. 그게 굉장히 인상적이었나봐.

조　꿈인가 생신가 말도 한마디 못 걸고 가슴이 막 쿵쾅쿵쾅했던 기억이 나요.

김　어디 호텔이었니?

조　시청 근처였던 거 같아요.

김　대낮에 나왔으니까 뭐 딴짓하고 나오는 건 아니었겠다. 하하하. 거기서 뭐 기자를 만났거나 그랬겠지.

조　결혼하시기 전이었어요. 제가 대학생 때.

김　아, 학생 때? 노래 하기 전에?

조　가수 되기 훨씬 전이에요.

김　오. 그러니까 인사도 못했구나.

조　그때 처음 본 거예요.

김　노래를 했으면, 선생님이라거나 선배님이라거나 인사를 했겠지.

126　아직 가수로 정식 데뷔하기 전 조영남에게 길옥윤, 패티김은 TV에서나 만나는 연예계 스타였다.

조 물론 인사를 했겠죠. 그럼요.

김 학생 때였구나. 그때 나 모자 쓰지 않았디?

조 그건 기억 안 나요, 사람들한테 삥 둘러싸인 채 나오시더라구요. 아, 길옥윤 패티김이구나, 했죠. 그러다가 세시봉 음악감상실[127]을 왔다갔다 하다가 미8군 취직하고 나서, 내가 톰 존스의「딜라일라」를 부르고 가수가 됐잖아요.[128] 그러고 얼마 있다가 방송국에서 길 선생님을 만났죠. 인사를 드렸는데 우와, 나를 알아보시는 거예요. 그때 내가 '이야. 내가 굉장한 사람이 됐구나!' 그때 거기서 확인을 했어요!

김 진짜? 기분 좋았겠다.

조 길 선생님이 나를 이뻐했던 거 같아요. 곡 줄 게 있다고 집으로 오라고 하신 적도 있고.

김 참,「사랑하는 마리아」를 길 선생이 너한테 먼저 줬다면서?

조 그랬어요. 군 복무 마치고 얼마 안 됐을 때에요. 길 선생님이 노래를 주신다고 해서 세검정 집으로 찾아갔었어요. 그때「사랑하는 마

---

127   음악감상실 세시봉(C'est si bon, 아주 좋다는 뜻의 프랑스말)은 1953년 충무로에서 처음 출발했다가 1964년에 무교동으로 자리를 옮겼다. 미8군 무대에서 색소폰을 연주하던 이백천이 요일별로 스페셜 프로그램을 기획한 것이 젊은이들에게 인기를 끌었다. 조영남을 포함해서 윤형주, 송창식, 한대수가 인기를 끌었고, 김세환, 이장희, 조동진 등도 세시봉에서 인기를 얻었다. 세시봉에서는 밴드를 따로 쓰지 않고 가수들이 연주도 하고 노래도 불렀는데 여기에서 노래를 부르던 친구들이 TV와 라디오를 통해 등장하자 폭발적으로 인기를 얻었다.

128   1967년의 일이다. 톰 존스가 부른「딜라일라」를 '쇼쇼쇼'에서 부른 뒤 조영남은 느닷없이 유명해졌다. 데뷔한 지 1년 6개월여 만에 서울신문사 제정 제1회 한국문화대상 연예부분 대상을 받은 조영남한테는 서울대 음대생이라는 딱지가 늘 붙어다녔다. 그리고 또 하나의 딱지. 바로 연예인 같지 않은 외모가 그것이었다. 이 두 개의 딱지는 지금도 계속 조영남을 따라다니고 있다. 1968년 9월 남산 드라마센터에서 조영남도 리사이틀을 열게 됐다. 리사이틀이라는 이름을 처음 써준 패티김 덕분에 이 이름을 쓰게 된 셈이다. 공교롭게도 당시 길옥윤 캄보밴드와 윤형주, 송창식이 연주자로 투입되었다.

리아」를 들려주셨죠. 그래서 같이 연습도 했어요.

마리아 마리아 사랑하는 마리아 마리아 마리아 사랑하는 마리아
너를 보내고 나서 꽃을 심었네 슬픈 마음에 꽃을 심었네
마리아 마리아 사랑하는 마리아 마리아 마리아 사랑하는 마리아
봄은 또 다시 오고 꽃이 피었네 그리움처럼 꽃이 피었네
마리아 마리아 사랑하는 마리아 마리아 마리아 사랑하는 마리아
너를 생각하면서 꽃을 보았네 내 품에 돌아오라고 꽃을 보았네
마리아 마리아 사랑하는 마리아 마리아 마리아 사랑하는 마리아
잊어 보기 위해서 꽃을 꺾었네 눈물을 흘리면서 꽃을 꺾었네
마리아 마리아 사랑하는 마리아 마리아 마리아 사랑하는 마리아

이 노래는 엔딩이 없잖아요. '마리아, 마리아. 사랑하는 마리아.' 그 거만 반복을 하잖아요. 그래서 내가 말했죠. '끝은 이렇게 하는 게 어때요.' 하면서 끝을 요즘 누님이 부르는 것처럼 '마리이이야.' 그랬더니 이야! 좋다. 그랬죠. 그런데 얼마 뒤에 누이가 그 노래를 판으로도 만들고 무대에서도 부르더라구요.

김　나는 정말 몰랐어.

조　나는 그런 거 신경 안 썼어요. 「잊혀진 계절」도 서울음대 직계 후배 이범희[129]가 원래 나한테 준다고 했던 거 같은데 내가 연습을 안 하고 설렁설렁하니까 어느날 다른 가수 이용[130]이 부르더라구요.

129　이범희. 서울대학교 작곡과를 나와 지금은 명지전문대 실용음악과 교수로 재직중이다. 가수 이용이 부른 「잊혀진 계절」을 비롯, 1980년대 수많은 곡을 히트시킨 유명한 작곡가다.

김   그랬대며? 니가 노래 안하고 설렁설렁하고 다니니까 다른 사람한테 줬나봐.

조   다 제가 게을러서 그런 거죠. 길 선생님이 처음 노래 들려주셨을 때 거기서 바짓가랑이 잡고 '선생님, 이 곡 제가 녹음할게요.' 이랬어야 됐는데. 그럼 내 곡이 됐을 텐데. 하하하.

김   나는 네 얘기를 안 믿지는 않아. 그게 사실이겠지. 그런데 길 선생은 왜 그 말을 안했을까. 너한테 줄 거라는 말을.

조   선생님도 아마 잊으셨겠죠. 저한테 그러셨다는 걸.

김   남산에 있는 드라마센터에서 길옥윤 선생 리사이틀[131]이 열렸었는데 거기서 나더러 「사랑하는 마리아」를 부르라는 거야. 그러더니 레코딩을 하대? 그러더니 평, 히트가 되대? 그렇게 된 거야. 조영남한테 주기로 했다는 말은 전혀 듣지도 못했어. 노래 만들면 나한테 먼저 들려주니까 그 노래도 아마 그랬겠지. 노래 듣고 내가 좋다고 하니까 불러보라고 준 거 같아. 노래를 부르면서도 '마리아 마리아 사랑하는 마리아'로 시작하는 가사가 꼭 남자가 여자한테 불러주는 노래 같기는 했어. 네가 거짓말을 하는 사람은 아니니까 네 말이 맞기는 맞겠지. 나는 정말 몰랐어. 너한테 주기로 했다는 걸 알면서도 설마 내가 그 노래를 불렀겠니? 부를 노래가 없는 것도 아니었는데.

조   그러실 수 있어요. 무슨 뜻이 있어서가 아니라 그냥 잊으신 걸

---

130   이용(1957~)은 1981년 '국풍81'에서 「바람이려오」를 불러 금상을 받고 가요계에 데뷔했다. 데뷔하면서부터 큰 인기를 끌었던 이용은 「잊혀진 계절」을 불러 한국가수 최초로 밀리언셀러 가수가 되었다.

131   1968년 12월 남산 드라마센터에서 길옥윤의 첫 리사이틀이 열렸다. 여기에서 패티김이 「사랑하는 마리아」를 처음으로 불렀다. 원래 조영남이 부를 뻔한 노래인 줄도 모르고 시원하게 부른 패티김의 이 노래는 우리나라만이 아니라 일본에서도 크게 인기를 얻었다.

거예요. 길 선생님 착한 분이었잖아요.

김　그래도 미안한 일이긴 하지. 근데 너는 그걸 진작 말했어야지. 그걸 길 선생도 돌아가신 담에 말을 하면 어떻게 하니. 확인할 길도 없는데.

조　그러게요. 또 생각나는 노래 없어요?

김　왜 없니, 많지. 「서울의 찬가」[132]도 나한테는 참 의미가 있지. 아마 애국가 다음으로 많이 불렸을걸? 김현옥[133] 시장 알지?

조　알죠.

김　그분이 특별히 부탁을 해왔어. 서울시에서 적극적으로 후원을 할 테니까 서울에 대한 희망적인 메시지를 담은 노래를 만들어달라고.

　　　종이 울리네 꽃이 피네 새들의 노래 웃는 그 얼굴
　　　그리워라 내 사랑아 내 곁을 떠나지 마오
　　　처음 만나서 사랑을 맺은 정다운 거리 마음의 거리
　　　아름다운 서울에서 서울에서 살렵니다

　　　봄이 또 오고 여름이 가고 낙엽은 지고 눈보라 쳐도
　　　변함없는 내 사랑아 내 곁을 떠나지 마오
　　　헤어져 멀리 있다 하여도 내 품에 돌아오라 그대여
　　　아름다운 서울에서 서울에서 살렵니다

132　패티김은 1995년 3월 길옥윤의 장례식 때 이 노래를 불렀다. 주변에서 「이별」을 부르라고 했지만 단호하게 이 노래를 해야 한다고 했다.

133　김현옥 시장은 1966년부터 1970년까지 서울시장을 지냈다. 군인 출신으로 별명이 불도저였다. 별명답게 서울 시내에 아파트 공사를 밀어붙였다. 그러다 와우아파트가 무너지자 김 시장도 자리에서 물러났다.

근데 사실 이 노래 만들어졌을 때만 해도 서울이 어디 그랬니. 그래도 앞으로 이렇게 변했으면 좋겠다는 희망을 담았지. 그런데 지금 서울 시내 다니다보면 참 많이 좋아졌어.

이 노래 처음 나왔을 때 서울시청에서 매일 새벽마다 확성기에 대고 이 노래를 틀었잖아. 생각해봐라. 아침마다 행진곡같이 우렁찬 이 노래가 흘러나오면 사람들이 얼마나 깜짝깜짝 놀랐겠니. 그때 서울시청 근처에 있는 조선호텔에 묵은 외국인들도 이 노래 땜에 새벽잠을 설쳤다더라고. 어떻게 알게 됐냐면 아르만도 있지? 그 사람도 한국에 출장을 와서 자고 있으면 새벽마다 이 노래가 흘러나와서 노래 부르는 가수를 엄청나게 미워했다고 하더라. 하하하.

이 노래는 나나 길옥윤 선생의 대표곡이나 마찬가지야. 그래서 길 선생 장례식장에서도 이 노래를 불렀어. 사람들이 「이별」을 부르라고 했는데 나는 이 노래를 불렀지.

조　생각나요. 길 선생 장례식 때 누이가 이 노래 부르는 거 들으면서 오히려 더 슬펐다고 말하는 사람 여럿 봤어요. 장례식 때 슬픈 노래 부르는 것보다 빠른 노래가 더 슬플 때가 있어요. 그런데 유신 시절엔 금지곡들 진짜 많았잖아요. 누이는 노래를 발표했는데 그런 것들 때문에 못 부르게 된 건 없어요?

김　아우, 왜 없니. 표절로 걸렸지. 그때는 정말 밥 먹고 할 일 없는 사람들이 무슨 자문위원인지 윤리위원인지 이런 거 만들어가지고, 그저 쪼끔만 외국노래하고 비슷하면 표절이라 그래서 금지곡[134]을 만들었어. 그중에 대표적인 노래가 나는 「4월이 가면」이고, 이미자는 「동백아가씨」[135]지. 몇십 년씩은 묶여 있었어. 말도 안 되는 얘기지.

「4월이 가면」도 원래는 블루스였어. 길 선생이 처음 만들어서 불러

쳤을 때는. 그런 걸 내가 "아, 이거 탱고[136]로 합시다! 탱고가 참 멋있을 것 같아." 그랬어. 그래서 탱고가 된 거야. 아마 탱고가 아니었으면 표절로 안 걸렸을 거야. 표절이라는 딱지가 붙으니까 방송국에서는 틀어주질 않았어. TV에서는 노래를 못 부르고, 라디오에서는 노래를 안 틀어주고. 그래도 공연할 때는 다 불렀어. 공연은 그런 제약이 없었으니까. 그런데 그 당시에는 공연을 정말 많이 하고 있던 때니까 그까짓 거, 하고 그냥 넘어갔지 뭐. 라디오나 TV 이런 데 나가고 이런 거는 별로 관심이 없었으니까. 그저 방송국 사람들이 "나와주세요, 나와주세요." 해야 나갔지. 하하하. 내가 그때는 정말 도도할 만했어. 그러니까 그런 노래가 금지곡이 되었어도 나는 별 상관도 안했어. 그렇지만 어떤 가수들한테는 그런 미디어가 굉장히 중요했겠지. 아무튼 그래서 내 노래 중에 제일 크게 당한 게, 「4월이 가면」이야. 그리고 「사랑하는 당신이」도 그랬고.

조　「사랑하는 당신이」는 왜 그랬어요?

김　그것도 표절이래! 저희들이 그냥 이거는 외국의 어느 곡하고 비슷하다 그래서 표절이다 그러면 표절이야. 이미자 노래도, 히트 쳤다 그러면 표절로 묶어버리대?

134　우리나라 가요 100년사에서 어쩌면 가장 암울했던 시대는 일제 치하 36년간을 제외하면 군사정부 시절이었을지도 모른다. 당시에는 조금만 거슬리는 가사나 멜로디가 있으면 금지곡이 되었고, 표절 판정을 수시로 받았다.

135　1964년 이미자가 부른 우리나라 대표 트로트곡. 신성일, 엄앵란 주연의 영화 주제곡으로 백영호가 작곡하고, 한산도가 작사했다. 우리나라 역사상 최초로 100만 장이 넘는 음반 판매량을 기록한 것으로 추정된다. 일본풍이라는 이유로 금지곡이 되었다가 20여 년이 지난 1987년 6월항쟁 이후 해금됐다.

136　탱고(Tango). 대중음악의 리듬 중 하나이다. 기본적으로 4분의 2박자의 리듬을 지닌 경쾌한 음악.

이젠 쓰면 되는 거다. 우선 서로 만나 한쪽은 얘기를 하고 한쪽은 얘길 들어야 했다. 패티 김의 일생에 관한 얘기를 말이다. 만나는 장소가 어디였으면 좋겠는가를 1차적으로 타진해 봤더니 패티 누이 쪽 사무실과 우리집 응접실로 좁혀졌다. 그리고 우리집이 편할 거 같다는 패티 누이의 의견에 따라 일단 일주일에 두 번씩 우리집 청담응접실에서 모이기로 했다. 그 이전에도 몇 차례나 우리는 우리집 응접실에서 음악회 관련 회의를 한 적이 있다.

이 책 첫부분쯤에 처음 시작 부분의 얘기는 비교적 상세히 기록이 되어 있다. 주인공 패티김은 주로 이야기를 이끌어가고 나는 질문하면서 동시에 얘기를 듣고 옆에서는 돌베 개 출판사에서 출장 나온 이현화가 녹음기를 대놓고 기록을 해가는 식이었다. 그렇게 녹음 을 한 자료를 바탕으로 내가 원고를 쓰기로 했다.

두세 번의 미팅이 끝났을 무렵 출판사가 준비해온, 조영남이 묻고 패티 선배가 대답하 는 식의 녹취 원고를 읽어가면서 나한테는 묘한 생각이 떠올랐다.

녹음을 할 때도 느꼈던 바지만 막상 원고로 읽고 있자니 패티 선배는 의외로, 놀랍게도! 언어구사력, 즉 말솜씨가 뛰어났다. 나로선 무척 놀랄 만한 일이었다. 그러니까 나까지도 필자로서 많은 사람들이 생각하듯이 패티김이라는 인물이 명성에 비해 말솜씨는 턱없이 부족할 거라는 되어먹지 못한 편견을 가지고 있었던 거다. 짧게 말해 노래에 비해 언어구 사는 변변치 못할 거라는 생각을 미리부터 가지고 있었다는 얘기다.

그동안 나는 패티 누이와 실제로 무대 위에서 혹은 무대 뒤에서 혹은 어떤 이유로 밥을 함께 먹는 자리에서는 늘 설렁설렁 얘기를 주고받거나 별 내용도 없는 얘기를 주고받았을 뿐이지 단 한 번도 단둘이 마주 앉아 진지한 얘기를 펼쳐본 적이 없었던 거다. 그것은 실 로 놀라운 사건이었다. 외국생활을 너무 오래 해온 탓에 누가 봐도 말솜씨가 외국어를 구 사하듯 다소 어눌해 보여서 그렇지 실제로 진지하게 대화를 나눠보면 패티 누이의 말솜씨 가 매우 정교하다는 사실을 깨닫게 된다. 나는 이번참에야 그걸 알게 됐다. 그것은 내가 일찍이 고(故) 백남준 선배와 대화를 나누어본 경험과 매우 흡사했다. 어눌하게 흘려가면서 말하는 것처럼 보일 뿐이지 그속엔 번득번득 보석 같은 내용이 넘쳐흐르는 것이었다. 이

글을 읽는 독자께선 이 책을 통해 직접 체험하겠지만 패티김의 말 속에는 좋은 책이 되는 조건, 즉 내용과 게다가 재미까지 쏠쏠히 들어 있다.

그렇다면 내가 패티김과의 대화를 다듬어서 내 스타일로 새롭게 써내려가는 것은 무의미할 뿐만 아니라 또하나의 상투적인 누구누구의 그저그런 자서전이 될 거라는 사실이 확실해졌다. 그래서 패티김이 직접 이야기하는 내용을 바탕으로 독자에게 전달하자, 이 얘기, 저 얘기 왔다갔다 하는 것만 정리하고 패티김이 말하는 걸 토씨 그대로 옮기는 방식으로 만들자, 그것이야말로 패티김이 어떤 사람인지를 가장 정확하게 드러내는 최선의 방법이다. 그렇게 되었다. 그것에 대한 모든 책임은 맨 처음부터 내가 짊어지고 있다.

3부

무대

첫무대

조　누이, 누이는 미8군 무대[137]에서 가수로 처음 노래를 했을 때, 그때 느낌이 어땠어요?

김　그거는 말로 내가 표현을 못해. 오디션 보고, 처음으로 혼자 무대에 섰어. 솔로 가수로 처음 서는 거야. 그때 내가 체격이 정말 참 좋았어. 요즘 유행어로 '짱'이었지. 양쪽 어깨와 팔이 다 드러나는, 끈이 없는 옷을 입었는데 진짜 그 옷을 입고는 앉을 수도 없을 정도로 딱 껴. 숨도 크게 못 쉴 거 같아. 뜯어질 거 같아서. 그렇게 공단으로 몸에 딱 맞게 만든 초록 드레스에다가 하이 웨이스트부터 발끝까지 진

137　당시 미8군 무대의 관객들은 주로 미군이었다. 이들은 1950년대말 전쟁 직후 가난하고 낙후한 삶을 살 수밖에 없었던 우리와는 비교할 수 없는 공연 문화를 향유했다. 진정으로 공연을 즐길 줄 알았고, 무대 위에 선 사람들과 하나가 되어 공연의 질과 품위를 높일 줄 알았다. 또한 공연과 무대 위에 선 공연자들에게 진심으로 경의를 표했고, 그 가치를 인정해주었다. 미8군쇼 무대에 서는 사람들은 그런 관객들의 수준에 어느 정도는 맞추어야 한다고 생각했고, 그들에게 걸맞는 무대 매너를 보여줘야 한다고 생각했다. 그 결과 당시 미8군쇼의 수준은 단연코 국내 최고였다.

분홍 리본을 길게 늘어뜨렸어. 머리는 정수리 위로 딱 틀어올려 목선이 그대로 드러났지. 그리고 까만 장갑을 끼고 무대 뒤에 섰어. 하이힐은 한뼘도 넘었지.

무대에서는 사회자가 영어로 뭐라고 하면서 나를 소개하는 거야. 내 이름을 부르는 거야. 출연하라는 사인이지. 그리고 딱! 무대를 나가는 순간이야. 며칠 전부터 얼마나 연습을 했겠니. 첫 무대니까 오죽했겠어. 무대로 어떻게 걸어나갈 것인지, 노래를 부를 때 눈빛과 표정은 어떻게 할 것인지, 후렴구를 부를 때, 간주가 흐를 때 그리고 곡이 끝날 때 각각 어떤 동작을 어떻게 할 것인지 작은 것 하나하나까지 수도 없이 연습을 했지.

그런데 딱 나가는데 난리가 난 거야. 얘네들이 다 20대 초반이잖아. 미군들이. 소리를 지르고 휘파람을 부르고, 아주 난리야. 그러니까 나는 뭐 어떻게 해야 될지를 모르겠더라. 무대 뒤에서 마이크 있는 데까지 한 3, 4미터도 안 되겠지? 거기까지 걸어가는데, 아주 기억도 안 나. 얼마나 길었는지. 하하하. 발걸음이 도대체 떼어지지가 않더라. 그리고 「틸」을 부르기로 되어 있는데 전주를 다섯 번 여섯 번 반복했을 거야. 내가 무대에 섰는데도 뇨래를 시작을 할 수가 없었거든. 군인 애들이 너무 소리를 지르니까. 거기서 '와, 내가 가수구나. 이것이 나의 인생이구나, 이게 내 운명이고, 나는 드디어 가수구나.' 그런 생각을 했지. 그러다가 겨우 노래를 시작을 했어.

Till the moon deserts the sky.

Till all the seas run dry.

Till then I'll worship you … Till the rivers flow upstream.

Till lovers cease to dream.

Till then I'll yours, be mine…

여기까지는 잘 불렀어. 이제 후렴구를 부를 차례야. 한참 잘 부르다가 'You are my~' 할 적에, 거기 고음이잖니. 내가 정말 연습 많이 했거든? 'You are my~' 그때 45도쯤 딱 손을 쭉 위로 뻗었다가 내리는 걸로. 그래서 "You are my reason to live. All I own I would give. Just to have you adore me…"[138] 를 부르면서 손을 딱 들었는데, 이걸 어떡하니. 내릴 수가 없는 거야. 손을 내릴 수가 없는 거야. 노랠 하다가 어느 순간엔 내려야 하잖아. 와, 가사 안 잊어버리고 한 게 정말 다행이야. 노래를 하는데 앞에서 젊은 장병들이 계속 환호성을 지르니까 끝까지 이렇게 손을 쳐들고 있는 거야. 간주가 나오는데도 계속 들고 있었어. 아마 앞에서는 그게 멋이라고 생각했을 거야. 노래하면서 나는 '어휴, 이 손을 잘라버렸으면 좋겠다' 이런 생각이 들더라고. 어떻게 내려야 될지 모르니까. 그게 제일 힘들었던 거 같아. 그래서 노래 끝날 때까지 하여튼 팔 하나를 번쩍 들고 있었어. 그런데 오죽 무겁니. 천만금이지. 아유. 그건 말도 못해. 그렇게 힘들더라.

조 그 정도로 쫄으신 거죠.

김 그게 무슨 소리니?

조 처음이라 경직된 게 아니었나구요.

김 그런 거지 뭐, 아주 심하게.

---

138 가사를 보면 애절하게 사랑을 고백하는 내용이다. 한창 혈기 왕성한 군인들이 젊고 화려한 데다 성량까지 끝내주는 패티김의 이 노래를 듣고 얼마나 환호했을지 충분히 상상이 간다.

조　그거 하나 불렀어요?

김　겨우겨우 팔을 내리고 「파드레」를 불렀지. 무슨 정신으로 불렀는지 몰라. 어떻게 무대 뒤로 나왔는지도 모르겠어.

조　노래하고 끝나니까 기분이 어땠는지 기억이 나요?

김　그럼, 기억하지. 생생하게 기억이 나지. 좋았어. 아주 좋았지. 무대가 주는 매력이 있잖니. 눈부신 조명을 받으며 무대 위에 선 단 한 사람, 나를 위해 혼신의 힘을 다해 연주하는 악단, 열광하고 환호하다가 마침내 내 노래가 시작되자 숨 죽이고 들어주는 관객! 그 절정의 순간에 느껴지는 짜릿함. 그리고 무엇보다도 노래가 끝나기가 무섭게 터져나오는 박수소리, 환호성은 대단한 거지. 그러니까 무대에 서는 게 얼마나 신이 났겠니. 그때부터 무대가 내 삶이 됐지. 무대가 내 삶의 전부가 됐지.

그녀가 최초입니다

조   누이는 최초가 참 많아요.[139]

김   그래. 최초가 많아. 최초를 하려고 했던 건 아닌데 어쩌다보니까 그렇게 됐어.

조   공연에 '리사이틀'이란 단어를 처음 붙인 것도 누이죠? 우리나라 최초로?

김   내가 처음 붙였지. 그때 공연 이야기하니까 생각나는 게 있다.

조   뭔데요?

---

139   패티김이라는 이름 앞에는 최초라는 수식이 많이 붙어 있다. 1960년, 해방 이후 일본 정부가 최초로 공식 초청한 가수, 1962년 대중가수로서 '리사이틀'이라는 표현을 쓴 최초의 가수, 1966년 우리나라 최초 창작 뮤지컬의 주연을 맡은 최초의 가수, 1967년 우리나라 개인 방송 프로그램 진행을 맡은 최초의 가수 등등. 또한 우리나라 세종문화회관(78년, 89년)을 비롯 캐나다 토론토 오페라하우스(74년), 미국 샌프란시스코 오페라하우스 '데이비스홀'(83년), 뉴욕 카네기콘서트홀(89년), 호주 시드니 오페라하우스(99년) 등 세계 유명 콘서트홀 무대에 선 한국 최초의 가수, 그리고 대중가요 가수로서 서울시립교향악단과 최초 협연(85년), 우리나라 최초 유럽 5개국 TV쇼 촬영, 우리나라 최초 해외 로케 CF 촬영 등등 그녀가 세운 최초의 기록은 헤아리기가 숨찰 정도다.

김　일본에 처음 갔을 때만 해도, 우리보다 대단히 앞선 나라라는 생각은 했지만 지내다 보니까 뭐 그렇게 많이 앞선 나라라고는 별로 생각이 안 들었어. 근데 일본이 우리보다 앞선 걸 느낀 건 오히려 우리나라로 돌아와서야. 제일 컸던 게 공연 시설이었지. 일본은 그때도 지방 어디를 가도 크고 작은 공연장들이 다 있었어. 시설들도 다 괜찮았어. 그런데 우리는 아니었잖아.

　내가 미국으로 가기 전에 우리나라에서 처음으로 공연을 했었다고 했잖아. 리사이틀이라는 이름을 붙인 공연이 이 공연이야. 그런데 내가 공연을 했던 장소가 원래 공연장이 아니라 영화를 상영하는 극장이었다고 했지? 그런데 나로서는 극장이든 공연장이든 나는 거기서 공연을 해야 하잖아. 양보를 할 수 있는 게 있고, 타협을 못하는 게 있잖니. 그래서 몇 가지를 요구했어. 제일 먼저 내가 요구한 게 대기실이야. 영화 상영관에 대기실이 어디 있겠니. 그래서 창고처럼 쓰던 방을 대기실로 사용하기로 했어. 지저분한 방이었는데 급하니까 바닥청소를 하고, 벽에 흰페인트칠을 해서 쓰기로 했어. 근데 그 냄새가 쉽게 없어지지 않잖아. 그래서 그때 내가 쓰던 향수를 거의 한 병을 다 뿌렸는데도 냄새가 안 없어지더라. 그래도 그럭저럭 견뎠어.

조　그때만 해도 대기실이라는 개념이 우리나라에는 거의 없었죠. 또 다른 요구는 뭐였어요?

김　두 번째로 요구한 게 바로 '패티김 리사이틀'이라는 공연 이름이야. '리사이틀'이라는 단어를 우리나라 최초로 공연 이름에 사용했지.

조　'리사이틀'이란 단어를 쓰자고 누이가 직접 그랬어요?

김　나지! 내가 그랬지.

조　그리고 또 뭐가 있어요? 누이가 최초로 한 게?

김　아마 마이크대에서 마이크를 딱 빼서 왔다갔다 하는 것도 내가 처음 했을걸? 아, 그리고 1985년에 서울시립교향악단하고 팝스콘서트를 한 거도 내가 제일 처음이야.

조　아하!

김　85년에. 그거 몰랐지? 너도 그거 했지?

조　예. 저도 외국 유명 지휘자의 교향악단 반주에 맞춰 노래한 적 있어요. 난 이런 건 내가 최초겠구나 생각했는데.

김　그 뒤에 가수들 많이 했어. 그런데 85년이 최초야. 성악을 하고, 클래식을 연주하는 사람들은 그만큼 공부들을 하니까 프라이드 갖는 거는 인정하고, 그만큼 나도 존경해주고 싶어. 그런데 클래식 쪽은 너무 관객이 안 들잖아. 그러고 외국에서는 이미 보스턴, 필라델피아, 뉴욕 이런 데들도 다 팝스콘서트를 했잖아? 그래서 85년에 처음으로 내가 시작을 한 거야.

그런데 이 사람들의 태도가[140] 너무너무너무 건방져. 나는 그때 정말, 어마어마한 인기스타였는데 나를 아주 우습게 봐. 그러니까 가요나 부르는 가수의 반주를 우리 클래식 정통 교향악단이 해줘야 하느냐 이런 거지. 연습하러 딱 갔는데, 벌써 분위기가 너무 안 좋더라구. 그런데 그건 내가 꼭 하고 싶었던 프로젝트거든. 근데 그때 기분은 팍 상했지. 너무 불쾌하더라구.

조　오케스트라 콘서트였죠, 그거?

김　그렇지. 한 100명쯤 나와. 맨 처음에 103명이었어. 내가 연습장 딱 들어가는데, 진짜 거의 눈길도 안 주는 거야. 나는 또 모자를 항상

140　당시 반주를 맡았던 교향악단 단원들의 태도를 말한다.

쓰고 다니잖니. 그런데 연습하는데 모자를 쓴 것도 거슬렸나보지. 지가 스타면 스타지. 이런 태도더라구. 말은 안해도.

조   클래식 하는 사람들이 게스트가 등장하면 보통 환영해주는 게 관례인데 그런 거도 없고.

김   응! 게스트가 들어오면 왜 현으로 보면대 두드리면서 환영해주잖아. 그러면서 '안녕하세요.' 하고, 그러면 나도 '안녕하세요', 이러면서 연습을 시작하잖아. 그게 예의 아니니? 그런데 다들 너무 불손한 태도들이야. 지휘자는 외국에서 온 여자였는데 조이스 헤밀턴[141]이라고 샌프란시스코 디아블로 오케스트라 지휘잔데, 초청을 받아서 왔어. 내가 들어가니까 이 지휘자는 오히려 나한테 반갑게 같이 연주하게 되어서 기쁘다. 그러는데 단원들이 나를 힐끗 쳐다보고 마는 거야. 그래서 내가 오기가 콱, 나더라. '그래? 그럼 내가 본때를 보여주겠다', 속으로 그랬지.

조   꼭 실력 없는 사람이 그런 짓을 해요. 티 내고 그래요. 진짜 실력 있는 사람들은 안 그래요. 제 경험으로 보면요.

김   그래서 내가 공연할 때 정말 더욱더 열창을 했어. 근데 딱 다섯 곡을 했어. 다섯 곡 연습을 하고 다섯 곡 노래를 했는데, 너무너무너무 박수가 나오니까 커튼콜을 뭐 몇 번을 들락날락 했어. 그런데 부를 앵콜송이 없는 거야. 그래서 할 수 없어서, 나가서 얘기했어. 저는 다섯 곡밖에 연습한 게 없고, 앵콜송이 없다. 그러니까 여기저기서 '이 노래 하세요, 저 노래 하세요'들 그래. 그래서 그럼 「사랑은 생명의

---

141   조이스 존슨 헤밀턴(Joyce Johnson-Hamilton). 미국 샌프란시스코 디아블로 심포니 오케스트라 상임 지휘자로 지휘자이자 트럼페터이기도 하다.

꽃」¹⁴²을 다시 하겠다, 말을 하고 불렀던 노래를 다시 불렀지.

바람은 고요히 잠들고 강물은 잔잔히 흘러가는데
그대의 가슴에 기대어 가만히 듣는 숨결 사랑의 기쁨이 넘치네
나는 새가 되고 싶어요 나는 별이 되고 싶어요
나는 아름다운 꽃이 되고 싶어요
내가 사모하는 님이여 나를 사랑하는 님이여
영원히 나를 사랑해 주오

사랑은 생명의 꽃이요 미움은 절망의 불꽃이라오
그대의 사랑은 언제나 나에게 희망을 주지만 미움의 고통뿐이라오
나는 가진 것이 없어요 나는 드릴 것도 없어요
오직 그대 사랑하는 마음 하나뿐
내가 사모하는 님이여 나를 사랑하는 님이여
나 항상 그대 위해 살리라

내가 사모하는 님이여 나를 사랑하는 님이여
나 항상 그대 위해 살리라 나 항상 그대 위해 살리라

내가 얼마나 우쭐했겠니. '봐라. 봤지? 지금껏 이런 박수를 너희들이 받아봤냐. 내 덕분에 받는 거 아니냐.' 속으로 이랬지. 막 자신만만해가지고. 하하하. 그때 그 사람들 다 지금 뭐하고들 있겠니. 나는 아

---

142 조운파 작사 박춘석 작곡의 이 노래는 패티김이 1984년에 발표했다.

직도 이렇게 무대에 서는데, 아직도 박수 받으면서 노래하고 있는데. 그 사람들은 손주들이나 보겠지, 뭐하겠니. 하하하. 사람들이 그렇게 거만하게 거들먹거리고들 말이지.

조   누이가 하는 말 중에 제일 심한 건 가서 손주나 보세요, 그거죠? 하하하.

김   응! 약 오르라고 하는 말이지. 그게 얼마나 모욕적인 얘기야. 그 사람들 지금 뭐하겠어. 그렇게 거들먹거리고 그러던 사람들말야. 지금까지 연주 계속 하는 사람들이 몇이나 될까?

조   사람들 반응은 어땠어요, 그러고 또 했어요?

김   아주 난리가 났었지. 그러고 1986년에 또 한 번 했어. 제1회, 제2회를 한 거지. 그러고 나서는 안했어. 이미 보여줄 것 다 보여줬기 때문에 더 이상 내가 안해도 되겠다, 싶었거든.

조   최초로 팝스콘서트를 했고, 아! 그전에 최초의 TV쇼도 했죠?

김   '패티김쇼'를 했지.

조   '패티김쇼'를, 한국 최초로! 자기 이름 내걸고 프로그램 만든 게 처음이죠?

김   최초였지. 1967년에 했어.

조   생방송이었죠?

김   생방! 30분. 수요일마다!

조   '쌩방!' 라이브!

김   TBC TV에서 했지. 그게 삼성에서 만든 거잖아. 『중앙일보』, 동양방송, 동양라디오 그 세 개가. 한 6개월 했어. 지금 '열린 음악회'에 비교하면 소규모 '패티김 리사이틀'이었는데, 그 긴장감은 말도 못해. 말이 그렇지 생방으로 하는 게 쉬운 일이 아니잖니. 그러니 뭐 실수도 많았고. 근데 굉장히 인기 있는 프로였어. 인터넷도 없던 시절인데도 매주 100통도 넘는 팬레터가 왔으니까. 그때까지는 그런 프로가 없었으니까.

조　'패티김쇼' 할 때 해프닝 같은 건 없었어요?

김　많았지, 뭐. 생방송이었으니까. 언젠가 한번은 노래를 부르는데 갑자기 가사가 생각이 안 나는 거야. 그래서 그냥 랄랄라 하면서 노래를 마쳤어. 아무렇지 않은 척 노래를 부르기는 했어도 정말 식은땀이 줄줄 흐르더라.

　'패티김쇼'로 데뷔했던 가수도 많아. 조용필[143]도 처음으로 TV 출연했던 프로그램이 '패티김쇼'였다고 그러대. 그리고 6개월을 하고, 그만두고 그 다음해에 KBS에서 또 한 7, 8개월을 했어.

조　그때 자료가 남아 있어요?

김　거의 없어. 미국도 마찬가지더라. 일본도 그렇고. 릴 투 릴 테이프가 큰 거잖아? 그게 워낙 비싸니깐 한 두세 번 쓰고는 다 지워. 그러고 그걸 또 재활용해가지고 쓰는 거야. 그래서 그때 기록이 하나도 없는 거 같아.

조　누이가 최초인 게 또 있네. 한국 최초 창작 뮤지컬에도 나왔죠?

김　그랬지. 「살짜기 옵서예」[144]가 우리 한국 최초의 창작 뮤지컬인데 거기 여주인공으로 캐스팅이 됐으니까. 1966년일 거야. 예그린이

143　조용필(1950~). 달리 설명할 필요가 없을 듯하다. 여전히 수많은 팬들에게 조용필은 '20세기 최고의 한국가수'로 군림하고 있다. 「돌아와요 부산항에」, 「여행을 떠나요」, 「허공」, 「단발머리」 등등 대표곡과 히트곡이 수없이 많다.

144　「살짜기 옵서예」는 1966년 공연한 우리나라 최초의 창작 뮤지컬이다. 고전소설 「배비장전」을 바탕으로 각색했다.

라는 단체에서 만들었어. 최창권[145] 씨가 악단장이고 김종필[146] 그때
는 공화당 총재셨지? 그분이 예그린 후원자셨어. 고문이시기도 했을
거야. 김종필 총재님이 참 예술 쪽에 관심이 있으시잖아? 그러고 임
영웅[147] 씨가 연출자였고.

조   그렇죠!

김   그러고 김희조[148] 선생이 음악을 맡으셨고.

조   그 당시 최고의 스타들이었네요. 드림팀.

김   최고지, 최고! 그러고 내가 '애랑이'라는 기생역으로 캐스팅이
됐지.

조   예그린이 근데 무슨 단체였어요?

김   예그린악단인데 지금은 서울시뮤지컬단이 됐지. 이름부터 재밌
어. '옛을 그리며 내일을 위하여'라는 뜻이래. 우리의 전통공연예술문
화를 세계 무대에 알리려고 1961년에 만들어졌다가 66년 3월에 김종
필 총재가 후원회장을 맡으면서 다시 시작을 했지. 그러고 처음 올린
공연이 「살짜기 옵서예」야. 처음이라 스태프랑 배우들까지 모두 정말
열심이었어.

조   그 스토리가 뭐에요? 대충.

---

145   최창권(1934~2008). 뮤지컬과 영화음악의 거장. 서울대 음대 작곡과를 나왔다. 1962년 창
단된 예그린 악단에서 뮤지컬 「살짜기 옵서예」와 「꽃님이」 등을 작곡했다. 이후 수많은 영화음악을
만들었다. 만화영화 「로보트 태권V」의 주제곡도 그의 작품이다.
146   김종필(1926~)은 고 김대중 전 대통령, 김영삼 전 대통령과 함께 3김으로 불리던 정치인
이다.
147   임영웅(1936~)은 연극계를 이끈 원로이자 영원한 현역이다. 현재 소극장 산울림 극단 대표.
148   김희조(1920~2001). 작곡가이자 편곡자이자 지휘자. 상업학교를 나와 은행원으로 일했다.
피아노, 바이올린, 비올라 등의 악기와 작곡 이론 등을 공부했으나 전통적인 음악을 주로 작곡했다.
1986년 서울아시안게임 개회식과 폐회식 음악을 작곡하고 지휘를 맡았다.

김　원작은 우리 고전소설, 「배비장전」 있지? 바로 그거야. 이 소설이 뮤지컬이 되면서 여자 주인공 애랑이와 배비장의 러브스토리로 만들어졌어. 제주도가 배경이야. 그래서 제목이 「살짜기 옵서예」였지. 제주도 말이거든. '오세요'가 '옵서예'가 된 거지, 제주도 사투리로. '후라이보이'로 유명한 곽규석[149] 씨랑 김성원 씨도 같이 공연을 했는데 그때 김성원 씨 참 멋졌다. 키도 크고 핸섬했어. 키가 커서 나하고도 잘 맞았고.

조　인기 많았죠? 제 기억에도 그 뮤지컬이 아주 선풍적이었어요.

김　어우, 대단했지. 여기저기에서 극찬을 받았고 관객들 반응도 좋았지. 그런데 원래는 일주일 공연을 하기로 했는데 얼마 못했어. 길옥윤 선생이랑 결혼하기 전이었다. 10월 26일부터 일주일을 하기로 했는데 29일에 막을 내렸어. 그때는 시민회관이라고 지금 세종문화회관 대강당 그 자리에서 했는데, 그때 마침 미국 존슨 대통령[150]이 우리나라를 방문해서 기념연설을 하게 된 거야. 10월 31일이었을 거야. 그런데 미국 대통령이 와서 행사를 할 만한 곳이 그 시민회관밖에 없는 거야. 그러니 어떻게 해. 우리가 이틀 먼저 막을 내렸지. 그 추운데 서너 달을 열심히 연습을 했는데, 너무 억울하지만 할 수 없었지. 그 이후에도 예그린에서 활발히 활동을 했어. 그래도 나중에 우리가 처음 공

149　곽규석(1928~1999)은 공군 군악대에서 복무하다 연예계에서 코미디언으로 활동했다. 1960~70년대 쇼의 대명사인 TBC의 주말 프로그램 '쇼쇼쇼' 진행을 11년여 동안 맡아 크게 인기를 얻었다. 사업 실패 후 미국으로 건너가 목사가 됐다.

150　린든 존슨(Lyndon Johnson, 1908~1973). 미국 제36대 대통령. 1963년 케네디 대통령이 암살당한 뒤 대통령에 취임했다. 1966년 10월 31일 방한 당시 박정희 대통령 내외를 비롯해 약 1만여 명의 인파가 김포공항에 몰려온 것을 보고 감격했다는 후문이 있다. 서울 시내로 들어오기까지 약 180만 명의 사람들이 환영을 했다고 한다. 나중에 알려지기로는 이들 대부분 동원된 사람들이었다고 한다.

연한 10월 26일이 대한민국 뮤지컬의 날이 됐어. 의미 있는 날이 된 셈이지. 지금은 10월 넷째주 월요일로 바뀌긴 했지만.

조   그다음에도 뭐 다른 작품은 안했어요?

김   「살짜기 옵서예」는 초연 때만 출연했고, 1968년에 올린 「대춘향전」[151]에서 춘향이를 맡았지. 그때는 우리나라가 외국 뮤지컬 같은 거는 알지도 못하고, 감히 들여올 생각도 못했던 때야. 그러니까 우리 고전소설로만 만들었지. 거기서 나는 춘향이고, 강부자[152]가 내 어머니 역을 맡았고, 곽규석 씨가 또 못된 사또 노릇을 했지. 그때는 정아[153]를 임신하고 있어서 배가 한참 불렀을 때였는데 무대의상이 한복이라 그나마 배가 좀 가려져서 다행이었어. 하하하.

조   미국에서 뮤지컬 배우 하고 싶었는데 한국에서 해보니까 어땠어요?

김   내가 미국 뉴욕에 가서, 브로드웨이 스타 되는 것이 꿈이었잖아. 그걸 못해서 아쉬웠는데 결국은 한국에 와서 뮤지컬을 했으니까 나야 참 재밌었지. 머리에 쪽 지고, 치마저고리 입고, 춤도 추고, 노래도 하고 그랬거든. 그런데 그 뒤로는 안했어. 왠지 재미가 없더라. TV에서 '패티김쇼'를 한 건 뮤지컬을 한 다음이야.

조   그때 누이, 참 화려했어요. 가수로서.

김   화려했지. 어쩌면 그때가 가수로서 최고의 절정기였는지도 몰라. 1966년에 귀국해서 1970년대 초반까지는 어떻게 살았는지도 모르게 휙, 휙 지나갔어.

조   정말 국내 최고의 톱스타로 지내셨죠.

김   그랬지. 그때 사실 이미 길 선생하고는 문제가 생기기 시작하긴 했는데 그래도 가수로서는 최고였지. 앨범은 내기만 하면 몇 곡씩 히트곡이 나왔잖아. 우리나라에서 제일 큰 공연장에서 공연을 해도 바로바로 매진이 됐으니까. 세종문화회관 생기기 전에는 시민회관이 제일 인기가 있었잖니. 내가 거기서 공연 참 많이 했다. 하루에 네 번씩도 했어. 지금은 꿈도 못 꾸는 일이야. 그렇게 하고 나면 4회 공연 마지막 곡이 끝나자마자 무대 위에서 주저 앉은 적도 많아. 어떨 때는 미처 막이 내려오기도 전에 주저 앉기도 했는데 그것도 내가 하니까 멋이라고 봐주는 분들도 있었어. 하하하.

조　　아, 제가 궁금한 게 있어요. 미국에서 '자니 카슨쇼'는 어떻게 나가게 된 거예요? 기억해요?

김　　기억하지. 나 그거 녹화된 릴 테이프도 가지고 있어. 아, 이 이야기는 지난번에 했구나.

조　　했어요. 그런데 미국 최고의 TV쇼에 어떻게 나가게 됐느냐고요.

김　　내 매니저가 내보낸 거지. 여러 번 나갔어.

조　　아, 매니저가요. 어유, 능력 있는 매니저였네요.

김　　미국에는 무슨 프로그램이나 시작 전에 꼭 워밍업이 있어. '자니 카슨쇼'도 그랬어. 빅스타랑 자니 카슨이 나오기 전에 사람들이 프로그램 관객으로 보러 와서 다 둘러앉아 있잖아. 거기 들어가려면 몇 시간씩 줄을 서 있어야 들어갈 수 있어. 줄을 그냥 쫙 서 있어. 그런 다음에 안으로 들어오는 거야. 그런 뒤에도 주인공은 바로 안 나와. 그러니까 기다려야 하잖아. 그러면 그때 신인들이 그 시간에 나오는

151　예그린 뮤지컬 제3회 공연이었다.
152　배우 강부자(1941~)는 TV, 연극, 영화 등에서 여전히 맹활약중이다. 제14대 국회의원을 했다.
153　길옥윤과 패티김 사이에 태어난 딸이다.

거야.

조　사람들이 주인공이 나타날 때까지 기다리면서 지루하지 않게.

김　가수들은 노래를 하고, 코미디언들은 사람들 재밌게 만들고. 그런 걸 워밍업이라 그래. 분위기를 좀 뜨겁게 만드는 거지. 그런 다음에 드디어 주인공 자니 카슨이 나오고 게스트로 빅스타들이 나와. 그거를 내가 몇 번을 했어. 워밍업으로 공연하는 걸. 그렇게 워밍업으로 노래를 몇 번 불렀지. 그렇게 한 세 번 정도 워밍업으로 노래를 부른 다음에 나도 메인쇼에 나가 노래를 부르게 됐지.[154]

조　무슨 노래를 불렀어요?

김　주로 세미클래식한 노래였지. 대표적인 게 「틸」, 「파드레」였어. 다 세미클래식하잖니. 그때는 주로 그런 노래를 불렀거든.

파란색하고 초록하고 섞은 색으로 드레스를 만들어 입고 메인쇼에 섰지. 어깨끈은 가늘고, 몸매가 다 드러날 정도로, 앉지도 못할 정도로 타이트한 드레스였어. 거기서 노래를 했는데 자니 카슨이 자기 옆자리에 와서 앉으라고 그러더라구. 웬만한 빅스타 아니면 앉으라고 안하는데 날더러 앉으래. 내가 그때는 영어도 떼떼떼떼 하는 정도여서 좀 조심스러웠어. 그런데 드레스가 너무 타이트하니까 앉기가 어려워. 그러니까 자니 카슨이 그런 옷을 입고 앉을 수 있겠냐고 그러더라. 하하하. 앉으면 이게 푹 찢어질 거 같았거든. 난 겨우 앉아서 몇 마디 나눴지. 그때 녹화한 테이프를 미스터 마스터스가 챙겨서 갖고 있다가 세상을 떠나면서 내게 준 거지.

154　지금이야 우리나라 가수들이 외국방송 프로그램에 출연하는 것이 흔한 일이 되었지만 1960년대에 동양에서 홀홀 단신으로 온 가수가 미국의 유명 방송 프로그램에 출연하는 일은 상상을 초월하는 일이었다.

1960년대 후반 공연한
창작 뮤지컬
「살짜기 옵서예」

1970년대 패티김

최고의 무대, 생애 가장 특별한 공연

조   누이 생각에 생애 가장 화려했던 공연이라면 뭐를 꼽겠어요?

김   나는 역시 카네기홀[155]하고 시드니 오페라하우스.[156] 샌프란시
스코에 있는 데이비스홀![157] 여기도 오페라하우스야. 다른 한국 대중
가수는 아직도 거기서는 공연을 안했을 것 같애. 클래식하는 사람들
은 좀 했겠지만 대중가수는 안했을 거야. 모두 다 내가 만족했던 공연
들이야. 아주 프라우드했던 거는 그때 그런 공연들이지.

조   거기서 오케스트라는 어떻게 했어요?

---

155   카네기홀(Carnegie Hall)은 철강왕 카네기의 기부로 1891년 설립된 음악 공연장이다. 미국
뉴욕에 있다.

156   시드니 오페라하우스(The Sydney Opera House). 오스트레일리아의 시드니에 있는 오페라
하우스다. 항구에 정박한 요트들의 돛 모양을 형상화한 조가비 모양의 지붕으로 유명하다. 호주를
알리는 대표적인 건물이다.

157   루이스 M. 데이비스홀(Louise M. Davies Symphony Hall)이 정식 명칭이다. 2,743석 규모로
1980년에 개관했다. 샌프란시스코 심포니의 주공연장으로 쓰이고 있다.

김　오케스트라는 현지 오케스트라로 했지. 내 지휘자가 연주자들 다 섭외해서 했어. 카네기홀도 내 지휘자 조지가 섭외했지.

조　누이 지휘자?

김　그래, 내 지휘자 조지 헤르난데스(George Hernandez). 나랑 거의 30년 가까이 호흡을 맞췄지. 그분이 나랑 아주 잘 맞아.

조　어떻게 만나셨는데요?

김　옛날에 내가 워커힐에서 장기공연을 했는데, 그때 총지배인이었던 분한테 소개를 받았어. 시드니 오페라하우스에서도 조지가 연주자들을 다 알아봐줬어. 시드니에서는 내가 참 운이 좋았어. 외국에서는 연주자들이 순회공연을 하잖아. 그런데 훌륭한 연주자들이 다른 데 안 가고 그 타운에 머물 때 운이 좋으면 내 공연하고 타이밍이 딱 맞는 거야. 시드니에서 바로 그랬지. 최고였어. 그때까지는 내가 90프로 정도 만족한 공연은 거의 없거든? 그런데 시드니에서는 타이밍이, 운이 참 좋았어. 아주 베스트 뮤지션들을 만났으니까. 그러고 역시 카네기홀 공연 정말 좋았지. 카네기홀에서 진짜 정말 좋았어. 사람들이 패티김 장하다, 정말 자랑스럽다, 대한민국 만세 소리 지르고 그럴 정도였거든. 나도 그렇지만 거기 오신 분들이 정말 자랑스럽게 생각해주셨어.

조　저도 카네기에서 공연했어요. 거기 직원들이 공연 끝나고 다 구경했던 게 생각나요. 그 사람들은 내가 그런 식으로 공연을 하리라곤 꿈에도 생각 못했대요.

김　너도 큰 데서 했지? 거기에 홀이 두 개가 있잖아, 세종문화회관같이. 하나는 1천 석짜리야. 그거는 대관료만 내고 날짜만 맞추면 공연을 할 수 있어. 그 옆에 2,200석짜리 커다란 공연장이 또 있잖아. 거기가 카네기콘서트홀이야. 내가 거기서 했는데 얼마나 까다로운지.

거기서 공연하려니까 내 이력 다 보냈어야 됐어. 그동안에 발표한 앨범, 신문기사 다 보내고 그랬어. 거기 왜 자문위원들이 있잖아. 그 사람들이 보고 판단을 하는 거야.

조 그래요? 제가 공연한 곳은 영화 「부에나비스타 소셜클럽」[158]에 나오는 그 무대였어요. 굉장히 우습게 생겼던데. 직사각형이고.

김 에이. 너는 네가 공연을 해놓고 거기가 어디였는지도 모르니? 내가 카네기콘서트홀에서 공연할 때, 그 공연을 『한국일보』에서 주최를 했거든. 그래서 한국 대중가수로는 최초다, 그렇게 매일 커다랗게 기사가 났어.

조 한국에서 공연한 것 중에 기억에 남는 거는요?

김 내 40주년 공연.[159] 50주년[160]도 좋았지만, 40주년 공연이 정말 너무너무 내가.

조 이야. 기억력도 좋으시네! 그런 걸 다 기억하시고.

김 내가 너무 만족했어. 내 음성이 너무 좋았고.

조 공연을 할 때 누이를 만족시키는 건 뭐에요? 예를 들면 진행 과정이 맘에 든다, 아니면 연주자가 맘에 든다, 아니면 관객의 반응이.

김 모든 게 다! 여러 가지가 다 딱 들어맞았을 때. 제일 중요한 건 내 컨디션! 내가 노래를 얼만큼 잘했느냐. 그러니까 내 컨디션이 우선 제일 좋아야 하고, 그다음이 역시 무대! 극장 규모나 시설이나 뭐 그

---

158   「부에나비스타소셜클럽」(Buena Vista Social Club). 쿠바의 재즈 그룹 이야기를 다큐멘터리 형식으로 만든 영화. 영화의 제목은 실제 이 그룹의 이름에서 따온 것으로, 이들 그룹은 1950년 대 쿠바혁명 이전까지 활약했던 쿠바 지역 최고 실력자 다섯 명의 멤버로 구성되었다. 1997년 개봉 당시 음악 애호가들로부터 절찬을 받았다.

159   패티김은 1999년 2월 26~27일 서울 세종문화회관 대강당에서 40주년 기념공연을 했다.

160   2008년 4월 30~5월 2일까지 서울 세종문화회관 대강당에서 50주년 기념공연을 했다.

런 거. 그리고 그것보다 더 좋아야 되는 게 오케스트라지! 내 반주해주는 사람들. 그다음이 조명, 음향!

그런데 수준이 있는 오페라하우스나 공연장은 외국사람인데도 큐시트 딱 만들어주면서 이 곡은 이렇게 이렇게 하는 거다, 하면 자기들이 내 연습을 보면서, 다 알아서 음향이랑 조명이랑 척척척척 해줘. 그러니까 그런 거는 거의 걱정은 안하지. 제일 중요한 게 오케스트라하고 내 보이스 컨디션! 그게 제일 좋았던 게 시드니 오페라하우스 공연이야. 50년 노래하는 중에 최고였어.

조　가수로서 평생 해볼까 말까 하는 공연을 해봤다는 거네요.

김　근데 너 우리 워싱턴 갔을 때 기억 나니?

조　워싱턴? 언제요?

김　음. 기억 안 나는구나? 워싱턴 D.C. 2006년도야.

조　아, 맞아. 기억나요. 거기서 분란이 일어났죠! 연습을 해야 되는데 누이가 없어졌잖아.

김　내가 없어졌었니?

조　누이가 못한다고 나갔잖아요. 화가 나서.

김　아, 맞다. 나는 크게 화를 낸 건 기억이 나는데 없어졌던 건 잊고 있었네. 하하하. 그때 내가 왜 그랬냐면 리허설을 해야 되는데 공연 준비해주는 사람들이 이건 이래서 안 되고 저건 저래서 안 되고 그러고들 있잖아. 악단은 단원도 다 안 오고. 그래가지고 내가 거기서 다섯 시간이나 기다렸어. 다섯 시간. 그러니까 내가 너무 화가 나서 내 방으로 올라갔지. 없어진 건 아니고 내 방으로 올라간 거야.

조　내가 잘 알죠. 그때 거기서 주최하는 사람들이 공연 과정을 너무 몰라 일을 체계적으로 준비를 안해서 그랬죠. 이거 조금 하다, 저거 조금 하다. 우왕좌왕만 하고. 뭘 할 수 있는 준비가 안 돼 있었어요.

김　너무 우왕좌왕하고 너무 산만했고, 정말 너무 몰랐어. 그러니까 이 쇼라는 게, 공연이라는 게 해본 사람이어야 어떻게 하는가를 알고 척척척척 하는데 그게 잘 안 됐어.

그런데 그때 반은 내 책임이었어. 악보를 내가 잘 챙겼어야 했는데 평소에 공연할 때 쓰던 악보를 보냈거든. 내가 공연할 때마다 조금씩 바꾸잖아. 그러니까 그 악보에 메모가 되어 있는 걸 처음하는 외국인 밴드가 못 알아본 거야. 우리 한국밴드였으면 다 보고 알지. 한국노래니까. 그러니까 내 책임도 있었지. 밴드들한테 너무 체면이 안 섰어. 그래가지고 그때 영남이가 정리를 해줬잖아. 지휘자하고 둘이 밤을 새서. 악보들을 정리를 해줬어.

조　맞아! 내가 수습해줬어요. 그런 일이 있으면 사람들이 다 우왕좌왕하게 되어 있어요. 세시봉 공연 때도 그런 일 있었어요. 그런데 이상하게 그럴 때 오히려 나는 침착해져요. "가만 있어보자. 어디서부터 뭐가 잘못된 거냐. 처음부터 다시 생각하자. 어디가 문제냐. 편곡이 문제인지, 악보가 무슨 문제인지 좀 보자. 중요한 거 다 가져와." 그래서 다시 다 봤어요. 깜짝 놀랐어요. 한마디로 저도 알아먹을 수 없을 만큼 막 만들어진 악보투성이었어요. 그래서 고칠 거 고치고, 정리할 거 정리했죠. 그리고 나서 "이 정도면 됐다, 패티 선생님 다시 모셔라. 다 됐으니까 오시라고 해라." 그리고 다시 연습을 하니까 거의 비슷하게 됐죠.

김　그때 내가 굉장히 고마웠고. 니가 음악을 제대로 아니까 그나마 그 공연을 무사히 했지.

조　그 이야기하니까 옛날 미국 뉴욕 한인회 초청 받아서 공연 갔던 거 생각이 나네요. 그때 누이가 영어로 막 음악 연주하던 미국사람들이랑 싸운 거.

김 너는 그걸 왜 그렇게 떠들어대고 다녔니. 너 때문에 사람들이 다 알게 됐잖아.

조 난 그게 정말 신기했어요.

김 무슨 호텔 볼룸이었다. 그지?

조 엄청나게 큰 호텔 볼룸 공연장이었죠. 미국 한인회 제일 큰 축젠데, 거기서 한국 오케스트라하고 외국 오케스트라하고 막 섞였잖아요. 근데, 이 지휘자가 내가 봐도 신통치 않았어요. 악단도 그렇고.

김 연주자들이 글쎄 다 신통치 않은 사람들이 왔어.

조 지휘자도 신통치 않고.

김 지휘자도 내 지휘자가 아니었고. 조지가 왔으면 뭐 다 문제가 없었겠지. 그런데 그때는 조지하고 내가 일하기 전이었나봐.

근데 이 사람들이 정말 너무 못하는 거야. 아무리 연주실력이 없어도 '콩나물'은 다 읽어야 되잖니? 그러면 악보대로만 연주를 하면 되잖아. 운이 좋으면 정말 실력 있는 연주자들이랑 공연을 하는데 이때는 내가 운이 없었어. 뉴욕 한인회는 아무래도 이런 걸 잘 모르잖아. 보니까 단원들이 다 삐리릭, 삐익, 삐익. 이야! 진짜 못하겠더라.

자기네들이 아는 노래도 아니니까 더 그랬겠지. 그렇다고 내가 한인회 행사를 갔는데 「마이웨이」나 자기네 노래만 많이 부를 수는 없잖아. 내 노래를 불러야지. 그러니까 이 사람들은 내 노래가 처음이고, 모르니까 더 못하는 거지. 그런데 그렇지 않아도 내가 신경이 날카로운데 어떤 영감이 내 귀에 들리게 불평을 하는 거야. 무슨 이런 노래가 다 있어, 뭐 이런 뜻이지.

조　누이가 영어를 알아듣는 게 문제였어요. 하하하.

김　내가 지금 연습을 하려는데 내 귀에 들리게 뭐라고 하는 거야. 비웃는 거지. 내 노래를. 그래서 돌아서서 내가 막 해댄 거야! 내 음악을 가지고 너희들이 이러고저러고 얘기할 자격이 없다. 너희들은 이 악보도 제대로 못 보고 집에 가서 손자들이나 돌봐야 하는 사람들이 왜 여기 있느냐고 당장 가라고 내가 막 이랬어.

"I don't need you. go to your home and take care of your grandchildren!" 이건 좀 모욕적인 말 같애. 가서 손자들이나 봐라! 얼마나 모욕적인 거니?

한인회에서는 얼마나 기가 막혔겠니. 일단 돈은 줬을 거 아냐. 그러니까 그 한인회장은 땀을 흘리고 "어휴. 좀 어떻게 잘 해보시죠, 해보시죠." 그러는데 나는 딱 잘랐지. "아니요. 저는 저 사람들하고 못해요". 하하하. 결국 그 사람들하고 안하고, 네가 기타 쳐줘서 그걸로 노래했잖아. 뭐 「이별」, 「초우」도 부르고 「서울의 찬가」는 못 불렀지만.

조　여기서 핵심은 누이가 영어로 난리를 쳤다는 거야. 그냥 싸움을 하는 게 아니고 영어로, 미국사람들하고 영어로 싸운 거지. 그게 막! 난 신기한 거예요. 우리가 그 사람들하고 싸움을 하고 싶어도 영어가 잘 안 되니까 싸움을 못했잖아요.

김　못했지, 그랬지.

조　한국사람들이 그게 한이 맺혔는데, 누이가 그렇게 큰소리로 싸우니까 그걸 구경하고 있는데 내가 막 자랑스러운 거야. 내가. 이야, 패티 누이 대단하다, 이러면서. 하하하. 야! 미국자식들아, 우리한테는 이런 한국사람도 있다. 하하하하.

김　그니까 너는 그게 그렇게 자랑스러워서 그 뒤로 기회 있을 때마다 그 얘기를 했니?

조　그럼요.

김　어유, 패티김 누이가 말이지. 뉴욕에서 공연하는데 미국사람들하고 막 영어로 싸우는데, 그렇게 자랑스러워 보이고, 위대해 보였다고? 하하하하하. 그럼 영어로 싸우지, 어떻게 하냐? 하하하.

조　그때는 그런 시대가 아니었어요. 저도 미국 막 처음 갔을 때고 전혀 그런 시대가 아니었죠.

김　그렇지! 하긴 그때가 70년대였으니까.

조　그니깐요!

김　그랬을 거야.

조　지금부터 한 50년 전이야.

김　50년은 아니야. 거짓말하지 마. 하하하. 한 35년 전 정도 됐겠지.

조　40년쯤은 됐을까.

김　하여튼 난 70년대로 난 기억하고 있어.

조　어휴, 난 첨 봤어. 그땐 누이 정말 위대했어요. 하하하하하.

김　내가 그렇게 위대해 보였다 이거지.

조　어후, 누이가 막 영어로 싸우는데 누님이 막 위대해 보이고, 존경스러워 보이고 하하하하.

김　애, 그러면 내가 미국사람들하고 우리말로 싸우냐? 하하하하하하. 하여튼 너는 그 이야기를 여기저기 너무 많이 써먹어서 사람들이 다 알아. 너는 내 이야기를 너무 써먹어. 내가 그때마다 저작권료 받아야 돼.

월남으로 공연 떠난 신혼부부

조　누이는 월남[161]도 갔었죠? 저는 월남에를 못 갔어요.

김　왜 못 갔니?

조　그때 저는 육군본부에 있었어요. 군인이니까 누구누구 지명해서 가라고 하면 갔잖아요. 그런데 계급 높은 사람 중에 누군가가 조영남은 국가의 보물자산이다, 위험한 장소에 보내서 잘못되면 우리한테 득될 게 뭐 있냐, 조영남 보내지 마라. 그랬대요. 하하하. 저는 무지 가고 싶었는데 육군본부에만 3년 반 꼬박 있었어요.

김　이야, 특혜였네?

조　사실은 가고 싶었는데 제가 사고 쳐서 군대에 간 거잖아요.[162] 그러니 위에서도 신경이 쓰였겠죠. 하하하. 뭐, 왕창 높은 상관이 그

161　베트남(vietnam)을 조영남 세대는 월남이라고 불렀다. 월남전은 북베트남과 남베트남 사이에 일어난 전쟁으로 미국을 비롯해 많은 나라들이 파병을 했다. 우리나라도 많은 군인들이 참전했다.

러니까 할 수 없었죠. 그런데 누님은 갔었더라고요.

김　길 선생이랑 같이 갔지. 그때 나라에서 연예인들 많이 보내고 그랬잖아. 그런데 우리는 자진해서 간 거야. 그러고 보통들 가면 사회자, 무용수, 가수들 여럿이 공연단을 꾸며서 정식으로 공연을 했지. 아주 커다란 강당이나 군인들 많은 운동장 같은 곳에 따로 만든 야외 무대 같은 데서. 우리는 기타, 색소폰 달랑 들고 둘이서 그냥 갔어. 그런 거 보면 길옥윤 씨는 참 앞을 볼 줄 아는 사람이었어. 그니까 음악도 한 10년은 앞섰을 거야. 아마 음악적인 건 역시 일본에서 활약을 했기 때문에, 그때는 일본이 우리보다 훨씬 앞서 있어서 아무래도 영향을 많이 받았겠지. 그런 것도 있었겠지만, 내가 보기에 길옥윤 씨역시 태어나면서부터 음악성을 타고난 사람이기는 했어.

조　앞을 내다보는.

김　음악으로는 천재적이었지. 그래서 내가 그러잖아. 우리 다 장점, 단점이 있지. 근데 그분은 좋은 점이 참 많아. 그래서 내가 미워할 수 없는 사람이야. 그러고 어떻게 해서든지, 그분의 좋은 면을 더 많이 찾아보려고 그래. 좋은 점을 알리고도 싶고.

조　월남은 어떻게 가게 됐어요?

김　월남을 가게 된 것도 길옥윤 씨 생각이었지. 우리가 66년 12월 10일이다. 그날 결혼을 했어. 만난 지 6개월 만에. 오케이? 결혼을 하고 일본으로 여행을 갔어. 신혼여행을. 일본에 한 한달 반쯤 있었지.

162　1970년 4월 서울 와우아파트가 부실공사로 입주 20여 일 만에 무너지는 사고가 났다. 그런데 한 달 뒤인 5월, 서울 시민회관에서 김시스터스의 귀국공연 게스트로 출연한 조영남이 「신고산 타령」의 가사를 즉석에서 바꿔 "와우아파트 무너지는 소리에 얼떨결에 깔린 사람들이 아우성을 치누나⋯"라고 노래를 불렀다. 이 일로 조영남은 기관원들에게 끌려간 뒤, 군대에 입대하게 되었다.

꽤 오래 있었어. 그 사람은 거기서 10여 년 이상을 살았으니까 만날 사람도 많고, 정리할 것도 있고 그랬지.

그 당시 문화홍보부에서도 그랬고, 여러 단체에서 월남으로 위문공연을 많이 보냈어. 그렇다는 걸 우리도 알았지. 그런데 어느날 길옥윤 씨가 그러는 거야. "패티, 우리 월남 가자! 우리도 월남을 다녀와야지. 그런데 우리는 둘이서만 가자." 그러대? 다른 사람들하고 다니는 거 말고 둘이서만 가자고 하는데 그 아이디어가 좋아 보이더라구. 그래서 우리는 둘이서 우리 돈 내고 갔어.

조　아하!

김　우리가 마음을 딱 먹고, 바로 영사관 통해서 월남 쪽에 알렸지. 우리가 지금 신혼여행 중인데, 월남에 가서 위문공연을 하고 싶다. 그런 거는 다 길 선생이 했어. 그러니까 저쪽에서야 뭐 진짜 너무너무 좋아하지! 그렇게 말하고 얼마 안 돼서 금방 가게 된 것 같아. 한 2주 정도 있다 갔나 그래. 나는 무대나 그런 데가 아닐 테니 전쟁터에 가면서 뭐 화려한 무대의상을 입기도 그렇고 그래서 간단한 드레스하고 평상복 입고 가고, 길 선생은 밴드도 없으니까 기타에다가 색소폰 하나 들고 그렇게 달랑 우리 둘이 월남에 도착을 했어. 우리가 도착을 했더니, 하여튼 뭐 쓰리스타, 투스타, 원스타 해서 고급장교들이 다 나와서 우리를 맞더라.

월남에 가서 주로 우리는 어디를 갔느냐. 그때 장병들이 조그만 섬들에 흩어져 있었어. 거기 가 있는 아이들은 정말 열여덟, 열아홉, 스물 그냥 아이들이야. 나도 그때는 뭐 젊었지만. 그런데다가 거기서는 외부사람을 보기가 너무 힘들잖아. 저희들도 그저 한 500명 모여 있거나, 조금 큰 섬에는 2천 명 정도 주둔을 하고 있는 거야. 그런 작은

섬에는 큰 공연단체들이 갈 수가 없잖아. 짐도 많고 사람도 많으면 비행기로 움직여야 되는데 그러기에는 여러 가지로 어려운 점이 많잖아. 그런데 우리는 달랑 둘이니까 어디든 갈 수가 있는 거야. 헬리콥터 타고. 그래서 우리는 주로 변두리 쪽으로 갔어. 위문공연단들이 들어갈 수 없는 곳으로.

조 그렇지. 두 사람은 그냥 헬리콥터만 타면 되니까.

김 그렇지. 악기도 뭐, 다른 게 없어도 되잖아. 그래가지고 길 선생이 기타를 치고, 색소폰도 불고, 나는 노래를 하면서 공연을 했어. 무대도 없으니까 그냥 장병 아이들 앞에서 공연을 했지. 머리를 대충 하나로 묶어올리고, 어떨 땐 숏바지도 입고, 스커트도 입고 같이 앉아서도 하고, 서서도 하고. 그러면 걔네들이 막 울어. 그럼 나도 같이 울고. 그렇게 하면서 공연을 해줬어. 그게 그 군인들한테는 잊지 못할 추억이 됐겠지. 그렇게 외진 섬까지는 공연단들이 오기가 어려웠으니까. 우리한테 굉장히 고마워했어. 우리한테도 마찬가지지. 굉장한 모험이긴 했지만 너무나 보람 있는 일이었지.

조 이야. 다니면서 위험한 적은 없었어요?

김 왜 없었겠니. 헬리콥터를 타고 가는데 아래서 총을 막 쏘는 거야. 두 번이나 그런 일이 있었어. 그러니까 헬리콥터가 막 흔들리고 총소리는 쉴새없이 들리니까 얼마나 무섭니. 아, 여기서 이렇게 죽는구나, 했지. 언제 어떻게 공격을 받을지도 모르는 상황이었어. 이야. 그거 무섭더라. 막 밑에서 펑펑펑 대포를 쏘는지 뭘 쏘는지 모르는데, 우리는 암것도 못하고 그냥 날아가는 수밖에 없잖아. 헬리콥터에는 다섯 명 이상 못 타니까 우리 둘하고 안내해주는 사람만 탔는데. 다행히 우린 안 죽고 돌아왔지. 그렇게 둘이서 월남 곳곳을 다녔어.

큰 부대에서도 몇 번은 서주고.

조   거기서 죽었으면 신문에 대문짝만 하게 기사가 났겠죠.

김   그랬겠지. 헬리콥터 막 흔들리고 총소리 나는데 그 생각 나더라. '패티김 길옥윤 월남 공연 갔다 추락! 사망!' 이런 기사 제목이 내 눈앞에서 왔다갔다 하더라구. 하하하.

조   하하하.

김   월남에서 공연한 거는 우리한테도 보람이 컸지만 거기 장병들한테도 좋은 추억이었을 거야. 그 뒤에 월남 갔던 장병들이 한국으로 돌아와서 제일 먼저 산 게 패티김 앨범이라는 말을 참 많이 들었어.

조   아, 그럴 수 있겠네.

김   자기네들은 잊지 못할 추억이었다는 거지. 오지나 마찬가지인 그 조그만 섬으로 자기네들 찾아와줬던 게 고마운 거야. 그 20대 초반 아이들이 그때부터 내 팬이 된 거야. 나는 거기까지는 생각을 못했는데. 모르지, 길 선생은 그걸 다 예상을 했는지도. 워낙 생각을 잘해내는 사람이었으니까.

조   길 선생이 또 다른 아이디어를 낸 건 없어요?

김   있지. 어느해였더라. 이제 갓 입학한 대학 신입생들을 위해 축하공연을 해주자, 그러는 거야. 공연장에서 하는 거 말고, 학교들을 찾아다니면서 공연을 해주자는 거지. 대학생들은 돈이 없을 테니까 우리가 무료로 해주자는 거야. 우리가 그때는 돈을 잘 벌었으니까, 까짓 거. 해주자, 그랬지. 우리가 '쿨캐츠'[163]라고 해서 6인조 밴드가 있

---

163   쿨캐츠(Cool cats). 일본어로는 크루 캐츠라고 발음했다. 길옥윤 선생이 일본에 있을 때부터 꾸린 밴드의 이름이기도 하다.

었거든? 캄보밴드지. 그러니까 길 선생하고 나하고, 우리 밴드 데리고 가서 공연을 하겠다. 각 학교에 알려주면 거기서야 뭐, 두 팔 벌리고 환영을 해줬지.

그렇게 공연을 가면 학교마다 난리가 났어. 대학에 입학해서 기분이 정말 좋을 땐데 자기들 축하해준다고 최고 인기가수 패티김, 길옥윤이 학교로 찾아와서 공연을 해주니까 애네들이 얼마나 좋았겠니. 강당이 떠나가라, 난리가 나는 거야. 한번은 내가 앉아서 사인을 해주기 시작을 했는데 학생들이 너무 몰려들어서 밑에서 내가 밟혀죽는 줄 알았어.

조　어느 대학에를 갔었어요? 그때 어떤 대학들 찾아다니셨는지 기억나요?

김　지방까지는 못 갔고, 서울에 있는 학교들은 거의 다 갔지. 그것도 소문이 나기 시작하니까 학교마다 와달라고 초청을 해줬지. 그럼 그냥 가서 해주는 거야. 한두 시간 정도. 그럼 학생 아이들이 무대 올라와 같이 춤도 추고 그랬어.

그때 내 노래 들었던 대학생들 중에 오늘날까지 내 팬이 있어. 45, 6년 전, 거의 50년 전 일인데도 그때 그 친구들 중에 아직도 내 팬이 있다니까. 얼마나 대단한 일이니. 길 선생은 어릴 적 기억이 세월이 가도 이어지는 걸 알았던 거지. 그러니까 그런 거는 다 길 선생의 아이디어였다는 얘기야. 나는 앞일 같은 건 모르고, 정말 도도하게 보이는 게 제일이었던 사람인데. 그런 면에서 지금까지도 길 선생에게 참 고맙게 생각하지.

조　월남 가서 그때 인기짱이었던 채명신 장군[164]도 만났겠네요.

김　물론 만났지. 우리가 월남으로 공연 갔을 때 거기 총사령관이 채명신 장군이셨어. 그때 만나서 지금까지도 우리는 두세 달에 한 번은 밥 먹고 그래.

조 그때 인연으로요?

김 그럼! 채장군 부부와 가까워졌어. 그게 왜 그렇게 됐냐면 우리가 월남을 가서 한 달 정도 있었나, 그리고 한국으로 돌아와서 내가 채장군님댁을 수소문해서 찾아갔었거든. 월남에 가서 죽을 고비도 넘겨보고 그러니까 남편을 월남으로 보낸 부인은 얼마나 걱정이 되겠나, 그런 생각이 들더라구. 아마 내가 결혼을 안했으면 그런 생각도 안 들었겠지. 그런데 결혼을 막 했으니까 남편을 그런 곳에 보낸 부인 입장이 자꾸 생각이 나는 거야. 이야. 매일매일이 얼마나 불안하겠니. 장병들이 소식을 전하러 올 때마다 무슨 소식을 가져올까 얼마나 무섭겠어. 그래서 내가 후암동 채명신 장군댁으로 찾아갔어. 위로차 간 거지. 그런데 그 사모님은 그게 그렇게 고마우셨대. 지금도 어딜 가시면 그 이야기를 그렇게 하시는 거야. 사람들이 월남에 가서 남편 만나서 대접 잘 받고 돌아와서도 누구 하나 채장군 잘 있더라, 전화하는 사람도 없었는데 패티김은 날 찾아왔더라, 그러시지. 그게 굉장히 인상 깊었다고, 고맙다고 말씀을 하셔, 지금도.

조 아주 인연이 오래 된 셈이네요.

김 그렇지. 내가 재미있는 이야기 하나 해줄까.

조 뭔데요?

164 채명신(1926~) 장군. 한국전쟁 당시 대한민국 남한군의 주요 지휘관의 한 사람이었으며, 베트남전쟁 당시 맹호부대장 겸 초대 주월한국군 사령부 사령관이었다. 박정희의 3선개헌에 반대하다가 예편당했다. 차기 대통령이 된다는 소문이 무성했다. 퇴역 후에는 스웨덴, 그리스, 브라질 대사 등 외교관으로 활동했다.

김 월남에 갔을 때 이야기야. 베트남 공연이 거의 끝나갈 무렵이었어. 마침 채명신 장군이 태국 국왕 초대를 받아서 태국에 가게 됐어. 그런데 거기를 같이 가자고 하시대. 공연도 끝났겠다, 길 선생이랑 함께 따라갔지. 가니까 환영 만찬이 열렸어. 그런 파티에 입고 갈 옷이 없잖니. 부랴부랴 면세점에서 중국풍 드레스 하나 사 입고 만찬장에서 노래를 불렀지. 태국 총리를 비롯해서 그 나라 높은 사람들이 많이 왔어.

조 그게 재밌어요?

김 좀더 들어봐. 얘는 하여튼. 다음날 방콕 시내 여기저기를 구경을 다녔어. 그러다 백화점도 들르게 됐지. 태국이 에메랄드로 유명하잖아. 마침 보석상 앞을 지나게 됐어. 내 앞에는 보석들이 쫙 깔려 있는데 얼마나 아름답니. 거기서 채 장군님이 그러시는 거야. "김 양! 이중에 뭐 마음에 드는 게 있어요?" 아마 전쟁터까지 와서 공연해준 게 고마우셨겠지. 그런데 나는 너무 뜻밖이라서 뭐라고 말을 못하겠는 거야. 사람들도 많았는데 그 앞에서 이거요, 라고 말하는 게 내키지도 않았고. 그래서 그냥 아니에요, 그러고 말았지. 그런데 웬일이니. 그날밤에 잠을 잘 수가 없는 거야. 그 보석들이 눈앞에 아른거려서. 내가 맘에 드는 거 뭐 하나 딱 골랐으면 그건 바로 내 거가 되는 거 아니야. 근데 왜 바보같이 아니라고 했을까, 후회가 밀려오는 거야.

조 하하하. 그럴 수 있죠.

김 그런데 그 후회가 30년이 지나도 그대로 남아 있었나봐. 언젠가 채 장군님 내외랑 사모님 친구들이랑 같이 밥을 먹을 일이 있었는데 그 자리에서 우연히 보석 이야기가 나왔다. 거기에서 내가 그때 일을 이야기했지. 그 이야기를 들은 사모님이 '마음이 있었으면 그냥 제일 좋은 것으로 하나 사주지 그걸 왜 물어보냐'며 채 장군을 타박하고, 모두들 웃고 헤어졌지.

그런데 이야기가 그걸로 끝이 아니야. 10년쯤 지났을 거야. 한참 뒤에 두 양반 금혼식 때 초대를 받았어. 축가를 불러드렸지. 파티가 끝날 무렵 사모님이 내 손에 뭘 쥐어주시는 거야. 고마워서 그러는 거라고 하시길래 그런가보다, 하고 집에 와서 상자를 열어봤지. 그런데 거기에 에메랄드 반지가 있는 거 있지. '태국에서 본 것처럼 좋은 건 아니지만 오래 지니고 있던 거니 마음으로 받아달라'고 편지를 같이 넣어놓으셨더라. 너는 잘 모르겠지만 여자들한테 보석은 그냥 물건이 아니야. 오래 간직한 것일수록 더 그래. 딸도 있고 며느리도 있는데 남인 나한테 주는 게 쉬운 일은 아니야. 그 반지 받고 정말 고맙더라고. 결과적으로는 그때 태국에서 반지 안 받기 잘했지. 더 귀한 걸 받았으니까.

월남에서의 패티김

10년마다의 약속

조   20주년부터 10년마다 크게 공연을 했죠? 그게 다 기억이 나요?

김   그럼. 20주년은 1978년에 했지. 길옥윤 씨랑 이혼하고 내가 미국으로 갔잖아. 내가 너무 비난을 받으니까 피해버린 거지.[165] 그리고 2년 반을 노래를 안했어. 그때는 전혀 안했지. 외국 가서 살고 있는데 박춘석 선생이랑 동양TV의 CP[166]였던 황정태 씨와 상무였던 김규 씨, 조용호 PD, 이남기 PD[167] 등이 자꾸 오라고 하는 거야. 1년 정도 그렇게 오라고 계속 그러는 거야. 그러니까 마음이 흔들리더라. 그리고

---

165   패티김과 길옥윤이 이혼을 하자 이혼의 모든 원인이 패티김에게 있는 것처럼 온 세상의 비난이 패티김에게 쏟아졌다. 이 비난 앞에서 패티김은 변명을 하는 대신 한국을 떠나버렸다. 그후 몇 년 동안 아예 한국에는 오지도 않았다.

166   CP, Chief producer의 약자다. PD로 보통 10여 년은 일해야 맡을 수 있다.

167   이남기(1949~). 1974년 동양방송을 시작으로 KBS를 거쳐 SBS에서 피디로 일했다. SBS보도본부장, 제작본부장, 기획본부장을 거쳐 지금은 SBS미디어홀딩스 대표이사로 있다. 조영남과 자니윤을 묶어 '자니윤쇼'를 만들고, '오박사네 사람들', '이주일의 투나잇쇼', '쇼쇼쇼', '백분쇼' 등을 만들었다. 패티김과는 동양방송 시절부터 쭉 인연을 이어오고 있다.

그때쯤 되니까 나도 무대에 다시 서고 싶은 생각이 자꾸 드는 거야. 그치만 슬쩍, 아무일도 없었다는 듯이 조용히 돌아갈 수는 없잖니. 떠날 때 그렇게 난리가 났었는데. 이왕 컴백을 하려면 커다란 이슈를 만들어야겠다, 그런 생각이 들더군. 그래서 내가 조건을 내세웠지. 2년 반 만에 한국으로 컴백을 하는데 시시하게 나타나고 싶지는 않다, 세종문화회관에서 공연을 할 수 있으면 나가겠다, 그랬지. 세종문화회관[168] 소식은 나도 듣고 있었거든.

마침 1977년에 개관한 세종문화회관이 1주년이 되던 무렵이었거든. 물론 쉬운 일이 아니라는 건 나도 알고 있었지. 지금은 많이 달라졌지만 그때 세종문화회관은 대중가수들에게는 문턱이 높았잖니. 그렇지만 적어도 그렇게는 해야 내가 아직 건재하다는 걸 보여줄 수 있을 거 같았어. 그랬더니 오케이야. 그때 동양TV, 동양라디오, 중앙일보,[169] 이 셋이 다 삼성 거였잖아. 셋이 합치니까 안 되는 게 없더라? 그때가 데뷔한 지 20년이 되던 해야. 그런데 그때는 20주년 기념공연이라는 타이틀을 안 붙였어. 대신 '패티김 대공연-서울의 연가'라는 타이틀을 갖고 했지.

---

168 1972년 화재로 문을 닫았던 시민회관 자리에 새로 지어진 것이 바로 오늘의 세종문화회관. 세종문화회관으로 이름을 바꾼 뒤 이곳에서는 국내 대중가수에게 대관을 해주는 일이 없었다. 시민회관 시절 대중음악이나 클래식 음악이나 가리지 않고 대관을 해주던 것과는 분위기가 달라진 것이다. 이런 상황에서 세종문화회관에서 공연하겠다는 패티김의 조건은 아무나 내걸 수 있는 것이 아니었다. 그러나 패티김은 원하던 대로 이곳에서 성황리에 공연을 했고, 그녀의 컴백은 성공적이었다. 그 뒤로도 한참동안 세종문화회관의 문턱은 대중가수들에게는 여전히 낮아지지 않았다.
169 동양방송은 주식회사 『중앙일보』에 소속되어 있는 상업방송국이었다. 동양라디오·동양텔레비전·동양FM방송을 한꺼번에 부르는 말로 TBC(Tongyang Broadcasting Company)라고 불렀다. 1964년 5월 라디오를 시작하고, 12월 텔레비전 방영을 시작하여 국내 첫 민영 텔레비전 방송국이 되었다. 그러나 1980년 12월 전두환정부의 언론통폐합 조치로 KBS로 통합되어 라디오는 제3방송, 텔레비전은 KBS2, FM은 제2FM이 됐다.

조　왜요?

김　20주년은 너무 짧고 젊잖아. 사람으로 치면 10년까지는 초등학생이고, 20년이면 이제 중학생이 되는 거고 그래도 30년은 되어야 대학생이 되는 느낌이잖아. 20주년 공연이라고 하자니까 새파랗게 어린 느낌이 드는 거야. 그래서 20주년이란 타이틀은 감히 내가 못 붙였지.

조　그럼 30주년 때부터 제목을 붙인 셈이네요. 그때는 제목이 뭐였어요?

김　30주년[170]부터는 오랫동안 노래를 했다는 거에 자부심은 조금 가져도 될 거 같았어. 그런데 30주년 되는 해가 원래 1988년도인데 올림픽 때문에 1989년에 했지. 그래서 올림픽 1주년 기념 특별공연이라고만 하고, 정식 제목은 없었어. 내가 88올림픽 폐막식 때 「서울의 찬가」 부른 건 너도 알지?

조　알죠. 「사랑은 영원히」도 부르셨잖아요.

김　그러니까 35주년부터 공연에 이름을 붙이기 시작한 셈이야. 내 35주년 공연은 '영혼을 불사른 노래'라고 제목을 붙였고, 40주년은 '사랑은 영원히'로 했어. 45주년은 'I did it My Way'. 50주년은 '꿈의 여정 50년 칸타빌레'. 이 타이틀은 이남기 사장이 낸 아이디어야. 칸타빌레란 뜻이 클래식 연주할 때 쓰는 용어인데 '표정을 담아 아름답

170　1989년 9월 패티김의 30주년 공연이 다시 서울 세종문화회관 대강당 무대에서 열렸다. 패티김이 세종문화회관 대강당에서 노래를 하기까지는 우여곡절이 있었다. 서울시는 허가를 했으나 세종문화회관 운영자문위원들이 반발했다. 대부분 순수 예술가들이었던 이들은 '공연장의 품위'와 '관객의 질적 수준' 등을 명분으로 내세웠다. 그렇지만 패티김은 논란을 무릅쓰고 무대에 서고, 30주년 공연을 무사히 마쳤다. 공연 이후 운영자문위원 두 사람이 사퇴를 하기도 했다. 그러나 같은 해 10월 이미자가 같은 무대에서 트로트 공연을 했고, 그후 많은 대중가수들이 세종문화회관 무대에 서게 됐다.

게 흐르듯 노래한다' 란 뜻이래. 나의 꿈이자 목표였던 외길 노래 인생을 표현하려고 나온 타이틀이야. 그 사이사이에 공연을 한 거에는 그때마다 타이틀을 붙였지. 'Autumm in love', 'Passion', '객석으로', '친구 곁으로' 등등.

조　50주년 공연할 때는 내가 노랠 다 하지 않았나, 그런 생각 안 듭디까?

김　그전까지는 그랬어. 1999년 40주년 공연을 앞두고 그런 생각 많이 했어. 그런데 그때 내 목소리가 너무너무 좋은 거야. 그래서 오케이! 도전! 10년을 내가 더 끌어보자! 그랬지. 사실 50년을 노래를 한다는 보장도 없었고, 자신도 없었어. 그런데 하다보니까 40주년 때 확실히 자신이 생기더라구. 아! 내가 이대로만 더 열심히 노력하고, 더 내가 몸 관리하고, 성대관리하면, 10년은 더 할 수 있겠다는 자신이 들더라고. 그래서 팬들한테 약속을 한 거지.

"저의 다음 도전은 50년입니다. 그러니 여러분 그 안에도 자주 뵙겠지만, 50주년 때 꼭 만나요!" 이렇게 내가 약속을 했어. 그래서 정말 더 열심히 내 체력과 성대를 관리해서 50주년을 잘 치렀어.

조　50주년 공연은 얼마전에 했죠?

김　2008년에 했지. 내가 1958년 후반에 시작을 했잖아. 그런데 데뷔는 59년에 했다고 그래. 그러면 만으로 따지면 끝이 '8'이 되는 해가 10년씩이야. 그래서 1978년에 20주년 공연을 하고, 30주년 공연은 1988년에 했어야 하는데 그때는 88올림픽 때문에 못하고 1989년에 했지.[171]

조　누이가요, 언제부턴가 좀 달라졌어요. 이미자 누이하고 저하고

171　패티김은 지난 세월을 이야기할 때 그때가 가수 생활 몇 해째였는지로 설명하는 버릇이 있다.

다같이 방송에 나가서, 인터뷰를 했는데, 사회자가 누이더러 국민가수라고 그러니까 적극 사양하시더라구요. 국민가수는 조용필, 이미자 정도는 돼야지, 본인은 아니라고 그러더라구요.

김　그거는 사실이니까!

조　그걸 보고 우리 가수들이나 PD 그리고 방송계에서는 그때 '아, 패티김이 달라졌구나.' 그랬어요. 그동안은 그렇게 너그러운 사람이라고 알려지지 않았는데 뭔가 달라졌구나, 싶었어요.

김　그거는 너그러워서가 아니라 사실이기 때문이야. 나를 좋아하는 팬들은 편중이 되어 있어. 그런데 국민가수라고 하려면 전국적으로, 모든 사람들이 골고루 좋아해야 하는 거 아니니? 남녀노소, 할 것 없이? 그러면 이미자, 조용필이 국민가수지, 나는 아니야.

조　그거야 지금의 누이 생각이고, 그전에 누이는 그런 이미지가 아니었어요.

김　그럼 네가 보기에 내가 겸손해졌다, 이 말이니?

조　그렇죠. 그런 얘길 들었어요. 그때부터 그런 이미지가 느껴졌어요. 어느 순간에, 확 바뀌었다니까요. 누이가. 그전에는 '내가 최고야'라는 게 저절로 느껴졌어요. 제가 생각하기에는 누이가 야심차게 펼쳤던 무슨 건축사업에 쫄딱 망하고 나서부터 그런 거 같아요. 그런데 사람들은 누이가 사업 망한 걸 모르잖아요. 그래서 더 놀라운 거죠. 사람이 순식간에 변한 거 같으니까.

김　얘. 그런데 거기에다가 꼭 '쫄딱'을 넣어야 되니?

조　넣어야죠. 그냥 망한 거나 쫄딱 망한 거나 그게 그거 아네요. 하하하하.

김　하기는 '쫄딱'이 맞지. 그 일로 20년 넘게 살던 집도 경매로 넘어갔으니까. 내가 그 집에서 이사 나올 때 얼마나 힘들어 했었는지 몰라. 오죽하면 내 동생이 짐 싸서 나를 다른 곳으로 피신시켰어. 너는 하여튼 나 놀리는 재미로 살지.

조　패티김 선배님과 이미자 선배님과 저하고 빅3쇼[172] 했잖아요? 그 공연이 누이한테 의미가 좀 있었어요?

김　어우. 의미 있었지. 그때 참 즐거웠어. 참 재밌었어. 내가 그 얘기 가끔 해. 그런데 한참 잘 나가다가 네 그 독도 발언 땜에 조금 시끌벅적했지?

조　그렇죠. 그때 일본 발언으로 관객들이 예민해졌는데 두 선배님들이 나를 무지하게 감싸줬잖아요.

김　내가 이제 말이 나왔으니까 하는 건데, 나는 네 성격이 암만 뭐라 그래도 에이, 너희들은 지껄여라, 떠들어라, 그러고 그냥 흘려버리고 말 줄 알았지. 근데 그 일로 네가 그렇게 심하게 고통을 받을 줄은 몰랐어. 한참 후에 네 책 그게 뭐니? 사랑에 대해 쓴 책.

조　『어느날 사랑이』요.

김　그거 읽으면서 알았지. 네가 얼마나 힘들어했는지. 그 책을 읽는데 일본 발언 터지고 네가 파리로 그림 그리러 갈까 뉴욕을 갈까, 고심고심했다는 부분 읽고 그때 네가 마음고생이 굉장히 심했구나, 그런데 그렇게 힘든 걸 내가 몰랐구나, 내가 아무런 위로도 못해줬구나, 싶으니까 너한테 미안해지는 거야. 그날 바로 전화를 하긴 했지만 그게 늘 너무 너한테 미안해.

172　2005년 5월부터 7월까지 패티김, 이미자와 조영남이 함께 '빅3콘서트'를 했다. 서울 세종문화회관 대극장에서 시작, 대구·광주·부산·울산·대전·제주 등 전국 10여 개 대도시를 돌았고, 미주 공연까지 했다. 7월 9일 인천 문화회관 공연이 마지막이었다.

그거를 읽는 순간 내가 가끔 TV에서 네가 나오는 거 보고 있으면 네가 무슨 말 하는지 다 알 정도로 내가 관심을 가지고 있는 사람인데, '어머나, 영남이가 이렇게 마음고생을 했는데, 이제 와서 애 어떻게 지내니?' 하고 전화하기가 너무 미안하더라.

조 누이는 그때 우리 빅3콘서트 무대에서 관객들에게 '애가 노래만 잘했지, 철이 없어요.' 그렇게 변명을 해준 걸로 충분해요.

그때 나는 분명한 이유가 있었어요. 2005년이 을사조약[173] 100년 되는 해였어요. 1905년에 시작해서 2005년이 딱 100년 되는 해였고, 그리고 광복[174] 60년 되는 해고, 한일수교[175] 40년 되는 해이기도 했어요. 숫자들이 다 맞아떨어지는 거예요. 참 신기했죠. 그때 『중앙일보』 다니는 친구 기자가 "이렇게 신기하게 숫자가 딱딱 맞아떨어지는데 누가 우리와 일본에 대해서 한마디 해야 하는 거 아니냐." 그랬어요. 그런데 우리나라 지식인 중에 일본에 대해서, 이제 일본하고 잘 지내보자, 할 사람이 누가 있어요. 없죠. 근데 내가 광대 아녜요. 광대라는 게 뭐에요. 임금 앞에서 할 소리 다 하는 거지. 임금 맘에 안 들면 귀양 가고, 쫓겨나고. 왕의 맘에 들면 왕의 남자 되는 거고. 그게 광대잖아요. 그래서 내가 광대짓을 해야 되겠다. 그래서 일본에 직접 몇 번 가서 보니까 일본이 여러 가지로 굉장하더라구. 내가 보기에 우리 대한민국 사람만 일본을 우습게 아는 거예요. 이어령[176] 선생도 일

---

173 을사조약(乙巳條約). 1905년 일본이 우리나라의 외교권을 박탈하기 위하여 강제로 체결한 조약. 이로 인해 대한제국은 명목상으로는 일본의 보호국이 되었지만 사실상으로는 일본의 식민지가 된 거나 마찬가지가 됐다.
174 1945년 8월 15일 우리나라는 연합군의 승리로 일제 치하에서 해방을 맞이하였다.
175 한국과 일본은 1965년 6월 22일 도쿄에서 '한－일 양국의 국교관계에 관한 조약(기본조약)'을 조인함으로써 수교를 맺었다.

본을 축소지향형이라고만 하는데 그 사람들이 세계에서 제일 큰 잠수함, 항공모함 만든 거, 그런 건 얘길 안했어요. 일본이 세계를 점령하고 싶어 했던 대망이나 야망 같은 걸 얘기를 안하고 쪽바리 정신이라고, 도시락이나 트랜지스터 잘 만든다, 이런 이야기만 하고. 그래서 조목조목 사실은 그렇지 않다는 거, 일본을 제대로 알아야 한다는 걸 써서 책을 냈지요. 제목이 『맞아죽을 각오로 쓴 100년 만의 친일선언』이었는데 내가 말한 친일은 글자 그대로 일본하고 이제 친해져야 한다는 뜻이었어요. 매국을 하자는 게 아니라 상대를 제대로 알고 친해지거나 말거나 하자는 거죠. 그런데 우리는 친일을 매국이라는 뜻으로 해석을 하잖아요. 그래서 작살이 난 거죠. 제목 그대로 맞아죽었다가 간신히 살아난 거죠.

김　그때 우리가 공연할 때도 어떤 시민단체들이 공연하면 안 된다고 플래카드 들고 오기도 하고 그랬잖아. 아무튼 조영남, 미안해. 그때 내가 마음을 못 써줘서.

176　이어령(1934~) 문학평론가이자 언론사 논설위원. 소설도 쓰고 수필도 쓴다. 대학교수와 문화관광부 장관도 했다. 축소의 논리로 일본인을 설명한 『축소지향의 일본인』은 지금도 많은 사람들이 읽고 있는 책 중 한 권이다.

55년 패티김의 무대

1

2

3

4

50주년 기념공연 무대에 함께 섰던 후배 가수들

1 신승훈 2 임태경 3 이승철 4 이문세 5 45주년 기념공연 당시 딸 카밀라와 함께

5

무대 뒤의 그녀

조　자, 다시 노래 이야기로 돌아가요. 누이는 무대 위에 설 때 원칙이라고 해야 하나? 그런 게 있어요?[177]

김　나는 공연하기 두세 시간 전에는 거의 아무것도 안 먹어. 혹시 먹게 되더라도 배불리 먹지를 않아.

　그리고 무대 위에 올라가는 옷을 입고는 자리에 앉지를 않아. 무대 나가기 바로 전에 옷을 갈아입잖아? 15분~20분 전에는 의상을 딱 입고 있어야 되는 거거든. 그러고 나면 절대 앉지 않아. 혹시라도 앉았다가 주름이 하나라도 잡히는 게 나는 아주 싫어. 행여라도 주름이 잡히면 앞에서 보는 사람이 저 옷에 주름 잡혔네, 이럴 거 같아서 그런 모습을 관객에게 보여주고 싶지가 않아. 그러니까 그냥 계속 서 있어.

177　조영남도 가수라서 무대에 설 때의 원칙이 있는지 가끔 질문을 받곤 한다. 그러나 조영남에게는 패티김 같은 원칙이 없다. 그래도 뭔가 있지 않냐고 물으면 하나가 있긴 하다. 무대 올라가기 직전 화장실에 다녀오는 것. 그것도 원칙이냐고 물으면 할 말 없다고 답변하겠다.

가끔 대기시간이 생각보다 길어질 때가 있잖아. 그럼 스태프들이 의자를 가져다주기도 해. 그래도 안 앉아. 전혀 구김이 안 가는 옷이라면 모르겠지만 거의 대부분은 그냥 서 있어. 무대 올라갈 때까지. 구김 간 옷을 입고 무대에 올라가는 건 너무 싫어. 그건 나를 보러 와준 팬들에 대한 예우야.

음……. 그리고 또 뭐가 있나. 아, 무대에서 신는 신발을 신고는 절대로 흙을 안 밟아. 올림픽공원에서 공연을 할 때는 복장을 갖추고 무대까지 흙바닥을 가로질러 나가야 하잖아? 그럴 때는 평소에 신는 신발을 그냥 신고, 무대 위에서 신을 신발은 누가 들고 나를 따라와. 그런 다음에 계단 올라가면서 신발 갈아신고 올라가.

그리고 또 공연 시작 10분 전에는 옷을 갈아입기 전에 이를 닦고 손을 깨끗이 씻고 향수를 뿌려. 그런 규칙들이 몇 가지가 있어.

조　이야, 나는 그런 거 없는데.

김　너는 없겠지. 그런데 나는 원칙이야. 이 닦고 손 닦고 로션 바르고, 향수 뿌리고 옷 갈아입은 다음에는 서 있는 거. 그래야 내가 깨끗하게 느껴져. 그것이 내 무대에 대한 나의 기본규칙, 원칙이야. 내 팬에 대한 예의라고 나는 생각하니까.

조　신발은 되게 인상적이네요.

김　신발은, 무대에서 신는 신발을 신고 난 절대 길에는 안 다녀. 흙을 안 밟으려고 그러지. 무대의상과 무대신발은 그래서 완전히 분리가 되어 있어. 일상적으로 입고 신는 것하고 무대에서 입고 신는 것은. 남자들은 그런 면에서는 편안하지. 그냥 양복에 구두 똑같은 거 신으면 되는데, 여자들도 글쎄 딴 가수는 모르겠는데, 나는 유난스럽게 스테이지용 구두 따로, 스테이지용 의상 따로, 분명히 구분을 해.

조　무대 올라가는 태도는 조영남하고는 정반대네요.

김　정반대지! 너는 차에서 자다가 부스스한 머리로도 무대 와서 노래하잖아. 공연 시작 전에 아무데서나 뒹굴고.

조　맞아요. 저랑은 정 반대에요.

김　완전히 흑과 백이지. 하하하.

조　처음에 가수 되고 나서 얼마 있다가 일본에 갔잖아요. 거기서 홍콩이랑 동남아 다닐 때 혼자 다니셨다고 했는데 그럴 때 옷이랑 화장 이런 건 어떻게 했어요?

김　나 혼자 다했지. 그때는 뭐 지금처럼 코디[178]라는 말도 없었잖니.

조　아예 없었죠. 그런데 옷이나 이런 걸 원래 좀 잘했어요?

김　가수하기 전에도 그런 데 관심이 많았어. 어느 여자가 그런데 관심이 없겠어. 그런데 가수 되고 나서부터는 더 관심을 가졌지. 미8군에서는 화양에서 의상 담당도 있었고, 화장이랑 머리도 도와주는 사람이 있었는데 조선호텔로 옮기면서는 나 혼자 해야 되니까 연구를 좀 했지. 화장이랑 머리는 나 혼자 집에서 그런 데로 했는데 문제는 옷이야. 옷을 내가 만들 수는 없잖아. 그래서 미8군에서 옷 만들어주던 분에게 도움을 받았는데 디자인이 많지가 않을 거 아냐. 아무래도. 그래서 그분하고 나하고 같이 만들어나갔어. 그러면서 아무래도 옷 입는 방식에 대해 더 관심을 가졌겠지. 나한테 맞는 스타일이 뭔지도 더 고민하게 됐고. 나는 몸매에 자신이 있는 편이어서 목선을 깊이 파고, 허리는 잘록하고 온몸에 딱 맞는 옷으로 주로 입었어. 그러면서 내가 터득한 게 뭔지 아니? 입는 사람이 불편하면 관객들이 즐거워진

178　코디. coordinator의 준말. 옷, 화장, 액세서리 등을 꾸며주는 사람.

다는 거야. 주름이 한 줄이라도 가면 나는 너무 그게 신경이 쓰였어. 그러니까 어떡하니. 옷을 한 번 갈아입으면 절대 앉지를 않아. 앉을 수가 없지. 하하하. 그때부터 무대에 오르기 전에 의자에 앉지 않는 나만의 규칙이 생긴 셈이야.

일본에 가서는 더 용감하게 옷도 입고 화장도 훨씬 화려하게 했어. 일본은 전문적으로 화장도 해주고, 머리도 만져주는 스타일리스트가 있긴 했는데 내가 일본여자들하고 스타일도 다르고, 다 비슷비슷하게 해놓으니까 나만의 특징이 안 살아나잖아. 그래서 그냥 내가 했어. 옷뿐이겠니. 무대 위에서 어떻게 하면 더 파워풀하게 보일까, 연구하면서 손짓 하나 눈빛 하나, 걸음걸이까지도 다 고민한 뒤에 무대에 올랐지. 그러니까 무대에 오를 때는 철저하게 준비를 하고 올라가는 셈이지. 그런데 옷 잘 입고 멋을 부리는 것도, 선천적으로 타고나는 거 같아. 나는 그렇게 생각해. 똑같은 옷을 입어도, 100만 원짜리로 보이는 게 있는가 하면은, 10만 원짜리로 보이는 게 있으니까. 그래도 나는 다행히 그런 쪽에 감각이 아주 좋았다고 생각해. 그래서 요새는 아니지만, 내가 젊을 때는 패티김이 패션 아이콘으로 불릴 때도 있었어. 언젠가 육영수[179] 여사는 가장 우아한 여성, 김지미[180]는 가장 아름다운 여인, 패티김은 가장 옷 잘 입는, 멋있는 여인. 이렇게 신문에 크게 나온 적도 있었어. 가슴이 깊게 파이고, 등도 많이 파인, 하여튼 굉장히 파격적인 옷을 용감하게 입었지. 거침없이.

---

179   육영수(1925~1974) 여사는 고 박정희 대통령의 부인이다.
180   김지미(1940~). 한국영화사에서 빼놓을 수 없는 배우. 타고난 미모로 수많은 남성 관객의 가슴을 설레게 했으며 최고의 미남배우들과 수많은 흥행작들을 쏟아냈다. 가수 나훈아와 전격 결혼했던 것으로 유명하다.

조　아마 신체적인 조건이 좀 뒷받침이 되니까 그랬겠죠?

김　그 부분에서는 자신이 있었지. 키도 작고, 볼륨이 없었으면 그런 옷을 입고 싶어도 어려웠겠지. 그런데 내 체격은 그런 옷들을 입어도 괜찮았으니까 자신감이 더 있기는 했겠지. 거기에다가 내가 타고난 개성이 있었던 거 같아. 나는 옷이나 액세서리를 고를 때도 평범하고 무난한 색보다는 빨강, 초록, 보라, 노랑 이런 아주 진한 원색을 좋아했고, 그런 거로 옷도 해입고 그랬어.

조　어울리니까 입는 거죠.

김　그런데 나는 사실은 화려해 보이긴 하지만 액세서리 이런 거 평소에는 잘 안해. 무대 위에서만 빛나면 된다고 생각하니까. 귀걸이, 목걸이, 브로치, 팔찌, 반지, 뭐 시계 할 것 없이 번쩍번쩍한 것들을 다 하고 다니는 사람들 보면 다들 무슨 전당포[181] 주인 같애. 그런 게 좋아 보이지도 않고 멋있어 보이지도 않아.

조　특별한 이유가 있어요? 평소에는 간단히 하고 다니는 이유가.

김　특별한 이유는 없어. 그게 그냥 내 스타일이야. 왜 그러냐면 나는 굳이 그런 걸 하고 나가지 않아도 만나는 사람들이 내가 없는 거 없이 다 있을 거라고 생각들을 한다는 걸 알아. 그런데 내가 또 그런 게 없어도 그게 무슨 상관이니. 사람들한테 내가 뭐가 있다고 자랑할 것도, 쇼를 할 것도 아니잖아. 옷은 좋아하니까 옷은 잘 입고 다니려고 하지. 멋있는 모자도 쓰고 나가고. 세련되고 멋지게 입으면 좋잖

181　패티김은 '전당포'라는 단어를 떠올리지 못해 한참을 '그게 뭐지, 그게 뭐지.'를 되뇌었다. 그런 패티김 덕분에 조영남은 그녀의 머릿속에 들어 있는 이 단어를 끄집어내느라고 스무 고개를 넘어야 했다. 패티김은 가끔 우리나라만의 형용사나 일상적인 단어 등을 떠올리지 못해서 대화를 하다보면 조영남으로 하여금 '역시 이 누이는 참 띨띨하구나.' 하는 생각을 저절로 들게 한다.

아. 그런데 보석을 주렁주렁 달고 나가지는 않아.

조 이야기가 딴 데로 샜어요.[182] 공연하고 나서 힘들고 뭐 이런 거는 없어요? 예전에 비해.

김 하루에 두 번 하는 날은 힘들어. 공연 막 끝났을 때는 힘든 줄 몰라. 언제나 기분이 너무 업이 되어 있거든. 그래서 내가 우리 악단들더러 그래. "우리 한 번 더하자." 하하하. 끝났다고 쉬고 싶지가 않아. 우스갯소리로 그러는 거지. 그렇지만 역시 하루 두 번 공연하는 날은 확실히 피곤해. 그런데 아무리 가까운 사람들한테라도 되도록 피곤한 모습은 안 보여주고 싶어. 그래서 사람들 있는 데서 아무리 힘들어도 "어유, 죽겠다." 이러지 않아. 내 자존심이 있잖아. 가수가 노래 끝나고 힘들어하는 거 좀 그렇잖니. 그래도 힘든 건 힘든 거지. 보통 내 공연이 두 시간이야. 무대에서 두 시간, 두 시간 10분을 서 있는 거야. 의상을 세 번을 갈아입으면서 혼자 꼬박 서 있는 거야. 그러니까 굉장히 힘든 일이지. 내 체력이 뒷받침이 되지 않으면 두 번은 못하지. 그래서 지금도 맨날 운동을 해.

자기 분야에서 오랫동안 자리를 지키는 사람들은 확실히 공통점이 있어. 그중에 가장 큰 공통점은 부지런한 거라고 생각해. 그리고 책임감이지. 음…… 부지런하고 책임감이 있어야 하고, 자기 일에 충실해야지. 이런 게 성공한 사람들의 공통점이야. 영남이 너도 겉으로는 슬렁슬렁 사는 것처럼 보이지만 얼마나 철저하니. 약속시간 정확히 지키고 자기가 일단 맡은 일은 실수 없이 해내고.

---

182 패티김의 이야기를 정신없이 듣고 있으면 어느새 원래 나누려던 이야기에서 한참 벗어나 있곤 했다. 어눌하기도 하고, 때로는 정확한 표현을 찾느라 헤매기도 하지만 패티김의 말솜씨는 놀랄 만큼 재미가 있다. 귀엽기까지 한 패티김의 표정을 보여주지 못하는 것이 아쉬울 따름이다.

조　나는 작전상 설렁설렁 하는 걸로 보이게 하는 거예요. 하하하. 이 완벽함 같은 건 숨겨뒀다가 나중에 결정적인 순간에 꼭 보여줘야 할 때 보여주는 거죠. 그럼 사람들이 다 놀래잖아요. 그런데 패티는 시종일관 철저함을 유지하잖아요.

김　그렇지. 근데 너 언제부터 패티는, 패티는 그러니?[183]

조　패티는 나하고는 반대인 거 같아요.

김　야! 너 왜 패티, 패티 그러냐니까.

조　제3자한테 누이를 말할 때 그 정도는 용서가 돼야 돼요.

김　그래도 네가 패티는, 패티 이렇게 말하면 건방지게 들리지. 뭐, 패티 누님, 아니면 패티 선배 이렇게 얘기해줘야지.

조　나는 누가 나를 어떻게 불러도 아무렇지도 않은데. 내 후배들이 나한테 영남 씨 그래도 아무렇지 않아요. 그렇게 부르고 싶어서 부른다는데 뭐라고 그래요.

김　너야 그렇다고 해도 나는 호칭도 중요해. 그런 건 내가 내 관리하는 거야.

조　누이와 나의 큰 차이점이죠. 큰 차이점!

김　나와 조금 가깝다고 해서, 나한테 예의 없는 짓을 하는 거는 못봐! 그게 내 관리야. 나는 항상 그렇게 생각해. 내가 사람들한테 존경 받고, 대우 받으려면 내 자신이 그렇게 행동해야만, 그렇게 대접 받을 수 있어. 난 그렇게 생각해.

조　말하다가도 뭐가 거슬리면 그 자리에서 늘 그렇게 말씀하세요? 너 그렇게 하지 마! 이렇게?

183　패티김은 말 한마디도 그냥 넘어가는 법이 없다. 적어도 조영남에게만은.

김   가까운 사이면 그 자리에서 바로 말하지. 지금처럼. 그런데 가깝지도 않고 다른 사람들도 있는 자리에서 누군가 그러면 굉장히 불쾌하지만 대놓고 그러지는 못하지. 내가 그 자리에서 바로 말하면 상대방이 무안해하잖아. 그런 거는 또 못해. 내 인격에 문제가 되는 거니까. 그렇지만 불쾌하지.

조   하기는 누이는 예전에 무대에서도 그랬어요. 언젠가 누이 공연을 갔는데 객석에서 핸드폰이 울렸어요. 누이가 소리 나는 쪽 객석을 보면서 그러대요. 전화벨이 울리는 건 실례하는 거라고. 그러곤 한 몇 초 가만히 계셨어요. 완전 분위기가 싸, 해졌죠. 그러고 나서 달래시더라구. 그런데 저는 반대에요. 무대에서 노래하다가 전화소리가 울리면 저기, 저분한테 전화가 왔으니까 우리가 잠깐 기다립시다, 이렇게 말을 해요.

김   너랑 나랑은 다르지. 너는 뭘 하다가 조금 실수를 해도 원래 조영남이는 그렇지, 설렁설렁설렁 넘어가도 사람들이 아, 조영남이는 원래 성격이 그런 걸, 뭐…… 이러고 그냥 용서가 돼버려. 그런데 나는 아니잖아. 나는 계획을 세워서 어떻게 하기로 했다, 그러면 꼭 계획대로 해야 해. 그 계획이 흐트러지는 건 참을 수가 없어. 그 문제로 내가 언젠가 한 번 너한테 크게 화낸 적 있는데 기억 나니?

조   아니요, 무슨 일이었어요. 그게?

김   네가 내 무대 게스트로 나온 적이 있어. 이제 다음 순서에 네가 나와야 되는 거야. 그러면 무대 옆에 딱 와서 있어야지. 그래야 내가 안심이 되잖아. 그런데 안 나타나는 거야. 순서가 됐는데, 이제 영남이가 나와야 하는데 내가 옆을 보는데도 없어. 안 나와. 그러니 나는 무대에서 노래하면서 얼마나 기가 막히니. 듀엣을 해야 하는데 보고 또 보고 그래도 없는 거야. 내가 얼마나 당황했겠니. 무대에서는, 2초가 2분만큼 길잖아. 5초를 아무 말도 안하고 가만히 서 있다고 생각해 봐. 그거는 어마어마하게 긴 시간이야.

조   그건 그렇죠. 그래서 내가 나오긴 나왔어요?

김   나오긴 나왔어. 머리 다 헝클어지고 그 까만 옷 입고 비실비실 나오니까 내가 그냥 얼마나 밉니? 그래도 노래는 했어. 듀엣도 하고. 그러고 끝나고 나서 내가 아주 크게 화를 내고 야단을 야단을 쳤지. 그런데 너는 기억이 안 나니?

조   안 나는 거 같은데요.

김   그때 내가 너한테 아주 크게 화를 냈어. "너, 다른 사람한테는 그렇게 얼렁뚱땅해서 넘어가지만 나한테는 그렇게 못해. 나는 너를 너무 잘 알아. 너는 그거를 이용을 하는 거야. 다른 사람들은 조영남이는 원래 그런 사람이잖아, 그래서 다 용서가 될지 몰라도 나한테는 안 통해." 그렇게 심하게 말도 했는데, 그 소리를 너는 기억도 안 난단 말이니? 내가 너한테 그렇게 화낸 게 처음이었을 텐데.

조   하하하. 저는 웬만한 건 그냥 다 빨리빨리 잊어버려요.[184] 누이가 전혀 무섭질 않았던 거죠. 기억 안 나는 거 보니까. 나는 대수롭지 않은 건 그 자리에서 바로 잊어버리는 기술을 가지고 있어요. 요만큼도 생각이 안 나요.

김   근데, 난 그런 사람 참 부러울 때 많아. 아르만도가 영남이만큼은 아닌데, 참 천하태평이야.[185] 나는 무슨 일을 해도 사람들이 어떻게

---

184   패티김과 조영남이 이렇게 오랜 세월 친한 선후배로 지낼 수 있는 건 바로 두 사람이 달라도 너무 다른 사람이기 때문일 것이라고 조영남은 생각한다.

생각할까, 잘못 되면 어쩌나 걱정이 많거든. 그런데 아르만도는 아니야. 아무리 고민이 있어도, 심지어는 나랑 크게 싸워도 이 사람은 어쩜 그렇게 쿨쿨 잘 자니. 나는 약이 올라서 못 자는데. 오늘 일을 오늘 못했지? 그럼 아르만도는 오케이, 오늘 해결 못했어, 그럼 내일 해보자, 이러고 그냥 자. 나는 못 자지, 한숨도. 옆에서 그렇게 자고 있으면 얼마나 부러운지 몰라. 나도 저렇게 좀 살아봤으면 좋겠다, 싶지만 이렇게 태어났기 때문에 안 고쳐져.

조 　누이한테 그렇게 혼나고 제가 뭐라고 그랬어요?

김 　별말 안했지. 조영남이 네 성격은 또 뭐가 어쩌네, 저쩌네 변명을 하는 성격도 아니잖아. 나중에 네 매니저가 하는 말이 차에서 기다리다가 잠이 들었대. 아마 너는 속으로 그랬을 거야. '뭐 조금 늦은 걸 가지고 저 누님은 저렇게까지 화를 내시나.' 그런 표정이었어. 하하하하. 나한테는 그게 안 통한 거지.

조 　하기는 누이는 이 빼고 와서도 노래를 한 사람이니까요.

김 　그건 또 기억을 하네? 공연 전날 어금니가 쑤시는데 정말 아픈 거야. 밤을 꼴딱 샜어. 약을 먹고 시간이 지나면 좀 나아질까 했는데도 여전히 너무 아픈 거야. 다음날 저녁에 세종문화회관 대강당에서 공연을 해야 하는데. 그래서 날이 밝기만 기다렸다가 아침 일곱 시 반쯤 치과에 전화를 했지. 아무래도 안 되겠다, 싶어서. 그러고는 가서 이를 뺐어. 왜 앓던 이 빠지는 것 같다고 그러잖아. 약을 먹어도 안 되니까 빼버리는 수밖에 방법이 없는 거야. 그래서 아침에 가서 이를 빼고 솜

185　패티김의 두 번째 남편 아르만도가 조영남과 비슷한 부분이 있다는 사실을 조영남도 이번에 처음 알았다.

을 잔뜩 물고 아침 열 시에 연습을 하러 간 거야. 아무한테도 얘기를 안했지. 그 얘기를 하면은 제작자랑 얼마나 기절을 하겠니. 그래서 연습을 하는데 피는 줄줄 나지, 솜을 잔뜩 물고 있으니까 노래도 우물우물하게 되지. 사람들이 나한테 묻지도 못하고 자기들끼리 왜 저러시나, 왜 저러시나 그랬대. 보다 못해서 예스컴 윤사장[186]이 와서 묻더라. 그래서 사실은 이를 빼고 나왔다고 말했더니 기절을 하는 거지. 그때 너가 거기 있었잖아. 네가 나더러 누이 지독한 여자야, 그랬지?

조　그랬어요. 하하하하.

김　그럼 공연을 해야 하는데 어떡하니. 이 아픈 건 못 참아. 나중에는 귀까지 아프더라. 다 연결이 되어 있어서. 그렇다고 내가 이 아프다고 공연 못한다고 그럴 수도 없잖아. 할 수 없지. 빼는 수밖에는. 그래서 이를 빼고 공연을 했잖아.

조　연습실 이야기하니까 우리가 빅3쇼 준비하면서 연습실에서 했던 이야기가 생각이 나요.

김　뭔데?

조　누이가 그때 갑자기 나도 자살을 할까봐, 그랬어요.

김　아, 맞다. 생각났어. 무슨 이야기를 하다가 자살 이야기가 나왔어. 나도 그때 속상한 일이 좀 많아서 '나도 자살을 할까봐' 그랬더니 영남이 네가 뭐라 그랬는 줄 아니. "누이! 누이는 지금 자살을 해도 누가 뭐라 그러지도 않을 거예요. 나이 보고 아, 살 만큼 살다 죽었네. 그럴 거예요. 자살은 안 되고, 자연사가 되는 거죠." 그러더라, 네가!

　그러면서 네 말이 누님은 지금 죽어도 아쉬운 사람이 하나도 없을

186　패티김의 매니저였던 예스컴의 윤창중 사장을 말한다.

거라는 거야. 물론 농담이지만, 그럼 내가 살만큼 다 살았단 얘기잖니. 그 얘기가 얼마나 섭섭하니. 나이가 들어 이제는 자살을 해도 아무도 관심 안 가질 거라는 말이. 그러면서 우리 둘이 같이 죽으면 그거는 화젯거리가 되겠다. 네가 그러는 거야.

조　　그래서 누이가 그래, 그럼 우리 둘이 같이 죽을까? 그렇게 맞받아쳤어요.

김　　만약에 같이 죽으면 아마 별말이 다 나올 거야. '어쩐지 둘이서 너무 친하더라, 둘이 포옹을 하는데 너무 가까워 보이더라.' 그렇게 우리가 같이 죽으면 사랑의 도피쯤 되는 걸로 기사가 나올지도 몰라. 하여튼 영남이는 그런 말을 해도 밉지가 않아. 그게 네 재주야. 지금은 웃지만 그때는 농담으로 한 게 아니고 굉장히 진지했어. 우리가.

조　　그랬죠. 연예인들이나 유명한 사람들이 자살을 유난히 많이 했을 때였어요.

김　　그런데 말이야. 우리처럼 늘 사람들을 상대하고, 노출되어서 사는 사람들은 성격도 예민하고, 괴팍한 데가 있잖아. 어찌 보면 굉장히 특이한 삶 아니니. 이렇게 살면서 한두 번 자살 생각 안하고 산 사람이 있을 수 있을까. 보통사람들도 힘들면 죽고 싶다는 생각 하잖아. 그런데 아무래도 우리는 좀더 예민하고 다른 사람들 반응에 따라 왔다갔다 하는 일이 많으니까 더 그런 생각을 자주 하게 되는 거 같아.

조　　자살 이야기는 그만하고, 다시 아까 이야기로 돌아가요. 그렇게 공을 들이고, 이까지 빼가면서 노래를 한 뒤에, 공연을 끝내고 무대에서 내려오면 기분이 어때요?

김　　그건 그 기분은 뭐라고 말을 하기가 참 어려워. 무대에 서 있으면 한 사람도 아니고 수십, 수백, 수천 명이 나만 바라보잖아. 정말 정점이 되는 거잖아. 그런데 그렇게 몇 시간 동안 무대에 서 있다가 끝나면 사람들이 싹 빠지고 다 가버리잖아. 조금전까지 수천 명의 눈들이 나만 바라봤는데 한순간에 싹 사라지고 나면 그 순간의 느낌은 설명하기가 어려워. 더구나 나는 공연 끝나고 사람들이랑 어울려서 밥먹고 술 마시고 그러지도 않아. 서울이나 근처 도시에서 하면 바로 집으로 가고, 외국이나 지방에서 하면 호텔로 바로 돌아가. 꽃 받고, 박수 받고 엄청나게 흥분 상태였을 거 아냐. 그러다가 나 도와주는 사람들 몇이 내 방문 앞까지 와서 다들 "선생님, 안녕히 주무세요."그러고 돌아가는 거지. 그렇게 문을 닫고 내 방으로 들어가면 나는 하나야. 혼자인 거지. 그때 그 적막하고 외로운 느낌, 텅 빈 것 같은 느낌 때문에 많이 울어. 왜 우는지 나도 잘 모르겠어. 슬픈 것도 아니니까 말야. 너무 피곤하기도 하고 외롭기도 하고 거기서 밀려오는 고독감 때문에 눈물이 나는 것 같기도 해. 그래서 또 울지.

그래서 공연하는 사람들은 그 외로움 때문에 회식하러들 많이 가지. 우리도 공연이 끝나면 다들 회식들 하러 가. 근데 나는 1년에 딱한 번, 연말에 한 번 참석해. 지난 1년 우리 스태프들 모두들 고생했다, 감사하다, 이런 마음으로. 의무적으로 참석하는 거지. 고기도 굽고 소주, 맥주잔 왔다갔다 하는 자리에 앉아 있어. 한 해 동안 고마웠다는 내 나름의 인사니까.

그렇게 1년에 한 번 하는 거 말고는 공연이 끝나면 바로 집이나 방으로 가는 거야. 나는 공연이 있으면 두세 시간 전부터 거의 아무것도 안 먹는다고 그랬잖아. 먹어도 아주 조금 먹지. 공연 시작 세 시간 전에. 그것도 먹으면 배 나오니까 많이도 못 먹어. 그냥 초콜릿에 우유 좀 마시고 뭐 그러는데, 정작 공연이 끝나면 얼마나 배가 고프겠니.

집이면 그래도 먹을 게 좀 있는데 호텔 같은 데서는 시간이 너무 늦어 시킬 것도 없잖아. 어떨 때는 미리 샌드위치라도, 식어도 먹을 만한 걸로 갖다놓거나 과일이나 치즈 같은 거라도 미리 갖다놔달라고 말을 해두기도 해. 하긴 집에서도 별로 다르지 않아. 집안일 돌봐주는 분이 출퇴근을 하시거든. 나는 우리집에서 누가 잠 자고 같이 먹고 그런 게 또 싫어. 그러니까 공연 끝나고 집에 가면 일해주시는 분이 자기 집에 돌아가시고 안 계시지. 그러면 컵라면 끓여 혼자 앉아서 꾸역꾸역 먹어. 그러면 너무 배고프고, 너무 외롭지. 컵라면을 끓여서 혼자 앉아 먹고 있자면 별생각이 다 들어. 그럼 혼자 그러지. '내가 왜 이러나. 밖으로 나가면 얼마든지 대우 받으면서 맛있는 거 뭐든지 다 먹을 수 있는데.' 그런데도 여러 사람들 틈에 있는 게 싫어. 차라리 혼자가 낫지. 그러니까 나는 혼자 있으면 외로우면서도 그 외로움과 고독 같은 걸 즐기는 사람인가봐. 여태까지 그렇게 살아왔어. 아직도 그래. 그것도 내 성격이지 뭐. 누구하고 어울리고, 그러는 게 싫어.

조 누이는 평생 노래하고, 평생 스스로를 관리하면서 하고 싶은 것도 못하고 먹고 싶은 것도 못 먹고 살았는데 아직도 내가 가수하길 잘했다. 그런 생각이 들어요?

김 오 예스. 에브리데이. 물론이지. 매일매일 감사해. 나는 지금도.

조 나 괜히 가수했다. 그런 생각은?

김 없어. 전혀 없어.

조 와. 그럼 정말 행복하게 살았네요.

김 난 정말 멋있는 직업을 가졌다는 것에 대해서 굉장히 자부심 갖고 있어. 참 행복해.

조 후회해본 적이 한 번도 없어요?

김　음, 한 번. 그건 거짓말이다. 몇 번 있긴 있었다. 조금 억울한 비난 받고 그럴 때는 너무 고통스러웠어. 그럴 땐 에이, 평범하게 은행원한테 시집이나 가서 애나 주렁주렁 낳고 살걸. 그러기도 하지. 그런데 그건 순간적이야. 정말 오늘날까지 54년 노래를 하면서, 만으로 하면 54년이야. 아, 53년인가? 지금이 2011년이니까? 이런 것도 그냥 지나가면 되잖아? 54년이라고. 근데 나는 또 이걸 바꿔. 내가 이렇게 따지길 좋아해. 하하하. 하여튼 54년 노래하면서 가수로 살아온 건 복 받은 삶이라고 생각해.

조　누이는 인생을 잘살아온 거네요. 자기가 가수로 산 게 행복하다면 그게 잘산 거죠. 뭘 더 바라겠어요.

김　나야, 그렇지. 그리고 가수로서도 내가 이 정도면 괜찮지 않니?

조　괜찮은 게 아니라 크게 성공하신 거죠.

김　맞아. 나는 내가 성공한 사람이라고 생각해. 돈은 생각보다 별로 못 벌었지만.

조　젊을 때 많이 벌었잖아요.

김　많이 벌었지. 하하하. 내가 아주 옛날에 언젠가 공연을 했는데 100만 원을 현금으로 갖다주더라. 아마 천원권이었나봐. 돈이 몇 장이니. 내가 백만장자가 된 거 같더라. 그때 봉급쟁이들이 3만 원에서 5만 원 받았다더라고. 그러니 백만 원이면 아주 큰돈이지. 호텔방에서 동생하고 나하고 침대 위에다 막 뿌리면서 "와, 내가 부자구나!"이랬던 적도 있어. 하하하. 그래도 요새하고 비교하면 많이 벌었다고 할 수도 없지. 요새 아이들은 1억, 10억도 아니고 100억 가까이들 번다잖아. 돈의 크기가 달라진 거지. 나도 지금 태어났으면 그렇게 벌 수 있었을까. 그런데 그건 아니지 않겠니. 내가 내 시대에 살았으니까 지금의 패티김이 될 수 있었겠지. 그렇지? 그러니 후회 없어. 그리고 나는 돈에는 별로 욕심이 없어. 지금도.

조   돈 좋아하는 사람들 많은데, 나부터.

김   많지. 여자들 중에도 돈이면 뭐든 다 좋다고 하는 사람도 많아. 결혼을 하거나 연애를 할 때 남자가 못났거나, 못됐거나, 어쨌거나 돈만 많으면 좋다는 사람도 있어. 유명한 여자 영화배우랑 어딜 같이 나간 적이 있어. 예전에는 국제 무슨 영화제 같은 걸 나가면 가수를 몇 명 데리고 가곤 했어. 공식행사 끝나고 같이 쇼핑을 하면서 이런저런 이야기를 하다가 남자 이야기가 나왔다. 우리도 젊었으니까. 하하하. 내가 그랬지. 나는 사랑하는 사람이면 청바지에 티셔츠 입고 길에서 핫도그를 먹고 다녀도 정말 행복할 거 같다, 그랬더니 자기는 아니라는 거야. 백화점에 같이 가서 보석이면 보석, 가방이면 가방에 자기 시선이 가는 걸 보고 그걸 그 자리에서 사주는 사람이 자기 사람이라는 거야. 못생겨도 좋고, 키가 작아도 좋고, 대머리도 좋고, 배가 나와도 좋고, 나이가 많아도 좋은데 돈이 없으면 안 된다는 거야. 그러면서 나더러 순진하다고 하더라. 나도 돈, 돈 했으면 재벌2세들하고 가깝게 지내고 그랬겠지. 그런데 그랬어봐. 지금까지 노래하면서 못 살았을 거야. 나는 지금도 그래. 사랑하는 사람하고 청바지에 티셔츠 입고 시내 돌아다니면서 핫도그 사먹으면서 데이트하면 정말 행복할 거 같아.

조   지금이라도 그렇게 하시죠.

김   그게 어디 쉬운 일이니. 나이를 아무리 먹어도 패티김은 패티김인데. 내 뒤통수만 봐도 사람들이 알 걸. 저기 패티김 간다, 이럴 거 아냐. 그러니 내가 누구를 맘 편히 만나겠니. 이 체면과 자존심이 사랑을 탁탁 막아.

지금은 2011년 말. 과장으로 들리겠지만 대한민국 현역 가수 중 패티김 앞에서 '깨갱'하지 않을 가수는 없을 것이다. 자타가 인정하는 노래의 황제, 황녀이시다. 모든 면에서 견주어 볼 때 단연 넘버원이시다. 지금까지 모든 면에서 패티김을 능가하는 가수가 있었던가. 잘라 말할 수가 있다. 미안하지만 없었다. 내 자신이 이 땅에서 몇십 년 이상을 굴러먹은 가수인데 그런 걸 모를 리가 없다. 옆에서 쭉 봐온 바 그렇다는 얘기다. 실제로 내 자신이 제일 잘 알고 있는 가수 조영남과 직접 비교해봐도 그렇다. 웃기는 짓이지만 말이다.

첫째는 소리다. 소리의 퀄리티다. 패티김은 기본적으로 탄탄한 체격에서 폭포처럼 쏟아져 나오는 소리 자체가 남다르다. 우리나라 고유의 소리 스타일 즉 창으로 다져진 낭랑한 소리는 누가 감히 흉내조차 내기가 힘들 정도다. 가령 박춘석 작곡의 「가을을 남기고 간 사랑」이나 길옥윤 작곡의 「이별」을 무슨 수로 패티김만큼 부를 수가 있단 말인가. 음의 고조를 비교적 잘 콘트롤한다는 가수 조영남이 그런 노래를 불렀다 치자. 부르긴 부른다. 문제는 조영남의 소리에는 패티김의 소리에 가득 들어 있는 우리네 민속적인 창이나 국악의 향기가 다분히 결여되어 있기 때문에 듣는 이의 가슴을 후벼파는 데 역부족일 수밖에 없다. 조영남의 소리는 서양사람이나 음악을 직접 학문적으로 배운 사람한테는 다소 유리할 수가 있으나 패티김의 소리는 동양은 물론 서양 쪽에서도 환영을 받을 수 있는 매우 특이한 소리다. 서양사람들도 패티김의 소리에는 동양의 향내가 들어 있어 더더욱 좋아할 수가 있다는 얘기다.

두 번째는, 여기가 매우 중요하다. 패티김은 우리 모두가 인정해마지 않는 최고의 작곡가 박춘석, 길옥윤 두 분을 품었다는 사실이다. 그래서 히트곡이 한도 끝도 없이 많다는 점이다. 가수라는 직업은 그 구조상 살아 생전에 히트곡이 몇 개 있느냐로 판별이 나고 히트곡의 숫자대로 무조건 먹고 들어가게 마련이다. 이 방면에서 조영남은 '꽝'이다. 다른 가수와 비교고 자시고 간에 초반에 '깨갱'이다. 「딜라일라」, 「제비」 같은 곡부터가 완전 남의 노래를 카피해먹은 것이다. 번안가요다. 국적불명의 노래다. 유일한 히트곡 「화개장터」마저도 소설가 출신 정치가 친구 김한길이 아니었다면 태어날 수도 없는 곡이었다. 패티김은 히트곡 방면에선 남다르다. 타의 추종을 불허하는 품격 있는 히트곡들이 수두룩하다. 남자복은 몰라도 작곡가복은 확실히 타고난 가수였다. 그 점이 나는 많이 부럽다.

세 번째는 자기 관리다. 진짜 스타냐, 아니냐의 관건은 어디까지나 자기 관리를 잘하느냐, 못하느냐에 달렸다. 관리에도 여러 가지가 있다. 하지만 대체로 선호되는 건 주로 신비주의적 관리방식이다. 그게 그렇게 쉽지는 않다. 왜냐면 압도적인 실력이 있어야 그나마 가능하기 때문이다. 스타란, 별이란 멀리 존재하면서 반짝여야 하는데 반짝임이라는 게 뭔가. 바로 실력이다. 가수의 경우는 노래를 압도적으로 잘하는 거다. 바로 패티김 선배의 경우다. 신비주의의 관건은 또한 반짝임의 기간이다. 우리는 반짝, 하고 빛났다가 곧장 꺼지는 비참하고 비감한 경우를 허다하게 보아왔다. 그 방면에서 패티김은 특출나다. 어느 누구와도 비교가 안 된다. 장담한다. 역사상 개국 이래 패티김만큼 반짝임이 긴 가수를 나는 본 적이 없다. 앞으로도 패티김 같은 별이 존재하지 않을 것, 아니 존재하지 못할 것이라는 게 나의 생각이다. 그게 이 책을 떠맡은 진짜 이유다.

4부

김혜자, 그리고 패티김

김혜자, 그녀의 어린 시절

조   돌사진 있어요?

김   없어, 난. 나는 옛날 사진이 없어. 그런데 어머니가 안고 찍은 거는 있어.

조   저는 그런 사진도 없어요.

김   뭐 상 차려 놓고 가운데 앉은 건 없고, 그래도 그때 어머니가 나를 한복이 아니라 양복을 입히셨더라고? 그런데 하여튼 나는 너무 이사도 많이 다니고, 우리 세대는 전쟁을 치른 사람들이잖아. 그렇기도 하고 어머니가 다 가지고 계셨는데 어머니 돌아가시고 형제들은 다 뿔뿔이 외국으로 다 나가서 살고 그렇게 되니까, 옛날 사진들이 다 흩어졌어. 나도 내 뿌리를 좀 알고 싶은데, 우리 오빠가 『서울신문』 사회부 기자로 10년 이상 있었거든. 그 오빠만 우리의 역사를 잘 알아. 할아버지가 뭐 진사를 지내셨고, 뭐 몇 살 몇 살에 장원급제를 하시고.

조   그럼 형제가 몇 명이었어요?

김 8남매에 내가 여섯째. 내 위로도 다 살아 계셔.

조 아버지도 똑같고?

김 아버지도 똑같고.

조 다 조사했어요? 똑같은지 아닌지?

김 조사는 안했지만 똑같애, 우리는 똑같애.

조 어떻게 확신해요?

김 아이. 그거는 똑같애. 우리는 친형제인데 내 위에 오빠를 낳고 나서, 아버지가 첩을 하나 두셨지. 그래서 이중생활을 하셨어. 그런데 그쪽에는 애가 없었어.

조 아버지가 두 집 살림했던 거는 기억나요?

김 기억나지.

조 몇 살 때였어요? 누님이?

김 그러니까 우리 오빠 낳고서부터 아버지가 두 집 살림을 하셨어.

조 아. 하긴 그때는 보통 그랬어요.

김 솔직히 나하고 내 동생들은 아버지를 잘 모르고 자랐어. 그러다가 내가 결혼하고 정아 낳고 나서 아버지에 대한 미움이 슬슬 사라졌지. 우리는 어릴 때 어머니하고만 꼭 붙어서 살았거든. 아버지가 그냥 밉기만 했어.

조 아버지에 대한 미움, 증오는 언제부터 시작됐던 거 같아요?

김 기억은 잘 안 나지만 철들면서부터겠지?

조 그게 약 몇 살 때부터?

김 뭐 한 여섯, 일고여덟. 아버지가 우리집에 안 사시고, 가끔 오시니까. 그런데도 가끔 오셔서 애는 떡떡 낳으신 거야. 나 낳고 3년 후에 또 동생 낳고, 그 밑에 또 3년 후에. 그런데도 왜 옛날에는 큰방에는 안방마님, 첩은 사랑채에 이렇게 같은 집에서 사는 일도 많았잖아. 우리는 그래도 같이 안 산 게 다행이지. 그래서 나는 아버지 얘기는 할 얘기가 없어. 너무 아버지를 모르니까. 그런데 길옥윤 씨랑 결혼을 하고 나서 아버지가 조금 이해가 되더라구. 아, 우리 아버지의 성격이나 취미를 봤을 때 우리 어머니는 너무너무 숙녀셨구나. 조금 애교도 있고 그런 여자라야만 우리 아버지를 행복하게 만들어드릴 수 있었겠구나. 그러면서 아버지를 조금씩 이해를 하긴 했지.

조　어머니가 어떠셨길래요?

김　우리 어머니는 아주 정숙하고 굉장히 박식한 분이셨거든. 그 시절에 숙명여전[187]을 나오셨으니까 고등교육을 받으신 분이기도 했지. 아주 천상 귀부인 타입이셨어. 신여성이기도 하셨고. 해방 전에는 인력거를 불러타고 가부키[188] 공연을 보러 가시기도 했대. 보통 부인들로서는 하기 어려운 일 아니니? 그리고 멋도 잘 부리셨어. 저고리 입으실 때 옷고름 위에 브로치를 다셨는데 그때마다 브로치와 반지를 세트로 맞춰서 하셨어. 진주 브로치를 달았으면 진주 반지를, 비취 브로치를 달았으면 반드시 비취 반지를 끼셨지. 내가 무대 올라갈 때 옷이나 액세서리, 구두, 매니큐어 색깔까지 까다롭게 챙기는 걸 보면 내가 어머니 기질을 그대로 물려받은 거 같아. 근데 그것만 가지고는 아버지가 만족을 못하셨나봐.

조　아버지를 그렇게 이해하게 된 게 몇 살 때쯤이유?

김　30대쯤?

187　숙명여전은 숙명여자전문학교를 말한다. 오늘날 숙명여자대학교의 전신이라고 할 수 있다.
188　가부키(歌舞伎, かぶき). 일본의 대표적인 고전연극.

조　그전에는 아버지를 증오했다는 뜻이에요?

김　배신감, 그것 땜에 아버지를 너무너무 미워했어. 우리 형제들 중에 내가 제일 미워했을 거야. 솔직히 정이 없었으니까. 가끔 오시면 우리는 쫓겨나서 건넛방에 가 있고, 어머니하고 아버지하고 안방에서 말씀하시든가 그랬어. 무슨 임금님 행차하신 거 같으니깐 어렵기만 했지. 아버지하고 무슨 이야기를 따로 하거나 그런 적이 거의 없어.

조　아버지가 뭐 하는 분이었어요?

김　우리가 전주 김씨야. 뼈대 있는 양반가래. 하하하. 아버지는 동학운동[189]과 갑오개혁[190]이 일어났던 1894년 함경도에서 태어나셨어. 할아버지는 고종 28년 그러니까 1891년에 과거에 나가 3등으로 급제, 진사를 하시기도 하셨다대. 그런데 구한말이니까 나라가 복잡했겠지. 그래서 벼슬은 안하시고 초야에만 계셨대. 아버지가 할아버지를 참 존경하셨대. 아버지는 일본 메이지대학에서 공부도 하시고, 일제 시대에는 금광을 하셔서 우리집은 굉장히 부잣집이었어. 그런데 해방이 되고 나서 아버지가 『민주일보』라는 신문사를 차리고, 6·25전쟁 후에는 정경연구회라는 사회학술단체를 운영하면서 살림이 어려워지기 시작했지. 『민주일보』는 임시정부 부주석 김규식[191] 박사가 초대 사장을 맡았고, 소설가 김동리[192] 선생, 시인 조지훈[193] 선생 등이 기자로

189　동학농민운동(東學農民運動). 1893~1895년 동학교도 및 농민들에 의해 일어난 민중의 무장 봉기. 전라도 고부군수 조병갑의 부패가 도화선이 됐다. 난을 진압하려는 과정에서 청일전쟁의 직접적인 원인이 되기도 했다. 초기에는 동학난으로 불리다가 대한제국 멸망 이후 농민운동, 농민혁명으로 명칭이 격상되었다.

190　갑오개혁(甲午改革). 1894년(고종 31) 7월 초부터 1896년 2월 초까지 약 19개월간 3차에 걸쳐 추진된 개혁운동이다. 일본 정부의 주도로 김홍집, 박영효 등이 앞장섰다. 우리나라 최초의 근대개혁이었으나 실패로 끝났다.

있었다니까 꽤나 이름이 있는 곳이었겠지? 정경연구회는 아버지가 2
대회장을 하셨는데 초대회장은 임시정부에서도 활동하신 신석우[194]
선생이 맡았대. 그러니까 이 단체도 유명한 곳이었나봐. 신익희[195] 선
생이랑 장면[196] 선생이랑 다 친구셨대. 야, 자 하는.『민주일보』랑 정
경연구회도 운영하면서 상해, 만주, 마카오 등을 오가면서 사업을 하
셨어. 그러니까 일찍부터 개화된 분이긴 하셨지.

조 엘리트!

김 최고의 엘리트야. 아 그리고 우리집에는 이당[197] 선생 그림을
비롯해서 동양화가 많았어. 아버지는 보석, 다이아몬드는 필요 없다.
이 그림은 전쟁이 나도 둘둘 말아서 잘 들고 다녀야 한다. 그러니 그
림을 잘 간수하라고 하셨지. 1970년대만 해도 서양화는 진짜 인기도
없었어, 다 동양화였어. 1980년대까지. 그런데 지금은 현대미술작가들

191 김규식(1881~1950). 일제강점기의 독립운동가이자 사상가, 통일운동가였다. 1918년 파리
강화회의에 대한민국 임시정부 대표로 파견됐다.
192 김동리(1913~1995). 우리나라 문단의 대표적인 소설가이자 시인. 대표작으로「화랑의 후
예」,「무녀도」,「역마」,「황토기」,「등신불」 등이 있다.
193 조지훈(1920~1968). 교과서에 자주 나오는 시인. 수없이 많은 시가 있지만「승무」를 빼놓
을 수 없다.「승무」의 시작은 다음과 같다. '얇은 사(紗) 하이얀 고깔은 고이 접어서 나빌레라. 파르
라니 깎은 머리 박사(薄紗) 고깔에 감추오고, 두 볼에 흐르는 빛이 정작으로 고와서 서러워라.'
194 신석우(1894~1953). 언론인이자 독립운동가. 1919년 임시정부에서도 활동했다. 광복 후
1949년부터는 주중대사를 역임했다.
195 신익희(1892~1956). 독립운동가이자 정치가. 임시정부 내무차장 등을 맡았고, 해방 후에
는 제헌국회의원 의장직을 맡았다. 1956년 민주당 후보로 제3대 대통령에 출마하였으나, 유세 중
세상을 떠났다.
196 장면(1899~1966). 해방 후 정계에 입문, 초대 주미대사를 거쳐, 1951년 국무총리를 맡았
다. 이후 자유당에 맞서 야당 정치인으로 부통령에 당선되기도 했으며 제2공화국의 총리를 맡았다.
197 이당(以堂)은 화가 김은호(1892~1979)의 호. 구한말 최후의 어진(御眞)화가였다. 어진화
가란 왕의 초상화를 그리는 화가로, 어진화가가 된다는 것은 당대 최고의 화가임을 뜻했다. 김은호
는 일본에서 공부하고 조선미술전람회 등에서 여러 차례 입상했다.

이 인기가 더 많고 동양화는 시장에서 큰 관심을 못 받잖아. 그러나 언젠가 다시 살아날지도 모르지. 지금도 옛날 그림이 우리집에 꽤 있어.

조　그러면 아버지를 본 게 30대에요?

김　아니 보기는 항상 봤어. 항상 오셨으니까. 같이 살지는 않았지만.

조　업어주신 적도 없었어요?

김　나를? 아버지가? 손잡고 어디 데려가신 적도 없었어. 우리는 아버지가 무섭기만 했어. 아버지에 대한 이야기는 우리 둘째오빠가 많이 알아. 내가 지금 아버지에 대해 알고 있는 것도 다 그 오빠가 알려준 거니까.

조　살기는 서울에서 살았어요? 초등학교는 서울서 다니고?

김　서울에서 시작을 했지. 맨처음은 혜화동에서.

조　서울 어디 초등학교를 다녔어요?

김　나? 그때는 국민학교였지. 혜화국민학교[198] 다니다가.

조　오. 혜화면 강북 쪽에선 일류학교로 알려졌는데. .

김　음! 혜화동이랑 인사동이 내 본거지야. 그런데 우리 아버지가 한 집에서 3, 4년을 못 살아. 3년 살면 또 이사하고 또 이사하고. "지나가다가 야, 이 집 참 좋다. 남향이고 그러니까 당장 사자!" 그러고서 이사를 했다가 그러고는 하루 들어오시다가 "에이. 이 집 못 쓰것다 이사 가자!" 그러면은 또 이사를 해. 그래서 우리가 하여튼 3년에 한 번씩은 이사를 다닌 거 같아. 2년 반 3년 반. 그런 식으로.

조　그럼 혜화초등학교 들어간 담에는?

198　국민학교라는 말은 1996년 1월부터 초등학교로 바꿔 부르는 것으로 결정되었다. 그렇지만 패티김과 조영남에게는 초등학교라는 말 대신 국민학교라는 말이 더 익숙해서 자꾸 왔다갔다 했다.

김 혜화국민학교 들어가서 한 3학년까지 다닌 기억이 나. 그러다가 어머니가 이사를 하시기로 결정을 하셨어. 옛날 화신백화점이나 그 근처로 어머니가 식사를 하러 가시곤 했는데 자꾸 아버지와 부딪치셨나봐. 그게 싫으셔서 우리를 다 끌고 흑석동으로 이사를 하셨어. 그때로 치면 아주 멀리 가신 거야. 흑석동에서 우리 어머니의 오빠, 그러니까 우리 삼촌이 사과밭을 하셨거든. 그니까 아주 시골로 간 셈이지. 그때는 아주 시골이었어. 그래서 내가 수영도 한강에서 배웠잖아.

조 엄마가 아버지 만나는 걸 싫어하셨나봐요.

김 응! 그리고 나는 아니지만 우리 위에 형제들이 가끔 아버지를 길거리에서 만났었나봐. 그때는 뭐 종로가 시내 한복판이었으니까. 그게 어머니가 싫으셨나봐. 그래가지고 우리를 다 데리고 흑석동으로 가신 거지.

조 어머니하고 아버지하고 어떻게 만나셨는지 알아요?

김 선보셨대.

조 아. 간단하네요. 하긴 옛날에는 다 그랬다니까.

김 우리 외할아버지가 진짜 양반댁이래. 우리 어머니가 개성 차씨 가문인데, 외할아버지가 어떻게 아버지를 알게 되셨는지는 모르지만 그때야 그냥 선보는 거였겠지. 그런데 외할아버지가 아버지한테 좀 반하셨나봐. 참 멋쟁이셨어, 우리 아버지는. 정말 멋쟁이셨던 것 같애. 그래서 가끔 내 밑에 여동생 둘하고 '우리가 아버지를 좀더 알고 자랐으면 참 좋았을 텐데', 그런 이야기를 하곤 하지. 지금 생각하면 그게 아쉬워. 아버지를 너무 모르고, 그냥 미워만 하고 살다가, 그냥 돌아가시게 한 건 아닐까 싶어. 내가 정아 낳고, 그러면서 아, 부부라는 게 이런 거구나. 이래야 되는구나, 그런 생각이 들었거든. 현모양

처만으로는 만족하지 못한 남자들이 많잖아. 하여튼 그러면서 아버지를 이해를 하기 시작하고, 그래서 아버지하고 가끔 점심 같이 먹고 그랬어. 용돈도 좀 드리고. 내가 서른 넘어서긴 했지만. 그때는 아버지는 이미 나이가 많이 드신 때였지.

조 새엄마는 패티 누이 어머니보다 몇 살이나 어렸어요?

김 우리는 절대로 새엄마라고 안 그랬어. 첩이라고 그랬지.

조 어휴! 심했다. 첩께서는 누이 어머니보다 몇 살이나 어렸어요?

김 난 몰라, 그런 거는.

조 기억 안 나요, 궁금하지도 않았어요?

김 경상도 사투리를 썼는데.

조 만난 적은 있어요?

김 그럼.

조 어떻게?

김 음. 전쟁 때 우리가 대구로 피난을 갔는데 어머니가 나를 대구에서 먼저 서울로 보내셨어. 제대로 된 학교를 다녀야 한다고. 그때 아버지집으로 보내신 거야. 나는 감옥 가는 것 같았는데 어떻게 해. 가라면 가야지. 정말 싫었는데 몇 달 동안 아버지랑 같이 살았어. 어머니가 다시 서울로 올라오실 때까지.

조 같이 살아보니까 어땠어요?

김 뭐 어떻거나 말거나. 첩이랑 같이 사는 아버지 보는 게 죽을 맛이었지. 그때가 또 한참 사춘기였을 테니까 아버지가 얼마나 미웠겠니. 눈도 마주치기가 싫었지. 작은어머니라고 부르라는데 그 말이 어디 나와야 말이지. 부르고 싶지도 않았고. 그래서 되도록 안 불렀어. 부를 일도 안 만들고.

조   그래도 불러야 할 일이 있었을 거 아니에요.

김   그럴 때는 그냥 뭐 저기요, 그랬나. 그렇게 말끝을 흐렸지. 그러다가 어머니랑 동생들이 올라와 바로 그 집을 나왔지.

조   그냥 저도 첩이라고 칭할게요. 아버지랑 첩 사이는 보시기에 사이가 어땠어요?

김   그 여자는 그야말로 아버지 입에 혀 같더라. 아버지가 집에 들어오시면 그 순간부터 서비스가 보통이 아니야. 얼굴은 그럭저럭 생겼는데 기생이었대. 기생 중에서도 고급기생이었나봐. 아무데나 나가는 기생이 아니라. 그래도 뭐, 나는 그 여자가 무조건 밉기만 했어.

조   어머니랑 비교해보면요?

김   우리 어머니 머리나 옷이 흐트러진 걸 나는 한 번도 본 적이 없어. 언제나 머리를 단정하고 반듯하게 빗으시고는 딱 쪽 지시고 계셨지. 여름에는 모시 치마 저고리 입고, 언니들이 바르다 남은 립스틱을 입에다 살짝 바르셨지. 늘 몸가짐이 반듯하셨어. 아침에 일어나서 "어머니 안녕히 주무셨어요." 이렇게 인사를 드리면 우리 어머니는 벌써 신문 펼쳐놓고 읽고 계셨지. 나는 언제나 정갈한 그 모습이 기억이 나.

조   어머니에 비해 작은어머니[199]는요?

김   …….

조   그럼 배다른 동생은 없었어요?

김   없었다니까. 없었어. 없어.

조   너무 단호하시니까 이상해요. 하하하하.

김   내가 50주년 공연할 때 우리 8남매가 다 모였잖아. 한국에 다

---

199   조영남이 '작은어머니'라고 지칭을 하면 패티김은 불쾌하다는 듯 대꾸도 안했다.

왔어. 거의 50년 만에 다 모인 거야. 우리는 일찌감치 해외로 이민들을 갔었어. 미국으로, 영국으로, 독일로. 장남이 미국으로 이민을 갔으니까. 말 다했지.

조   어머니, 아버지랑 같이 찍은 마지막 가족사진은 언제 거예요?

김   난 가족사진이 없어. 어머니 환갑 때 사진이 마지막인가. 사진을 보면, 나는 항상 없더라구.

조   바빴어요?

김   일본으로 간 뒤에는 일본 아니면 동남아시아로 돌아다녔지. 그러고 또 미국 가서 4년 있었지. 그러고 와서 몇 년 살다가 길옥윤 씨하고 이혼하고 또 미국으로 가서 10몇 년 살았잖니. 그러니까 우리 가족들하고 가족사진을 찍을 틈이 없었던 거야.

조   패티 누이 엄마는 아버지가 살림을 따로 차리셨는데 남편을 증오하거나 그런 건 없었어요?

김   증오라기보단 배신감이 더 크셨겠지? 어릴 때는 내가 몰랐는데 우리 어머니는 우리 아버지를 끝까지 사랑하셨던 것 같아. 내가 어머니 나이 되고서 '내가 참 철이 없었구나' 생각을 했어. 내가 경제적으로 능력이 있었으니까, 그 여자[200]한테 조그마한 집 하나 사주고, '우리 아버지 좀 돌려주십시오.' 하고 아버지를 집으로 모셔왔어야 했어. 그래서 끝끝내 우리 어머니가 승리감을 느끼도록 했어야 했는데. 그런 거 있잖아. '젊을 때는 너한테 뺏겼지만 결국은 나한테 돌아왔다.' 왜, 그런 자존심! 어머니가 평생 굉장히 자존심이 상하셨을 텐데 그런 일을 못해드려 두고두고 나는 죄스러워. 그렇게 했으면 아버지가 혹

---

200   패티김이 '그 여자'라고 칭했던 분은 작은어머니를 뜻했다.

돌아오시지 않았을까? 어머니는 한번도 그런 말씀은 안하셨지만, 그걸 해드렸어야 하는데 그걸 못해드렸어. 승리감이랄까, 복수심 같은 거. 그걸 내 어머니가 느끼실 수 있도록 해드렸어야 하는데. 그걸 너무 늦게 느낀 거야, 내가. 바보같이. 절대로 나는 바보는 아닌데 그런 생각을 일찍 못한 게 안타까워.

조   그럴 만한 능력은 충분히 있었는데.

김   물론 능력은 있었지. 얼마든지 있었지.

조   누님 엄마와 그런 얘기도 못 나누시고.

김   그런 얘기 절대로 절대로 안하셨어. 한번도 안하셨는데 언젠가 느껴지더라고. 아버지를 내가 모셔왔으면 좋았을 걸 하는 게.

조   은연중에 아버지에 대한 미움을 자식들한테 우회적으로라도 표시하지는 않았어요? 누이나 다른 자식들한테?

김   전혀. 우리 어머니는 정말 대단하신 분이야. 대부분 딴살림 차린 남편들한테 그러잖아. 이놈의 영감, 저놈의 영감, 뭐 그런 말. 그런데 우리 어머니는 한번도 그러지를 않으셨어. 그렇지만 어머니가 얼마나 배신감에 힘드셨는지는 짐작이 돼. 오죽하면 종로, 저 혜화동에 살다가 가끔 아버지랑 부딪힌다고 시내에서 뚝 떨어진, 사과밭 있는 시골구석으로 우리를 다 데리고 이사를 했겠니. 그런데 옛날 생각을 하면 그 시절이 나한테는 제일 행복했던 시절이야.

조   흑석동에 살 때가 왜 제일 행복했다고 기억해요?

김   그때는 8남매가 다 한집에서 살았고, 내 기억으로는 굉장히 집이 컸어. 우리 8남매가 매일 노래를 했기 때문에 동네에서 우리집은 노래 잘하는 큰집이라고 소문이 났어. 그리고 무슨 날이 되면 오빠들이 절구에다가 뭘 넣고 절구질을 해. 한쪽에서는 빈대떡을 커다란 함지박 같은 데다 반죽을 해서 큼직한 무쇠솥뚜껑 같은 데다 계속 부쳐. 어머니가 소쿠리를 옆에 놨는데, 우리는 옆에서 쪼그리고 앉아 언제나 먹나, 그러고 있었지.

조 나중에 가본 적 있어요?

김 절대로 옛날 애인은 다시 만나지를 말고 옛날 집은 다시 찾지를 않아야 해. 나중에 내가 한 20년도 더 지난 다음에 꿈에 그 집이 자꾸 보이는 거야. 그래서 사촌오빠한테 나 그 집 한번 가보고 싶다고 해서 같이 물어물어 가봤어. 그런데 아이구, 너무너무 변했더라. 내 기억에는 그 집이 대궐같이 컸었거든. 그런데 세월이 흘러서 그 집을 찾아갔는데 그렇게 쪼그맣고 초라할 수가 없더라.

조 아, 그 집이 거기 있었어요?

김 응, 있었어. 근데 내가 그렇게 그리워하던 그 대궐 같은 집이 아니야. 나는 벌써 이렇게 컸잖아. 집은 똑같은데 내가 달라진 거지. 대문을 딱 들어서는데, 어머 이게 뭐야, 너무 초라해 보였어. 그래도 지금도 가끔 어머니 꿈을 꾸면 늘 그 흑석동 집이 나와.

조 그 집에 살 때 아무래도 추억이 많았나보죠. 어린 시절이니까.

김 어머니가 우물 앞에서 상추도 씻고, 우리 먹일 음식 만들고, 또 우리는 저녁이면은 다 모여서 어머니한테 그날 무슨 일이 있었는지 말하고. 그게 저녁마다 우리가 하는 일이었어. 저녁 먹고 나서는, 언제나 후식을 먹었어. 단 거를 같이 모여서 먹었지. 어머니가 서양식이셨어. 우리 어머니가 참 귀여우셨다. 내가 패티김이라고 이름을 붙인 뒤로는 한 번도 혜자야, 라고 부르신 적이 없어. 언제나 패티야, 그러셨지.

그렇게 후식을 먹으면서 다같이 모여 노래를 하는 거야. 8남매가 다 같이 모여 노래를 해. 그래서 그 동네에서 노래 잘하는 큰집이라고

소문이 났다니까. 그 정도로 우리집에는 음악소리가 끊이질 않았어. 오빠랑 언니들이 어디서 그렇게 구해왔는지 몰라도, 팝송 LP를 많이 가져오셨어. 그리고 우리 제일 큰오빠, 둘째언니가 성악가가 되고 싶어 해서 오페라 아리아를 무슨 유행가 부르듯이 매일 불렀어. 우리는 쫓아다니면서 따라 부르고. 클래식을 항상 들었으니까 그런 노래도 자연스럽게 불렀지.

조　그때 어렸을 때 불렀던 것 중에 기억나는 노래 제목이 있어요?

김　「라보엠」[201], 「마담 버터플라이」[202], 「라 토스카」[203], 「노르마」[204] 등등. 너무 많지.

조　모두가 유명한 오페라들이네.

김　거기에 나오는 아리아는 그냥 유행가 부르듯이 우리들이 불렀다구. 그리고 팝송 LP를 많이 들었어. 그 당시는 냇 킹 콜.

조　「모나리자」.[205]

김　「모나리자」, 「어텀 리브스」[206], 또 패티 페이지, 빙 크로스비[207], 뭐, 시나트라. 도리스 데이. 그런 사람들 등등 그래서 팝송을 내가 많이 알게 됐어. 그거를 듣고 열심히 배워서 한글로 영어 발음을 노트에다 써가지고 학교에 가서, 쉬는 시간에 내가 노래를 하는 거야. 그럼

201　「라보엠」(La Boem)은 이탈리아의 작곡가 G. 푸치니의 유명한 오페라다. 폐결핵을 앓는 여주인공 미미가 부르는 「내 이름은 미미」와 「그대의 찬손」이 특히 유명하다.

202　「마담 버터플라이」(Madam Butterfly). 우리말로는 「나비 부인」. 이탈리아의 작곡가 G. 푸치니의 오페라. 일본의 나가사키가 배경이다.

203　「라 토스카」(La Tosca). 원작은 1887년 프랑스 극작가 사르두가 배우 사라 베르나르를 위해 만든 작품이다. 1900년 푸치니가 오페라로 새롭게 각색했다.

204　「노르마」(Norma). 이탈리아의 작곡가 V. 벨리니(1801~1835)의 오페라.

205　「모나리자」(Mona Lisa)는 냇 킹 콜이 1950년에 부른 노래. 전세계적으로 엄청나게 히트를 쳤다.

애들이 쫙 둘러앉아서 듣고, 또 같이 하는 아이들도 있고. 하여튼 항상 노래에 파묻혀서 살았어.

조　오빠가 도대체 몇 분이셨어요?

김　내 위로 오빠 셋, 언니 둘.[208]

조　오빠도 노래 잘하고, 언니들도 노래 잘하고?

김　다 노래 잘했는데 그중에 특히 우리 둘째오빠하고 둘째언니하고는 정말 성악가가 되고 싶어 했을 만큼 잘했어. 그런데 아버지가 못하게 했지. 따로 사시니까 사실 그런 권한도 없는데도, 그래도 어쨌거나 우리집의 어른이시잖아. 그림을 그리고 싶다고 하면 그림쟁이는 배고프게 산다고 반대하고, 노래하는 성악가도 배고프다고 하고. 옛날에는 좀 그랬잖니. 그래서 내 위 언니오빠들은 다 못했는데 나는 워낙 고집이 셌고, 세대가 조금 달라지기도 했지.

조　그런데 전쟁 때 대구로 피난을 갔다는 건 무슨 이야기에요?

김　흑석동으로 이사를 가서 그쪽에서 초등학교를 다녔는데 5학년 때 6·25전쟁이 났어. 그때 우리 8남매가 어머니랑 함께 걸어서 수원까지 피난을 갔었다가 9·28수복[209] 때 다시 서울로 돌아왔지. 그때쯤

206　「어텀 리브스」(Autumn Leaves)는 우리에게는 「고엽」으로 더 잘 알려져 있는 노래다. 수많은 가수들이 리메이크를 했다.

207　빙 크로스비(Mona Lisa, 1903~1977)는 미국의 가수이자 배우였다. 베이스바리톤 목소리가 훌륭했다.

208　패티김의 형제들은 모두 8남매다. 위로 오빠 셋, 언니 둘이 있고 아래로 여동생 둘이 있다. 패티김과 열네 살 차이가 나는 큰오빠는 회가를 꿈꿨으나 부친의 반대로 은행원이 되었다. 둘째오빠는 오페라 아리아를 유행가처럼 부를 정도로 음악을 좋아했지만 음악을 전공하는 건 꿈도 못 꿨다. 열 살이 위인 큰언니도 결혼 전에는 은행원이었고, 일곱 살 위인 작은언니도 성악가를 하고 싶었지만 역시 아버지의 반대로 외국계 은행에 취직했다가 영국남자와 국제결혼을 했다. 바로 위로 세 살 터울의 오빠가 있고, 여동생 둘 중 가장 작고 약했던 막내동생이 지금까지도 패티김과 함께 지내고 있다. 8남매 모두 아직도 건강하게 잘살고 있다고 한다.

오빠 셋이서 모두 공군에 입대를 해. 군대에 갈 나이가 됐기도 했고, 공군에 입대하면 최전방에는 나가지 않는다고 그래서 오빠들이 다 입대들을 했어. 큰언니는 결혼을 했고, 둘째언니는 큰언니 따라 부산으로 피난을 가서 남은 건 나랑 내 여동생들이잖아. 그래서 어머니랑 나랑 내 동생들이랑 대구로 피난을 또 갔어.

조 이야. 파란만장하네. 어릴 때부터.

김 파란만장해. 대구에 연합중고등학교라는 게 있었어. 대구에 큰학교를 하나 빌려가지고 서울에서 피난을 온 학생들이 거기에 다 입학을 한 거야. 나도 거기 연합중학교를 들어갔지. 그래서 내가 나도 모르는 동창들이 많아. 하하하.

조 대구에서는 어땠어요, 지내기가?

김 어른들이야 전쟁이네 뭐네 복잡했지만 우리야 뭘 알았겠니. 그냥 놀러다니느라 바빴지. 그때는 동네에 서커스나 유랑극단이 왔어. 그런 날은 나는 무슨 일이 있어도 그걸 몰래 들어가서 봤지. 하하하. 돈이 없으니까 서커스나 유랑극단이 오면 동생들이랑 그 주위를 뱅뱅 도는 거야. 그러다가 맘씨 좋게 생긴 아주머니가 줄을 서고 있으면 동생들더러 냉큼 가서 슬며시 아주머니 치마꼬리를 잡고 서 있게 하는 거지. 그 아주머니 따라온 아이처럼 보이게. 그러면 대부분 아주머니들이 알면서도 모르는 척 그냥 데리고 들어가주셨어. 그런 담에 이제는 내가 문제잖아. 그렇게 따라들어가기에는 내가 너무 컸으니까. 그럼 뭐, 할 수 없지. 천막 개구멍으로 들어가거나 표 받는 사람이

---

209 9·28서울수복. 한국전쟁 중 북한군에게 점령되었던 수도 서울을 되찾은 날. 북한군의 공격에 밀려 낙동강 전선까지 후퇴했던 국군이 UN군과 함께 북한군을 무찌르고 석 달 만에 수도 서울을 되찾았다. 마침 그 날짜가 1950년 9월 28일이라 9·28수복이라고 한다.

한눈을 팔면 슬쩍 들어가는 거야.

그런데 어느날 우리 동네에 여성국극단[210]이 공연을 하러 왔어. 여자들로만 국극단이 만들어진 건데 너무 근사한 거야. 그래서 또 여성국극단이 동네에 오면 기를 쓰고 구경을 다녔지. 그때 여자 주인공은 항상 임춘앵[211] 씨가 맡았어. 임춘앵 씨가 낙랑공주를 하면 이소자[212] 씨가 호동왕자로 나오는 거지. 그런데 내 눈에는 임춘앵 씨보다는 남자 주인공을 했던 이소자 씨가 그렇게 멋지더라구. 그렇게 공연을 보고 와서는 여동생 둘을 앉혀 놓고 그 앞에서 호동왕자 연기를 하면서 이소자 씨 흉내도 참 많이 내고 놀았어. 하하하.

조   만나보지는 못했어요?

김   만났지. 공연을 몇 번이나 보러 가다가 어느날은 무대 뒤로 무작정 들어갔어. 이소자 씨 만나러. 생각해봐. 어린아이가 자기 찾아왔다고 하니까 얼마나 귀여웠겠니. 반갑게 맞아주시더라고. 그래서 그 다음부터는 무대 뒤로 가서 어깨도 주물러드리고 그랬어. 휴가 나온 오빠들이 부대에서 가져온 초콜릿이랑 비스킷 같은 거 몰래 가져다 선물로 드리기도 하고.

조   대구에서 언제까지 그렇게 살았어요?

김   휴전이 될 때쯤에 서울로 왔어. 고등학교에 들어갈 나이가 되니

---

210   해방 이후 남녀 배우가 다 나오던 창극은 화려한 악극의 등장으로 흥행하지 못했는데, 1949년 무렵 여성들로만 이루어진 국극단을 조직한 뒤부터는 그 인기가 악극을 추월했다고 한다. 여성국극의 여세는 한국전쟁으로 잠시 끊기는 듯했지만 그 무렵 피난지였던 대구에서 다시 공연을 시작, 재기하게 되었다.

211   임춘앵(1923~1975). 여류국악인으로 판소리의 명창이며 창극단에서 창극을 익혔다. 여성국악동호회를 조직하고 숱한 창극에서 주역을 맡았다.

212   이소자는 여성 국극이 한창 유행하던 1960년대 국극 배우로 최고 인기를 누렸다.

까 어머니가 나를 먼저 서울에 있는 아버지한테 보내신 거야. 대구에 있는 게 나는 뭐 별로 불편할 것도 없었는데 서울로 가라고 하니까 불만이 많았지. 그것도 아버지한테 가서 살아야 하니까 더 싫었고. 그래도 어른들이 가라니까 가야지. 그래서 서울로 와서는 중앙여중고를 다녔어. 이렇게 전쟁통에 여기저기 학교를 다녔지.

조　　누이는 어릴 때 누이가 스스로 노래를 좀 잘하는구나, 하는 생각이 들었수?

김　　좀 잘한다가 아니라 난 참 잘한다고 자부하고 있었지. 아, 먼 옛날 얘기야. 내가 예전 사진을 좀 찾아봤는데 내가 어디 가서 독창을 하고 있나봐. 교복 입고 단발머리에다가 학생들 쭉 있는데 노래를 하더라? 항상 어딜 가도 내가 노래를 했으니까! 국민학교 때도 노래했고. 그 사진도 있어!

조　　기억나요, 다?

김　　국악 콩쿠르에 출전해서 트로피 받은 것도 있고.

조　　아, 초등학교 때!

김　　국민학교 때 머리 이렇게 따고 한복을 입었더라고. 치마 저고리 입고 무슨 콩쿠르대회인지 아마 무슨 학예회였을 거야. 무대 위에 둘이서. 그건 분명히 소학교 때야. 그건 중학생 교복이 아니야. 그게 혹시 성남국민학교가 아니었나 싶어. 대구 피난 시절이었을지도 몰라. 그러고 둘이 아마 이중창을 불렀나보지? 무대에서 노래 하는 거 있고, 소풍 갔을 때 부른 것도 있어. 애들은 잔디에 쫙 앉았고, 나는 이렇게 서서 노래하고. 또, 창 배웠잖아. 알지, 너도?

조　　네. 몇 살 때 배웠어요?

김　　중학교 2학년에서 고등학교 1학년 고 사이에.

조　왜 배우려고 했어요?

김　너무 좋아서. 국악이 너무 좋아서.

조　아하. 그래서 국악은 어떻게 배웠어요?

김　서울에 올라와서 중앙여중고를 다녔거든. 근데 마침 중앙여중고에 일주일에 한 번, 매주 수요일마다 국악 연습을 하는 국악반이 있더라고. 그때 나는 운동에 한창 빠져가지고 농구도 해보고 배구도 해보고 그랬던 때야. 학교 복도를 지나는데 "청산이~"이러는 노랫소리가 들리는 거야. 그러니까 내 귀가 막 쫑긋해졌지. 많이 듣던 노래잖아. 그래가지고 그 반에를 들어가서 제일 뒤에 앉아 있었어. 그때는 시조를 가르치시더라고, 선생님이. 그런데 학생이 몇 안 됐어. 뒤에 앉아서 열심히 듣고 있었지. "청산리 벽계수야. 수이감을 자랑마라." 이러고 몇 소절을 가르쳐주시고는 누구 할 사람 있느냐고 그래. 근데 아무도 손을 안 들어. 그래서 내가 손을 들었지. 나는 그 반 학생도 아닌데. 그래서 "저 뒤에 있는 학생이라도 해봐라." 그래서 일어나서 했어. 집에서도 항상 노래를 했고, 초등학교 때도 중학교 때도 늘 반에서 뽑혀 노래를 했으니까 수줍은 줄도 모르고 그냥 했어. 했더니 선생님은 아무래도 듣는 귀가 있을 거 아니야. 처음 보는 아이니까 누구냐고 물었지. 그래서 "저는 운동만 했는데, 이 국악을 너무 좋아했었는데 국악소리가 나서 들어온 겁니다." 그랬더니 그다음부터 가르쳐주시더라고. 그러더니 국립국악원으로 나오래. 근데 나는 돈이 없는 거야. 그래서 선생님한테 그랬지. "저는 돈이 없어요." 그랬더니 걱정 말라고, 너는 소질이 있다고 그러시는 거야. 그래가지고, 지금 비원 앞에 국악국립학원이 있었어. 거기서 무료로 나를 가르쳐주셨어. 6개월쯤 지나서 「심청가」를 완창했어. 그러고는 언제였더라. 배운 지 1년은 안 된 것 같애. 마침 봄이었을 거야. 어디 콩쿠르대회에 날 내보내셨는데, 거기서 내가 1등을 했지.

조　오. 무슨 콩쿠르대회였는데요?

김　그게 덕성중고등대학이었던가, 뭐 그런 학교 콩쿠르대회가 1년에 한 번씩 있었는데 거기에 나를 내보냈어. 거기서 내가 창 부분에서 1등을 했어. 그래서 트로피도 받았지. 이것이 중학교 3학년에서 고등 1학년 그 사이야. 시장상을 받았어. 그런데 상장은 하나도 없지 뭐, 그런데 사진은 남았더라. 촌스러운데 그걸 들고 사진을 찍었어. 그래서 선생님이 나를 돈도 안 받고 계속 가르쳐주셨어.

그런데 참 신기하지. 그것이 내가 가수가 된 이후에 내 노래의 기본을 딱 잡아준 거야. 나는 너같이 음악대학을 간 것도 아니잖아. 음악을 전공한 사람도 아니잖아. 그런데 한 1년 반을 남산에 올라가서 소리소리 지르고, 목청 트이게 한다고 정말 열심히 했지. 국악은 참 어려워. 그런데 내가 뭘 하나 하겠다고 마음을 먹으면 끝까지 해야 한다는 게 어릴 때부터 있었어. 흑석동에 살면서는 오빠들이 헤엄을 가르쳐줬는데 오빠들한테 지기가 싫어서 열두세 살 때 한강을 헤엄쳐서 건넜어. 그때 한강은 지금보다 훨씬 넓었지. 하루에 내 기록이 왕복 몇 번이다, 매일 그걸 정해놓고 헤엄을 쳤지. 아무튼 창도 그때는 정말 열심히 했어. 그런데 이게 나중에 정말 도움이 되더라고. 「틸」, 「파드레」, 「썸머타임」을 부르는데 고음에서 국악 창법이 나오는 거야. 그래서 미국에서 호평을 받았지. 자기네 노래를 부르는데, 굉장히 동양적이거든. 지금은 많이 없어졌지만 옛날에는 고음으로 올라가면 그 소리가 나왔어. 그러니까 그 어린 시절에, 소녀시절에 배워놨던 국악이 내가 가수가 되고, 나한테 얼마나 큰 도움을 줬는지 몰라. 발성연습은 완전히 다 해놓은 거지. 창이 얼마나 높으니. 그러니까 나는 성악 공부를 따로 안했는데도 완전히 목청이 탁! 터졌어. 그러니까 나는 하이 D까지 올라갔잖아. C는 아무것도 아니고.

조   일본의 미소라 히바리도 일본식 창을 배우지 않았어요?

김   미소라 히바리? 글쎄, 그건 모르겠네. 그 여자는 8, 9살 때부터 노래를 시작했잖아.

조   히바리와 누님의 나이 차이는 몇 살이나 나요?

김   히바리가 1937년생이니까 나보다 한 살 많지. 히바리는 타고난 소질을 가진 가수였어. 못하는 게 없었잖아. 미군부대 다니면서 서양 노래를 부르기 시작했어. 그런 거를 테이프를 다 가지고 있더라고. 그러면서 그 당시 유행했던 팝송을 다 부르고, 그러면서 영화도 많이 했지, 연극도 많이 했지. 다양한 장르를 커버했던, 굉장히 소질 있는 여자야.

조   그래서 국악을 얼마나 배우러 다녔는데요?

김   음. 그러니까 1년은 넘었던 것 같다. 한 거의 1년 반 했는데, 집에서 하도 오빠가 걱정을 하셔가지고. 큰오빠가 우리집에서 제일 어른이셨잖아. 맨 처음에는 귀엽게 보셨어. 어린 여자애가 창을 너무 잘하니까. 근데 어느날 그러시더라고. 너 창이나 소리 잘해가지고 기생밖에 될 거 없다고. 하긴 그랬지. 지금은 국악 잘하고, 창 잘하면 문화재도 되지만 그때는 그게 아니었으니까. 그래서 그것도 말리셔서 계속 못했어. 상 받고 나서는 그 즉시 중단했어. 그때는 나도 내 일생을 국악 쪽 노래만 하고 산다는 생각은 없었어. 어머니는 항상 내 편이셨는데, 큰오빠가 하도 반대하시고 나는 금방 거기에 순종해서 따랐어. 그때는 그런 거 하면 기생집에 나가 불려다니는 것말고는 다른 생각은 못했지.

조　음, 그렇긴 하죠.

김　어디까지나 내 어린 마음에 흥미, 관심으로 시작을 했는데, 그렇게 하길 잘했지. 그래서 국악은 그만뒀지.

조　누이의 부모님한테 물려받은 게 있다면 뭐가 있어요? 저 같은 경우는 아버지가 저한테 늘 놀멘놀멘 하라고 하셨어요. 저는 그게 지금도 머리에 남아 있어요. 평생 그래요. 그래서 제가 첫 번째 쓴 책 제목도 '놀멘놀멘'이었어요. 하하하.

김　그 책, 재밌었어.

조　누이는 그런 게 뭐가 있어요?

김　나는 어머니, 아버지 양쪽에서 많은 걸 받았지. 우리 어머니는 사시면서 입버릇처럼 하시던 말씀이 있어. 여자는 정숙해야 한다는 거랑 솔직해야 한다는 거, 그리고 하는 일을 열심히 해야 한다고 하셨지.

　어머니를 떠올리면 머리 단정히 빗어서 쪽 짓고, 모시 저고리 치마 입고 마루에 앉아서 신문 보시는 그 모습이 떠올라. 머릿속에 선명하게 박혀 있지. 우리 어머니의 흐트러진 모습을 본 기억이 거의 없어. 돌아가시기 전 모습은 별로 기억하고 싶지 않아.[213] 그런데 지금 생각하면 우리 어머니에게도 뭔지는 모르지만 이루고 싶은 꿈이 있었던 거 같아. 우리 어머니가 나 노래 시작할 때 큰 후원자셨다고 했잖아. 숙명여전을 나오시고, 뭔가 좀 하고 싶으셨나봐. 그런데 결혼을 했단 말야. 그때는 다 그랬으니까. 그러니깐 내가 그렇게 가수한다고 그랬을 때 도와주셨던 거 같애. 그때 우리 가족 중에서 반대 안한 사람은

213　패티김의 어머니는 1966년 경동맥 파열로 수술을 받으신 뒤 1979년 돌아가셨다. 외국에 살고 있어 어머니의 마지막을 지켜보지 못한 것에 대해 패티김은 무척 마음 아파했다.

어머니뿐이었어. 누가 나 뭐라고 하면 옹호해주시고, 도와주셨지. 섬세하고 인내심 있는 분이었어.

조　아버지는요.

김　나더러 카리스마 있다는 말 많이 하잖아. 그거는 우리 아버지한테 물려받은 걸 거야. 우리 아버지는 정말 카리스마가 있으셨거든. 사진 보면 알 거야. 멋쟁이고 그러면서도 자존심 강하고, 도도하셨어. 우리 어머니가 항상 그러셨어. 아버지를 제일 미워하는 딸이 어떻게 그렇게 아버지 성격을 꼭 닮았느냐고. 아버지는 불같은 성격이었고, 개성이 뚜렷했어. 하여튼 요즘 흔히 쓰는 카리스마라는 게 우리 아버지한테는 넘쳐흘렀어. 그렇게 멋쟁이일 수가 없었고. 하여튼 나는 그 DNA를 굉장히 많이 닮고 나왔는데 그런 강한 성격을 닮았대.

그래서 내 안에는 어머니와 아버지가 같이 있어. 우리 자매들이 다 좀 비슷한데 이런 성격을 제일 많이 물려받은 게 나 같아.

조　좋은 점만 물려받은 거 같아요?

김　그렇지, 다 좋은 점이라고 할 수 있지. 나는 그래서 약간 이중성격인 것도 같아. 나는 기다릴 때는 한 시간도 넘게 아무렇지도 않게 기다려. 그런 건 어머니 성격이지. 그런데 갑자기 이게 아니다, 싶으면 1분도 더 못 있어. 벌떡 일어나서 나와버리지. 그럴 때는 영락없이 아버지 성격이야. 하하하.

조　이야.

김　그렇게 나는 아주 블랙앤화이트야. 그래서 아버지 성격도 너무 강한 성격, 어머니는 큰소리 안 내시고, 인내심이 많았는데도 그러면서 강한 성격이셨지. 그래서 나는 어머니, 아버지 좋은 점, 나쁜 점 그냥 다 물려받았어. 두 분의 유전자를. 하하하.

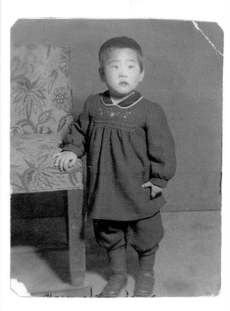

패티김의 학창 시절

1 　어머니 환갑 기념사진. 아쉽게도 패티김은 이 자리에 없었다.
2 　50주년 기념공연 당시 48년 만에 처음으로 함께 모인 8남매

패티, 제발 릴렉스

조   누이 머리색 때문에 말들 많지 않아요? 보통들 흰머리 나면 염색들 하잖아요.[214]

김   얘, 흰머리가 뭐니. 같은 말이라도 은발이라고 해야지.

조   흰머리를 흰머리라고 하지, 은발이 멋지긴 하네요. 은발. 하하하.

김   내 머리는 참 이상하다. 얼핏 보기에는 완전히 은빛이잖니. 완전히 은빛이었어. 그런데 얼마전부터 끝에 노란색이 돈다. 일부러 하이라이트 효과를 준 거처럼. 그러고는 속에서는 검은머리가 나기 시작하더라. 참 신기해, 신기해.

    사람들은 내가 염색한 줄 알아. 내가 처음 머리를 잘랐을 때 소문이 어떻게 난 줄 아니. 까만머리를 저렇게 은발로 하려면 한 번 염색해선 안 된다, 세 번은 해야 된다. 근데 한 번에 80만 원씩이라더라. 그래서

---

214   언젠가부터 패티김의 머리는 은발이 되었다. 하얀 머리가 패티김의 상징이 된 것도 같다.

저 머리가 240만 원짜리다, 뭐 그렇게 소문이 났어. 이건 다 내 원래 머린데도.

조   그런 소문은 다 어떻게 들어요?

김   아는 사람들이 얘기를 해줘. 5, 60대, 70대 여자분들은 아직까지도 패티김 이야기를 많이 하나봐. 내가 성형수술을 몇 번을 했다, 뭐를 했다, 그런데. 나 아는 사람들이 그 이야기 듣고 있다가 그런 거 아니라고, 패티는 그런 거 안한다고 그러면 에이, 아무것도 안하고 어떻게 저 나이에 저렇게 젊게 사냐, 그런데. 나보다 나를 더 잘 아는 사람들 참 많아.

조   누이가 아직 멋있어 보이니까 그런 거예요.

김   나는 꾸준히 관리를 하잖니. 아직도 나는 매일 틈만 나면 걷고, 수영하고 그래. 그것뿐이니? 먹고 싶은 것도 잘 안 먹어. 살찔까봐. 배불리 먹어본 적이 언제인지 까마득해.[215] 요가도 빼놓을 수 없지. 나는 매일매일 요가를 해. 그게 그렇게 좋더라.

조   어떻게 그렇게 평생을 관리하면서 살아요? 그게 가능은 해요? 답답하지 않아요? 노래 말고도 재미 있는 게 많잖아요.

김   그러게 말이다. 나는 내가 알아야 할 것만 쳐다보고 살았어. 앞만 보고 달린 거지. 옆도 뒤도 안 봐. 그냥 앞만 보고 사는 거야. 일생을 그렇게 살았어. 그래서 내 동생이 맨날 그래. 언니, 조금만 릴렉스하라고. 조금만 조금만 릴렉스! 그래도 그게 그렇게 안 되더라. 내 동

---

215   패티김의 특별한 버릇을 이번에 알았다. 김밥을 먹으면 한 줄이 몇 개인지, 만두를 먹으면 또 한 상자에 몇 개가 들었는지를 세면서 먹는 버릇이 있다. 그리고 중간중간 본인이 몇 개를 먹었는지, 상대방은 몇 개를 먹었는지, 그래서 지금 몇 개가 남았는지를 매번 확인을 시켜준다. 배가 불러서 그만 먹는 게 아니라 먹은 개수를 세서 많이 먹은 것 같으면 즉시 젓가락을 내려놓는다.

생이 맨날 잔소리를 하길래 내가 그랬지. "애! 내 인생의 4분의 3을 패티로 살았는데 그게 어떻게 하루아침에 무너지니." 그러면서도 또 그래. "어떡하면 좋으냐. 앞으로도 이렇게 살 텐데." 내가 나를 봐도 나는 너무 계획적이고 너무 피곤한 스타일이야.

조　누이도 알고는 계시는군요.

김　왜 모르겠니. 우리 동네 세탁소 아저씨가 세탁물 가져다준다고 연락이 오잖아. 그러면 몇십 년째 보던 아저씨지만 나는 머리 단정하게 빗고 립스틱이라도 발라. 그러고 문을 열어줘. 내가 그 아저씨한테 잘 보이고 싶어서 그러는 거겠니. 내가 흐트러진 모습을 누구한테도 보여주고 싶지 않은 거지.[216] 지금까지 살면서 내 남편들한테도 그랬고, 애들한테도 그랬어.

조　재밌네! 재밌어요.

김　그게 재밌니? 그러고 사는 나는 얼마나 피곤하겠니. 혼자 있을 때도 긴장을 못 풀어. 나 스스로를 굉장히 긴장을 시켜. 정말 피곤한 일이야. 그러니 주위 사람은 얼마나 피곤하겠니. 그래서 언젠가부터는 여유를 가지려고 노력을 하고 있어. 노력을 정말 많이 했지. 그래서 조금은 나아졌어. 그래도 아직 타고난 성격을 바꾸지는 못하지. 세살 버릇 여든 간다 그러잖니. 아마 완전히 버리지는 못할 거야. 완전히 버리는 걸 원하지도 않고. 그게 나만의 개성인데 그걸 버리면 안되는 거 아니니. 나쁜 점일 수도 있고, 좋은 점일 수도 있지만 그건 그

216　조영남 집에서 조영남과 이야기를 나누기 위해 올 때도 패티김은 언제나 완벽하게 차려 입고 나타났다. 옷차림이 화려하지는 않지만 그날의 날씨와 분위기에 맞춰 편안하지만 세련되고, 수수하지만 세심하게 신경을 쓴 차림이었다. 이야기를 마치고 어디 가느냐고 물으면 "너를 만나러 오는 거잖니." 하고 대답했다.

대로 내 개성인 거지.

조   그건 맞는 말이에요. 부드러운 패티김은 안 어울려. 하하하.

김   그래도 너는 그렇게 말하면 안 되는 거 아니니? 누이, 예전보다
는 많이 부드러워졌어요. 이래야 하는 거 아니니? 노력을 하고 있다
잖니. 내가 나를 봐도 너무 각이 지고 모가 나서 조금은 둥글둥글해지
고는 싶었어. 아주 동그란 거는 아니어도 아주 뾰족한 것만이라도 부
드럽게 만들고 싶은 마음은 있었지.

조   누이도 릴렉스하게 살고 싶다는 마음이 들기는 하는군요?

김   당연히 그렇게 살고 싶지. 나도 조금만 느슨하게 살 수 있으면
좋겠어. 피곤하면 이건 내일 하자, 이래도 되는데 그렇게 맘을 못 먹
어. 못해! 다시 불 켜고 일어나서 해놔야 해. 그러니까 어떻게 할 수도
없어. 나 자신을 너무 피곤하게 만들어. 나도 영남이 너처럼 그렇게
느슨하게 살 수 있으면 좋겠다. 그런데 잘 안 돼. 노력을 열심히 하고
는 있지만 오늘날까지도 완전히 바뀌지는 않아. 그래도 예전보다는
많이 달라진 거야.

조   그래서 성공을 한 거 같아요?

김   예전에 비해서 50프로는 성공한 거 같아. 내 여동생이 들으면
30프로쯤이라고 하겠지만. 하여튼 성공은 했어. 나는 또 뭘 해야겠다
고 마음을 먹으면 해내야 하는 건 줄 알고 죽을 노력을 하잖니. 지난
10년 동안 노력 많이 했어. 그래서 오늘의 이 모습이야.

조   그런 마음을 먹게 된 계기가 있어요?

김   응! 나중에 이야기하겠지만 내가 50살 무렵에 사람들을 참 많이
찾아다닌 일이 있었어. 스님, 신부, 수녀 할 것 없이 찾아다녔지. 마음
이 너무 괴로울 때였거든. 다들 두 번씩은 가서 만났을 거야. 그런데

어떤 스님을 찾아간 적이 있어. 가까이 지내는, 독실한 불자 언니가 소개해서 저 전라도 어딘가 골짜기골짜기 길도 없는 산을 한 시간 정도 걸어서 올라갔는데 산중턱에 다 쓰러질 것 같은 양철지붕에 쪽마루가 있는 아주 초라한 암자가 있더라. 거길 찾아갔었지. 어휴! 그 스님 이름도 잊었다. 너무 죄송하네. 여튼 그분이 나더러 그러시는 거야. 불교에서 여자들을 뭐라고 하더라?

조 보살.[217]

김 응! 보살. 요새 이렇게 단어가 안 떠오른다. 여튼 패티김 보살님은 별 중에도 너무너무 밝은 별인데 너무 높이 떠 있다는 거야. 내가 너무 높게 떠 있어서 늘 고독하고 외롭고 차다는 거야. 사람들이 우러러 보기는 하지만 손길이 닿지 않으니까, 혼자 있으니까 고독할 거다, 외로울 거다. 그러시대. 그러니 이제는 좀 여유를 갖고 조금은 부드러워지라고 그러시더라구. 그게 계기였어.

조 오, 그런 계기가 있었구나.

김 그분이 이제는 좀 겸손해도 좋다고, 내 옆에 누구도 쉽게 못 가니까 이제는 조금 고개를 숙여라 그런 뜻이지. 스님은 어렵게 말씀을 하시는데 옆에 계신 분이 중간에 쉬운 말로 설명을 해주셨어. 하하하. 노스님이셨는데 내 얼굴 쳐다보시지도 않아. 그런데 내 노래 「초우」는 아신대.

조 남자스님?

김 응, 남자. 노스님이셨지. 그런데 절에 가면, 여자들한테는 무조

---

217 보살(菩薩, Bodhisattva). 원래는 산스크리트어인 보디사트바를 한자로 표현한 보리살타(菩提薩陀)의 준말. 일반적으로는 여자 신도를 높여 이르는 말로 쓰이고 있다.

건 보살이라고 하잖아. 근데 나더러 패티김 보살님, 그러는데 말이 우습지 않니?

조   패티 보살님이라. 하하하.

김   그게 나한테는 터닝 포인트였어. 생각해보니까 맞는 말이더라. 내가 그동안 도도할 만큼 도도했고, 거만떨 만큼 떨고 살았잖아. 나를 누가 무시하고 함부로 하겠니. 이제는 좀 겸손해져도 되는 거고, 부드러워져도 된다는 생각이 들더라. 그래! 겸손해지자! 좀더 내가 부드러워지자! 마음을 먹고 내가 거울을 보면서 열심히 연습을 했지. 인사하는 거부터 손 올리는 것까지.

그 스님 옆에 계시던 어떤 보살님은 패티김 보살님은 개성이 있어 보여 좋은데 이제는 부드럽게 원을 그리세요, 이런 말도 하시더라. 나는 노래하면서 항상 롱드레스 입잖아? 그렇게 드레스를 입고 무대를 나갈 때 나는 항상 치마 끝자락을 발끝으로 탁, 탁 치고 나갔어. 밟힐까봐도 그랬지만 그래야 멋이 있다고 생각했거든. 손으로 살짝 들고 나가면 여성스러워 보이잖아. 그게 난 싫었어. 그러고 노래를 하다가 손을 올릴 때도 부드럽고 여유 있게 올릴 수도 있잖아. 그런데 나는 탁, 탁 치는 기분으로 세게 올리지. 굉장히 강하게 보이거든. 그런 모든 것들이 보는 사람들에게 패티김을 강한 인상으로 기억하게 만들어왔어. 그런데 그 보살님이 그러는 거야. 이제는 그런 습관들을 조금 부드럽게 바꿔보라고. 그래서 이제 내가 좀 부드러워져야겠다, 그럴 필요가 있겠다 싶었어.

조   그래서 그때부터 노력을 하신 거예요?

김   그때가 내가 50쯤 됐을 거야. 거의 10년 걸리더라. 내가 겸손하고, 조금은 부드럽게 미소도 짓고 정중하게 행동하는 게 몸에 배기 시작한 게 60살 다 됐을 때인 거 같아. 말도 가급적 상냥하게 하고, 태도도 부드럽게 하고. 원을 그리듯이. 하하하.

내가 예전에는 어느 정도였냐면 팬들이 공연 끝나고 와서 반갑다고 악수하려고 하잖아. 그러면 내 손 만지는 게 싫어서 뒤로 빼고 그랬어. 어떻게든 악수를 안하려고 했고, 어쩌다 하게 되면 금방 가서 손 씻고 그랬지. 무대 아닌 곳에서 사람들이 나 만나면 인사를 하잖니. 그러면 나는 눈도 제대로 안 마주치고 아주 건성으로 안녕하세요, 하고 스쳐 지나갔어.

조　　눈길도 안 주고, 고개도 안 숙이고.

김　　고개는 거의 안 숙였지. 숙여도 거의 숙일 듯 말 듯. 내가 고개까지 숙여야 하나, 그랬거든. 얼마나 건방져 보였겠니. 근데 그렇게 마음먹은 이후로 인사하는 것도 다 거울 보면서 연습했어. 누가 인사를 해오면 아, 안녕하세요, 부드럽게 상냥하게 웃으면서 대답하자, 연습했지. 너무 호들갑스럽게 인사하는 것도 그렇지만 고개만 까닥, 하고 가는 것도 보기에 안 좋잖아. 그걸 그제야 안 거야. 처음에는 너무 어색하더라. 그런데도 꾸준히 했어. 그랬더니 5년쯤 지나니까 인사는 편하게 되더군. 그래서 일흔 넘은 지금은 이제 내가 이렇게 부드러운 여인이 되었지.

조　　그러니까 편해집디까?

김　　응, 편해! 내 마음이 정말 편해! 그래서 요새는 가끔 콜라도 마셔. 옛날에는 전혀 입에도 안 댔어. 너는 참, 콜라 좋아하지?

조　　네. 저는 콜라 좋아해요.[218] 누이는 그 맛있는 걸 왜 안 먹어요?

김　　내가 콜라, 사이다 이런 걸 왜 안 마시느냐. 이유가 있지. 우선 너무 단 거를 많이 넣으니까 살이 찌잖아. 그래서 안 마시기 시작했지. 그다음에는 버블! 가스 때문이야. '가스' 그러면 다른 걸로 생각하는데, 내가 말하는 건 진짜 가스야. 콜라를 마시면 트림이 자꾸 나잖아? 그것 땜에 안 마시기 시작했어. 나는 아이들한테도 콜라를 못 먹게 해. 우리 애들은 지금까지도 콜라를 잘 안 마셔. 하긴 먹고 싶었어도 집에 아예 없었으니까 못 마셨지.

나는 밥도 많이 안 먹고 단 건 입에도 잘 안 대. 같이 사는 동생은 단 걸 무척 좋아해. 밤 아홉 시쯤 되면 옆에 와서 그런다. "언니, 초콜릿 하나 먹을래?" 그럼 내가 그러지. 안 먹는다고. 그럼 동생이 조금 있다가 또 옆에 와서 앉아 언니, 하고 부르면 내가 얼굴을 돌리잖아. 그럼 그 순간에 내 입에다가 초콜릿을 쏙 넣어. 그럼 나도 모르게 이런 말이 나와. "어머, 애네들 초콜릿은 왜 이렇게 맛있는 거니."

조　하하하.

김　맛있는데 못 먹는 거야. 안 먹는 거지. 그런 음식이 너무 많아. 그러니까 내가 생각해도 패티김이 불쌍하다니까. 하고 싶은 거도 많은데 못하는 것도 많아. 먹고 싶은 것도 못 먹고.

조　하기는 그렇게 관리를 하니까 지금의 패티김이 있는 거예요. 우리 같은 연예인들이 자기 관리 못해서 망가지는 건 순식간이잖아요. 얼마나 다른 유혹들이 많아요.

김　먹고 싶은 거 다 먹고, 놀고 싶은 거 다 놀면 금방 망가지지. 몸은 그걸 금방 알잖니. 꾸준히, 끊임없이 관리를 해야 안 망가져.

조　다들 그걸 못해서 병 걸리고, 젊어서 죽고 그러잖아요. 재주 많은 사람들이 참 안타까워요.

218　조영남은 밥을 먹을 때 언제나 콜라에 얼음을 가득 채워 마신다.

김　외국가수들은 또 그렇게들 마약을 하잖니. 나는 휘트니 휴스턴[219]을 정말 좋아하거든. 지금도 참 좋아하는데.

조　누이는 마이클 잭슨[220]도 좋아하셨잖아요.

김　아유. 마이클 잭슨 죽었단 얘기 듣고, 아마 내가 일주일은 울었을 거야.

조　일주일이나!

김　넌 안 슬프디?

조　전 그냥 아! 노래 잘하는 가수가 또 요절했구나, 뭐 그 정도였죠.

김　나는 그 사람 노래를 계속 들으면서 우는 거야. 아주 오래전부터 마이클 잭슨을 너무 좋아했는데, 그렇게 갑자기 죽으니까 마음이 너무 아프더라. 너무 슬프더라구. 그러고 나서 얼마 안 있다가 LA갈 일이 있어서 갔는데 내가 우리 둘째 카밀라더러 "카밀라, 엄마가 마이클 잭슨 묘지에 가고 싶어. 장미 한송이 들고 꼭 찾아가고 싶은데 어딘지 아니?" 그랬다. 그랬더니 얘가 하는 말이 "엄마, 엄마가 마이클 좋아하는 건 아는데 마이클 묘지는 근처에도 가기가 힘들어요."이러는 거야. 경호하는 사람들이 많아서 묘지에는 가까이 가지도 못한대. 얼마나 아쉬웠는지 몰라.

조　휘트니 휴스턴은 아직 살아 있잖아요.[221]

219　휘트니 엘리자베스 휴스턴(Whitney Elizabeth Houston, 1963~2012). 1992년 영화 「보디가드」를 통해 배우로도 활동했다. 이 영화의 오리지널 사운드 트랙 중 한 곡인 「I Will Always Love You」는 여자가수 역사상 가장 많이 팔린 싱글로 남았다. 2012년 2월 마약중독으로 인한 익사로 세상을 떠나 패티김을 충격에 빠뜨렸다.

220　마이클 잭슨(Michael Jackson, 1958~2009). 어린 시절부터 노래면 노래, 춤이면 춤, 어느 누구도 흉내낼 수 없을 만큼 탁월한 재능을 발휘했다. 다섯 살 때부터 무대에 선 그는 살아서는 스타였고, 죽어서는 전설이 되었다. 그가 세상을 떠난 뒤로 자살이냐 타살이냐의 문제로 법정이 떠들썩하다 결국 타살로 판명이 되어 또 한차례 세상이 들썩거렸다.

김　살아 있긴 하지. 휘트니 휴스턴이 얼마나 노래를 잘하고 얼마나 이쁘고 얼마나 옷도 잘 입고 얼마나 멋있었니.

조　카리스마도 넘치죠.

김　그러더니 이 여자가 보비 브라운인지 뭔지를 만나서 마약에 홀랑 빠졌잖아. 15년을 마약에 푹 빠져서 살았지. 너 오프라 윈프리[222] 알지?

조　알죠.

김　두 시간을 휘트니하고 오프라하고 둘이 이야기를 나누는 프로그램이 있었어. 특집으로! 청중들도 없이 그냥 일대일로 앉아서 인터뷰를 하더라. 거기서 나온 얘긴데 휘트니가 세상을 들썩거리게 할 만큼 인기절정이었을 때 마약에 빠져 한 일주일씩 침대에서 안 나오고 마약에 찌들어서 살았대. 그때 휘트니가 얼마나 대단했니. 그런데 그때 무대 뒤에서는 마약을 하고, 기분이 업됐다가 조금 가라앉으면 또 마약을 하고. 계속 그러고 살았나봐. 거기서 오프라가 물었어. "but, you were top of the world, did't you miss singing?" 너는 이 세상의 톱가수 아니었니, 노래하는 게 그립지도 않니? 이렇게 물은 거잖아. 그러니까 휘트니가 단호하게 "No." 이러는 거야. 얼마나 무서운 일이니. 그러니까 마약이라는 게 그렇게 무서운 거야. 그렇게 유명하고, 무대에만 서면 세상이 다 자기 거 같을 땐데 마약을 했을 때는 노

221　패티김과 이 이야기를 나눌 때까지만 해도 휘트니 휴스턴이 그렇게 허망하게 세상을 떠날 줄은 꿈에도 몰랐다.

222　오프라 윈프리(Oprah Winfrey, 1954~). 미국의 여성 방송인. 그녀의 이름을 건 '오프라 윈프리쇼'는 1986년부터 시작한 이래 2011년 5월 방송을 마칠 때까지 오랜 세월 동안 낮 시간대 TV토크쇼 1위를 고수했다. 「타임」지에서 20세기 영향력 있는 인물 100명 중 하나로 선정하기도 하는 등 미국 연예계에서 강력한 브랜드 가치를 가지고 있는 사람으로 꼽힌다. 브랜드 가치만이 아니라 연예인 가운데 최고의 재산을 가진 억만장자로도 꼽히고 있다.

래도 생각이 안 났다잖아. 그냥 "No, No!"이래. 마약만 생각했대. 그러더니 결국 이혼을 했잖아.

그리고 몇 년 전에 컴백쇼를 했잖니. 처음 공연한 곳이 마침 바로 우리나라 서울이었어. 휘트니가 온다는 소리를 듣자마자 바로 티켓을 샀지. 제일 앞자리로. 제일 앞에서 휘트니를 보고 싶었거든. 그때 내 동생 정미도 같이 있었어.

조　십몇 년 만이었죠, 노랠 다시 한 게.

김　16년 만이었을 거야. 그런데 내심 나는 기대를 안했어. 반반이었지. 서른한 살에 그만두고 마흔여섯인가에 다시 노래를 하는데 그게 쉽겠어? 그래도 기본이 있으니까 어느 정도는 하겠지, 그러면서 나는 노래보다는 휘트니를 보고 싶으니까 갔지. 제일 앞에서 고개를 들고 무대를 바라봤어. 진심으로 응원을 했어, 진짜. 팬이니까. 그런데 참, 이 여자가 운도 없는 거야. 서울이 그때 너무 추웠어. 그래서 오자마자 감기에 든 거야. 노래를 하면서도 계속 기침을 해. 돌아서서 목에다 스프레이 뿌리고 또 노래하고. 높은 음은 아예 소리를 내지도 못해. 그러니 같은 가수 입장에 내가 어땠겠니. 가슴이 막 조이는 거야. 지금 저 심정이 어떨까. 의상도 별로야. 그냥 바지에다가 코트 입고 나와서. 그래도 나는 노래만 끝나면 손바닥이 부서져라 박수를 치고, 손가락으로 하트 표시 만들어서 흔들고 그랬지. 그러면서도 저래 가지고 다음 공연을 제대로 할 수 있을까, 싶더라. 16년 만에 시작한 투어였는데 한국 다음이 일본이고 그다음이 호주였어. 아니나 다를까. 결국 호주 쇼부터는 다 취소를 했어.

조　저도 구경 갔었어요.

김　감기가 들었거나 말았거나 관객은 그런 거에 동정을 안해. 가수는 무조건 무대 위에서는 노래를 잘해야 하잖아. 서울이 첫무대인데 여기서 저렇게 못하면 다음 공연을 제대로 할 수나 있을까. 굉장히 걱정을 했는데 역시나였지. 호주에서 티켓 환불해달라고 난리 나고 그런 식으로 안 좋은 소식이 자꾸 들리니까 호주 공연 취소됐고, 그러고는 줄줄이 다 취소가 된 거야. 그러니 이 여자가 얼마나 자존심이 상하고 좌절을 했겠니. 그러니까 또 내가 걱정이 되는 거야. 저러다 또 마약하겠다 싶어서. 그러더니 또 마약을 한다고 하더라구. 클리닉 들어가 있다는 소식까지 들었어.

미국 가서 카밀라한테 마이클 잭슨 묘 가고 싶다 그랬는데 못 간다 그랬다고 그랬잖아. 그래서 내가 또 물었지. 카밀라한테. "그럼, 휘트니 요양원이 어딘지 알아봐줄래? 거기는 가보고 싶어." 그랬더니 카밀라가 또 그러는 거야. "지금 휘트니가 별장에 가 있는 것도 아니고 치료하려고 가 있는 건데 잘 모르는 사람이 팬이라고 찾아오면 만나 줄 거 같아요?" 그러는 거야. 카밀라 말이 맞지. 그래도 내가 오죽하면 그러고 싶었겠니. 내가 하도 낙심을 하니까 우리 카밀라가 그러더라. 엄마는 참 순진하다고.

나는 지금도 마이클 잭슨, 휘트니 휴스턴, 조지 마이클[223], 스팅[224] 이런 가수들 참 좋아해. 좋아하다 못해 사랑하고 존경해. 그런데 휘트니 휴스턴은 어쩌면 그렇게 망가지니. 참 아깝지?

223 조지 마이클(George Michael, 1963~). 영국의 싱어송라이터. 1987년 솔로로 데뷔한 앨범 「Faith」는 전세계적으로 2천만 장이 판매됐다. 2011년 현재 1억 1천만 장의 음반 판매고를 기록하고 있다.
224 스팅(Sting, 1951~). 영국 태생. 세계적인 팝스타. 리드 싱어이자 베이스 주자로 활동하다 1982년 솔로로 독립. 25년 동안 꾸준한 인기를 얻고 있다. 작가, 영화배우, 사회운동가 등 다방면으로 활동하면서 싱어송라이터이자 베이스 연주자로 1억 장이 넘는 음반을 판매했다.

조   자기 관리가 정말 어려운 일인가봐요.

김   그렇게 관리들을 못하니. 그래서 그게 난 참 미워.

조   마이클 잭슨도 관리를 못한 셈이죠.

김   응. 어휴. 왜 그런 좋은 재주들을 타고나서 그걸 관리들을 못해가지고 그렇게들 사니. 자기 인생이잖아.

조   사는 게 그렇게 어려운 거예요.

김   하기는 아무리 화려해 보여도, 사람들이 상상 못하는 그런 부분들이 있는 거지. 약하고, 아프고. 그런 부분들은 다 있어. 그게 삶이지. 그렇지 않니. 그걸 이제야 알 거 같애.

그녀에게도 핸디캡이?

조 누구나 핸디캡 하나씩은 있는 법이죠. 나는 얼굴, 특히 납작한 코. 패티 누님은 핸디캡 없어요?

김 있지. 눈. 내가 얘기했던가? 한쪽 눈을 망막 수술해서 거의 난 한쪽으로만 봐. 글 같은 거는 아주 크게 해서 봐야 해. 그렇지 않으면 형태가 다 헝크러져 보여. 이런 일은 자기가 안 겪으면 신경을 쓰고 살기가 어렵잖아. 그런데 내가 이런 일을 겪어보니까 희귀병이 참 많아.

내가 망막이 떨어져서 수술하려고 입원을 했는데 갓난쟁이 한 살서부터, 10대 아이들, 20대도 많아. 왜 이렇게 망막 떨어지는 사람이 많어? 놀랬어, 아주. 아주 심하게 머리를 부딪쳐도 망막이 떨어질 수 있고, 나같이 고도근시도 그럴 수 있대. 난 어릴 때부터 근시였거든. 그런데다가 아무래도 강한 조명을 너무 받으니까 영향이 있었겠지. 처음 무대에 섰을 때는 눈이 안 좋으니까 눈을 어디다 둬야 할지를 모르겠더라. 그래서 옛날에는 조명만 쳐다보면서 노랠 했어. 물론 지금은 안 그렇지. 안 보여도 보이는 것처럼 객석을 보면서 해.

조 　그건 왜?

김 　응?

조 　그건 왜요?

김 　내가 관객을 다 보고 있다고 느끼면 관객들도 나에게만 시선을 집중하니까. 언젠가 라스베이거스에서 공연을 보러 갔어. 냇 킹 콜 딸, 나탈리 콜이 리노에서 공연을 하는 거야. 그걸 보러 갔는데 그 여자는 무대 경험이 많았을 텐데도 중앙만 보고 노래를 하더라. 객석한테는 시선을 한 번도 안 주는 거야. 그러니까 관객 입장에서는 불쾌하더라.

조 　아하!

김 　그 여자는 왜 그랬는지 모르지만 항상 중앙만 보는 거야. 그게 별로 좋아 보이지 않았어. 그래서 그다음부터는 객석을 골고루 보려고 했지. 무대에 섰을 때. 영남이도 근시지?

조 　근시죠.

김 　심하니?

조 　아니에요. 저는 그렇게 심하지는 않은 것 같아요.

김 　나는 신체적으로 이 나이가 됐어도 수영이든 걷기든 40대를 이길 자신이 있어. 그런데 눈이 약해. 내 신체에서 제일 약한 게 눈이야.

조 　식구들이 다 그래요?

김 　우리집 식구들은 다 눈 좋아, 다 좋아. 진짜 독수리들같이 잘 봐. 근데 나만 그래. 그 대신 나는 보이스를 타고났잖아. 그러니까 공평하지.

조 　그 누이의 눈이 누이를 스타로 만든 게 아닐까?

김   무슨 뜻이야?

조   잘 안 보이니까 오히려 고고해지고 도도해질 수가 있는 거죠.

김   그래? 우습다.

조   그럼요. 역설적으로 봐도 그렇죠.

김   그게 좋은 것만은 아니야. 나 젊었을 때, 한참 인기 많을 때, 정말 오해를 많이 받고, 욕을 많이 먹었어. 사람 못 알아봐서. 어디에 딱 들어가면, 한번 이렇게 쓱 둘러보잖아. 나도 그렇게 쓱 둘러보긴 하는데 눈에 보이는 건 없지. 그런데 예를 들어서 내가 들어갔는데 영남이가 저기 구석에서 나를 보고 손을 들어 인사를 했다고 하자. 그런데 분명히 내가 그쪽을 보긴 봤는데 못 본 척 고개를 돌리면 얼마나 네가 무안하겠니. 그래서 내 막내동생이 같이 다닐 때는 옆에서 '언니, 오른쪽에 누구 있어. 지금 언니한테 인사했어.' 그렇게 일일이 알려줬어. 그렇게 내 눈이 돼줬지.

그렇게 욕을 먹고 다니니까 그다음부터는 어딜 들어가도 옆을 안 봐. 그냥 나 갈 곳만 바라보고 들어가. 그럼 옆자리에 누가 있어도 내가 자기를 안 봤으니까 기분 나쁠 일이 없을 거 아냐.

그거 익숙해질 때까지 굉장히 힘들었다? 얼마나 노력했는지 몰라. 의식적으로 옆을 안 본다, 주위를 둘러보지 않는다! 어디 들어갈 때마다 마음속으로 되새겼지. 그래서 이제는 그게 습관이 됐어. 아주 오래 걸렸어. 그래서 어디를 가도 나는 옆을 안 봐. 그러구 앉아서도 주위를 두리번거리지도 않아. 사람이 앉으면 왜 대강 이렇게 주위를 보게 되잖아? 난 안 봐.

조   그게 스타일이 된 거네요.

김   그렇지!

조　고고한 스타일이 저절로 만들어진 거죠.

김　원래 자신만만한 스타일인 건 맞아. 그건 우리 아버지한테 물려받은 거 같아. 그런데 거만해 보이는 건 눈 때문에 의식적으로 더 노력을 해서 그렇게 된 걸 거야. 속도 모르고 사람들은 패티김은 굉장히 잘난 척한다 그랬겠지.

조　타고나길 그런 데다가 눈까지 나빠서.

김　그러니까 더 의식적으로 하다보니 그렇게 됐어. 욕을 안 먹으려고 그런 건데 그것 때문에 다른 욕을 더 먹은 거지. 하하하.

조　누님, 혹시 대학 다니신 적 있어요?

김　없어.

조　그럼 혹시 내가 대학을 안 다녔으니까 대학을 한번 다녀봐야겠다! 그런 생각 없었어요?

김　그런 건 없었어. 그런데 내가 샌프란시스코에 살 때, 잠깐 학교를 다니긴 했어. 둘째 카밀라를 낳고 난 다음인 1980년 무렵이었지. 미국 산 마태오 컨트리 칼리지(San Mateo Country College)에서 2년 간 음악수업을 받았어.

조　그럼 대학을 다니셨네요.

김　그렇긴 해. 그런데 공연 일정 때문에 결석을 자꾸 하니까 중간에 포기했지. 다 열여덟, 열아홉, 스무 살 틈에 껴서 앉아가지고 공부를 했어. 무슨 말인지 모를 때가 더 많았지만 그래도 열심히 다니긴 했어. 그러다가 공연이 있으면 한 4~6주 빠지게 되잖아. 그러다 가면은 하나도 모르니까 시험을 치면 이건 빵점인 거야. 그래가지고 또 포기했지. 거기 다닌 건 다른 것보다 음악을 배우고 싶어서였어.

조　대학을 안 나온 것 때문에 후회하거나 그런 건 없었어요?

김   전혀! 대학을 못 나와서 뭐 창피하거나, 후회스럽다거나, 그런 건 없어. 왜, 내가 대학을 갔다면 내 인생은 완전히 바뀌었을 테니까. 가수가 안 됐을 테고, 가수가 안 됐으면, 어떤 은행원이나 의사 만나서 시집 가서 내 또래들처럼 살았겠지. 그래도 내가 후회하는 건 하나 있어.

조   뭐요?

김   내가 왜 음악공부를 안했을까, 하는 거야. 뉴욕에서 시간도 있었는데. 내 딴에는 한다고 했는데 정식으로 음악공부를 할 걸 괜히 바쁘답시고 그거를 안 한 거. 그리고 나이 한참 더 먹고 서울에 정착하고 살면서 기타도 좀 배워보려고 했고, 피아노 레슨도 받긴 했어. 그런데 너 내 말 듣고 있니?

조   그럼요.

김   이 빵을 네가 아주 잘 먹는구나. 다행이다. 이야기가 길어지니까 출출할까봐 사온 건데 입에 맞나보구나.[225] 근데 그렇게 위에 있는 파인애플이랑 호두만 다 긁어먹니? 애는 아주 그냥 버릇없는 애들같이 먹네. 정말.

조   내맘대로에요.

김   그건 그렇지! 지 혼자서 사니까. 나도 하나 먹지. 두 조각은 먹어야지.[226]

조   하시던 말씀을 하세요.

김   뭐? 아, 그래서 음악공부를 안한 거랑 악기 하나를 제대로 안

---

225   패티김과 조영남의 이야기는 시작했다 하면 몇 시간씩 이어졌다. 패티김은 간식을 준비해 오기도 했다. 빵, 과자, 커피 등등. 그 덕분에 배고픈 줄은 모르고 이야기를 나눌 수 있었다.

226   역시나, 빵을 먹을 때도 패티김은 먹을 양을 미리 정해놓고 딱, 그만큼만 먹었다.

배운 거는 참 후회스러워. 음악을 좀더 알았으면 좋았을 걸. 이론적으로 말야.

조　그렇지도 않아요. 아무 상관 없는 일이죠.

김　1994년이었을 거야. 내가 김도향[227]하고 듀엣 앨범을 하나 냈었잖아?「난 참 바보처럼 살았군요」부른 가수. 그 김도향하고 같이 작업을 하는데, 그이는 자기가 작곡하고 연주하고 그러잖아? 그래서 내가 그런 얘기한 적이 있어. 음악을 좀더 배웠으면 좋았을걸 안 배워둔 게 후회스럽다고. 악보를 딱 받으면 아무리 복잡한 거래도 보고 부를 수 있으면 좋잖아. 그게 참 너무너무 안타까운 거야. 그래서 내가 음악공부 안한 게 참 후회된다, 이랬더니, 선배님, 그래서 선배님의 노래가 아직까지도 좋은 거예요, 그래. 음악 콩나물 대가리를 너무 잘 알면, 노래에 성실하지가 못하다고 하더군.

조　조영남같이.

김　그걸 너무 잘 알면 음악을 가지고 요렇게 요렇게 가지고 논대. 음악을 너무 알면, 자꾸 그걸 가지고 장난을 한다는 거야. 애드리브를 하는 거지. 근데 나는 30여 년 전에 부른, 말하자면「가을을 남기고 간 사랑」을 아직도 그대로 곧이곧대로 불러. 그 얘기를 들으니까, 조금 위로도 됐고, 아, 그런 게 있구나, 했지.

조　그렇죠!

김　그러니까 김도향이 딱 그거를 얘기를 하는데, 아! 그렇구나. 내 노래가 아직도 좋은 게, 멋을 부려서 이거저거 붙이고 그러는 게 없으

227　김도향(1945~). 1970년에 투 코리언즈의 일원으로 가요계에 데뷔. 왕성하게 광고음악활동을 하고, 한때 한의학의 원리를 이용한 명상음악 연구에 몰두했다.

니까 노래에만 열중하는 장점이 있다, 이거지.

조　맞는 말이에요. 누구도 따라가지 못하는 장점이에요.

김　그 얘기를 들으니까 위로가 되더라.

조　위로가 되죠. 나 같은 사람은 음악을 좀 아니까 자꾸 장난치려는 마음이 많이 생겨요. 그런 걸 안해야 한다는 강박관념도 오히려 생기구요.

김　나는 노래를 굉장히 성실하게 하거든. 성실하게 오리지널 그대로 부르잖아.

조　그래서 사람들이 좋아하는 거예요. 패티김, 이미자는 언제나 원곡 그대로 부르니까. 사람들이 처음부터 끝까지 좋아하는 거죠.

김　우리는 원곡을 그대로 부르지. 나도 앨범을 여러 장을 내다보니까 같은 노랜데, 좀 지루하잖아? 그래서 전주도 조금 바꿔보고, 여기 저기 좀 바꿔보는데 그렇게 해서 들어보면 '아, 이게 아니다', 그래. 바꿔서 부르는 게 내가 들어봐도 내가 싫어. 음! 그러니까 오리지널 그대로 해야 듣는 이도 편안해지지.

조　맞아요!

1 플라시도 도밍고, 호세 카
레라스, 루치아노 파바로티
2 세미 데이비스 주니어
3 잉글버트 험퍼딩크
4 나나 무스쿠리
5 미렐리 마티유

6 반기문 유엔사무총장
7 조지 H. W. 부시 41대 미국 대통령
8 조지 W. 부시 43대 미국 대통령
9 밥 호프
10 미소라 히바리의 아들

6

7

8

9

10

장례식장 선곡 리스트

김　너는 음악 안 듣니? 느이 집에는 어떻게 오디오가 없니?[228]

조　난 평소에 거의 안 듣는 편이에요. 필요한 때만 듣죠.

김　세상에. 나는 음악이 없으면 안 되는데. 아침에 일어나면은 음악 틀어놓고 주스 따르고 커피를 만들어. 그게 하루의 시작이야. 집이 떠나가라 틀어놓을 때도 있어. 오죽하면 우리집 스피커가 찢어졌을 정도야. 크게 틀어야 속이 시원해. 어릴 때부터 언니, 오빠들이 늘 음악을 들어서 그래. 어릴 때부터 우리는 오페라 아리아를 유행가 하듯이 부르고 다녔댔잖아. 내 동생은 일곱 살 때 학교에서 노래를 해보라고 했는데 거기서 부른 노래가 헨델의 「라르고」[229]였어. 다들 깜짝 놀랐지. 하하하.

228　표시 안 날 정도로 작은 규모의 CD 트는 기계와 주먹만큼 작은 보스(BOSE) 스피커 총 네 개가 조영남네 집 응접실 유선전화기 옆에 있다. 패티김의 눈에는 안 띄었을 가능성이 높다.

조　내가 시골 초등학교 다닐 때 제가 사는 동네에 구호단체가 왔어요. 그 시골 동네에 미국인들이 구호물자를 나눠주러 온 거예요. 그래서 그 사람들 앞에서 학예회를 하게 됐어요. 거기서 제가 노래를 불렀는데.

김　너 그때 '오돌치' 했지?

조　네, 맞아요. 난 그때 그게 무슨 노래인 줄도 모르고 가사 뜻도 모르고, 서울서 대학 다니던 조영걸 형님이 방학 때 시골집에 와서 그걸 노상 부르니까 나도 모르게 어깨너머로 따라 부른 거죠. 내가 그 노래를 하니까 외국인들이 기겁을 하더라구요.

김　그랬겠지!

조　그런데 나중에 음대 들어와서 보니까 그게 오페라 「라 토스카」에 나오는 그 유명한 아리아 「별은 빛나건만」[230]이더라구요. 근데 내가 어렸을 때 배운 대로 발음이 요만큼도 안 틀려요. 그러니까 어릴 때부터 제가 천재적인 음악성을 가지고 있었던 거죠.

김　어휴, 네 입으로 천재적이라고 하는 거 쑥스럽지 않니.

조　쑥스러우니까 이렇게 웃는 거죠. 저도 깜짝 놀랐어요, 제가 천재라는 사실에. 하하하.

김　그래, 넌 천재야. 하하하.

조　됐어요, 됐구요. 누님이 진짜 좋아하는 노래는 뭐에요? 누이 노래가 아니어도 누구 노래라도 상관 없어요. 저는 송민도[231] 선배님의

229　헨델의 오페라 「세르세」의 아리아 「그리운 나무그늘」(Ombra mai fu)을 보통 '헨델의 라르고'라고 부름. 원래 라르고(largo)는 음악의 빠르기를 나타내는 말로 보통 느리다는 의미로 쓰인다.
230　푸치니가 작곡한 이 노래의 원제는 'E lucevan le stelle'. 이 노래를 어린시절 들리는 대로 따라 불렀는데 대학 들어가기 전까지 조영남은 이 노래를 첫 번에 나오는 가사를 따서 '오돌치'라고 자기 혼자 이름을 지어놓고 불렀다.

「나 하나의 사랑」이 그렇게 좋았어요.

김　지금 생각나는 건 오페라 「노르마」(Norma) 제1막 중 「카스타
디바」[232]야. 마리아 칼라스가 부른 거. 마음이 울적하면, 명랑한 걸 들
어야 되잖아? 근데 그 곡을 틀어. 그러면 막 눈물이 나. 이 노래를 얼
마나 좋아하냐면 나는 내 장례식 때 이 노래를 틀어놓고 싶어. 그 정
도로 좋아해. 마리아 칼라스[233]는 정말 대단하지 않니. 그 열정이 듣
는 사람에게 전해지는 거 같아. 그런데 마리아 칼라스는 「마담 버터플
라이」나 「토스카」는 기가 막히게 부르는데, 「라보엠」의 미미 있지, 그
노래는 안 어울려. 그렇게 부드럽고, 가냘픈 거는 안 되는 거지.

　남자로는 보통들 테너 세 명[234]을 꼽잖아. 나는 플라시도 도밍고도
별로 안 좋아하고, 호세 카레라스도 별로 안 좋아해. 그냥 파바로티만
좋아해. 물론 카레라스도, 도밍고도 얼마나 노래를 잘하니. 그치만 나
는 파바로티가 제일 좋아. 그런 거 보면 도밍고는 얼마나 불운이니.
파바로티가 혜성같이 나타나지 않았으면 그 사람이 세계 최고의 테너
가수가 됐겠지! 한참 잘나가고 있는데 파바로티가 딱, 나와가지고 최
고 자리를 내준 거지. 파바로티 같은 음성은 아마 앞으로도 나오기 힘
들 것 같애. 정말 그런 테너 가수가 나오기는 앞으로도 쉽지 않을 거
야. 최고지. 그리고 스팅도 좋아하고,

231　송민도(1923년~). 1950년대 후반을 대표하는 가수 중 한사람. 「고향초」라는 노래로 데뷔
한 뒤 「나 하나의 사랑」과 「청실홍실」이 크게 히트했다.
232　카스타 디바(Casta Diva-정결한 여신)는 「노르마」의 여주인공 노르마가 부르는 아름다운
아리아다.
233　마리아 칼라스(Maria Callas, 1923~1977). 그리스계 이탈리아의 소프라노 가수. 당대 최고
의 오페라 가수였으며 지금도 세계 음악팬들에게 전설의 소프라노로 손꼽히고 있다.
234　플라시도 도밍고(Placido Domingo), 호세 카레라스(Jose Carreras), 루치아노 파바로티
(Luciano Pavarotti)는 모두 뛰어난 테너 가수로, 이 세 사람을 묶어 세계 빅3테너라고 부른다.

조 파바로티 같은 건 노래방에 가도 잘 없잖아요?

김 없을 걸. 안 찾아봐서 모르겠네.

조 보통사람들이 알아들을 수 있는 노래를 말해야죠. 왜 누님은 말
귀를 못 알아들어요?

김 아니야. 네 말이 무슨 뜻인지는 충분히 알겠는데 생각나는 게
없어. 우리나라 노래 중에는 ……아, 하나 있다! 내가 갱년기 와서 우
울해 하고 그럴 때 자주 불렀던 노래가 있어. 바로 「멍에」야. 김수희
의 「멍에」.[235] 내가 그 노래 부르면서 참 많이도 울었다. 갱년기를 참
심하게 앓아서 그렇게 많이 울었어.

조 그럼 그 노래는 왜 공연 때 안 불러요?

김 아니야. 많이 불렀어. 그 노래가 그렇게 좋더라고. 그래서 많이
불렀어. 그 노래는 가사도 너무 좋잖아.

조 만일 누이가 앞으로, 당장 그럴 일은 없겠지만, 무슨 일이 생겨,
저, 어떻게, 갑자기 무슨 일이 생겨가지고, 누이가 일을 당해서, 장례
식이라도 하게 되면 아무래도 제가 가야겠지요?

김 왜 그렇게 더듬니. 내 장례식장에 그럼 네가 와야지, 안 오니?

조 글쎄. 누이 장례식에 가서 사람들이 만약에 영남이 너는 패티하
고 친했잖냐, 물으면 친했다고 말을 할 거잖아요.

김 물론이지.

조 그래서요. 만약에 그 장례식장에서 누님을 위한 조가를 나한테,
누이가 나한테 노래를 불러달라고 할지는 모르지만, 가상으로 생각을

---

235 '사랑의 기로에 서서 슬픔을 갖지 말아요'로 시작하는 노래 「멍에」는 가수 김수희(1953~)
가 1982년에 불러 히트한 노래다. 김수희는 1989년에 부른 「애모」로도 유명하다. 이 노래로 가수왕
을 휩쓸기도 했다.

해본다면 말예요.

김　「지금」.[236]

조　지금? 무슨 지금? 지금 질문도 다 안했는데…….

김　네가 내 장례식장에서 무슨 노래를 나한테 바쳤으면 좋겠냐는 거잖아.

조　그렇죠. 이야, 이럴 때는 말귀를 잘 알아들으시네.

김　뭘 그걸 그렇게 못 물어보고 더듬니. 「지금」을 불러줘. 내가 그 노래 좋아하는 거 너도 알지. 그 노래 너무 좋아. 가사도 좋고.

조　누이 노래를 불러야지, 제 노래를 거기서 왜 불러요.

김　왜 꼭 내 노래를 불러야 하는 거니? 나는 그 노래 좋아하니까 그 노래를 듣고 싶다는 거야.

조　제가 거기서 그 노래 부르면 사람들이 이해를 못할 거예요. 누이 노래를 불러야지, 왜 자기 노래를 부르냐, 이럴 거 아녜요. 따로 설명을 해야 할 거예요. 이 노래는 패티 선생님이 생전에 좋아했던 노래입니다. 그런데 누가 그 설명을 듣고, 그 소릴 믿겠어요.

김　글쎄, 왜 안 믿어? 니가 내 말귀를 못 알아듣는 거 같다, 얘.

조　내 노래잖아요. 누이가 가수고, 노래가 없는 것도 아니고, 보통은 그 가수 노래를 부르는데 내가 가서 내 노래를 부르면 사람들이 저 자식이 패티김 장례식장에 와서 지 노래를 부르네, 이렇게 생각할 거

236　'지금 지금 우린 그 옛날에 우리가 아닌 걸 분명 내가 알고 있는 만큼 너도 알아 단지 지금 우리는 달라졌다고 먼저 말할 자신이 없을 뿐 아 저만치 와 있는 이별이 정녕코 무섭진 않아 두 마음에 빛바램이 쓸쓸해 보일 뿐이지 진정 사랑했는데 우리는 왜 사랑은 왜 변해만 가는지'. 남녀간의 이별을 노래한 곡으로 드라마작가 김수현(본명 김순옥, 1943~) 시에 조영남이 곡을 붙인 노래다. 그러나 패티김의 희망사항과 달리 조영남 본인은 시인 이제하 작사 작곡의 「모란동백」을 선곡해 부를 가능성이 농후하다.

같다는 거죠. 제 말은.

김 무슨 말인지 알아. 그런데 내가 지금 말하잖아. 영남이한테. 내 장례식에 영남이가 와서, 노래를 하게 된다면 「지금」을 꼭 불러다오. 그렇게 내가 말하잖아. 내 노래 말고, 영남이의 노래 「지금」을 불러라. 내가 그렇게 말하면 되잖아. 지금 말하잖아.

조 그럼, 이 얘기를 책에 담아요?

김 담거나 말거나. 내가 그렇게 말했다고 하면 되는 거지. 나중에 누가 무슨 말을 하거든 패티 누이가 생전에 장례식에 와서 영남이가 「지금」을 불러줬으면 좋겠다고 말했다고 이야기를 해.

조 누이가 지금 말귀를 못 알아듣고 있어요.

김 어머, 내가 그랬니?

조 사람들이 그렇게 얘기를 해도, 그렇게 안 믿는다니깐요.

김 왜 안 믿어?

조 사람들 눈에는 내가 실없는 놈으로 보이기 십상이니까요. 하하하.

김 애! 누가 장례식에 와서 그런 말을 한다고 실없다고 하겠니. 그렇지는 않지. 너는 왜 그렇게 너 스스로에게 자신이 없니.

조 알았어요. 그건 나중에 살아 있는 후배들끼리 알아서 할게요. 저는 누이 노래 중에 원하는 게 뭔지 알고 싶었던 거예요.

이왕 도울 거 확실하게 도와야지

조   제가 잘 몰랐는데 누이가 봉사활동도 했다면서요.

김   했었어.

조   그건 정말 뜻밖인데요.

김   1992년쯤일 거야. 우연히 국제 소롭티미스트[237]에 가입해 4년 동안 이사로 활동을 했어. 각종 후원기금 마련 행사도 하고, 여러 가지 일을 했어. 한 번 시작을 하니까 계속 일들이 이어지는 거야. 국제 소롭티미스트가 아니더라도 내가 어디든 힘이 될 수 있고, 그 힘을 좋은 일에 쓰겠다고 하면 굳이 조건 따지지 않고, 열심히 가서 공연을 했어. 자원봉사단체의 각종 기금을 마련하는 데는 콘서트가 최고야. 1992년 미국 LA 흑인 폭동[238]으로 한인사회가 엄청난 피해를 입었을

---

237   국제 소롭티미스트(Soroptimist)는 전문직 여성들로 구성된 국제 자원봉사단체로 세계에서 가장 큰 여성 자원봉사단체라고 알려져 있다.

때도 공연을 했어. 『한국일보』가 주최했는데 최소한의 경비만 줄 수 있다고 하더라. 오케이, 하고 미국으로 갔지. 그때 LA한인교민회 사정은 한국에서 뉴스로 보는 것보다 훨씬 처참했어. 거기 사는 한국인들이 누구니. 세상 사람들이 우리나라가 어디 붙어 있는지도 모를 때 가서 고생들 하면서 겨우겨우 기반 잡은 사람들이잖아. 그랬는데 폭동으로 다 잃다시피 한 거니까 마음이 참 아프더라. 그래서 이왕 하는 거 돈을 많이 모으게 해야겠다, 생각을 했어. 티켓 팔아서 돈이 얼마나 남겠니. 밴드 멤버들한테는 돈을 줘야 하잖아. 이거 빼고, 저거 빼니까 얼마 안 남겠는 거야.

조 그래서 어떻게 했는데요?

김 지금 생각해도 참 기발했어. 내 머리가 참 잘 돌아갔어. 비즈니스를 잘했지. 한 시간쯤 공연 끝난 담에 노래 경매를 하자고 했지. 우리가 좋은 일 하려고 모인 거고, 여러분들 다들 저보다 부자인 거 안다. 이러면서 이제부터 여러분들이 원하는 노래를 신청해주십시오. 신청곡을 받겠다! 그러고 듣고 싶은 노래가 있으면 곡을 신청하고 그에 맞는 기부금을 내라고 한 거야. 그랬더니 여기저기에서 신청곡이 나오는 거야. 꼭 나올 노래는 내가 알거든. 그래서 일부러 공연할 때는 경매에서 잘 팔릴 노래는 안 부르는 거야. 내가 좋아하는 노래만 부르는 거지.

"「초우」, 500달러!"부터 시작을 했어. 누가 그렇게 말을 하면 진행

---

238 1992년 4월 29일에 시작되어 5월 4일까지 LA에서 일어난 폭동. TV에 공개된, 경찰관이 흑인 운전수를 폭행하는 장면을 보고 흑인 청년들이 인종차별이라고 여겨 거리로 쏟아져 폭동이 시작됐다. 수십 명의 사람들이 살해당하고, 다치고 약탈을 당했는데 이 와중에 LA 코리아타운이 심각한 타격을 입게 됐다.

자들에게 당장 가서 그 자리에서 기부금을 받으라고 하고, 돈을 바구니에 넣는 거 보고 나서 노래를 불렀어. 말만 하고 나중에 돈을 안 내면 안 되잖니. 그랬더니 여기저기서 앙코르 요청이 쏟아지는 거야. 1천 달러, 2천 달러, 3천 달러 계속 올라가더라. 한 7, 8곡쯤 불렀을 거야. 누가 「이별」! 5천 달러!" 그러더라. 보니까 영화감독 신상옥 씨와 영화배우 최은희 씨[239]야. 큰돈이잖아. 그래서 특별 서비스를 해드렸지. 그 부부가 앉은 테이블 바로 옆에 가서 노래를 불렀어. 물론 두 사람도 선불금을 냈지. 하하하.

조   하하하. 아이디어 좋았어요.

김   그걸로 끝이 아니에요. 공연이 끝나니까 사람들이 사진을 찍자고 하잖아. 그래서 이왕 돈 벌어주는 거 끝까지 돈을 벌어주자, 싶어서 나랑 사진을 찍고 싶으면 20달러씩 기부함에 넣으라고 했어. 그랬더니 사람들이 줄을 서서 기다리더라. 나는 평소에 공연 끝나고 관객들하고 사진을 찍는 일이 별로 없어. 그런데 그날은 마음이 뭉클해져서, 끝까지 다 찍었지.

그 이후로도 각종 자선기금 마련을 위한 콘서트에서는 종종 노래 경매를 해서 돈을 모아줬어. 그렇게 노래 경매를 다 하고 나면 그날 걷은 돈바구니를 무대로 가지고 오라고 해. 그래서 그 자리에서 다 세게 하는 거야. 그래서 발표를 해. 오늘 돈 이만큼 벌었습니다. 얼마, 얼마는 어디에 쓰겠습니다. 아예 말을 해버리는 거야. 공개적으로. 그

---

239   신상옥(1926~2006). 영화감독. 1960년대 우리나라 영화의 전성시대를 이끌었던 대표적인 영화감독. 1978년 7월 북한에 납북되었다가 1986년 탈출했다. 그의 부인 배우 최은희(1928~) 역시 신상옥 감독과 같은 시기 우리나라 영화의 여주인공으로 활동하다 1978년 1월 홍콩에서 납북되었다가 신상옥 감독과 함께 탈출에 성공. 두 사람은 이혼했다가 다시 부부가 된 케이스다.

래야 그 돈이 다른 데로 안 새지. 우리가 방송 같은 데서 후원금 모으는 데 가끔 성금 내잖아. 예를 들어 1억이 모금이 되면 그 불쌍한 사람들한테는 1천만 원, 2천만 원이 갈까 말까야. 이 주머니 저 주머니로 들어가. 그런 일이 허다해. 뉴스에도 나오잖아, 그런 일. 난 그런 게 싫으니까, 아주 그 자리에서 다 내가 발표를 해. 오늘 이만큼 모았다, 이 돈은 어디어디에 쓰인다. 그러면 그 돈을 누가 어떻게 할 수가 없잖아.

조　이야!

김　내가 그랬지? 한 번 하면 계속 연결이 된다고. 1994년 무렵에는 가정폭력으로부터 여성을 보호하는 자원봉사단체인 인천 여성의 전화[240]로부터 장문의 편지를 받았어. 가정폭력의 피해를 입고 있는 여성들을 도와주는 쉼터를 만들려고 하는데 기금이 부족하니 도움을 달라는 거야. 편지에 가정폭력 피해 여성과 애들 사진을 같이 보내왔는데 얼마나 끔찍했는지 몰라. 그거 보고 안 도와줄 사람이 없을 거야. 그래서 그 뒤로 한 3년 정도 후원활동을 했어. 뭐, 내가 하는 일은 대부분 후원금을 모금하는 콘서트를 열어주는 거지. 출연료도 없고, 콘서트 경비는 내가 부담하는 자선쇼였어. 그런데 내가 그 콘서트 열면서 조건을 하나 걸었어. 이 콘서트 통해서 벌어들이는 돈은 절대 그 단체에서 일하는 사람들의 급여라든가 경비로는 사용할 수 없고, 쉼터를 만드는 데에만 쓰겠다고 약속해달라는 거였지. 왜냐하면 그런 곳들이 나쁜 맘은 아니겠지만 돈이 모이면 정작 쓸 데 안 쓰고 엉뚱한 데 쓰는 경우가 꽤 있거든. 가정폭력으로 고통 받는 여성들을 위해 모

240　1994년 개원한 여성인권단체이다.

은 기금이라면 마지막 1원 한푼까지 그 사람들을 위해 쓰여야 하는 거잖아. 그렇게 해서 인천 지역 '여성의 전화'라는 봉사단체가 쉼터를 마련을 했어. 지금도 있는지 모르지만 그 쉼터에 내 이름도 써 있다고 하더라.

조　저는 몰랐어요. 누이가 그런 일 하는 건. 누이랑 자주 만난다고 하니까 누가 그러더라구요. 패티김이 여러 단체에 도움을 많이 줬다고. 그냥 이름만 걸어놓은 게 아니라 열심히 해줬다고.

김　평생 모은 전 재산 내놓는 사람들도 얼마나 많니. 근데 나는 그냥 타고난 목소리로 콘서트 열어서 후원기금 마련해준 거잖아. 아주 쉬운 일은 아니지만 여기저기 내놓고 자랑할 일도 아니지. 그런데 어떻게들 소문이 나더라. 각종 여성단체와 봉사단체에서 연락들이 참 많이 왔어. 그러면 그 사람들이 100퍼센트 순수한 거 같으면 도움을 주려고 애를 쓰긴 했어. 그래서 이름 걸어놓은 단체 수만 해도 꽤 많아.[241] 그러니까 상도 주더라. 하하하. 1995년에 국제 소롭티미스트 본부로부터 '여성을 돕는 여성상'을 받았어. 이 상은 국제 소롭티미스트 본부가 매해 전세계 여성 중 한 명에게 수여하는 상이니까 큰 상이지.

조　그런 활동들을 하는데 누이한테 영향을 준 사람이 있어요?

김　영향을 직접적으로 준 사람은 없지만, 아무래도 간접적으로는 정아 영향이 좀 있었겠지. 정아 이야기는 나중에 다시 하기로 하자.

241　패티김은 생각보다 감투를 많이 쓰고 살았다. 사회복지법인 사랑의 세계 이사(1993년), 한국여성단체연합 후원회장(2001년), 한국에이즈예방재단 홍보 이사(2002년) 등. 게다가 자선공연도 여러 번 했다. 나자로마을 자선기금 마련 음악회(1995년, 예술의전당 콘서트홀), 가정폭력방지법 제정을 위한 여성의 전화 후원기금 마련 콘서트(1996년), 독거노인돕기 패티김 신년 콘서트(2005년, 세종문화회관) 등등. 패티김이 이런 일을 하고 사는 줄은 조영남은 미처 몰랐다.

그런데 그애가 UN[242]에서 일한 건 너도 알지? 우리 정아가 코소보[243]에서 일하고 있을 때, 너무 바빠서 휴가를 못 오는 거야. 그래서 내가 그애를 만나러 간다고 했지. 그랬더니 애가 말려. "엄마는 여기에 올 수 없어요. 오기도 힘들 뿐만 아니라 다시 돌아가기도 힘들고, 며칠씩 전기도 물도 끊기기 일쑤여서 샤워도 할 수 없어요. 엄마가 오셨다가 아무리 급한 공연이 있어도 그 시간에 맞춰 돌아갈 수 없을 거예요. 엄마 사정보다는 여기 군인이나 환자 수송이 더 급하기 때문에 엄마는 그 급한 일이 다 끝날 때까지 며칠이고 기다려야 해요. 엄마는 도저히 견딜 수 없을 거예요. 제가 곧 엄마를 보러 갈게요. 엄마, 제발 오지 마세요." 그런 말 들으면 엄마인 내 맘이 어떻겠니.

대체 왜 그렇게 힘들게 사냐고 하면 그애는 또 그런다. "나 같은 사람들이 아니면 누가 이 일을 하겠어요." 이러는 거야. 저같이 젊고 건강한 사람이 해야지, 누가 하냐는 거지. 그 말 들으니까 눈물이 나더라구. 기특하고 자랑스럽고, 나 자신이 부끄럽기도 하고. 그래서 내가 한동안 참 열심히 자선공연을 했어. '여성을 돕는 여성상'도 받고, 한국여성단체연합회 후원회장도 했고. 내가 국제기아돕기 홍보대사를 하고 있었는데 그 단체랑 연결해서 전쟁터로 가서 정아도 만나고 싶고 무언가 도움이 되고 싶었어. 자꾸 그런 일들을 하면 다른 사람들에게 아무래도 조금은 영향을 줄 수 있을 거라고 생각하게 되고 그러니

---

242 UN(United Nations). 제2차 세계대전 후 설립된 국제기관. 세계평화의 유지와 인류복지의 향상을 목적으로 한다. 본부는 미국 뉴욕에 있으며 반기문 씨가 이곳의 사무총장으로 있다.
243 코소보(Kosovo). 발칸반도에 있는 국가. 세르비아의 자치주였으나 2008년 2월 17일 독립을 선언했다. 그러나 복잡한 인종과 민족문제와 얽혀 독립을 제대로 인정 받지 못해, 독립을 둘러싸고 내전을 거듭하고 있다.

까 무슨 일이든 다른 사람에게 도움이 된다 하면 그냥 하게 되더라.

조 연예계 선배님들 위해서도 공연한 적 있잖아요. 제가 그 이야기는 들었어요.

김 그래, 그런 일도 했다, 내가. 그거는 아주 오래전 일이야. 선배님들이 생활고로 힘든 분들이 많대. 그래서 디너쇼를 한 번 했어. 선배들을 모두 디너쇼에 모셨지. 그리고 그날 티켓을 판 돈을 모으니까 얼마가 나올 거 아냐. 내 밴드에게도 최소한의 경비만 주고, 무보수로 나온 친구들도 있고, 그렇지. 그걸 다 발표를 해. 이분들도 오늘 다 도와주시러 오셨다, 이렇게. 그래도 밥값은 내야 하고, 이런저런 경비들은 나가잖아. 그런 거 다 계산하고 남은 돈을 선배들께 드렸어.

조 남은 돈 전부를요?

김 돈이 필요하신 분들 명단을 보니까 아주 많으시더라구. 그래서 자식이 있고 돌봐줄 사람이 있는 분들은 조금 드리고, 정말 끼니도 해결이 안 될 것 같은 분들은 많이 드리고 그랬어. 그걸 나하고 그때 위원장이 누구였더라. 하여튼 같이 앉아 목록을 만들어서 나눠드렸지. 참 보람을 느꼈어.

그런데 내가 이런 일을 해도 나는 나중에 기자들이 어떻게 알아서 기사를 쓴 것도 있었지만 내가 나서서 저 이런 거 합니다, 그렇게 알리고 그러지는 않았어. 누구를 도와주는 건데, 좋은 맘으로 하는 거지, 자랑하려고 하는 건 아니었으니까. 그런 게 자랑하고 할 일도 아니고.

조 이해돼요. 다른 일은 뭐 없어요?

김 뭘 자꾸 다른 게 없냐고 묻니. 알다시피 서울시 홍보대사라 국가적인 행사 있으면 많이 참여했고, 여성들 관련된 일은 열심히 도왔어. 차상위계층 기금 마련, 또 독거노인돕기, 나병환자들이 모여 사는 나자로마을 돕는 공연도 이재경 신부님 부탁으로 해드렸고. 그런데 자꾸 물으니까 내가 자랑하는 거 같잖아. 이런 활동을 하면서 내가 안타까운 일이 하나 있어. 에이즈 방지하는 봉사기관이 있었어. 거기 홍보대사였나, 홍보위원이었나를 잠깐 했는데 그건 잘 안 된 거 같아. 미국에서는 처음에는 에이즈균이 있다 그러면 감췄지만 언젠가부터 병원에 가서 도움들을 받기 시작했잖아. 그런데 우리나라는 너무 쉬쉬하니까 그런 사람들을 좀 도우려고 시작을 했어. 우리나라에 에이즈가 처음 들어온 게, 여러 경로도 있지만 월남이나 중동에 남자들이 가서 일도 하고, 군대도 가고 그랬잖아. 거기 가서 남자들이 나쁜병들을 걸려 온 거야. 그러면 어떻게 되겠니. 부인들도 전염이 될 거 아냐. 그 불쌍한 부인들은 영문도 모르고 에이즈 환자가 되는 거야. 그런데 옆집에서라도 알면 큰일 나잖아. 그러니까 그냥 쉬쉬하는 거지. 그런 사람들을 어떻게든 끌어내서 치료도 해주고 그럴려고 했는데 사람들이 다 숨기기만 하니까 잘 안 되더라. 사람들이 안 와. 그래서 흐지부지 됐지. 앞으로도 기회가 있으면 그런 봉사활동은 꼭 하고 싶어.

패티김의 다양한 사회활동

1   대한민국 화관문화훈장 서훈
2   서울시민상 수상
3   국민화합걷기 축제 홍보위원장

4

5

패티김다운 것이란

조　사람들이 누이더러 패티김답다, 이런 말 많이 하죠?

김　많이 하지.

조　그게 뭐 같아요? 패티김답다는 게?

김　조영남답다는 건 뭐 같니?

조　조영남답다는 건 재밌게 사는 거 아닐까요?

김　나는 열심히 사는 거.

조　열심히 사는 거. 맞아요. 정말 그러네요. 패티김답다! 열심히 산다!

김　그게 패티김이야. 열심히! 한번 시작하면 내가 꼭 그만둬야 될 게 아니면 나는 절대 포기는 안해.

조　그렇게 살았죠?

김　그렇게 살아왔어. 앞으로도 아마 그렇게 살 거야. 아, 해도 해도 안 되는 게 있긴 있어.

조   자전거![244]

김   하하하. 맞아! 해도 해도 안 됐어. 그거는 너무 많이 넘어지고 다치고 그랬거든. 해도 해도 안 되는 게 나한테는 자전거야. 맞어! 하하하.

조   그 얘긴 정말 재밌어요. 여고 시절 농구, 배구에 수영은 선수급 실력인데 자전거를 못 타겠더라는 얘기 말이에요.

김   우습지? 내 인생은 아쉬움은 많은 거 같은데 후회는 별로 없어. 표현이 이해가 되는지는 모르겠지만 나는 아쉬움은 많아. 아쉬움은 많지. 근데 후회는 그렇게 별로 없어. 이해가 가니?

조   기가 막혀요. 아! 기가 막혀. 누님 말씀은 어눌한 거 같은데, 어눌한 건 맞는데, 할말은 다 하세요!

김   그거는 맞어.

조   사람들이 그걸 잘 모르는 거 같아요. 패티김이 실제로 어떤 사람인지.

김   너는 나더러 맨날 떨떨이라고 하잖아. 말을 잘 못하긴 하지만 그래도 패티김이 떨떨하지는 않다, 그걸 네가 밝혀야 하는 거야.

조   백남준[245] 선생의 경우가 그렇더라고요. 제가 보기에 백남준 선생도 참 말을 어눌하게 하는데, 할말은 다하시더라구요.

김   지금 그거 칭찬 맞지?

---

244   조영남은 요즘 자전거 타는 재미에 빠져 있다. 집앞에 세워둔 자전거를 보며 패티김이 몹시 부러워했다. 같이 타자고 하는 말에 패티김은 몹시 부끄러운 표정으로 못 탄다고 말했다. 패티김이 자전거처럼 쉬운 걸 못 탄다는 걸 안 순간 조영남은 정말 깜짝 놀랐다. 패티김에 관한 놀릴 거리가 또 하나 생겨 조영남은 매우 즐거워했다.

245   백남준(1932~2006). 비디오 아티스트. 세계가 알아주는 몇 안 되는 한국 출신 예술가이다.

조   칭찬이죠. 하하하. 누이는 우리 가요사에서 패티김을 어떻게 평가를 해주면 좋겠어요. 다시 말해 어떤 식으로 한국 가요사에 남았으면 좋겠어요?

김   가요사에 남는다. 한국 가요사에 남는다는 말이지? 하긴 남겠지. 그냥 없어지지는 않겠지. 패티김은 최선을 다해 노래 잘 부르는 훌륭한 가수였다, 이렇게 한 페이지 남았으면 좋겠어.

조   누이는 무엇보다도 최초로 뭔가를 많이 한 가수로 남을 거 같아요. 패티김이 최초다. 이런 게 많잖아요.

김   내가?

조   최초로! 외국도 나가고.

김   내가 최초를 많이 이뤘다? 지난번에도 이야기한 거 같은데 최초는 많았지. 그런데 그거는 최초를 많이 하고 싶어서 그런 거라기보다는 워낙에 내가 욕심도 많고 꿈이 커서 그런 거야. 무엇보다 시대를 잘 만났다고 봐야지. 남이 다 해본 걸 또 하는 건 시시하잖아. 새로운 곳, 새로운 것에 욕심을 내고, 그걸 이루기 위해 노력하고, 그러다보니까 최초가 많아진 거지. 말하자면 지금 아이들은 잘 포장된 고속도로를 자동차 타고 쌩쌩 달리는 거고, 나는 흙길을 터벅터벅 걸어서 간 셈이지. 개척자라고 해야 하나. 하하하.

조   그렇죠! 그런 일들이 역사에 남을 거예요.

김   그렇겠지. 아무래도. 이것저것 많이 했지. 아, 그런데 일본 NHK에 최초로 간 건 잘 밝혀야 해. 해방 전에는 우리 선배님들이 일본에 다 왔다갔다 하셨어. 일본이 큰 시장이었잖아. 내가 최초인 건 대한민국 독립 후 국교 단절 이후 처음으로 갔다는 거야. 그런 설명없이 그냥 패티김이 일본에 처음 갔다, 그러면 정말 틀리는 얘기지.

조　국교 단절 이후 10몇 년 만에 처음 간 거라는 거죠?

김　16년 만이었나, 그럴 거야. 일본 국영방송국에서 정식으로 한국 가수를 초청한 케이스로 첫 번이다 그거야. 그전에 현인, 김정구 선배님들을 비롯해 많은 분들은 일제강점기라고 그러니? 아주 오래전부터 일본무대에서 아주 화려하게들 하셨지.

조　우리나라 가수들 중에서 개인적으로 친하거나, 후배들 중에서 이 아이는 노래를 참 잘한다, 그런 생각 든 사람은 없어요?

김　내가 사교적이질 못하잖니. 그래서 친한 사람이 별로 없어. 그러고 집밖을 잘 안 나가니까 사람들을 만날 일이 별로 없어. 자주 안 만나니까 누굴 어쩌다 만나도 대화가 잘 안 통해. 그래도 어쩌다 한 번씩 만나는 게 조영남이지. 어쩌다 한번 점심이라도 같이 먹는 건 미자, 이미자가 있지.

후배들 중에 몇몇 아이는 참 괜찮아 보여서 몇 번 만난 적이 있어. 점심도 같이 먹고, 이야기도 나눴지. 노래도 아주 잘하고 인물도 좋았어. 장래성이 있어 보이더라. 그런데 밥을 먹으면서 이런저런 이야기를 하게 되잖아. 너무 흔하게 방송국 여기저기 나가지 말고 다섯 번 부르면 두 번만 나가라, 노래를 잘하는 사람은 결국 나중에 찾게 된다, 뭐 그런 말을 해주곤 했지. 그런데 그게 잘 안 되더라. 나중에 그 아이가 그러는 거야. "회사 사장님이 선생님 만나지 말래요." 내가 자꾸 그런 이야기를 하니까 회사에서는 안 좋았겠지. 그래서 그다음부터는 안 만났어. 그런 후배가 둘이 있었는데 벌써 한 몇 년 전부터 완전히 사라졌어. 그런 건 참 아쉬워.

조　우리 연예계 사람들 말고 다른 분야의 분들과도 교류가 많았을 거 아니에요. 그중에서 기억에 남는 분 없어요?

김　왜 없겠어. 많지.

조　그중에서도 꼽자면, 누가 있어요?

김　너 외솔 최현배[246] 선생이라고 아니?

조　알죠. 국어학자시잖아요. 우리 한글맞춤법을 그분이 정리하셨을걸요?

김　맞아. 아는구나. 그 어른이 나의 열렬한 팬이셨어.

조　이야.

김　내가 1967년 TBC에서 '패티김쇼'를 진행할 때였어. 그때 선생께서 내게 편지를 보내신 거야. 석 장 정도 되는 편지였는데 노년에 은밀한 즐거움이 내 쇼를 보시는 것이라고 하셨어. '평소 방에 작은 상을 두고 그 상을 책상 삼아 책을 읽거나 글을 쓰면서 지내지만 일주일에 단 하루, '패티김쇼'가 방송되는 수요일 저녁이면 그 상을 물리고 TV 앞에 아내와 나란히 앉아서 함께 보는 것이 일주일의 낙이며, 또다시 새로운 일주일을 기다릴 수 있는 힘'이라고 적어보내주신 거야.

조　그 편지 지금도 가지고 있어요?

김　내가 정말 소중하게 간직해왔는데 그게 지금 어디에 숨어 있는지 찾을 수가 없어. 그래서 너무 속상해. 방송에 출연한 나와 길 선생이 부부 사이에 적당한 호칭을 쓰지 못하고 서로 이름을 부르면서 어물쩍 넘기는 것을 눈여겨보셨는지, 남편은 아내를 '사랑스럽고 달콤한 여자'라는 의미로 '단미'라 부르고, 아내는 남편을 '그리운 선비'라는 뜻으로 '그린비'라 부르라고도 하셨는데.

246　최현배(1894~1970). 조선어학회를 창립하고 '한글맞춤법통일안' 제정에도 참여한 우리나라 대표 한글학자.

조 야, 그거 낭만적이네요.

김 그 편지를 받고 굉장히 자부심이 생겼지. 그 뒤 1970년에 선생님이 돌아가셨는데 큰아들이 직접 연락을 해왔어. 선생님께서 당신 장례식에 내가 조가를 불러주면 좋겠다는 유지를 남기셨다는 거야. 그래서 연세대학교에서 열린 장례식에 참석해서 「올드 랭 사인」[247]을 불렀지. 그때만 해도 하고 많은 성악가를 다 놔두고 왜 하필 딴따라를 불렀냐고 수군대는 사람들도 적지 않았지만 최 선생님이 평소 나를 좋아했다는 것을 알고서는 두말하는 사람이 없더라고. 아버지 같은 연배의 선생님이 나한테 관심을 가져주신 게 지금까지도 정말 감사하지. 오래 기억에 남아.

조 야, 한편의 드라마 같은 이야기네요.

---

247 「올드 랭 사인」(Auld Lang Syne)은 영국 스코틀랜드의 시인 로버트 번스의 가곡으로 1788년에 작곡된 노래이다. 우리나라에서는 「석별」이라는 제목으로 번안되었으며, 1900년 전후 이 곡조를 따라 지금의 애국가 가사를 붙여 부르기도 했다.

나는 이 책을 쓰면서, 정확한 표현으로 이 책을 만들어가면서 누이에게 한 가지 질문을 꼭 드리고 싶은 게 있었다. 그것은 '패티 누이는 왜 그렇게 띨띨하세요?'라는 시덥잖은 질문인데 끝내 못 드렸다. 제대로 된 질문은 원래 대답하는 사람이 충분히 대답할 수 있는 여지를 둔 질문이어야 한다. 그런 측면에서 밑도 끝도 없이 '왜 띨띨하세요?'하고 묻는 것은 실례다. 왜 띨띨한지를 설명한다는 건 얼마나 우스꽝스런 일인가. 실제로 잘된 대답이 나올 수도 없다. 그래서 나는 그 질문을 끝내 못했다. 질문을 했어도 뻔한 답변이 나왔음에 틀림없다.

"누이는 왜 그렇게 띨띨하세요?"

"얘는. 니가 띨띨하지, 내가 왜 띨띨하다고 그러니?"

이런 식의 답변으로 흐를 것이 뻔했기 때문이다. 나는 단언한다. 대한민국에서 위대한 패티김 대선배님을 대놓고 띨띨하다고 지칭할 사람은 나 조영남밖에 없다.

실제로 가까이에서 본 패티김 선배님은 매우 띨띨한 구석이 있다. 무례한 표현이지만 한편으론 무지 귀여우시다. 사랑스럽고 인간답게 느껴진다는 뜻이다. 두 가지 구체적인 예만 들겠다.

나의 히트곡 없음을 늘 측은하게 여겨오시던 패티 선배께서 모처럼 한 가지 제의를 해왔다.

"얘, 우리 패티김 조영남 듀엣판 하나 만들자."

"어휴, 누님께서 허락하신다면야 저는 좋죠. 영광이죠."

무슨 노래를 듀엣으로 부를 건가 상의하다가 작사가와 작곡가 부부로 유명한 양인자, 김희갑 선생 부부를 떠올렸다. 우리는 신곡을 청탁하기 위해 직접 두 분이 함께 사시는 평창동 자택으로 찾아갔다. 나는 몇 차례 본 적이 있었는데 패티 누이는 초면인 듯싶었다. 응접실로 안내되었고 약 한 시간 반쯤 신곡에 대한 대화가 오간 듯하다. 나는 패티 누이가 좀 치밀하고 깐깐하게 잘 처리하시라 싶어 응접실 한켠에 있는 책을 구경하고 골프채를 휘둘러 보는 것으로 시간을 때웠다. 이야기를 마친 뒤 밖으로 나와 인사를 끝내고 나는 패티 누이와 차 뒷자리에 나란히 함께 앉았다. 그리고 내가 먼저 말했던 거 같다.

"양인자, 김희갑 선배 부부는 참 금슬이 좋아 보여요. 그죠?"

그랬더니 패티 누이가 뜻밖의 반응을 보여왔다.

"얘, 너 지금 뭐라고 그랬니. 다시 말해봐."

나는 뭔가 잘못 알아들으셨나 하고 다시 한 번 말했다.

"양인자, 김희갑 부부가 참 사이좋게 보인다구요."

"뭐라고? 아이구, 이걸 어떡하니? 양인자 씨를 내가 만나자마자 이름을 착각해서 전양자 씨로 불렀지, 뭐니. 양 자, 자 자가 들어가서 내가 순간적으로 착각을 했어. 두 글자가 같으니까. 이걸 어떡하면 좋으니. 양인자 씨도 그렇지. 내가 두세 번 그렇게 부르면 바로 잡아주시지. 이런 실례가 어딨니!"

그래서 처음 인사할 때부터 헤어질 때까지 계속 전양자 씨, 전양자 씨, 했다는 것이다. 한편 양인자 씨의 너그러운 이해심이 돋보이는 대목이다.

두 번째 띨띨한 스토리. 이건 내가 패티김 누이 회사 직원으로부터 직접 전해들은 얘기다. 어느날 방송국 대기실에서 바리톤 김동규 씨가 패티김 선배님께 정중하게 특유의 굵은 목소리로 인사를 한다. 바리톤 김동규는 코밑에 콧수염을 기른 성악가다.

"선생님, 저는 바리톤 김동규라고 합니다. 만나뵈어서 영광입니다."

"아, 그래요. 반가워요."

공교롭게도 며칠 후 바리톤 최현수를 만나게 된다. 최현수는 콧수염이 없는 바리톤이다. 그가 굵은 목소리로 정중하게 인사를 한다.

"안녕하세요, 저는 바리톤 최현수입니다. 만나뵙게 되어 영광입니다."

패티 누이의 대답이 이어진다.

"아, 네. 또 뵙네요, NO Mustache(콧수염)?"

"아, 네."

그리고 바리톤 최현수는 겸연쩍은 표정으로 돌아서 갔다. 그런데 옆에 있던 직원이 패티 선배에게 "저분은 김동규 씨가 아니고, 최현수 씨에요, 선생님."

그러자 패티 선배는 "어머, 내가 또 실수했구나. 어쩌면 좋으니." 그랬다는 얘기다.

패티 누이가 띨띨하다는 내 말은 괜한 말이 아니다.

5부

인생

다시, 그 사람 길옥윤

조　누이 인생을 이야기하려면 길옥윤 선생하고 결혼하고 이혼한 이야기를 빼놓고는 말할 수가 없겠죠?[248]

김　그렇겠지. 그런데 나는 길옥윤 씨 이야기는 안하고 싶어. 이야기를 하다보면 그 양반에 대해서 안 좋은 이야기가 나올 텐데, 지금 그분은 돌아가시고 없잖니. 내가 돌아가신 양반 험담하는 것같이 되잖아. 그렇게 되는 게 싫어.

조　그래도 누이가 그 이야기를 해야 패티김 인생을 이야기하는 게 되지 않겠어요?

248　패티김과 길옥윤 두 사람은 1966년 결혼을 한 뒤 1968년 첫딸 정아를 낳고 살다 1972년 정식으로 이혼했다. 길옥윤은 1989년에 신사동에 창고라는 술집을 차렸다가 망한 뒤 일본으로 건너가 오랫동안 한국에 오지 못했다. 패티김은 이탈리아인 남편과 미국에 살다가 한국에 돌아와 다시 가수생활을 시작했다. 세월이 흘러 길옥윤이 병에 걸렸다는 사실을 알게 된 패티김이 작곡가와 가수의 의리로 한국에 돌아올 수 있도록 여기저기 주선하여 길옥윤은 한국에 올 수 있었다. 1994년 한국에 돌아온 길옥윤은 1995년 3월 21일 한국 땅에서 세상을 떠났다.

김 내가 몇 번 이런 얘기를 했는데, 또 돌아가신 양반 얘길 하느냐 이런 말도 내가 들었어, 사실. 그런데 나는 정말 말하기 싫은데 사람들은 내 스토리를 이야기하면 그걸 꼭 물어. 그래서 싫어도 어쩔 수 없이 말을 하게 되잖아. 지금 너도 내가 싫다는데 또 묻잖아. 왜 이혼을 했는지. 아니, 그렇게 잉꼬부부였는데, 안 그래? 남자는 작곡하고, 연주하고, 부인은 앞에서 노래하고 얼마나 좋아. 그런데 그런 환상적인 커플이 남편과 부인으로는 환상적이지 못했던 거지.

조 뭐가 제일 문제였어요? 두 사람 결혼생활에서?

김 술이지, 술. 결혼을 하고 나서 금세 알았어. 길옥윤 씨가 술이 없으면 못 사는 사람이란 걸 말이야. 내가 너무 상대를 모르고 결혼을 한 거지. 어떨 때는 2, 3일 행방불명이 되기도 해. 자취를 감춰.

조 제 생각엔 포커판에 가 계셨을 거예요. 그때 포커가 굉장히 유행을 했어요. 무슨 신문화인 것처럼. 게다가 길옥윤 선생 술 드시는 거는 모르는 사람이 별로 없었을 거예요. 유명하셨죠.

김 영남이도 내 성격을 어느 정도는 알잖아. 나는 모든 걸 준비하고 계획을 해서 목표를 세워놓고 그 목표를 향해 열심히 가는 사람이야. 물론 나도 실수할 수 있지. 그래서 다른 길로 가더라도 다시 제자리를 찾아서 돌아오지. 벗어나더라도 다시 돌아오고 다시 돌아오려고 노력을 하잖아. 그런데 길 선생은 그게 안 되는 거야. 몇 년 살아보니까 술을 끊기는커녕 점점 더 마시는 거야. 나이트클럽에서 일도 하고 그랬잖니. 술자리가 있으면 도저히 그냥 지나치지를 못하는 사람이야. 결혼해서 진짜 내 기억에 맑은 정신으로 집에 들어온 날이 하루도 없어.

조 누이가 바가지 긁는 타입도 아니었을 거 같은데.

김 술에 취해 들어오면 나는 말을 안해. 나는 화가 나면 말을 안해. 그냥 말을 안하고 있어.

조 그러면 길 선생은 어떻게 그 위기를 모면해요. 뭐라고 말을 하긴 할 거 아니에요?

김 곡을 써줬어.

조 하하하하. 재밌다.

김 며칠씩 안 들어와. 여자가 있어서 그러는 게 아닌 건 나도 알아. 다 포커꾼들 때문이지. 돈도 잘 벌지, 유명하지, 술 잘 먹지. 그러니 주위에 사기꾼들이 모이잖아. 그런 사람들이 얼마나 많겠니. 돈을 얼마나 쓰고, 잃고 다녔겠니. 그렇다고 내 자존심에 그 사람을 찾으러 다니겠니? 찾아다니지도 않았어, 나는.

조 그랬겠지요.

김 남편이 들어올 시간에 안 들어오는 것같이 속상한 거 없어. 자꾸 나쁜 생각도 하게 되지. 이거 포커가 아니고 진짜 여자가 있나? 그러면 진짜 속상하지. 그러면 대문소리 날 때까지는 결국은 잠도 못 자. 나는 쿨쿨 잠을 잘 자는 사람도 아니니깐. 항상 불면증에 시달리는 사람이기 때문에, 그 속상한 거는 말도 못해 정말. 그거는 나 같은 일을 겪어본 사람은 아마, 이해할 거야.

그렇게 며칠이 지나면 슬그머니 들어와. 그러면 며칠 동안 말을 안하는 거지. 그러다 내가 한 번 확 터지면 화산 터지듯 화를 내지. '당신이 계속 이렇게 하면 나는 못 산다. 나는 1년을 계획하고 사는 사람인데, 당신은 하루도 계획이 없는 사람이니까 이대로는 살 수가 없다.' 그러지.

그런 데다가 더 기가 막히는 일이 있어. 나이트클럽에서 일하니까 손님들이 공연 잘 봤다고 술을 한 잔 보내지. 그럼 자기는 그 테이블에 있는 사람들 술값을 다 내는 거야. 그게 한두 번도 아니고 매일이야, 매일. 그러니까 월말이면 다들 나한테 외상값을 받으러 오는 거야.

조   하!

김   부인 입장에서는 하루이틀도 아니고, 못 견디는 거지. 남편이 집에 쌀이 있는지, 딸아이가 운동화가 있는지 없는지 아무것도 몰라. 이런 얘기 하면 흉 보는 것 같으니까 내가 말을 안하고 싶은 거야.

조   아니에요, 흉 보는 거 아니에요.

김   일찍 들어오는 게 새벽 두 시쯤이야. 새벽 세 시, 네 시, 다섯 시가 되면 같이 술 마셨던 사람한테 업히거나 끌려서 집으로 들어오는 거야. 나는 그 모습이 정말 보기가 싫었어. 참 힘들었어. 정말 힘들었어. 그래도 어떻게 4년을 끌었는지 몰라. 정아가 있었으니까 그랬겠지.

조   누님은 그 당시 신혼이었을 텐데 그래도 그걸 부부지간의 사랑이라고 감쌀 수는 없었어요? 그냥 보통의 경우처럼 말예요.

김   그냥 감싸고 살 수는 없었지. 너무너무 화가 났어. 그런데 그렇다고 쉽게 헤어질 수는 없잖아. 그때는 애가 있고, 내 자존심, 체면이 있잖아. 그러니까 부부 사이가 끊어지지 않고 유지만 된 거지. 사랑이라기보다는.

조   어! 누이에게는 자존심, 체면 그거 중요하죠.

김   그거 중요하지. 그러니까 일본에서 신혼 때 헤어졌어야 돼. 신혼여행을 갔을 때 이 사람이 술을 그렇게 좋아한다는 걸 알았을 때 딱 헤어졌어야 하는 거야. 요새 같았으면 그랬을 거야. 근데 지금 말은 이렇게 해도, 그때는 진짜 실천을 못하지. 못하는 거야. 그때만 해도

구세대잖아. 야! 나 물 좀 마시자. 이 이야기를 하면 나는 아직도 속이 막 울렁거리고 떨려.[249]

조 천천히 하세요. 길 선생이 혹시 주사 같은 건 없었어요?

김 새벽 서너 시에 들어오면 우리 어머니더러 국수말이를 해달라 그래. 김칫국물에다 국수 만 거. 그 사람 평양사람이잖아? 그때 우리 어머니를 모시고 살았거든. 그러면 어머니가, 노인네가 주무시다가 국수말이를 해줘. 그러고 자는 사람은 다 깨워. 자기 혼자 먹긴 싫은가봐. 식구들이 다 나와야 돼. 그러면은 젓가락을 들고 존다.[250]

조 하하하.

김 그럼 내가 옆에서 빨리 먹으라고 그래. 그런 거 보면 내가 독하지를 못해. 내가 착한 여잔가봐. 꼴도 보기 싫어서 진짜 뒤통수라도 한 대 때리고 싶은데 꼭 옆에 있게 하니까 거기 앉아 있는 거야. 우리 어머니서부터 일하는 아이서부터 나까지 다. 그럼 후루룩 한번 먹고, 또 졸아. 그러다가 또 한 번 먹고 또 졸고.

조 재밌는 주사네.

김 한때는 그 사람 그러는 거 나도 이해는 했어. 자기가 일본에서는 스타였잖아. 그런데 결혼을 하고 보니까 항상 '패티김 길옥윤' 이렇게 되는 거야. 그러니까 아무래도 기분이 안 좋지. 질투는 아니었겠지만. 그래서 나는 기자들더러 항상 "길옥윤 패티김 부부에요. 그렇게 써주세요." 말하곤 했어. 그런데도 아무래도 가수가 더 인기인이지,

---

249 첫 번째 남편 길옥윤 선생 이야기를 할 때 패티김은 최고의 가수이자 카리스마 있는 스타의 모습이 아니었다. 옛날의 상처로 여전히 고통스러워하는 김혜자의 모습이었다.

250 이 부분을 말하면서 패티김은 조영남 앞에서 직접 머리를 떨어뜨려 테이블에 부딪히는 모습을 몇 번씩이나 직접 보여줘서 듣는 사람을 웃지도, 울지도 못하게 했다.

연주자나 작곡가보다는. 그렇지 않겠니? 그러고 뭐든지 내가 앞에 서게 되니까 이 사람이 점점점점 자꾸 뒤로 가는 거야.

조　자신이 없어지는 거죠.

김　자신이 없어지는 것도 있었을 거고, 모든 것에서 태만해지더라구, 사람이. 갈수록 모든 걸 나한테만 맡기는 거야. 그러니까 갈수록 내가 모든 걸 알아서 해야 되고. 그렇잖아도 책임감 없던 남자가 뭘 책임을 질 생각을 안하는 거야.

　그런데 어느 순간 그런 자신이 또 불만스러울 거 아냐. 그러면은 노래를 만들다가 기타를 내려쳐서 깨는 거야. 기타를 몇 번을 휘둘러서 깨트렸는데 언젠가는 기타를 그냥 떨어뜨리고, 휘두르다가 샹들리에까지 깨진 거야. 그 두꺼운 샹들리에가 깨질 정도니 어땠겠니. 그걸 또 내가 말리다가 유리조각을 밟아가지고, 한밤중에 응급실에 간 일도 있었어.

조　또 다른 주사는 없었어요? 술 취하시면 그렇게 우셨다고 하던데.

김　맞아. 이 사람이 술을 마시면 울면서 하는 말이 있어. 자기가 불쌍한 놈이라고 그러는 거야. 굉장히 내성적인 건 알겠는데 왜 그렇게까지 내성적인 건지, 뭐가 그렇게 자기 자신이 불쌍한 건지 난 도저히 모르겠는 거야. 그래서 몇 번을 뭐가 그리 불쌍하냐, 물었는데도 말을 안해. 그러더니 언젠가 하루는 자기 이야기를 쭉 하는데, 그 이야기 들으면서 같이 울었어. 그 사람은 이야기하면서 울고, 나는 들으면서 울고. 그때부터 그 사람이 너무 안됐고, 연민이 생기더라구. 너무 가엾어서 조금은 이해가 가더라구.

조　출생의 비밀이라도 있어요?

김　출생의 비밀까지는 아니지만 가슴 아픈 사연이 있기는 해. 길 선생은 평양에서 태어났고, 아버님이 의사셨어. 그런데 아버지가 둘째아들이셨는데 큰아버지네가 아이를 못 낳았대. 길 선생이 둘째아들로 태어나니까 이 아들을 아이 못 낳는 형님 댁으로 보낸 거야. 형님 댁이 대를 이어야 하니까. 참 잔인한 일 아니니?

조　옛날에는 그런 관습이 있었어요. 그 유명한 시인 이상[251] 씨도 그랬어요.

김　그래, 그런 관습이 있었다고 쳐. 그런데 이 집에서 잘못한 게 있어. 예전에는 한 마을에 다들 친척들이 모여 살잖아. 아이를 큰집으로 보낼 거면 애가 뭘 모를 때, 아주 갓난아이 때 보냈어야 하잖니. 그런데 이 집에서는 애가 다섯 살이 됐을 때 보냈다는 거야. 그것도 한 마을에 사는데 저희 엄마 떨어져서 큰집으로 보내진 거야. 그때까지 큰아버지, 큰어머니, 이러고 살았는데, 하루아침에 아버지, 어머니가 된 거지. 큰어머니 등에 업혀가지고 그 집으로 가는 거야. 큰어머니 등에 업혀서 가니까 제 엄마 떨어져서 가는 거 아냐. 울고 불고 그랬겠지. 큰어머니 등에 업혔는데 몸부림을 치면서 뒤를 보니까 몸이 바깥으로 완전히 꺾이다시피 되더라는 거야. 그렇게 뒤를 돌아보니까 저희 친어머니하고, 그 위에 형하고 큰 누님이 계셨거든. 모두 울면서 서서 그 모습을 보고 있더라는 거야. 다섯 살 때 일이었는데 그걸 다 기억을 하고 산 거지.

조　이야. 허허.

김　너무너무 잔인하지 않니? 애가 가면서 얼마나 엄마를 찾으면서

251　이상(1910~1937). 시인 겸 소설가. 본명은 김해경. 난해한 작품으로 유명하다. 소설 「날개」를 발표하여 큰 화제를 일으켰고 「오감도」, 「건축무한 육면각체」 등의 시 역시 난해한 것으로 유명하다.

울었겠니. 그렇게 업혀서 갔어. 그런데 갈려면 멀리나 갔어야지. 한 동네 사는 거 아냐. 다섯 살짜리가 가기에는 좀 멀기는 했어도 걸어서 찾아갈 거리였겠지. 그러니까 엄마가 보고 싶으니까 큰집에서 자꾸 도망을 쳐가지고 저희 집으로 갔대. 그러면 와서 데리고 가고, 또 와서 또 데리고 가고 그랬다는 거야. 그러다가 한 일곱 살쯤 됐을 때 아예 아주 먼 데로 이사를 갔대. 친부모랑 저희 형제들은 못 보게 된 거지. 그때부터 굉장히 내성적이 됐고, 부모와 형제들에게 배신당했다는 증오심이 마음에 남아 있는 거지. 그래서 친부모도 밉고, 양부모도 밉고 평생 다 미워하면서 살았어.

조   이야.

김   자란 과정이 그렇더라구. 그래서 이 사람을 조금은 이해를 하게 됐지. 길 선생이 겉으로는 아주 다정한 사람처럼 보이지만 사실 굉장히 냉정한 사람이었어. 자기 마음을 조금만 보여주고, 깊은 속은 안 보여주는 사람이야. 그날 울면서 말을 하는데 자기는 양쪽 부모가 다 밉다는 거야. 그리고 자기는 혼자라는 거지. 그 어린 사내아이가 얼마나 외롭고 막막했겠니. 그래서 갈수록 더 내성적이 되었겠지. 친구도 거의 없고, 책만 많이 읽고. 그러다가 기타를 어떻게 만지게 됐었나 봐. 그렇게 지내다가 서울대 치대를 들어가면서 서울로 왔지. 대학 와서 몇 년 있다가 어찌어찌 일본으로 밀항을 한 거지. 거기 가서는 또 얼마나 고생을 많이 했겠어? 내가 60년, 61년에 갈 때도 조센징 조센징 할 정도였는데 해방 직후였을 테니까 더 심했겠지. 색소폰도 불고 그랬으니깐 좀 나았으려나. 그래서 요시야 준이란 이름을 가지고 일본에서 활약을 했지. 그 사람의 젊은 시절은 그렇게 고통스러웠다더라고.

조 나중에 가족들은 만났대요?

김 어른이 되어도 그런 마음이 없어지지는 않았나봐. 자기 아버지는 결국 돌아가실 때까지 보질 않았대. 이 사람은 친부모도 안 만나고 양부모도 안 만나고 살았어. 내가 결혼할 때는 이미 아버지는 돌아가시고 안 계셨지. 그런데 그게 또 죄책감이 들었나봐. 내가 미국에 있다가 우리 어머니가 편찮으셔서 한국에 왔을 때, 길옥윤 씨도 친어머니가 편찮으셔서 일본에서 한국에 온 거였어. 아버지를 못 뵙고 돌아가시게 한 게 마음에 걸리니까 어머니가 위험하시다, 하니까 한국에 온 거지. 그 사람이나 나나 얼마 안 있다가 각자 돌아갈 생각이었는데 둘이 만나게 되고 결혼까지 하게 되어서 서울에서 정착을 하게 된 셈이지. 그 뒤로 양부모도 만나고 친어머니도 만나기는 했어. 그래도 늘 자기는 버림 받은 자식이라고 생각을 하고, 그 생각 때문에 술만 마시면 불쌍한 놈이라고 그렇게 울었던 거지.

조 그래서 그렇게 술 마시면 혼자 우셨구나.

김 그 이야기를 듣고는 얼마나 가엾니. 이해를 해보려고도 했어. 그런데 정말 매일 마시는 거야. 그렇게 매일 술 마시고 매일 우니까 나중에는 정말 보기 싫어지더라. 지난 일은 그렇다 해도 지금은 정말 행복한데, 자기가 술만 안 마시면 더할 나위 없이 행복한데 왜 저렇게 울까. 화가 났지. 우리 어머니 붙잡고도 그래. "저는 불쌍한 놈입니다." 이러고 울어. 그 새벽에 들어와서, 김치말이 국수해달라고 그러면서 울어. 계속 머리를 테이블에 박으면서.

조 거참. 가수와 작곡가로는 좋았잖아요.

김 좋았지. 가수로서는 정말 훌륭한 작곡가였지. 나는 그 사람의 노래를 누구보다도 잘 표현해서 불러줬고, 그 사람 곡은 나한테 정말 잘 맞는 음악이었지. 그런 면에서는 그 사람을 만난 걸 행운이라고 생각해야지.

조 두 분이 같이 작업한 노래가 대충 몇 곡이나 될 거 같아요? 세봤어요?

김 다 세보지는 못했지만 100여 곡도 넘을 거야. 우리가 아주 크게 히트한 것만 한 3, 40곡이 나오니까.

조 작곡가로는 더할 수 없이 훌륭한데!

김 작곡가로는 아주 훌륭하지. 그렇지만 결국에는 도저히 안 되겠다 싶어서 헤어져 지내기로 했어.

조 서로 합의하에?

김 그렇지! 길 선생은 내 의견을 항상 존중해준 사람이야.

조 오케이.

김 자기가 나쁜 버릇이 있고, 나쁜 습관이 있는 거를 인정을 하니까. 낮에는 어쩔 줄 몰라 하지. 본인도 정말 끊고 싶은가봐. 그런데 저녁이 되면 또 딴사람이 되는 거야. 그러니까 나는 도저히 이런 생활을 못하겠다. 그러니 서로 일정 기간 떨어져 살면서 생각을 해보자고.

조 노력도 좀 하고.

김 길 선생이 재즈 공부를 하고 싶어 했거든. 그래서 그럼 당신은 뉴욕 가서 공부를 하고 나는 서울에 있겠다, 그랬어. 그러고는 내가 그랬지. 우리가 헤어져 있는 동안에 당신이 결혼생활 아니면 술, 둘 중에 하나를 택해라. 술과 당신을 내가 다 감당을 할 수 없으니까. 그래서 우리가 따로 살게 됐어.

조 아하.

김 근데 떨어져 사는 동안에도 편치가 않았어. 영남이 너도 이 이야기는 모를 거야. 길 선생이 미국으로 간 지 한 1년 됐어. 근데 뉴욕에 있는 길 선생 소식이 들려오는 거야. 그때만 해도 미국 한인사회가 좁으니까 뭐 누구 만나서 술을 마시고 지낸다더라, 하는 말이 서울에 있는 나한테까지 계속 들려왔지. 나까지 없으니 얼마나 편하게 맘 놓고 술을 마셨겠니? 그 사람이 나를 사랑한 거는 나도 알아. 그 사람은 죽을 때까지 날 사랑했어. 그거는 내가 인정해. 근데, 그렇게 나를 사랑하면서도 술을 못 끊는 거야. 중독이라는 게 그렇게 무서운 거야. 마약이다, 술이다, 도박이다 할 것 없이. 그런 거에 한 번 중독되면…….

조　무섭죠. 그런데요, 헤어지자 말 꺼냈을 때, 쌍방 간에 어려움은 없었어요?

김　없었어. 전혀 없었어.

조　큰소리도 안 나고? 돈 문제로 복잡하지도 않았어요?

김　전혀. 조용히 헤어졌어. 그런데, 그쪽에서 억지를 조금 부리긴 했어. 뭐냐면 정아를 자기가 키워야 된다는 거야. 나를 어떻게든 붙들어보고 싶은 마음에서 그랬겠지. 그래서 내가 그랬어. "그래요? 그럼 우리 인연 끊지 말아요. 이혼하지 말고 이대로 계속 살아요." 내 대답이 딱 그거였어. "그래요? 정아를 거기서 키우겠다구요? 그럼 굳이 이혼하지 맙시다. 이대로 삽시다!" 그러니까 아무말도 못해. 그러곤 그냥 합의하에 이혼한 거야.

조　다른 말은 없구요?

김　없었어. 우리 별거 1년 반 하고, 다시 만났는데, 그이는 술을 더 마시고 살았으니까. 뭐 자기도 뉴욕에서 돌아올 때는 각오를 했겠지. 내가 그랬거든. "둘 중에 하나만 선택하세요. 나냐, 술이냐. 그거 결정하고 오세요." 근데 그 정도로 술을 못 끊을 정도면 안 되는 거지, 어떡해.

조　그래도 누이나 길 선생이나 이혼 안하려고 무척 애를 쓴 것 같네요.

김　그랬지. 그 사람은 죽을 때까지 나 사랑했어. 그건 내가 잘 알아. 나도 이혼을 하고 싶었겠니?

조　별거하는 동안에, 길 선생이 홍콩까지 찾아갔잖아요. 누이 만나러.

김　너 어떻게 아니, 그걸?

조　그냥 어디선가 들었어요. 신문에 난 걸 읽었나?

김　내가 힐튼호텔에서 공연하고 있는데 찾아왔더군.

조　찾아와서 뭐래요?

김　공연 끝나고 방으로 올라가는데 복도에 허름한 사람이 서 있어. 어두침침하고 내가 또 눈이 나쁘잖니. 누군지 몰랐는데 가까이 가서 보니까 길 선생이야. 복도에서 나 올 때까지 기다리고 있었다더라구. 아무래도 몇 년 같이 산 사람이고, 내가 정아도 낳았는데, 나도 되도록이면 같이 살면 좋잖아. 그래서 우리 다시 한 번 서로 노력해보자, 그랬어. 그때는 내가 돈을 잘 벌 때니까, 그래서 그길로 둘이 유럽여행을 떠났어.

조　유럽여행이면 파리를 간 거예요?

김　아니야. 그때 우리 언니가 스페인에 살았어. 그래서 스페인도 가고, 이탈리아, 그리스도 갔지. 스페인에 제일 오래 있었어. 언니를 자주 못 봤으니까. 그렇게 여행을 하면서 우린 서로 노력을 했어.

조　얼마나 여행을 했어요?

김　뭐 한 3, 4주 됐겠지? 언니네 집에는 한 열흘쯤 있었을 테고, 내가 이태리 간 거는 기억나고, 그리스 갔었고, 이집트도 갔었고. 그러고 서울에 왔지.

조　여행 때 어색하지는 않았어요?

김　굉장히 어색했어. 이미 우리가 1년 이상 떨어져 있었잖아? 좀 어색하더라. 그래도 그냥 서로 네 노래, 뭐니, 그 노래 가사같이 아닌 척 하면서 서로 웃으며, 돌아서는 거 무슨 노래지?[252] 내가 좋아하는 노래 있잖아. 장례식 때도 불러달라고 했던 노래말야.

조　「지금」!

김　「지금」! 맞아. 아, 난 그 노래 너무 좋아. 그런데 그렇게 애를 썼는데도 결국은 안 되더라. 그니까 그 양반하고 나하고는 부부의 연이 없는 거야. 술만 안 마셨어도 그렇게는 안 됐을 텐데.

조　여행 때는 술 안 잡수시고?

김　조금씩은 마셨어. 그래두 많이는 안 먹었지. 나하고 같이 있으니깐. 혼자 어디 나이트클럽에서 연주자들하고 손님 만나서 막 퍼마시는 거하고 다르잖아. 그때는 우리 언니하고 형부가 같이 있기도 했고. 언니랑 형부는 술을 거의 안 마셔. 사교적으로 한두 잔 마시는 정도지. 그니까 마실 수가 없잖아. 아마 굉장히 괴로웠을 거야. 술을 못 마셔서.

조　그래도 참 안됐어요.

252　김수현 작사, 조영남 작곡 「지금」의 2절 가사에 나오는 부분이다. '지금 지금 우린 그 옛날에 열정이 아닌 걸 분명 내가 알고 있는 만큼 너도 알아 단지 지금 우리는 헤어지자고 먼저 말할 용기가 없을 뿐 아 저만치 와 있는 안녕이 그다지 슬프진 않아 두 가슴에 엇갈림이 허무해 보일 뿐이지 아닌 척 서로 웃으며 이젠 안녕 이젠 안녕 돌아서야지'

김　노력했는데 안 됐어. 그래서 결국은 이혼을 하게 됐지.

조　이혼을 안하려고 서로 무지하게 노력은 한 거 같은데.

김　그렇지. 그런데 중독이라는 거는 무서워. 재활원 그런 곳에 한 6개월 들어가 있게 했으면 회복이 됐을까. 근데 그런 사람이 완전히 회복됐다고 하고, 다시 나와 또 한잔 마시면 도루묵이래잖아. 모를 일이지. 난 그때 그런 재활원이 있는지도 몰랐으니까. 근데 그거는 아무리 제3자가 옆에서 애를 써도 안 돼. 본인이! 본인이 결심하고 노력하지 않으면, 옆에서 아무리 애를 써도 그건 안 돼. 그것만큼은 확실해. 자신이 해야지. 그렇지 않으면 나중에는 술 마시지 말라는 소리가 귀찮고, 잔소리로만 들리겠지. 자기 자신이 노력하고, 결혼이냐 술이냐? 이까짓 술 끊어보지! 하고 결단을 내렸어야 했는데. 그게 불가능한 것도 아니잖아. 술 끊는 사람도 있잖니. 담배는 끊더라. 담배는 끊었어. 그런데 차라리 난 담배 피우는 게 나았어. 술 마시는 것보다는.

조　그때 정아가 몇 살이었어요?

김　우리가 별거할 때 정아는 세 살밖에 안 됐어. 그래서 정아는 사실 아버지를 거의 모르고 자란 아이야. 같이 살 때도 하긴 별로 못 봤지. 낮에 잠깐 보는 거지. 맑은 정신으로 보는 거는. 그러고는 맨날 술이니까 애를 볼 시간이나 있었겠니. 그리고 1년 반 정도 별거하고 있다가 이혼했으니까.

조　이혼하면서 다른 이야기 나눈 건 없었어요?

김　내가 두 가지 조건을, 아니 조건이라기보다는 부탁을 했어. 첫째는, "이혼은 우리 둘의 문제이니 앞으로 매달 300불씩 정아 교육비 보내십시오." 내가 그 돈이 없어서 그랬겠니? 아버지로서 책임은 져야 하잖아. 부부가 살다 이혼을 해도 아버지가 아이 양육비는 내주는

게 맞지 않니?

두 번째는 "우리가 부부로는 실패를 했지만, 음악인으로는 우리 같은 콤비를 찾을 수 없잖아요, 그니까 이혼은 해도 1년에 한 번씩 앨범은 냅시다." 이혼한 부부가 앨범을 내면 얼마나 멋있니. 나한테 길옥윤 씨는 정말 좋은 작곡가였고, 그 사람이 훌륭한 노래를 만들어줘서 오늘날까지 노래를 하고 있잖아. 길 선생도 자기 노래를 그렇게 부를 수 있는 가수가 흔치는 않았으니까. 그러니 우리가 얼마나 좋은 커플이야. 그래서 이혼은 했지만 음악인으로서는 같이 쭉 가자고 했어. 그걸 내세웠어.

조 그러자고 해요?

김 그럼, 내가 약속을 받았지. 그렇게 이혼하고 나온 게 「사랑은 영원히」[253]야. 그것까지는 하더니, 그다음에는 안하대? 그러고 이혼할 때 내가 또 당부를 한 게 있어. "올드미스도 좋고, 과부도 좋으니까 현명하고, 내조를 잘할 수 있는 여자를 만나세요." 그랬지. 길 선생은 자기 관리를 너무 못하고, 돈을 너무 모르니까 내조를 잘해줄 수 있는 그런 여인을 꼭 만나라고, 내가 그랬어.

조 이혼 약속은 잘 지켰어요?

김 「사랑은 영원히」 하나만 내주고, 그다음에는 아무것도 안했어. 우리 정아한테 참 너무했지. 양육비 보내는 건 당연히 안하고, 정아 생일이 되면 내가 미리 전화를 해. 나는 미국에 있었고, 길 선생은 일본에 있었는데 "11월 13일이 정아 생일이에요. 카드 보내고 꼭 선물

---

253 1972년 패티김과 길옥윤이 이혼한 뒤 두 사람은 이 노래를 가지고 1974년 함께 도쿄국제가요제에 참가해 입상을 했다.

보내세요." 그렇게 몇 번을 말해줬지. 그런데 한 번도 안했어. 내가 그걸 3년을 했어. 그러다가 결국 포기해버렸지. 생일 때 전화해, 크리스마스 때 전화해. 전화해서는 "카드 보내세요. 선물 보내세요." 그런데 한 번을 안하더라. 왜 그랬는지 몰라. 그래서 몇 년을 그러다가 나도 그만뒀어.

조　　전화하면 뭐라 그래요?

김　　전화하면 "아. 알았어요. 알았어." 이러지. 그걸로 끝이야. 그럼 내가 또 전화해가지고 막 뭐라 그러지. "어떻게 내가 그렇게 부탁을 했는데, 그게 그렇게 힘이 드냐, 당신 딸 어린애가 기다리고 있는데 자기 아빠한테서 선물 오기를 기다리는데 어쩌면 그거를 안해주냐." 그러면 가만히 있어. "미안해요, 미안해요." 그러기만 하고. 그런데 한 번도 안했어. 나는 여전히 퀘스천마크야. 왜 그랬을까? 이해를 못하겠어.

조　　혹시 정아가 크면서 아빠를 찾지는 않았어요?

김　　우리 정아가 좀 내성적이야. 지 아버지를 많이 닮았어요. 그니까 그렇게 1, 2년, 3년 정도 뉴욕에 살 때, 아빠를 기다리고 그러더라구. 그러더니 언젠가부터 아빠가 싫다는 거야. 그래서 그러는 거 아니야, 라고 말해줘도 싫은 건 싫은 거지. 애들은 지 생일에 선물 안 주고 크리스마스에 선물 안 주는 게 제일 큰 문제였겠지. 양육비 이런 거는 전혀 모르지. 하하하. 그렇다고 어린애한테 아버지 흉을 볼 순 없잖아. 아빠는 그냥 바쁘다고만 했지.

조　　나중에는 이야기를 해줬어요? 같이 안 사는 이유를?

김　　정아가 좀 성인이 되고는 내가 왜 아버지하고 이혼을 했어야 했는지를 다 이야기했어. 길옥윤 씨의 정말 좋은 점, 정말 나쁜 점, 이런 거를 다 얘기해줬어. 얘도 굉장히 궁금해 하니까.

조 앨범 내는 거는 지켰어요?

김 그것도 거의 안했지. 그러다가 덜커덕 여자 만나서 서초동에 술집을 내더라. 이름이 뭐였더라? 창고라던가. 돈에 관심도 없고, 욕심도 없고, 관리도 못하는 사람이 술집을 낸 거야. 굉장히 잘 됐대. 사람들이 그쪽 소식은 나한테 전해주지 않으면 참 고맙겠건만, 잘들도 전해줘. 소문을 들으니까 길 선생이 매일밤 나가서 색소폰을 불다가 새벽이 되면 만취가 되어서 업혀나간대. 결국은 나중에 부도 내고, 색소폰 하나 달랑 들고 일본으로 도피했잖아. 그 뒤 스토리는 너도 알지? 일본에서 그 사람이 어떻게 살았는지.

조 제가 일본공연을 갔다가 찾아다녔잖아요. 가서 만났는데, 조그만 바에서 연주하고 계시더라구요.

김 얼마나 비참하니. 대 길옥윤이가. 그런 얘기 들을 때, 나는 너무 속상하고, 그 사람이 너무 미웠어. 내가 운 거는 말도 못해. 어떻게 그렇게 자기 관리를 못하고 살았을까. 그 기가 막힌 재주를 가지고.[254]

조 그런데 우리 연예계 사람들이 다 자기 관리를 잘 못하는 경향이 있어요. 그래서 말년에 다들 초라해지고. 거의 다 그래요. 자기 관리를 끝까지 잘하고 사는 사람이 몇 안 되잖아요. 손에 꼽을 정도죠. 누이 같은 경우는 거의 드물죠. 일흔 넘어서까지 전성기를 누리는 사람이 몇이나 되겠어요.

김 많지는 않지.

조 우리나라 경우만 그런 것도 아니에요. 세계적으로도 그래요. 하

---

254   이 이야기를 하는 패티김의 눈에는 또다시 눈물이 맺혔다.

여간 세계적으로도 누님은 특출해요. 배우도 그렇고, 가수도 그렇고. 다들.

김 그 사람 생각하면 나는 지금도 너무 아까워. 재주도 아깝고, 인생도 아깝지.

조 그래도 길 선생 돌아가실 때 누이가 애 많이 썼잖아요.

김 그래, 영남이 너도 기억하지만, 이남기PD하고 나하고 나서서, 그 사람 죽기 전에 명예회복 많이 시키긴 했지.

조 그랬죠.

김 일본에서 정말 폐인돼가지고 죽어가는 사람, 일본에서 죽게 할 순 없지 않느냐 그러면서 이남기PD랑 나랑 도와주자고 해서 나섰지. 이남기 씨 알지?

조 그럼요. SBS그룹 사장까지 올라갔잖아요. 누이랑은 오래 알고 지냈죠? 이남기란 사람은 참 신기하죠. 난 이남기에 대해서 남들이 나쁘게 얘기하는 소릴 한 번도 들어본 적이 없어요. 누님한텐 참 끔찍이 대하는 걸 제가 봤죠.

김 맞아, 정말 언제나 봐도 변치 않고 좋은 사람이야. AD할 때부터 나랑 길옥윤 씨를 잘 알고 지냈지. 내가 길옥윤 씨 돕겠다고 나선 건 우리가 꼭 부부였기 때문에 그런 건 아니었어. 그건 내가 기자들한테도 확실히 말했었지. 예전에 부부여서가 아니라 나한테 훌륭한 곡을 써준 작곡가, 내 음악세계에서 나의 선배이자 동료였고, 좋은 친구였던 사람이니 내가 도와드리고 싶다, 그렇게 말을 했었지. 그게 사실이야. 그 사람이 한 7, 8년을 한국에 못 들어왔어. 부도를 내고 도망을 친 셈이라서. 가족들도 있지만 돈 떼인 사람들이 누가 다른 식구들한테 가나? 다 길옥윤한테 쫓아가지. 그니까 이 사람은 한국에 들어오면 감옥에 갈 상황이더라구. 그 빚 받을 사람들 몇몇을 내가 직접 만났어. 아마 이남기 씨도 만났을 걸? '저 사람 진짜 돈 없다. 지금 암 말기로 금방 죽을 텐데 그래도 한국에 모시고 와서 여기서 돌아가시게 해야 하지 않느냐.' 그렇게 간곡하게 설득을 했지. 아마 이남기 씨도 몇 사람한테 그랬을 거야. 이남기 씨가 많이 애썼어. 그 사람들이 봐도 그렇잖아. 그래서 겨우 한국에 돌아왔지.

조   누이가 나서서 공연도 해주고, 돈도 걷어서 드리고 했잖아요.

김   그래, 그랬지. 명예회복은 된 셈이야. 아, 훈장도 받았다. 죽기 바로 직전에 주더라. 줄 거면 좀 진작에 주지. 그 초라한 병실에 훈장 하나 걸려 있었어. 부산에서도 한번 공연했지. 너 그때 오지 않았니?

조   갔을 거예요.

김   어! 왔을 거야. 영남이는 그 사람이 쓴 곡은 안 받았지만, 그런 땐 내가 부탁할 후배 중 하나니까. 그래서 최희준, 박형준, 혜은이 이런 사람들에게 좀 도와달라고 해서 다들 출연료 없이 공연들을 했지.

조   누이가 애썼죠. 그때도 수익금 다 모아서 길 선생 드렸잖아요. 그리고 돌아가시기 전에 TV에 나와서 공연도 완벽하게 하셨고. 그런 것들은 누이가 참 남달라요. 좋은 샘플을 보여줬어요.

김   SBS에서 생방송했던 '길옥윤 이별 콘서트' 말하는 거구나. 그게 그러니까 1994년 6월 19일이었지. 길 선생에 대한 후배들의 헌정 콘서트였어. 내가 그 공연에서 「사랑은 영원히」를 불렀잖아. 기억 나니? 이혼하고 나서 우리가 함께 만들고 불렀던 유일한 노래 아니니. 공연 전에 길 선생이 부탁을 하더라고. 그 노래를 불러달라고. 그래서 불렀던 거야.

봄날에는 꽃안개 아름다운 꿈속에서 처음 그대를 만났네

샘물처럼 솟는 그리움 오색의 무지개 되어

드높은 하늘을 물들이면서 사랑은 싹텄네

아지랑이 속에 아롱 젖은 먼 산을 보며

뜨거웠던 마음 여름 시냇가

녹음 속에서 반짝이던 그 눈동자여

낙엽이 흩날리는 눈물 어린 바람 속에

나를 남기고 떠나야 하는 사랑이여

내 사랑이여 떠나기 전에 다시 한번만

사랑한다고 말해주오 사랑이여 안녕히

그날 노래를 부르면서, 참 신기하지? 길 선생이 나를 참 사랑했다는
걸 다시 느끼게 되더라. 남자, 여자로서만이 아니라 작곡가로서 그 사
람은 가수 패티김을 참 아끼고 사랑해줬다는 게 저절로 느껴지더라
고. 그러고는 열 달 못 채우고 이듬해 봄에 세상을 떠났지, 뭐.

조　이혼한 남편이었는데 그렇게까지 애쓴 건 무슨 이유였어요?

김　예전에 남편이었던 거를 떠나서, 나는 한 예술인으로서 그 사람
의 명예를 회복해주고 싶었어. 그 사람이 어떤 작곡가야? 일본에서
그렇게 초라하게 죽게 내버려둘 순 없잖아. 그런데 공항에 오면 그 자
리에서 곧장 잡혀갈 입장이라 고국에 돌아올 수도 없는 거야. 기가 막
히지. 다행히 잘 들어와서 장례식[255]까지 잘 치렀지. 죽기 전에 그러
더라. 눈물 흘리면서 날더러 고맙대.

255　길옥윤 선생의 장례미사는 돌아가신 김수환 추기경이 직접 집례를 했다.

조 길 선생님한테 따로 한 말은 없었어요?

김 죽기 한 일주일 전일 거야. 이 사람은 아주 뼈만 남았지. 암 환자니까. "내가 꼭 물어볼 거 있어요." 그랬더니 뭐냐고 물어. 그때 그 사람은 나한테 굉장히 고마워했던 때였거든.

조 뭘 물었어요?

김 "왜 정아를 그렇게 안 만날려고 그랬어요?" 그랬더니 대답을 안하더라. 대답을 안해. "내가 그렇게 도쿄에 전화하고, 크리스마스 때 생일 때마다, 제발 조그만 선물하고 카드 보내라고 그렇게 했는데, 어떻게 정아를 그렇게 한번도 보려고 하지 않았어요? 왜 정아하고 연락을 그렇게 끊었어요? 내가 그렇게 중간에서 부녀간을 이어주려고 했는데 왜 그랬는지 나 그거 알고 싶어요." 이랬는데도 가만히 있어. 눈 감고 끝까지 말 안하대.

오죽했으면 내가 정아 사진을 눈앞에 들이밀었겠니. 내가 그때 정아 대학 다닐 때 사진 가지고 있었거든. 아주 성인이 된 사진이지. 그 사진을 꺼내서 눈앞에 갖다대고 보여줬어. "지금 정아가 이렇게 생겼습니다. 이렇게 예쁘게 컸습니다. 이다음에 언젠가 저세상 가면 다 만난다고 하는데, 당신 친딸 얼굴은 봐둬야, 저세상에서라도 용서를 빌 거 아닙니까. 이게 정아 얼굴이에요." 이러면서 보여줬더니 막 통곡을 해. 아무말도 안하고. 그러고는 끝내 죽을 때까지 말을 안하고 갔어. 그냥 눈물만 흘리고.

조 그때가 길 선생 몇 살 때였죠?

김 그분 돌아가신 지가 한 14, 5년 됐을 걸? 지금[256] 살아 있으면

---

256 이 이야기를 나눈 때는 2011년 11월 무렵이다.

내가 만으로 일흔셋이니까 그 사람이 여든넷이야. 그러니까 일흔쯤에 돌아가셨나보다. 왜 그랬는지 말이나 해주지.

조 어쩔 줄 몰라 그랬을 거예요. 어찌할 바를 몰라서. 그런데 진짜 한 번도 연락한 적이 없어요?

김 없었다니까, 애는. 전혀 없었어.

조 이야기를 잠시 앞으로 돌려봐요. 결혼해서 임신 사실은 언제쯤 알게 됐어요?

김 우리가 1966년 12월에 결혼했다 그랬지? 1968년 11월에 정아를 낳았으니깐, 1968년 초에 애를 뺐네.

조 결혼 2년 후인가?

김 결혼하고 1년 한 2개월 후에 임신을 했지.

조 임신했을 때, 느낌은 어땠어요? 내가 스탄데 임신했다! 그 기분 어땠어요?

김 임신은 대부분 여자들이 다 하는 건데도 나는 나 혼자만 해낸 일 같았어. 내 스스로가 아주 장했지. 굉장히 아이를 갖고 싶었으니까. 보통 어린애 낳고 그러면 스타일 다 버린다고 그러는데도, 내가 8남매 속에서 살아서 그런지 나는 애를 원했어. 그런데 막상 임신을 하고 나서 입덧이라고 그러지? 그게 너무너무너무 심했어. '아! 애를 낳기 전에 내가 죽겠구나.' 그 정도로 심하더라구. 한 5개월 이상을 물도 마시면 다 토했으니까. 그러면서 공연은 계속하고. 그런데 둘째아이도 그렇게 심하대? 입덧이 끝나니깐 그때부터 엄청나게 먹어대기 시작했지. 근데 어느 여자나 그런 심정일 거야. 나 하나만 임신을 한 것 같고, 너무 자랑스럽고 너무 신기하고 여성으로서, 내가 이제 완벽하구나! 그런 생각했지. 애기 낳고 인기 떨어지면 어떡하나, 내 스타일이 망가지면 어쩌나, 그런 건 전혀 생각도 안했어. 애 낳고 다시 운동하면 되고, 노래는 여전히 잘할 거니까. 자신만만했지.

조   정아 태어났을 때는 아빠가 딸 예뻐하고 그러셨죠?

김   그럼. 예뻐했지. 내가 정아 낳은 게 서른한 살이었으니까 길옥윤 씨는 마흔둘에 낳은 건데 마흔둘에 첫아이를 가졌으니까 기뻤겠지. 안 기쁘면 그게 이상한 거지. 기뻐했던 거 같애. 그러니까 정아 노래[257]도 만들고 그랬겠지. 그렇다고 마음을 그대로 표현을 하는 사람은 아니었으니까. 그때는 우리가 일이 너무 많아서, 아침에 일어나면 집에서 아침 간단히 먹고, 나가면 그냥 밤에 들어오고 그렇게 생활을 했었다구. 그니까 정아는 내가 너무 못 키웠어. 그것도 내가 미안해.

257   길옥윤은 딸 정아의 첫돌을 기념해 「1990년 정아는 스물하나」라는 곡을 만들었다. 가사의 주요 부분은 다음과 같다. '루루루~1990년 정아는 스물하나 1990년 꽃피는 스물하나 봄이 오면 사랑을 알고 여름이 오면 피가 끓겠지 기차를 타도 정아 생각 산을 볼 때도 정아 생각 1990년 엄마는 사랑을 했소 1990년 아빠는 꿈을 꾸었지 노래할 때도 정아 생각 춤을 출 때도 정아 생각'

딸 정아와 함께

길옥윤을 보내며

이혼 그리고 그후

조 다시 이야기를 조금 앞으로 돌려서 이혼하니까 생활이 어떻게 변합디까? 기분이 어땠어요?

김 모든 게 다 바뀌었지. 엄청나게 힘들었지, 내 마음이.

조 힘들었겠죠.

김 게다가 그때는 이혼이라는 걸 무슨 큰 죄나 지은 것처럼 바라들 봤어. 요즘의 이혼과는 분위기가 달랐지. 거기다가 모든 대한민국 사람들은 내가 나빠서 그렇게 된 거라고 했거든. 나는 강한 사람이고 그분은 솜사탕같이 연약한 사람으로 보였겠지. 그러니 나는 나쁜 여자가 됐고, 그 사람은 정말 불쌍한 남자가 되어버리더라구. 그러면서 모든 화살이 나한테 날아오는 거야. 나를 보는 시선들이 다 독화살 같더군. 게다가 내가 길 선생을 발로 차고, 외국남자하고 연애를 한다, 그래서 헤어졌다, 이런 소문도 돌았지.[258] 이혼을 하고 나니까 굉장히 허탈했어. 그렇지만 그건 내가 감수할 수 있었지. 그런데 사람들의 시선,

특히 남자들이 나를 너무 증오하는 시선이 느껴지니까 정말 힘들더라. 남자들이 나를 너무 미워했어.

조 어, 그랬어요?

김 오죽하면 내가 정아를 데리고 떠났겠어? 도저히 여기서 살 수가 없더라구.

조 그때 피부로 느낀 반응들이 어떤 것들이 있어요? 요새 같으면 스캔들 나면 방송 못 나오잖아요. 그렇게 구체적으로 그런 뭔가가 있었어요?

김 그런 건 없었어. 그런 건 없는데 이런저런 소리들이 들렸지. 팬들이 나를 너무 미워한다는 걸 느꼈고, 대놓고는 못했지만, 나쁜X, 이런 말도 해가면서 나를 욕했어. 내용은 이런 거야. 그 착한 남편을 말이야, 헌신짝버리듯이 버렸다, 이런 거지. 그러니 어쩌다보니까 나는 완전히 나쁜 여자가 되어 있는 거야. 아주 악녀가 됐지.

조 이혼의 원인을 자세히 안 밝혔죠? 그러니까 사람들이 그랬을 거예요. 눈에 보이는 걸로만 보니까.

김 자세히 말하지는 않았지. 그냥 성격차이라고만 했지.

조 다 말하고 싶은 생각이 들지는 않았어요?

김 시간이 지나면 그런 헛소문이 잦아들 거라고 생각을 했어. 시시콜콜 다 이야기해서 뭐해. 내 자존심도 지키고 싶었고, 길 선생 자존심도 지켜줘야 한다고 생각했지. 언젠가 사람들이 진실을 알게 될 거

---

258 길옥윤 패티김 커플이 헤어지자 이혼의 책임이 모두 패티김에게로 돌아간 듯이 보였다. 각종 소문이 만발했다. 조영남이 기억하는 소문만 해도 몇 가지나 된다. 도피성 이민설도 돌았고, '유태계 사업가 W씨가 새 애인이라더라'는 설, '주한고위 미군 장성 모씨와 동거중이라더라' 하는 설 등등 온갖 소문이 돌았다.

고, 오해도 곧 풀릴 거라고 믿었어. 그런데 아니더라. 소문은 소문을 낳고 오해가 점점 커지는 거야. 오래전부터 사귀던 외국인 애인이 있었다는 소문이 미8군 사령관과 염문설로 발전하더니, 그 사람과 결혼하려고 내가 길 선생을 차버렸다고까지 커지는 거야. 온세상 사람들이 우리 이야기를 가지고 소설을 쓰고 영화를 만드는 거 같았어.

조　길 선생님은 무슨 말씀이 없으셨어요?

김　길 선생도 이혼의 모든 원인은 자기한테 있다고 끝까지 나를 두둔해줬지. 지금도 그 부분은 참 고마워. 그런데 어디 사람들이 그 말을 믿니. 그럴수록 길 선생은 착한 사람이 되어가고 나는 더 나쁜 사람이 되는 거지. 그래도 나는 끝까지 우리가 왜 이혼했는지 말을 안했어.

조　왜 그렇게 말을 안했어요. 그러니까 패티에게 문제가 있었다고 사람들이 생각했을 거예요.

김　우리 두 사람 사이의 진실은 우리 둘이 잘 알잖아. 그럼 된 거지. 우리 사이에는 정아가 있잖아. 그애를 책임져야 하는데 서로 만신창이가 될 수는 없잖아. 그러다보니까 얼마나 억울하고 속이 상하니. 화가 식지를 않는 거야. 그래서 내가 무대에서 쓰러지기도 했잖아.

조　무대 위에서요?

김　그래. 두 번이나 졸도를 했어. 한 번은 공연 다 끝나고 막이 내려오는데 그대로 쓰러져서 아웃이 됐어. 또 한 번은 노래 끝나고 인사하다가 그대로 주저 앉아버렸고.

조　밝힐 걸 그랬다는 생각 안 들었어요?

김　밝혔다고 뭐가 달라졌을까? 우리는 술에 대해 관대하잖아. 그러니 술 마시는 거는 흉이 아니야. 나한테만 괴로운 거지. 물론 나도 한두 잔 마시는 거는 흉이라고 생각하지 않아. 그런데 1년 365일 술 없이 못 사는 거는 정말 괴로운 일 아니니? 그렇지만 남편이 술을 너무 많이 마셔서 못 산다. 그랬으면 더 욕을 먹었을 거야. "남자가 말이야 술 좀 마시는데 그것 땜에 못 살아?" 그렇게들 말했겠지.

조　　그래서 이혼의 이유를 아예 얘기 안했어요?

김　　안했지. 우리는 그냥 성격차이로 헤어진다 그랬지. 길 선생님은 결혼생활보다 더 음악을 하고 싶었다고, 뭐 그냥 갖다댔지. 그러고는 참 우리도 웃긴다? 그냥 흐지부지 이혼을 하면 그 뒤에 너무 시달리잖아. 그래서 함께 발표를 하고 한꺼번에 탁, 털고 말자 그랬어. 그래 가지고 조선호텔에서 이혼 발표를 했어. 곽규석 씨가 사회까지 봤어. 기자들이 어마어마하게 많이들 왔어. 그때 우리의 이혼이 토픽 뉴스감이었으니까. 그 자리에서 이혼의 이유는 성격차이라고만 이야기했지. 이혼식이라는 새로운 말이 나왔어. 그 뒤에.

조　　생각나요. 그때.

김　　그런데 내가 고백을 하자면 내가 굉장히 이기주의자였어. 이혼을 결정한 거는 이기적인 생각이 아주 없지는 않았어. 매일매일 술 마시고 들어오고, 월말이면 사람들이 외상값을 받으러 오니까 그런 생각이 들더라. 내가 이 사람하고 계속 부부로 같이 살면 내 인생의 말년이 불쌍해지겠다, 그런 생각이 들었어.[259]

조　　그럴 수 있겠죠.

김　　인기라는 건 언제 없어질지 모르는 거잖니. 지금 인기가 있다고 해서 언제까지 인기가 있을 거라고 누가 장담을 하겠니. 오늘까지 패

259　패티김은 이혼을 하게 된 사정을 이야기하면서도 길옥윤만을 탓하지는 않았다.

티김 패티김 그러다가도 느닷없이 내일 '새로운 별'이 나타나면 팬들은 뒤도 안 돌아보고 새로운 스타한테로 몰려가겠지. 팬들이 얼마나 냉정하니. 이건 사람의 힘으로 잡을 수 있는 게 아니잖아. 인기라는 건 그런 거잖니. 무슨 얘긴지 이해하지?

조   이해하죠, 충분히 이해하죠. 남 얘기가 아니죠.

김   나는 항상 생각했거든. 내가 계속해서 정상의 위치에 있으려면 관리를 잘해야 한다, 희소가치도 있어야 하고, 여기저기 오라는 데 다 나가지 않고 정말 내 이미지에 맞는 최고의 자리에만 나가야 한다, 늘 그런 생각을 해왔어. 그럴려면 여러 가지로 늘 조심해야 하잖니.

조   무슨 말인지 충분히 이해가 가요.

김   믿기지 않겠지만 헤어질 때 우리는 싸우거나 불쾌하거나 그런 게 없었어. 그래서 웃으면서 헤어질 수 있었지. 이혼 발표를 하고 둘이 손을 붙잡고 주차장으로 멋있게 걸어내려갔어. 그걸 어떤 기자가 찍었더라. 우리를 쫓아온 거지. 그때 우리가 함께 웃는 사진이 신문에 대문짝같이 났었어. 어딘가는 아직도 스크랩이 있을 거야.

영원한 팬,
아르만도 게디니

조　자! 누이 인생에 두 번째 남자가 등장할 타이밍이에요, 이제.

김　내가 그게 참 아쉬워. 길옥윤 씨랑 헤어지고 나서 내심 그랬거든. 앞으로 몇 년은 신나게 연애를 좀 해야겠다, 유명하고, 돈도 좀 있고, 나이도 30대 초반, 중반쯤이었으니까 여자 나이로 한창 필 때 아니니. 서른셋인가 넷인가 그랬으니까. 적어도 5년은 신나게 연애를 해봐야지, 그랬었다구. 아, 그런데 마침 그때 아르만도 게디니[260]가 나타난 거야.

260　이혼 직후 집중되는 비난과 오해 속에 힘든 시간을 보내고 있을 무렵 패티김은 우연히 그녀의 열렬한 팬이라는 외국인을 만나게 되었다. 100프로 순수 이탈리아 혈통의 토스카나 지방 피렌체 출신인 아르만도 게디니는 미국에서 무역업을 크게 하고 있었다. 사업차 한국을 드나들며 가수 패티김을 알게 되었다고 한다. 아버지는 유명 화가였고, 어머니는 한때 영화배우를 했을 만큼 뛰어난 미인이었다고 한다. 주로 초상화를 그렸던 그의 아버지가 그가 10대 초반이었을 무렵 멕시코 대통령의 초청을 받아 대통령 내외의 초상화를 그리기 위해 멕시코로 오면서 이탈리아를 떠났다고 한다. 아르만도의 아버지는 패티김의 초상화를 그려주기도 했다.

조　그분의 뭐가 그렇게 좋았어요?

김　멋스러운 남자니까. 워낙에 잘생기고 말도 정말 잘하고, 호남이고 로맨틱했지. 아르만도는 이탈리아 사람인데 미국에서 무역업을 했어. 우리나라, 홍콩, 마닐라 등지를 자주 다녔지. 한국에 자주 다니면서 내 노래를 듣게 됐고, 그때부터 팬이 되었대. 한국에 오는 즐거움이 내 공연을 보는 거라고 하더라. 하하하. 그렇게 말을 잘해. 우리 자매들끼리 저녁을 먹고 있는데 옆 테이블에 와 있던 이 사람이 용기를 내서 인사를 하는 거야.

조　아하, 그래서 사귀기 시작했어요?

김　그때는 그냥 그러고 말았지. 그런데 내 생일이 2월 28일이잖니. 조선호텔에서 공연이 있어서 준비를 하고 있는데 내 방으로 노란장미 100송이가 온 거야. 꽃다발 속에 카드도 있더라.

조　뭐라고 써 있었는지 기억해요?

김　"I'm so glad I met you finally."

조　이야!

김　그게 끝이 아니에요. 그 다음날부터 매일, 거의 한 달 동안 색색으로 장미꽃이 100송이씩 오는 거야. 잘생겼지, 유머러스하지, 말 잘하지, 로맨틱하지. 그런 사람이 나를 좋아하니까 어땠겠니. 그런데 무엇보다 좋았던 건 술을 안 마신다는 점이었어.

조　술을 안 마셔요? 이탈리아 사람이?

김　그러게 말이다. 어떻게 이탈리아 남자가 술을 안 마시니? 그런데 안 마시더라. 그 사람이 술을 마셨으면 난 그 사람하고 절대로 결혼 안했어.

조　그러게요? 이탈리아 사람들은 와인을 물처럼 마시는데.

김 어쩌다 마셔도 와인 한 잔이야.

조 아, 그거 참 절묘하다.

김 뭐가?

조 아니, 이태리 사람이 술 못한다는 얘기요.

김 술을 안 마셔서가 아니라 아르만도는 정말 내가 사랑했어. 남자가 봐도 매력적인 남자라고 다들 그랬어. 정말 매력적이지. 그렇지만 만약 이 사람이 술을 마시는 걸 내가 봤으면 매력이 아니라 매력할아버지라도 내가 같이 안 살지.

조 길 선생한테 데어서요?

김 너 같으면 술 마시는 사람하고 또 살고 싶었겠니? 이 사람이 술을 마셨으면 결혼 안하고 몇 번 데이트하다가 또 다른 남자를 만날 수 있었는데. 이 사람을 사랑하게 됐고, 결혼하게 됐고, 같이 살게 됐잖아. 아이, 참.

조 그래서, 뭐 아쉬운 게 남아요?

김 아쉬워! 외국 유명배우들 보면 많은 여자들이 15년, 20년 연하의 남자들하고 연애하고 결혼도 하고 그러잖아. 나는 그게 너무 부러운 거야. 그래서 내가 언젠가 아르만도에게 그랬어. 내가 더 나이 먹기 전에 연하 남자하고 연애를 해야 하는데 당신하고 바로 결혼하는 바람에 그걸 못했다고. 그랬더니 아르만도가 뭐라는 줄 아니? "패티, 무슨 소리야. 지금 당신은 이미 연하 남자하고 살잖아." 그러는 거야. 자기가 나보다 6개월 늦거든, 생일이. 하하하. 그렇게 말을 재밌게 한다, 그 사람이.

조 그래서 미국으로 같이 간 거예요?

김 아니야. 그것도 아니지. 한국에서 내가 사람들한테 독화살 맞는 거 같다 그랬잖니. 그래서 도망치다시피 큰오빠가 계시던 LA로 갔어. 한국에 더 이상 있지를 못하겠더라구. 그런데 아르만도가 참 집요한 사람이야. 한참 후에 어떻게 연락처를 알아내서 LA로 연락을 해온 거야. 그러고는 자기가 있는 뉴욕으로 나를 초대를 했어.

조　그래서요!

김　그런데 내가 서울에서 가끔 데이트는 할 수 있지만 뉴욕으로까지 가서 누굴 만나고 싶은 마음이었겠니. 이혼한 지 얼마 되지도 않았고, 결혼해서 좋은 일도 별로 없었는데. 그래서 계속 거절을 했지. 그런데 포기를 안하는 거야. 자기가 나와 내 노래를 얼마나 좋아하는지를 계속 고백을 하는데 결국 내가 졌지. 그래서 뉴욕에서 새로운 사랑이 시작된 거야. 또 뉴욕은 내가 젊은 시절 꿈을 키웠던 곳이니 나한테 얼마나 각별하겠니. 그런 곳에서 나를 사랑하는 남자와 함께 사니까 참 행복하더라.

조　둘이서 여행 같은 것도 많이 하셨어요?

김　아르만도는 세계를 무대로 사업을 하는 사람이니까 외국을 참 많이 다녔어. 그 무렵에 유럽 몇 나라를 가게 됐는데 같이 가자고 하더라. 그때 우리 언니가 스페인에 살고 있었거든. 그래서 언니도 만날 수 있겠다 싶어 같이 이탈리아 몇 개 도시, 파리, 런던 같은 델 다녔지. 그러고 나는 스페인 언니집으로 가고 아르만도는 뉴욕으로 갔어. 두 달쯤 언니네 집에 있었나. 그러고 미국으로 돌아가니까 이 사람이 적극적으로 프러포즈를 하는 거야. 프러포즈도 정말 재밌었지. "만약 당신이 내게 아이를 하나 낳아준다면 그 아이의 무게와 같은 사이즈로 당신이 원하는 보석을 선물하겠소." 이러는 거야. 그런데 참 이상하지. 그때까지 나는 결혼을 할 마음도 별로 없고, 정아가 있으니까 아이를 낳을 생각은 더더욱 없었어. 그런데도 이상하게 마음이 흔들리더라. 보석 때문은 아니고 그냥 이 사람이다, 싶었지. 그러고는 이혼한 지 4년 만에 결혼을 했어. 1976년 2월이다. 그때가.

조 살아보니까 처음 만날 때랑 정작 결혼생활할 때랑 달라진 게 없어요?

김 없지. 참 똑같아, 이 사람은. 나를 항상 웃게 해주지. 너무너무 재밌는 사람이고, 굉장히 센스 있어. 그렇다고 주책없이 웃기는 것도 아니야. 여러 면으로 재주도 많아. 이 사람이랑 어디를 가면 내가 굉장히 뿌듯해. 자랑스럽고. 이 남자랑 어딜 가면 그 방안에 있는 여자들 시선이 다 이 사람을 쫓아와. 방안에 있는 남자들 눈길도 다 나한테 돌아가지만. 하하하.

아르만도는 가수 패티김을 위해서 참 열심히 해줬어. 그 사람이랑 결혼할 때 나는 노래를 안하고 있었지만 아르만도는 내가 무대를 떠나 살 수 없다는 걸 정말 잘 아는 사람이었지. 그리고 결혼할 때 내가 얼마나 큰 상처를 받고 지쳐 있는지도 알았기 때문에 뭐든지 나를 위해서 양보하고 배려해줬어. 그러고는 나중에 내가 다시 노래를 한다고 하니까 자기와 아이들의 생활이 어떻게 바뀔 걸 알면서도 나 하고 싶은 대로 하도록 응원을 해줬고. 그게 얼마나 대단한 일이니. 아내에게 받을 수 있는 서비스를 다 포기한 셈 아니니. 그러니까 그 사람은 가수 패티김과 인간 김혜자의 모든 걸 그냥 있는 그대로 받아들이고 사랑하는 사람인 거야. 우리 어머니 다음으로 나를 적극적으로 후원해준 사람이야. 처음 만날 때부터 지금까지 변함이 없어. 내 남편이지만 동시에 내 후원자이고 팬이지. 사람들이 나더러 늘 카리스마 있다고 하잖니. 내가 그런 면은 있지. 의지도 강하고 자존심도 강한 건 맞

아. 고집도 세지. 그런데 아르만도는 내가 보호 받고 있다고 느끼게
해주는 사람이야. 나를 전폭적으로 사랑하고, 아껴주지. 그럴 때 참
행복해. 그런 행복을 알게 해준 사람이야.

조   나쁜 버릇 같은 건 없어요?

김   나쁜 버릇이 있어. 시간을 못 지켜. 나는 시간 약속 늦는 거 정
말 질색인데 이 사람은 참 그걸 못 지키더라. 우리가 열 번을 싸우면
아홉 번은 그것 때문이야. 어딜 같이 가려면 우리가 항상 늦어. 이 사
람이 이탈리아에서 열여섯 살 정도까지 살다가 부모 따라서 멕시코로
갔어. 거기서 건축 전공으로 대학원까지 나왔지. 이탈리아 사람들도
한 시간 약속 늦는 걸 대수롭지 않게 생각하는데 멕시코 사람들은 뭐든
지 '마니아나, 마니아나' 그래. 마니아나가 내일이란 뜻인데, 뭐를 하자
고 하면 내일로 미루더라. 그래서 그런 건지, 어째서 그러는 건지 항상
늦어. 정말 나쁜 습관인데 아직도 못 고쳐. 그래서 언젠가 내가 "당신
은 아마 죽는 것도 늦을 거야." 그랬어. 그거 말고도 맘에 안 드는 게
몇 가지 있기는 하지만 그래도 대부분은 그냥 넘어가줄 만한 것들이야.

조   둘째 낳고 보석은 받았어요?

김   너는 그게 제일 궁금하니? 받았지. 블루사파이어. 하하하. 카밀
라 낳고 받았지.

조   길 선생님 딸 정아랑 아르만도는 잘 지냈어요?

김   그럼. 나한테도 그랬지만 애들한테는 정말 끔찍한 아빠였지. 정
아와 카밀라에게 아르만도는 아빠이자 엄마였어. 애들이 크면서 다치
기도 하고 아프기도 하잖니. 그런데 참 이상하다. 그때마다 나는 옆에
없는 거야. 한국하고 미국하고 왔다갔다 하면서 살았으니까 그러기도
했겠지만 꼭 내가 옆에 없을 때 애들한테 일이 생겨. 그러면 아르만도

가 혼자 다 해결을 했지.

조　그렇게 한국하고 미국 왔다갔다 하신 게 얼마나 돼요?

김　한 10년 그러고 살았나. 그때 참 별말 다 듣고 살았다. 패티김이 미국에서 살다가 돈 떨어지면 한국에 와서 돈 벌어간다는 말도 있었어.

조　저도 그런 소리 꽤 들었어요.

김　그런 소리 들으면 참 억울하지 않니? 지금처럼 가수들이 돈을 많이 버는 것도 아니었는데. 돈 버는 게 목적이면 공연 안하고 다른 걸 했겠지. 그래도 참 열심히 했다. 무대에 서기만 하면, 다른 건 머리에 들어오지도 않아. 그저 공연이 제일 중요하지, 뭐. 하여튼 내가 그러고 다니느라고 아르만도가 애들 돌보며 사느라고 애를 참 많이 썼어. 늘 고맙고 미안한 일이야.

조　그거 참 보통 일이 아니었을 텐데.

김　그럼. 보통 일이 아니지. 정아가 고등학교 다닐 때였나 그래. 자전거를 타고 집 앞을 달리다가 넘어진 거야. 집 앞 언덕길을 내려오는데 속도조절을 잘 못한 거지. 살짝 넘어진 거야 그럴 수 있는데 얼굴을 심하게 부딪혀서 앞니 네 개가 몽땅 빠진 거야.

조　저런.

김　마침 지나가던 사람이 알려줘서 아르만도가 정아를 데리고 급히 병원으로 갔지. 근데 의사가 그랬다는 거야. 신경이 죽기 전에 그 이를 찾아오면 붙일 수 있다고. 그러니까 이 사람이 부랴부랴 정아가 넘어진 곳에 가서 이를 찾기 시작을 했대. 근데 하필이면 넘어진 곳이 자갈로 만들어놓은 산책로야. 그러니 어떻게 해. 자잘한 자갈이 잔뜩 깔린 곳을 온통 뒤져서 이를 찾는 거야. 근데 눈물이 그렇게 쏟아지더래. 눈물이 쏟아져서 앞은 안 보이지, 신경이 죽기 전에 이는 찾아야지. 하나도 아니고 네 개나 되는데. 눈물범벅이 되어가지고도 네 개를 다 찾았어, 이 사람이. 내가 그 이야기를 듣고 얼마나 미안하고 얼마나 고마웠는지 몰라.

조　이야.

김　나야 뭐 특별히 애들한테 해준 것도 없어. 애들 초등학교 다닐 때부터 숙제 봐주는 것도 아르만도 몫이었지.

이 사람은 다방면으로 박식한 사람이야. 유럽, 미국의 역사며 문화사부터 정치, 예술 가릴 것 없이 아는 게 참 많아. 정아는 아르만도 덕분에 이탈리아어와 스페인어를 모국어처럼 사용하잖아. 그런데 카밀라는 아빠가 순종 이탈리아 사람인데도 이상하지, 또 이탈리아어를 못해.

조　정아는 큰딸이라 아무래도 좀 각별해요?

김　정아한테는 미안한 게 참 많아. 그애 낳았을 때 나도 서툰 엄마였지. 아기들에게 초유가 좋다는 이야기는 들어서 6개월까지는 어떻게든 모유를 먹이려고 무던히도 애를 썼다. 심지어 방송 녹화 중에도 젖 먹일 시간이면 녹화 중단하고 대기실 구석에서 젖을 물리기도 했어. 그런데 그 뒤로는 너무 바빠서 애 얼굴을 볼 수가 없었어. 어머니가 같이 사시면서 정아를 봐주셨는데, 내가 늘 바쁘니까 엄마 얼굴 익히게 해준다고 내 사진을 침대에 붙여두고 엄마라고 알려주셨어. 근데 어느날 내가 집에 있는데 어머니가 정아더러 "엄마 어딨어?" 하고 묻는 거야. 아마 그동안 당신이 집에서 정아한테 가르치신 걸 나한테 보여주고 싶으셨나봐. 그런데 우리 정아가 멀쩡히 옆에 있는 나를 놔두고 사진 쪽으로 가면서 "엄마, 엄마." 그러는 거야. 정아 머릿속에는 진짜 나하고, 사진 속의 나하고가 따로따로 있는 거지. 그걸 보는데 너무 마음이 아프더라. 일하느라고 바쁜 탓에 딸이 나를 못 알아보게 된 거잖아. 아무말도 못하고 있는 나를 보고 우리 어머니는 또 얼마나 마음이 쓰이셨겠니. 지금도 그때 생각하면 함께 있어주지 못해서 정아한테 너무 미안하고, 가슴이 좀 시큰하고 그래.

자라면서 보니까 정아는 나랑 참 닮았어. 성격이 나와 너무 똑같아. 자존심도 세고, 독립심도 강하지. 고집은 말할 것도 없고. 그래서 우리는 많이 부딪치기도 했어. 그런데 정아가 첫딸이잖아. 그래서 나도 경험이 없으니까 애가 고집을 피우면 어떻게 해야 할지를 모르겠더라. 그래도 참 잘 커줬지. 고마운 딸이야.

조 정아는 미국에 건너간 뒤에 계속 미국에서 컸어요?

김 정아가 네 살 때 미국으로 갔잖아. 그러고 중학교를 다닐 무렵에 한국에서 학교를 다니라고 권유를 했지. 처음에는 싫은 내색을 하더라. 그래서 찬찬히 설명을 했어. 넌 외교관이 꿈이니까 언어를 많이 하는 것이 장점이 된다, 엄마의 나라고, 네 나라말을 안 배우면 네 손해다. 그리고 부모가 모두 한국사람인데 당연히 한국어를 배워야 하지 않겠냐고 설득을 했지. 그래서 한국에 와서 성심여중을 다녔어. 그러면서 한국말을 다시 완벽하게 할 수 있게 됐지. 말만 배운 게 아니고, 사춘기도 비교적 안정감 있게 보냈고, 우리나라 예절과 전통도 쉽게 이해할 수 있게 된 거 같아. 그리고 여기에서 수학이나 과학을 열심히 한 덕분인지 미국에 가서 올A를 받아오더라. 하하하.

조 무서울 거 같았는데 논리적이고 치밀한 엄마네요.

김 아이들한테 내 별명이 호랑이, 노랭이, 제너럴(general)이야. 하하하.

조 그럴 거 같아요.

김 하지만 무턱대고 모든 것을 내 뜻대로 따르라고 하지는 않아.

우선 가장 중요한 원칙 몇 가지가 있어. 첫째는 숙제를 안하면 용돈을 줄이고, 밤늦게 돌아다니지 않는다, 자기가 먹은 그릇은 자기 손으로 치운다, 아무리 어려도 자기 침대는 자기가 스스로 정리한다. 이 규칙을 안 지키면 벌을 서게 했지. 철저히 지켰어. 그래서 딸들이 나더러 지독하다고들 그래. 하지만 규칙만 지키라고는 말하지 않았어. 고등학교 때까지 공부만 하던 정아가 대학에 들어간 뒤에 한동안 망아지 끈 풀어놓은 것처럼 노느라고 정신이 없는 거야. 아마 그때가 사춘기였던 거 같아. 그래서 그냥 가만히 두고 지켜봤지. 1년쯤 지나니까 알아서 책을 잡더라. 지나치게 간섭하기보다는 신뢰하고 있다는 걸 알게 하는 것이 중요한 것 같아. 정아는 고등학교 때부터 아르바이트로 자기 용돈을 벌어서 썼고, 대학 때도 웨이트리스, 도서관 잡무로 안해본 일 없이 일을 해서 자기 용돈을 스스로 해결하고 등록금도 제가 해결했어.

조　패티김 딸이?

김　교포사회에서 그걸 제일 이해 못하더라. 전부는 아니지만 유학생 중에는 고급 아파트에, 고급 자동차 타고 다니는 사람들도 있으니까. 정아더러 사람들이 그랬대. 엄마가 패티김인데 뭐하러 이런 일을 하냐고.

조　뭐라고 대답을 했대요?

김　우리 정아는 평소에는 엄마가 패티김이라는 얘기를 잘 안해. 그런데 그 소리를 듣고는 '유명한 건 내가 아니고 엄마이고, 그건 엄마의 인생이다. 이건 나의 인생이다.' 라고 얘기했대.

조　이야.

김　정아는 다행히 내가 해준 것보다 더 많은 것을 스스로 해낸 아이라서 더 자랑스럽고 그런 마음으로 지켜보지만 분쟁지역에서 활동

하고 있을 때는 정말 가슴이 늘 조마조마했지. 1998년쯤이었을 거야. 한 번 수술했던 내 눈의 망막에 다시 이상이 와서 재수술을 하게 되었는데 때마침 정아가 UN국제난민기구 대변인으로 르완다 내전을 브리핑하는 거야. 한쪽 눈에는 보호대를 착용하고 한쪽 눈으로만 하루종일 CNN에서 전하는 실시간 방송만 쳐다봤지. 브리핑 시간도 들쭉날쭉하니까 내 동생이랑 그냥 줄창 TV만 쳐다보고 살았었잖아. 어휴. 전쟁터에 있으니까 걱정이 되기도 하고, 당차게 제 할 일 하는 거 보면 자랑스럽기도 하고 그렇더라. 정아는 어릴 때부터 그렇게 당차더니 커서도 그래. 그 아이는 어릴 때부터 독립심이 참 강했어. 공부도 물론 잘했지. 조지 워싱턴 대학원을 다녔는데 그 학교는 미국에서도 유명한 정치인들이 많이 다닌 곳이야. 생각할수록 참 대견하지. 그러고는 국제난민 자원봉사기관에 취직을 하더니 UN으로 스카우트가 됐어. 4개국어를 할 수 있으니까 유리했을 거야.

조　UN에서는 무슨 일을 했어요?

김　UN난민고등판무관(HCR : High Commissioner for Refugees)이었는데 분쟁이나 가뭄, 기근 등의 자연재해로 인한 난민들을 원조하고, 구조하는 일을 주로 해. UN에 11년 다니면서 좋은 일도 많이 했어. 정아는 특히 코소보와 르완다 등 주로 분쟁이 일어난 위험한 지역으로 가게 되는 거야. 제대로 씻지도 못하고, 먹지도 못하고, 하루에 세 시간씩 천막에서 그것도 교대로 잠을 자며 일했대. 눈앞에서 사람들이 죽고 다치는 것도 매일 본다더라고. 그런 말을 듣고 있으면 내 맘이 좋겠니.

조　자랑스럽기도 했을 거 아니에요.

김　물론이지. 자랑스럽지. 그렇지만 엄마 맘은 또 그렇잖니. 안타깝지. 그래도 내가 할 수 있는 일이 별로 없어. 라면, 고추장, 김, 장갑, 양말……. 이런 것만 가끔 챙겨보내줬지 뭐.

조   정아 키우면서 속앓이하거나 그런 일은 없어요?

김   정아는 성격이 차분하고 그래서 크게 그런 거는 없었는데, 카밀라가 태어난 뒤가 제일 힘들었던 거 같아. 둘이 여덟 살 차이가 나거든. 엄마 아빠의 사랑을 독차지했던 정아로서는 위기의식 같은 걸 느낀 게 아닌가 싶어. 내가 카밀라를 낳아서 병원에서 돌아오니까, 이런 아기 말고 강아지로 바꿔달라고 계속 조르더라고. 식구들이 안 볼 때면 아기 침대로 다가가 아기를 거꾸로 붙잡고 흔들곤 했다고 나중에 고백을 하더라. 다행히 큰 사고는 없었지만 지금 생각해도 아찔하지. 카밀라는 지금도 "언니가 그래서 내가 지금도 이렇게 골이 아픈 거야." 하면서 손해배상을 해달라고 놀려먹지 뭐.

조   카밀라 키울 때도 정아랑 비슷했어요?

김   아무래도 정아를 키우면서 좀 부족했던 것을 알아서일까, 카밀라와는 같이 있는 시간을 가지려고 노력을 많이 한 편이었어. 카밀라 낳았을 때는 내가 처음으로 노래를 안하고 있었잖아. 그래서 내가 카밀라를 키웠지. 카밀라는 정아보다 훨씬 외향적이라 나랑 트러블이 있으면 제 방으로 들어가서 시끄러운 음악만 쾅쾅 틀어놓기가 일쑤였고, 부모 말은 잔소리로나 듣고 친구들하고만 대화가 통한다고 생각했지. 그런 태도는 내 입장에서는 좀 화가 나는 일이잖니. 그런데 이런 카밀라를 달래고 이야기를 많이 한 쪽은 아빠 아르만도였어. 그렇게 이해하고 기다리고 참고 지켜보니까 한 2년쯤 지나면서부터는 괜찮아지더라. 그렇게 사춘기를 보내고 나서는 수월하게 컸어.

조   카밀라는 가수 데뷔도 했었잖아요.

김   카밀라도 언니 정아처럼 한국에서 중고등학교를 보내고 미국

UCLA에서 연극연출과 음악을 전공하더라. 학교에서는 아카펠라 그룹을 만들기도 하고. 그런 거 보면서 내 유전자를 받아서인지 예술계통에 관심이 많구나 싶었어. 한때는 브로드웨이 뮤지컬 가수를 꿈꾸기도 했지. 카밀라의 재능을 알아보고 주변에서 가수 데뷔 얘기가 나올 때쯤 나도 고민을 좀 했어. 본인이 노래에 재능이 있고 하고 싶어 하는 거라면 내가 반대를 해도 가슴속에 지폈던 불이 저 스스로 꺼지겠나 싶더라고. 그래서 하고 싶으면 해보라고 허락을 했고, 대학을 마치고 2002년 한국에 와서 음반을 준비해가지고 2003년 초에 데뷔 음반을 발표하고 제법 활동을 했지.

조　카밀라랑 함께 선 무대가 꽤 있었죠? 어땠어요?

김　많지는 않았지. 카밀라랑 나는 무대 성격이 많이 다르니까. 40주년, 45주년 기념공연 무대에서 같이 듀엣으로 노래를 부를 때는 참 좋더라. 엄마로서가 아니라 선배 가수로 한 무대에 선 거니까. 의미가 있는 추억이지. 난 그것으로 충분하다고 생각을 해.

조　가수 생활은 즐거워했어요?

김　카밀라는 아무래도 미국에서 자라서 그런지 팝을 좋아하고 잘 맞았겠지. 그런데 우리나라는 발라드 중심으로 노래를 해야 해서 제 색깔과는 좀 차이가 있었을 거야. 그리고 우리 가요계 환경에 적응하기가 쉽지는 않았나보더라고. 연예인 활동하는 것이 외국생활에 익숙한 카밀라에게는 좀 이해가 안 되는 부분도 있었던 것 같아. 그래서 가수 활동을 더 하는 것에 미련 두지 않고, 새로운 일을 선택하더라고. 그만두겠다고 할 때도 내가 말리지는 않았어. 그러고는 미국으로 돌아가서 웨딩플래너로 열심히 일했지. 그쪽 잡지에도 소개가 될 만큼 인정을 받기도 했지.

조 딸들이 한국어는 잘해요?

김 그럼, 잘하지. 아무래도 영어가 더 익숙하기는 하지만 애들이 노력을 많이 했어. 말도 잘하고, 우리 글 읽는 것도 문제 없지. 그런 거 보면 얼마나 흐뭇한지 몰라. 나랑 전화할 때는 되도록 한국어로 말하지. 사람들이 "어쩜 딸들을 그렇게 잘 키웠어요?" 그러면 제가 잘 키운 게 아니라 저희들이 잘 자라줬다고 나는 항상 그렇게 얘기해. 아무리 부모가 잘 키워보려고 해도 저희들이 나쁜 길로 가면 방법이 없잖아. 자식 이기는 부모 없다 그러잖아. 그런데 애네들은 크면서 거의 말썽도 안 부리고 아주 반듯하게 커줬어. 그게 얼마나 고마운 일이니.

조 아르만도랑 살면서 힘든 적은 없었어요?

김 그 사람 때문에 힘든 건 없었지. 다만 건강 때문에 마음고생은 했지. 1990년 초였을 거야. 아르만도가 우리나라에 와 있을 때였는데 치과에서 충치치료를 받다가 만성간염에 감염이 되었지 뭐니. 우리나라 사람들은 만성간염이래도 항체가 생겨서 잘 이겨내는데 서양사람들은 만성간염에 감염되면 항체를 잘 못만들어내서 90프로 이상 간경화나 간암으로 발전한다는 거야.

조 저런.

김 노래하면서 노래 그만두겠다는 생각을 해본 적이 없었는데 그때는 정말 다 그만두고 싶은 마음이 들더라. 그때가 한참 내가 갱년기 우울증으로 고생하고 있을 때였거든. 아르만도가 건강이 악화되면 노래고 뭐고 다 그만두고 미국으로 돌아가 병간호를 해야겠다고 생각을 했지.

조 그래서 어떻게 됐어요?

김 아르만도가 정말 열심히 식이요법을 하고 철저하게 건강관리를 했지. 몇 년 동안 정말 애 많이 썼어. 아르만도가. 그래서 결국 1996년 간염항체가 생겼다고 의사가 진단을 해줬어. 그게 얼마나 대단한 일이냐면 아르만도 담당 의사가 미국 스탠포드대학병원에서 상당히 유명한 간 전문의였는데, 자기가 봐온 환자 중에 유럽인으로 간염항체를 갖게 된 첫 케이스라는 거야. 기적같은 일이라는 거지.

그날 마침 나랑 아르만도, 카밀라가 미국 샌프란시스코 집에서 TV를 보고 있었어. 저녁 무렵이었는데 전화벨이 울리는 거야. 아르만도가 전화를 받더니 주치의래. 저녁에 의사가 환자에게 전화를 하는 일이 흔치가 않잖아. 우리 모두 가슴이 덜컥 내려앉는 거 같았어. 6개월마다 정기검사를 하는데 결과가 나올 때가 됐거든. 근데 보통은 만났을 때 말해주잖아. 저녁에 전화까지 하는 거는 심각하니까 그런 거라고 생각을 했지.

조　그랬겠죠.

김　아르만도가 아무말도 안하고 듣고만 있는 거야. 우리도 아무 소리도 못하고 아르만도 얼굴만 쳐다보고 있었지. 그러더니 땡큐, 하고 전화를 끊어. 그러더니 활짝 웃으면서 "오케이, 나 항체가 생겼대! 이제 살았어! 패티!"이러는 거야. 그날 저녁에 우리 셋이 얼싸안고 얼마나 울었는지 몰라. 그게 우리 두 사람 결혼생활에서 가장 힘든 일이었던 거 같아. 한참 사업 잘못 되어가지고 돈도 많이 잃고, 갱년기 우울증으로 힘들었는데 아르만도 일을 겪으면서 위로가 많이 됐지. 돈이 다 무슨 소용이냐, 사랑하는 가족이 건강한 것이 최고지. 그렇게 마음을 먹게 되더라. 내가 그래서 지금도 그래. 당신 건강 되찾느라고 내가 돈을 다 잃은 거라고. 하하하.

조　그게 무슨 상관이 있어요?

김   그래도 나는 그 일을 겪었기 때문에 돈보다 사람이 더 소중한 걸 알았잖니. 하하하. 그냥 그러는 거지.

조   지금, 정아는 잘살죠?

김   그럼, 결혼해서 잘살지.

조   어디 살아요?

김   태국 방콕에. 정아 남편도 UN에서 일하는데 코소보에서 둘이 만났어. 사위는 영국사람이야.

조   결혼한 지는 얼마나 됐어요?

김   2003년에 결혼했으니까 8년!

조   손녀 손주는?

김   큰애가 손자야. 일곱 살, 둘째는 딸아이. 세 살. 애들이 얼마나 예쁜지 몰라. 특히 큰애는 사진을 내가 가지고 다니는데 너도 그 아이 사진을 봐야 해.

조   저는 본 적 있어요.

김   그러니? 정말 예쁘지. 우리 정아도 그래. 저랑 남편이 미남미녀는 아닌데 어떻게 이렇게 이쁜 아이들을 낳았는지 애들 보면서 자기들도 깜짝 놀랜대. 그 정도로 예뻐.

조   애들 이름은 뭐에요?

김   킴! 그 이름이 어디서 난 거냐면 우리 정아가 책을 엄청나게 좋아해. 그런데 대학 때 읽은 책 중에 키플링의 책이 있는데 거기 주인공 남자한테 반한 거야. 그래서 이다음에 결혼해서 아들을 낳으면 그 이름으로 하겠다, 그랬대. 그래서 킴이야. 그리고 내가 패티 '킴'이잖아. 내 성을 딴 것 같아서 더 좋아. 별명은 뭔지 아니? '김밥'이야. 김밥을 정말 잘 먹거든. 하하하. 둘째는 이름이 인디고야. 정아가 이 아이 가졌을 때 꿈꿀 때마다 블루스톤, 블루버드가 나왔대. 그래서 자꾸 블루를 보니까 인디고 블루[261]에서 이름을 따서 인디고라고 지었어.

조 뭘 그렇게 뒤적거려요?

김 우리 킴 사진. 내가 가지고 다니거든. 여기 어디 있을 텐데. 아, 사진 찾았다. 이게 내 손자 녀석이야. 킴~! 이 사진은 애가 아주 어렸을 때야. 지금은 초등학교 들어갔어. 벌써. 하하하. 내 집에는 온통 애네들 사진뿐이야.[262]

조 카밀라도 결혼을 했죠?

김 응. 교포 사위를 얻었지. 나는 정아도 그랬지만 아이들이 결혼할 때 꼭 한국사람이어야 한다는 생각은 별로 없었어. 그런데 결혼하고 싶다고 함께 왔는데 교포인 거야. 부모님들은 미국으로 이민 가서 그곳에서 훌륭하게 정착하신 분들인데 상견례 때 만났는데 아주 유쾌하고 점잖은 분들이신 거야. 그래서 정말 만족스러웠지. 그러고는 2010년 2월 LA에서 결혼식을 했어. 카밀라가 웨딩플래너라서 그런지 결혼식이 참 예뻤어. 아주 오래된 교회였는데 스테인드글라스가 아주 멋지고 고풍스러웠지. 아빠랑 카밀라가 팔짱을 끼고 입장을 하는데 교회 문이 열리고 그 빛 속으로 두 사람이 함께 들어오는데 그 앞으로 두 사람의 그림자가 쫘악, 하고 먼저 깔리면서 그 뒤로 두 사람이 걸어들어오는데. 어휴 그 장면이 그렇게 멋지게 느껴지면서 내 마음이 덜컹덜컹거리면서 눈물이 그냥 흐르더라.

---

261 인디고 블루(indigo blue)는 검정에 가까운 파랑색이다.
262 손주들 이야기가 나오면 패티김은 금세 은발의 멋진 김혜자 할머니가 된다. 이 할머니가 손주 자랑에 열을 올리는 모습을 보고 있으면 카리스마 넘치는 가수 패티김은 어디론가 사라지고, 그저 멋쟁이 유쾌하고 평범한 할머니가 조영남 앞에 와 앉아 있다.

조   눈물이 나요?

김   그렇지. 그게 기쁨인지 감동인지 뭐 두 가지가 함께 섞여 있었 겠지. 한켠에서는 우리 어머님이 생각나기도 하고 뭐 복잡한 마음이 었어. 결혼식 끝나고 피로연도 아주 재밌었지. 그쪽은 결혼식보다 피 로연을 더 중요하게 생각하는 거 같아. 나도 좀 들떠서 사람들하고 얘 기를 하고 있는데, 귀에 익은 노래가 들리는 거야. 사람들이 다 나를 보고 웃고 있길래 카밀라를 보니까, 카밀라가 "지금 나오는 노래가 엄 마 노래야." 그러대. 가만 들어보니까 내가 부른 「틸」의 원곡이었던 거지. 카밀라가 첫 번째 웨딩곡으로 내 노래를 틀고 싶어서 그랬다고 하더라. 그 노래에 맞춰서 우리 사위랑 아주 멋지게 춤을 췄지.

조   두 사위 다 맘에 들어요?

김   그럼, 첫사위는 내가 부를 때 꼽슬이라고 불러.

조   꼽슬이요?

김   응, 머리가 꼬불꼬불하거든. 그래서 내가 그렇게 불러. 하하.

조   그럼 꼽슬이는 누이를 뭐라고 불러요?

김   우리 꼽슬이는 나를 '어머님' 하고 부르는데 발음이 잘 안 되니 까 어마님, 어마님 그래. 첫사위는 좀 내성적이고 조신하고 조용조용 해. 근데 둘째사위는 같은 한국인이니까 처음부터 애, 재 하면서 좀 편하게 대하게 되더라. 저도 나한테 어머님, 어머님 그러면서 아주 편 하게 대하니까 그게 참 좋더라고.

조   카밀라는 아이 낳았어요?

김   2012년 4월 30일이 출산 예정일이야. 아이 낳을 때 내가 꼭 옆 에 있어주고 싶어. 그래서 공연 계획을 미뤘어. 엄마가 가서 미역국 끓여서 먹여줘야지. 애기도 안아보고. 엄마 노릇 꼭 해주고 싶어.

가족과 함께

1 50주년 기념공연 무대에
오른 두 딸과 손주들
2 2011년 연말 큰딸 정아가
연하카드와 함께 보낸 가족
사진

FAMILY, HEALTH, FRIENDS, AND SPIRIT ARE ALL GLASS BALLS. MONEY AND WORK ARE RUBBER BALLS.

3

4

5

Dearest Halmoni / Mamaloud

HAPPY HOLIDAYS

We love you sooo much and hope 2009 brings you happiness, health, love and many visits with us!!! xoxo

Indigo   Kim   Joung-ah   Craig   Cooper

6   7

8

9

10   11

3 패티김이 가장 힘들었을 때 둘째딸 카밀라가 보내준 위로의 메시지. 가족, 건강, 친구, 영혼은 떨어지면 깨지는 유리공과 같고, 돈과 직장은 떨어지면 다시 튀어오르는 고무공과 같다는 뜻을 담았다. 패티김은 지갑 속에 항상 지니고 다닌다.

4 둘째딸 카밀라는 항상 이것 먹어라, 저것 먹어라 하는 엄마에게 새소리를 흉내낸 '뽁'이라는 별명을 지어줬다. 일고여덟 살부터 어머니의 날이 되면 카밀라는 패티김에게 엄마새와 아기새들을 선물했다.

5 큰딸 정아가 일곱 살 무렵 얼마 안 되는 용돈을 모아 엄마에게 선물한 인형. 인형에는 "I love you"라고 써 있다. 올해로 꼭 38년째 패티김이 소중하게 간직하고 있다.

6~7 큰딸 정아가 크리스마스 카드에 남편, 본인, 아이 둘, 강아지의 모습을 그려 보낸 것. 겉장에는 아들 킴의 손, 딸 인디고의 발을 찍어보냈다.

8 큰딸 정아가 90년대 UN에서 일할 때 코소보, 르완다, 보스니아 등에서 보낸 수백 통의 편지와 카드들. 핸드폰도, 인터넷도 없을 때여서 편지 외에는 연락할 방법이 없었다. 전쟁터에서 보내는 정아의 편지가 패티김의 마음을 불안하게도 하고, 안심을 시켜주기도 했다.

9 둘째딸 카밀라가 다섯 살 무렵 보내온 카드. 글씨를 막 배운 카밀라는 하트 두 개를 그려놓고 'Baby heart to mommy heart'라고 쓰고 P.S. I love you, 라고 써보냈다. 오른쪽의 작은 지갑은 역시 카밀라가 중학교 다닐 무렵 일본으로 수학여행을 가서 사온 선물. 패티김의 행운의 마스코트.

10~11 행글라이더 타는 재미에 푹 빠진 패티김

12 아이를 가진 둘째딸 카밀라. 카밀라가 입고 있는 빈티지 드레스는 약35년 전 패티김이 카밀라를 임신했을 때 입었던 드레스이기도 하다.

12

단 한 번의 실수

조 내가 살면서, 이해가 안 되는 게 몇 개 있어요.

김 네가 이해 못하는 것도 있니? 난 너 똑똑해서 다 아는 줄 알았는데 네가 이해 못한다는 게 뭐니?

조 음, 남녀간의 사랑이 어떻게 시작이 되는지, 그걸 잘 모르겠어요. 그런데 누이와 관련된 것도 몇 개 있어요.

김 뭔데? 말해봐.

조 누이가 수영의 달인이고, 학교 때 농구, 배구, 다 떴는데, 자전거를 못 타시는 거.

김 너 그거 여러 번 이야기한다. 여러 번 얘기하는 거 보니까 그게 굉장히 인상적인가봐. 네가 요새 자전거에 빠져서 더 그래보이나보다. 내가 그걸 배워볼 생각을 안한 건 아니야. 몇 번 해봤는데 잘 안 되더라. 그래서 포기했어. 그냥.

조 신기해! 어느 한구석이 엄청 빈 거야, 그게. 아는 건 확실히 아는데 모르는 건 또 확실히 몰라요. 역시 남달라. 참 남달라. 그리고 또 하나 있어요.

김   또 뭔데?

조   누이가 사업에 손을 댔다는 거요.[263]

김   그 이야기까지 꺼내야겠니? 그건 이해하고 말고가 아니고 나한 테는 제일 큰 사고야. 나도 내가 그럴 줄은 몰랐지. 사업을 하고, 크게 실패할 거라고 생각이나 했겠니?

조   내가 아는 누이로는 상상이 안 되는 일이지. 누이가 노래 이외 에 돈을 벌려고 했다는 거. 왜 그랬을까, 이해가 안 가요. 참 이상해.

김   나도 참 이상해. 나답지 않지? 근데 그거는 나도 이상해. 그 이 야기만 하면 나는 울렁증이 생겨.

조   누이가 무슨 아파트 분양 같은 걸 한다고 해서 저도 그때 몇 번 갔잖아요? 거기 가서도 나는 평생 그런 걸 안해봐서 그런지 정말 이 상하더라고요. 민망하기도 하고.

김   나도 평생 처음이야, 그때는.

조   누이가 나보다 더 그런 거 싫어할 거 같았는데. 말하는 걸 보면 굉장히 냉철하고, 사람 가리는 사람 같았는데 말예요.

김   그래, 나도 그런 거 싫어했지. 내가 그런 걸 할 사람이 아니었 지. 근데 상황이 그렇게 흘러가더라. 이상하게. 사람을 잘못 만나면 그렇게 돼. 그래서 옛말에 친구를 잘 만나야 된다는 말이 있잖아. 나 는 그때 나랑 같이 사업하자고 했던 친구한테 귀도 먹고 눈도 멀었어.

---

263   패티김은 1988년부터 알고 지내온 모 의상디자이너와 공동으로 투자를 해 건물을 짓는다 고 했다. 느닷없이 패티김이 노래 아닌 일에 한눈 파는 걸 보게 된 패티김의 지인들은 몹시 의아했 다. 결과적으로 그 사업은 너무 지나치게 부풀려져 실패했다.

그때의 나는 내가 아니야. 정말 내가 아니지. 옛날 말대로 한 사람한 테 홀리고 다니까 아무것도, 다른 건 보이지도 않고, 들리지도 않더라 니까. 누가 뭐라 그러면 그 사람을 비난하는 걸로만 들려서, 도리어 내가 막 옹호를 했을 정도였어. 몇몇 사람이 나한테 그랬어. '쟤 사기 꾼이야, 쟤 평이 안 좋아.' 그런 말 들으면 나는 "아니야, 절대 그런 사 람 아니야." 그랬어. 열 사람이 도둑 하나를 못 지킨다는 말이 맞나봐. 한 사람이 마음을 먹으면 빠져나가기 힘들어. 진짜 그 사람은 머리가 비상했어. 머리가 좋은 사람들이 사기를 칠 수 있지. 크게! 까짓것 좀 도둑 같은 거 아니고. 근데 그때 내 상황이 그랬어. 동생이라도 옆에 있었으면 덜했겠지.

조   그때 그 문제의 사업 파트너는 어떻게 만났어요?

김   그 여자가 의상실을 했잖아. 내가 아는 사람이 어느날 그러는 거야. 어떤 여자 의상디자이너가 내 열렬한 팬이래. 나한테 어울리는 드레스를 선물하고 싶다고 한번 만나게 해달라고 그런다면서 만나볼 생각이 있느냐고 묻더라. 내가 사람을 잘 안 만나잖아. 개인적으로 밥 먹고 그런 일도 거의 없지. 한참을 생각하다가 디자이너는 알아두면 좋으니까 한 번 만났어. 그런데 처음 만났는데 인상이 참 좋더라고. 키도 아주 크고 교양도 있어 보이고. 말도 그렇게 많이 안하고 그러면 서도 굉장히 센스가 있고, 옷도 정말 잘 입고. 맘에 들더라.

처음에는 그렇게 시작이 됐어. 난 그때 대한민국에 여자친구라고는 호주에 왔다갔다 하는 친구 하나밖에 없었으니까 친구가 필요하기도 했겠지. 그래서 그 사람이랑 가끔 만나게 되고, 그 가끔이 자주가 되 고, 점심 같이 먹고, 뭐 또 어떨 때는 저녁도 같이 먹고, 그렇게 시작 됐어.

조 사업의 처음 시작은 어떻게 된 건데요?

김 그게, 참. 그 사람이 의상실을 하던 곳 근처에 외국사람이 사무실을 가지고 있었어. 한 4층짜리 건물로. 그 동네는 고층을 못 짓게 되어 있었어. 90몇 년까지 고층을 못 짓게 해서 고층이 하나도 없었어. 제일 높은 게 한 5층이야. 그런데 그 외국사람이 뭐가 잘못 되었는지 그 건물이 경매로 나온 거야. 근데 그 디자이너가 그 소식을 우연히 듣게 된 거야. 경매로 나온 거니까 실제 값보다 훨씬 싸게 나왔겠지. 이 건물을 사서 그 자리에다가 우리가 아담하게 건물을 새로 짓자, 그렇게 시작된 거야. 나까지 해서 세 여자가 시작을 했지. 여자 셋이서 건물을 지어서 하나씩 자기 공간 만들고 나머지 층은 집처럼 쓰자. 1층에는 자기 의상실을 하고 2층에는 찻집을 하고 3층에는 음악강습실 같은 걸 꾸며놓고 4, 5, 6층은 아파트로 짓자. 거기서 우리 셋이 각자 살면서 누군가가 외국에라도 나가면 집이 비었을 때 서로 봐주고 화분에 물도 주고 집도 돌봐주면서 그렇게 살자. 그렇게 시작을 했어. 얼마나 환상적인 아이디어니?

조 시작은 환상적이었네요.

김 처음에는 그렇게 시작했어. 그랬는데 하다보니까 자꾸 일이 커진 거야. 6층으로 시작했는데 18층까지 갔으니까 어땠겠니? 다 내 운이지. 뭐. 왜 하필 그때까지 고층을 못 짓던 한남동 일대에 고층설계 허가가 나니? 한남동은 남산이 바로 앞에 있고 그 너머에 청와대가 있잖아. 그러니까 오랫동안 고도제한에 걸려 있었어. 그랬는데 그게 바로 그때 풀린 거야. 바로 그때! 그래서 6층짜리가 15층으로 올라가더니 18층이 되더라. 층수가 올라갈 때마다 다 돈 아니니. 그때마다 빚을 진 거지. 조금만 더 조금만 더더 하다보니까 가진 돈으로는 부족

해서 빚을 내기 시작한 거지. 그런데 시간이 지나면서 차질이 생기니까 여기저기에서 돈을 빌리게 되고, 보증을 서고 그렇게 된 거지. 다 같이 다니면서 대출 받고 그랬어. 어느 순간에는 정말 빠져나올 수가 없게 되더라. 내가 다 보증을 서서.

조 허, 그거 참. 뜻은 좋았는데. 근데 문제가 어디서 어긋나기 시작했어요?

김 돈 때문이지. 가지고 있는 돈보다 프로젝트가 워낙 커지니까 거기서 오는 차이 때문에 문제가 시작된 거지. 지금 생각해보면 문제가 안 생기는 게 이상한 일이지.

조 그렇죠.

김 그렇게 일이 점점 커지다보니까 우리 중 누구도 감당을 못하게 된 거야.

조 음. 그랬군요.

김 그런데 억울하고 실망스러운 건 돈도 돈이지만 사람 때문이야.

조 사람이요?

김 그래, 사람. 지금 생각해보면 그렇게 사건이 터지기 2년 전부터 이미 그 디자이너는 일이 이렇게 될 줄 알았던 거 같아. 결국 일이 너무 커져서 수습을 못하게 될 거라는 걸 알았던 거지. 같이 시작한 우리는 하나도 몰랐지만.

조 그걸 어떻게 알아요?

김 자기 이름으로 되어 있는 동산이며 부동산을 미리 다 처분을 했더라. 타고 다니던 자동차도 없는 거야. 단칸방 하나에 월세로 살더라.

조 이야.

김 확실히 내가 뚜렷한 증거를 못 잡아내지만, 자기가 운영을 했고, 사업을 했으니까 왜 모르겠니? 함께 투자한 다른 사람 모두 나만큼 그 디자이너랑 친했었어. 그러니까 그저 그 친구 말이면 다 믿었어. 어떤 부부는 이런 일도 당했어. 부인은 남편 모르게 10억을 갖다주고, 그 남편은 또 부인 모르게 10억을 갖다줬어. 지금은 어떻게 그럴 수가 있을까, 싶지만 그때는 그렇게 되더라. 내가 있는 돈 없는 돈 다 쏟아부으니까 현금이 없잖아. 그런데 내가 어디서 공연을 하지? 그럼 끝날 시간에 전화가 와. 10분, 15분 간격으로 계속 오는 거야. 지금 당장 돈을 입금하지 않으면 내일 아침에 부도가 난다는 거야. 그럼 어떡해. 그동안 들어간 돈을 다 잃게 생겼는데. 넣어야지, 별 수가 없어. 그렇게 압박을 하는 거야. 만약에 잘못되면 다 내 책임인 것처럼. 그래서 나는 공연하고 받는 돈, 손끝에 만져보지도 못하고 고스란히 보내주고 그랬어.

조   어떻게 그렇게 바보처럼 당하고만 있었어요?

김   그 디자이너가 얼마나 수완이 좋은지 몰라. 나만 당했으면 내가 세상 물정 몰라서 바보처럼 당했다고 할 수 있는데 그게 그렇지를 않아. 처음에 여자 셋이 시작을 했다고 했잖아. 그런데 점점 일이 커지니까 다른 투자자들이 들어오기 시작했어. 그 디자이너가 다 끌어온 거지. 다 남자들이었는데 건설회사 운영하는 사장이고, 토목자재 운송하는 사업을 하는 사람들이고 그랬다구. 그런데 그 사람들도 다 당했어. 그중 한 사람은 얼마나 크게 당했는지 가정이 파탄 나고 신용불량자가 되어가지고 어디 가서 사업도 못하고 취직도 못하고 그러고 산대. 얼마나 수완이 좋은지 알겠니? 기가 막혀. 이루 말할 수가 없어. 그런데 디자이너 개는 '아, 이거는 무너지는 일이다.' 그걸 알고부터는 뒤로 돈을 몰래 빼놓은 거야. 자기 먹고 쓸 거는 그대로 남겨놓은 거지. 나중에 빵 터지고 나니까, 그게 제일 마음이 아프더라. 결국 우리가 다 배신당한 거야. 배신당했지.

조   크게 당한 거죠. 그 디자이너는 감옥 안 갔어요?

김   서울 구치소만 들어갔다왔지. 감옥은 안 갔어. 내가 들은 소문으로는 요새 필리핀에 가 있다더라. K팝이다, 뭐다 해서 요새 아시아 쪽으로 진출하는 사람들 많잖아. 사업하는 사람들도 그쪽으로 관심들을 많이 갖고. 그런데 사업하는 사람들만 관심을 갖는 게 아닌가보더라. 사기 치는 사람들도 그쪽으로 무대들을 넓혀간다는 말을 들었어. 오래전부터 동남아시아 쪽으로 이민 가서 기반 잡은 분들 많잖아. 그런 분들 상대로 사기 치는 사람들이 그렇게 많다는 거야. 같은 나라 사람들끼리 그게 할 짓이니. 그런데 그 디자이너도 필리핀에 가 있다니까 가서 또 사기를 치려고 궁리를 하는지도 모르지. 서울에서는 이용할 사람들 다 이용했고, 소문도 안 좋게 났을 테니까 더 어떻게 해볼 도리가 아무래도 없겠지. 그런데 참 우스운 게 있다. 그 디자이너가 독실한 신자야. 어느 종교라고는 내가 말할 수 없지만 시간만 나면 하루에도 몇 번씩 가는 거야. 가서 열심히 기도해. 내가 나중에 속으로 그랬어. 대체 가서 무슨 기도를 하나. 자기 죄를 뉘우치는 기도를 할까, 아니면 사기 칠 사람 보내달라고 기도를 할까. 정말 궁금하지 않니. 그렇게 사기를 치고 다니는 사람이 자기가 믿는 신 앞에 가서 무슨 기도를 할까? 그런데 살다보니까 뛰는 사람 위에는 꼭 나는 사람이 있더라. 언젠가 그 디자이너도 자기가 당한 것처럼 당할 날이 있지 않겠니. 이렇게 여러 사람 힘들게 해놓고 잘살 수는 없는 거 아닐까.

조   누이는 무슨 맘으로 그 일을 시작했어요?

김　내가 한없이 끝없이 노래를 할 수는 없잖아. 그러니까 내 노후 대책으로, 보험 들듯이 뭘 하나 해둬야겠다, 생각하고 시작한 거야.

조　그 일을 결정하면서 아무하고도 상의 안하고?

김　아무하고도 상의 안했어.

조　그럼 그 일이 실패로 끝났다는 걸 알고 어떤 기분이 듭디까?

김　내가 완전히 눈이 멀었었구나, 했지. 그때는 그 사람이 팥으로 메주를 쑨다고 해도 믿었을 거야. 원숭이도 천 번에 한 번은 이 나무에서 저 나무로 건너가면서 떨어질 때가 있더라구. 그렇게 계획적으로 그렇게 조심하며 살았는데도, 나무에서 내가 떨어진 거야.

조　어떻게 그 사람을 그렇게 믿었어요?

김　그 친구가 나한테 정말 잘했어.

조　잘해야 신뢰가 가지. 잘못하는 사람을 신뢰하는 일은 없는 법이죠. 그런데 대체 얼마나 잘했길래?

김　얼마나 잘했냐면, 내가 망막이 떨어져서 수술을 했을 때야. 아산병원에서 수술을 한 뒤 딱 11일을 입원을 했는데 망막은 저 뒤에 있잖아? 그래가지고 한 시간에 한 5분정도만 비스듬히 있을 수 있고 나머지 55분은 계속 엎드려 있어야 돼. 그래야 이게 고정이 된대. 여차하면 이게 다시 떨어지니까. 나 그때 무지하게 고생했어. 그때 그 디자이너가 나를 도와줬어. 수술할 때부터 있더니 아예 그 다음날 지가 입을 옷 딱 한 벌 갖다놓고는 그 딱딱한 보조침대에서 자더니 다음 날 아침 여덟 시, 여덟 시 반에 출근을 해.

그러고 한 일곱 시반쯤 되면 퇴근하는 길에 저녁을 사가지고 내가 누워 있는 병원엘 와. 초밥도 사오고 뭣도 사오고, 내가 먹을 것을. 병원 음식이 맛이 없으니까. 그런 담에 입었던 것 딱 벗어놓고, 바지에 납작한 신발 딱 신고 내 시중을 다 들어주는 거야. 한강이 내려다 보이는 병실이었는데 거기서 같이 저녁 먹고 한강을 바라보면서 이야기도 하고 그랬지. 내가 눈을 가리고 있으니까 화장실 갈 때도 부축을 해주고 그랬어. 그때는 내 주위에 아무도 없었으니까. 그러고 아침 여덟 시 되면 아침 진찰 진료 받는 거, 나 데리고 가서 다 하고 나 침대에 눕는 거 다 해주고, 저는 그때쯤 옷 다시 갈아입고 출근을 하는 거야. 얼마나 대단한 정성이야. 내가 11일 입원을 하고 있는데 하루를 안 빠졌어. 그렇게 나한테 잘했어. 그애는 나를 너무 좋아했어. 무슨 의도를 가지고 그럴 거라고는 상상할 수조차 없었지. 나보다 나이가 14년이나 어린데 나를 너무 좋아했어. 나를 참 존경하고 좋아하고 그랬어. 그러던 게 저도 그렇게 함정 아닌 함정에 빠지게 되니까, 저 혼자 빠지질 않고 저를 정말 사랑하고 아끼고 도와주던 사람을 다 같이 끌고 들어간 거야. 걔도 의상실하고 의상 디자인만 했어야 해. 괜히 부동산 쪽에 관심을 가져서 괜한 사람들 망하게 한 거지.

조　저도 누님 때문에 그 디자이너를 몇 번 보게 됐죠.

김　그렇게 믿었던 사람에게 완전히 배신을 당했기 때문에 정신적으로 다운이 되는 거는 말할 수가 없지. 그런데 현실적으로 금전적 피해가 몰려오니까 너무 힘들더라.

　유명해서 돈을 벌어도 우리 같은 사람들은 버는 만큼 또 나가는 것도 무시할 수가 없잖니. 내 경우에는 품위유지비라고 하니? 경조사비 같은 것도 많이 나가고. 남들이 10만 원 하면 나는 2, 30만 원 해야 하고, 남들이 20만 원 하면 나는 4, 50만 원으로 올려서 해야 하지. 그렇게 나가는 것들이 많잖아. 그래도 나는 비교적 알뜰하게 아껴서 돈을 좀 모아놨는데 한꺼번에 그렇게 왕창 나가니까 힘들게 된 거지.

조   하하하. 웃을 일이 아닌데 웃음이 나오네요.

김   내 돈 없어진 거는 뭐 돈이야 벌 수도 있고, 잃을 수도 있는 거니까 그러려니, 하겠는데 나는 한푼도 안 쓴 돈을 나한테 자꾸 갚으라고 보채니까 그게 내가 제일 괴로웠어.

그 뒤 그 사람은 연락도 안 되고, 가진 재산도 없고, 아무것도 없으니까 자꾸 은행에서 김혜자한테만 연락이 오는 거야. 알 만한 사람은 다 아니까. 김혜자가 패티김인 거. 그러니까 연락하면 뭔가 나오겠지 싶어서 자꾸 연락을 하는 거지. 게다가 은행에 갈 때마다 내가 늘 같이 갔거든. 아무래도 얼굴이 알려져 있으니까 은행 사람들이 좀더 믿을 거 아냐. 그래서 다들 내 얼굴 보고 돈 빌려줬다고 그러는 거지. 내가 너무 화가 나서 어떻게 이렇게 나를 악용을 했느냐고 했더니, 그 디자이너가 뭐라 그랬는지 아니? 그건 악용이 아니라 선용이었다고 하는 거야. 말로는 도저히 당해낼 수가 없어. 그러니까 그렇게 꼼짝 못하고 다들 당했지. 나랑 같이 했던 사람들도 다 수십 억씩 묶여 있는데 그 사람들은 유명인이 아니니까 다들 나한테만 연락해. 그게 내가 제일 힘들었어.

지옥 같은 10년

조　그 정도일 줄은 꿈에도 몰랐는데 그때가 살면서 가장 힘든 때였겠어요.

김　가만히 되돌아보면 내가 그 사업을 시작했던 시기가 갱년기[264] 우울증 때와 딱 맞아떨어졌어.

조　누이가 갱년기 우울증이라는 거 짬짬이 겪었다는 말은 나도 들었던 거 같아요.

김　나는 갱년기가 10년 갔어. 아주 힘들었어.

조　허, 10년을요? 그럼 우울증은 어떻게 시작이 되던가요?

김　내가 50이 되던 무렵이었는데 그 숫자가 그렇게 힘들더라. 받아들이기가 아주 힘들었어. 그 이후로 60살, 70살 생일 때마다 내가 아

264　갱년기는 대부분의 여성들이 나이가 들면서 자연스럽게 겪는 현상이다. 여성호르몬의 결핍에 의한 증상이 나타나는데 얼굴이 붉어지거나 땀이 나는 것이 일반적이다. 심한 경우 피로감, 불안감, 우울, 기억력 장애, 불면증 등을 겪기도 한다.

직도 이렇게 건강하구나, 아직도 뭐 봐줄만 하다, 그러면서 행복했는데 유난히 50살이 되던 해는 아주 우울하더라. 그때 갱년기가 시작이 됐던 건데 그건 내가 몰랐지. 그리고 마침 아르만도랑 부부 트러블이 있었거든. 아무래도 멀리 떨어져 사니까 서로 힘든 점이 많았겠지. 그런데 그것보다도 50이라는 숫자가 너무 끔찍했어. 80보다도 더 끔찍하고 싫었어. 왜 그랬는지 몰라. 갱년기 지나니까 나이 먹는 게 행복해지더라. 괜찮아졌어. 난 80이 되어도 그럴 거 같아. 근데 50이라는 그 숫자가 나를 제일 고통스럽게 했어. 30대 40대에서 50으로 넘어가니까 내가 갑자기 너무 늙은 것 같아서 그랬나봐. 그때는 맨날 울었다.

조 예?

김 맨날 울었어. 맨날.

조 울어요?

김 그냥 눈물만 나! 노래하면서도 눈물 나고, 막 눈물이 줄줄줄 나.

조 몇 살 때에요, 그게?

김 쉰 살, 딱 50에 카밀라 아빠하고, 한국으로 왔는데 갱년기하고 딱 부딪혔지. 내가 아르만도랑 같이 서울에 살아야겠다 맘 먹고 카밀라 데리고 온 게 딱 그때야. 그러니까 그것도 갱년기 때문에 서울에 오고 싶었던 거지. 그걸 그때는 몰랐어. 모든 것이 아주 굉장히 힘들었어. 지금 생각하면 그때가 제일 힘들었던 것 같아. 내 동생은 갱년기가 왔는지 갔는지 그냥 후끈, 하다 말았다는데 나는 잠도 못 자고 먹지도 못하고 그러다가 심하게 우울증도 앓았지. 우울증이 너무 심했어. 근데 남자한테도 갱년기가 온다더라. 그래서 40대에서 50대 자살률이 제일 많은 거래. 우울증은 이기기가 참 힘들어. 나도 참 어마어마하게 겪었다. 자살 생각도 몇 번 했어.

조 잠 못 자고요?

김 응, 잠 못 자고.

조 울음이 나요?

김 먹지도 못하고 그냥 울어. 노래하면서도 그냥 눈물이 나. 모든 노래가 다 나를 위한 노래처럼 느껴져. 「멍에」도 그랬어. 이거는 나야, 이거는 나야, 그러면서 울었어.

조 사람이 보는데도?

김 응! 나는 공연하면서 얼마나 울었는지 몰라. 그러니까 남편하고 이혼을 했다, 남편이 뭐가 어쨌다 별 소문 다 났었어.

조 일부러 운 건 아니고?

김 어떻게 일부러 우니? 왜 일부러 울어. 그냥 노래하는데 눈물이 막 나.

조 어쩔 수 없이? 통제가 안 돼?

김 무대에서는 한번 눈물이 나기 시작하면, 울음이 터지면 멈춰지지가 않아. 공연 거의 끝날 무렵에 「마이 웨이」[265]를 부르잖아? 그 노래가사가 다 구구절절 내 얘기 같애. 그러면 눈물이 나기 시작해. 어떨 땐 그냥 눈물만 뚝뚝 흘리면서 가만히 서 있어. 눈물이 나서 노래를 못하는 거야. 그럼 사람들이 막 수군수군해. 그러다 앞에서 어느 분이 어머! 운다, 운다. 이럴 거 아냐. 바로 앞이니까. 그리고 공연장에는 큰 스크린이 있잖아. 그러면 다 보이지. 무대에서 5초는 5분만큼

---

265 「마이 웨이」(My Way). 1968년 프랑스 샹송곡에 「다이아나」, 「오 캐롤」로 유명해진 미국 가수 폴 앙카가 지금의 영어 가사로 번안했다. 프랭크 시나트라가 불러서 유명해졌다. 엘비스 프레슬리와 톰 존스를 비롯 수많은 가수가 리메이크 형식으로 불렀지만 많은 사람들이 프랭크 시나트라 노래를 으뜸으로 여긴다.

길잖니. 내가 마음을 가다듬어야 노래를 할 거 아냐. 그러면 누군가가 박수를 치기 시작해. 손뼉을 쳐줘. 그러면 관객들이 모두 손뼉을 쳐줘. 그러면 거기에서 다시 좀 힘을 또 얻어. 정신을 번쩍 차리는 거야. 아, 나는 너무너무 고생했어. 그 우울증 때문에.

조　　노래를 하면서 우는 건 그렇게 나쁜 건 아니잖아요.

김　　근데 너무 울면 사람들이 무슨 일이 있는가보다, 눈치를 채지.

조　　집에서도 혼자 울고 그랬어요?

김　　집이고 밖이고 그냥 눈물이 나. 너무 슬프더라, 내 인생이.

조　　하하하하.

김　　너, 그게 그렇게 웃을 일이니?

조　　그러게요, 왜 웃음이 나오는 거지?

김　　근데 처음 1, 2년 동안 내가 갱년기라는 걸 몰랐어. 그걸 알았으면 빨리 대처를 했겠지. 근데 나는 누가 갱년기 때문에 고생한다는 말을 들을 때마다 갱년기? 에이 그까짓것, 뭐. 난 그런 거에 쩔쩔매고 살 것 같질 않았어. 너무너무 아주 자신만만했어. 나는 강하니까 충분히 그럴 수 있다고 생각했지. 그런데 1년이 훨씬 지나고 보니까 아무래도 심장에 문제가 있다고 생각이 들더라. 시도때도 없이 가슴이 막 뛰고 열이 나고 잠도 잘 못 자고 먹지도 못하고 그래서 나중엔 심장병 의사를 찾아갔어. 이러다가 심장마비로 죽겠구나 그럴 정도로 심장이 뛰어. 그래서 의사한테 갔더니. 심장은 30대 심장인데 갱년기가 온 거라는 거야. 내가 그제야 안 거야. '아, 내가 우습게 생각했는데 갱년기라는 게 이렇게 사람을 미치게, 진짜 아주 죽게 만드는구나.' 하는 걸 그때야 깨달았지. 고생 실컷하고 말야. 갱년기 초기에 약을 먹으면 바로 낫는대. 근데 나는 이미 심하게 앓고 있는 상태니까 약을 먹어도 낫지도 않더라고.

그럴 때 친구가 필요하고, 자꾸 나가야 되는 거잖아. 그런데 친구가 없어서 그럴 수도 없었지, 뭐. 그런데 어느날 의사가 내가 하도 잠을 못 잔다고 하니까 와인을 마셔보라는 거야. 그래서 한두 잔 마셔봤어. 그런데 나는 술이 받아들여지지 않는 체질이야. 한 잔도 못 마시다가 두 잔까지는 마시게는 됐는데 얼굴이 벌개지는 거야. 그니까 내가 밖에 나가서 술을 안 마시는 거야. 내가 술 잘 못 마시는 것도 모르고 사람들은 벌개진 얼굴만 보고 이야, 패티김 술 많이 마셨네. 그럴 거 아냐. 그래서 밖으로는 안 나가고 집에서만 마셨지. 그래서 집에서 와인을 한두 잔 마시기 시작을 했는데, 확실히 잠은 빨리 들더라. 그런데 잠들고 서너 시간 지나면 심장이 막 두근거리면서 깨는 거야. 가슴이 막 쓰리고. 그래서 술도 더 이상 안 마셨지.

그 대신에 운동을 배로 했지. 아침에 나가서 걷고, 날씨 좋으면 오후에 또 나가서 걷고, 비오는 날은 우산 들고 나가서 걷고, 운동하면서 크게 음악을 들으면서 그냥 미친 사람처럼 막 걷고 미친 듯이 몇천 미터씩 수영하면서 그렇게 지냈어. 4, 5년을 그렇게 지내고 그 후유증이 거의 10년을 가더라. 근데 혼자 이겨냈어. 내 동생이 늘 그래. 언니같이 지독한 사람은 없대. 그런데 바로 그때 내가 그 문제의 디자이너를 만난 거야.

조　마침 갱년기를 앓고 있었는데 그때 그런 묘한 상대가 나타나 푹 빠진 셈이네요.

김　푹 빠진 거지.

조　이제는 이해가 가네요. 갱년기 증상은 막바지에 어디까지 갑디까?

김   어디까지나마나 사업실패랑 맞물려서 정말 힘들었어.

조   이야. 살아 있는 게 기적 같은 거예요.

김   정말 더이상 그 얘긴 하지 말자.

조   그런 와중에도 뭐가 희망이 됩디까?

김   내 노래, 내 딸들.

조   노래하고 딸.

김   음악이 없었다면, 내가 노래를 안했다면, 나는 진짜 지금 없었을지도 몰라.

조   노래하고 딸은 이전에도 이후에도 쭉 있었는데.

김   그래도 그때는 노래하는 것이 나의 가장 유일한 희망이고, 위로였어.

조   그 바닥에 빠졌을 때, 그거밖에 없었어요. 진짜?

김   응.

조   이야. 참 단순하네. 갱년기라 힘들 때도 늘 노래가 옆에 있고, 딸들도 바로 옆에 있었잖아요, 그때는 그게 위로가 안 됩디까?

김   갱년기 때?

조   예. 우울증 때요! 그때는 노래나 딸 같은 게 위로가 안 돼요?

김   아냐, 됐었지. 니가 무슨 말 하는지 알겠다. 그나마 노래와 딸이 있어줘서 그렇게 매일매일 아침에 일어나 살아갈 수 있다는 얘기야.

조   10년 동안 그런 시련을 겪었잖아요. 우울증 같은 거요. 그런데 10년 후에, 다시 우울증을 이겨내고 그 상황을 극복하는 데 뭐가 도움이 됐었냐구요. 딸하고 노래는 늘 옆에 있었으니까 그거 말고 다른 게 뭔가가 있었을 거 같은데.

김   알아, 무슨 뜻인지. 그때 그래도 유일한 희망은 나 자신이지. 폐인이 되고 싶진 않았어. 내가 여기서 벗어나야 한다 싶었어. 간절하게.

조   그렇게 벗어나게 되는 뭐 특별한 동기가 없었어요?

김   특별한 동기 없어.

조   어느날! 갑자기!

김   아니, 어느날 갑자기가 아니야. 계속, 계속. 내가 여기서 헤어나야지. 내가 이렇게 살다가는 진짜, 뭔 일이 벌어질지 모르겠다 하는 걸, 잠재적으로 항상 생각했어. 내가 뭔가 큰일 저지를 것 같고. 그때 몸도 참 많이 상했던 거 같아. 3개월 내내 설사를 하더라. 덜컥 겁이 나더라고. 뭘 먹었다 하면 바로 설사야. 아! 내가 장에 문제가 생겼구나. 스트레스 너무 받아도 병 생기잖아? 그래서 서울대학병원을 갔어. 태어나서 처음으로 위내시경, 장내시경 다 한 거야. 그때 의사가 '아, 이게 어떤 목인데!' 그러더라. 하하하. 위내시경은 목으로 하잖니. 조금이라도 스크레치[266] 나면 큰일나잖아? 그래서 자기가 직접 하고 뭐 신경을 써주더라구.

그런데 장내시경은 뒤로 해야 되잖니? 옆으로 눕게 하더라구. 내가 그러고 있으니 얼마나 거북하니. 그런데 인턴 아이들이, 이 녀석들이 한 열 명은 들락거려. 괜히 와서, 내 얼굴을 쓱, 보고 가고. 괜히 와서 서류 보는 것처럼 쓱, 보고 가고. 어이구! 하여튼 그래서 결과가 나왔는데, 너무너무 깨끗하대. 아무 이상 없고 깨끗하대. 그러니까 우리 부모님한테서 건강만큼은 기가 막힌 DNA를 받은 거지. 그래서 그냥 이겨냈어. 내가 이겨낸 거야.

조   갱년기 우울증에서 벗어나게 된 동기 같은 건 없어요?

---

266   스크래치(scratch). 상처가 나도록 날카로운 것으로 긁다, 할퀴다는 뜻이다.

김 동기 같은 건 없어! 내 자신이 이거 이러다가는 안 되겠다. 이미 이렇게 된 거고, 내가 저지르고 내가 당한 거니까 내가 견디고 수습할 수밖에 없다, 그렇게 됐어.

조 그거밖에 없었을까?

김 그것밖에 없지 뭘. 동기라는 게 어딨니? 내가, 나 자신이 막 거기서 빠져나올려구 잊어버리자 잊어버리자 그랬어.

조 나는 말이에요, 친일선언 파동으로 조영남은 친일파다, 그렇게 손가락질 받을 때요. 아주 공교롭게도 그때 마침 사람들이 여럿 죽더라구요. 부산시장도 자살하고, 현대 사장도 자살하고. 대우건설 사장도 한강물에 빠져 죽고. 그런 뉴스 보니까 아, 이제 다음은 내 차례구나, 내가 죽어야 될 차례구나. 그런 생각이 들었어요. 그때가 내 생애 최초, 최후의 위기였어요. 그러니까 누님의 50대 갱년기 우울증 같은 거죠. 그땐 도저히 한국 땅에선 살 수가 없다, 그 지경까지 간 거죠. 그래서 집 팔아가지고 뉴욕으로 갈까, 파리에 가 숨어서 그림이나 그릴까, 그런 생각만 들었어요. 그런데 어느날 이장희²⁶⁷가 울릉도에서 와가지고 한마디를 하더라구요. 내가 무심코 "야, 농사 잘 되냐?" 그러니까, "젠장, 농사는 아무나 하는 게 아니에요." 그래서 내가 "왜?" 그러니까, 호미 들고 밭을 매면 30분도 안 돼 허리가 끊어질 듯 아프더래요. 허리가 끊어질 거 같더라는 거예요. 자기는 허리 생각을 안하고 농사꾼이 된다는 멋진 꿈만 가졌다는 거죠. 이런 미련퉁이 같은 게. 그러면서 둘이 막 웃었어요. 그러면서 생각이 들더라구요. '아, 어차피 사는 건 어디 살거나 다 시련이 있는 거구나.' 그런 생각을 하게

---

267 이장희(1947~)는 울릉도에 살고 있는 가수로, 수많은 히트곡을 만들고 불렀고, 최근에는 「울릉도는 나의 천국」이라는 노래를 발표했다. 조영남의 친한 친구다.

된 거예요. 장희는 울릉도를 무슨 파라다이스로 생각하고, 농부가 되는 것이 마지막 꿈이었는데, 막상 농사를 지어보니까 허리가 아파서 농부도 못하겠더라는 거죠. 생각하면 얼마나 근사해요. 풍경 근사한 섬에서 지가 하고 싶은 대로 사는 건데. 그런데 막상 해보니까 아니라잖아요. 아파죽겠다잖아요. 아무나 하는 게 아니라는 걸 알았다잖아요. 그 말을 들으니까 '도대체 파라다이스가 세상에 있기는 있는 거냐, 파라다이스라는 거는 애당초 없는 거구나.' 그렇게 생각이 들더라구요. 그러니까 그냥 여기 아무데서나 밍기적거리고 살아야지, 그런 생각을 하게 된 거예요.

게다가 또 여자친구들이 전화해서, "오빠! 오빠는 잘못한 거 없으니까 파이팅! 걱정하지 마!", "형, 널 놀러갈게요." 그렇게 매일 놀러와서 같이 밥 먹고 수다 떨고 그래줬어요. 그런 격려들이 나를 다시 살게 한 거예요. 내가 자살 안한 이유가 그거였어요. 거의 모든 시련의 끝에는 무슨 책을 읽거나 무슨 영화를 보거나, 그걸 벗어나게 해주는 어떤 계기가 있게 마련이죠.

그때 내가 모든 방송매체에서 쫓겨났는데 출판사에서 책을 만들자는 얘기가 나왔어요. 그때는 그럴 마음도 정신도 없었어요. 근데 마침 우연히 체 게바라[268] 영화를 보게 됐어요. 이야. 체 게바라가 스물세 살 땐가 중고 오토바이 타고, 남미를 한바퀴 도는 게 영화 스토리예요.[269] 아무런 목적도 없이 그냥 여행을 하는 거예요. 그걸 보면서 야,

---

268 체 게바라(Che Guevara, 1928~1967). 아르헨티나에서 태어났다. 정치가이자 혁명가. 쿠바 혁명에 참여한 그는 볼리비아 산악지대에서 게릴라 부대를 조직하여 활동하다 붙잡혀 총살당했다.
269 「모터사이클 다이어리(The Motorcycle Diaries). 쿠바혁명의 지도자 체 게바라가 젊은 시절 몇 살 위 선배 한 명과 둘이서 낡은 오토바이를 타고 아홉 달 동안 라틴아메리카를 도는 이야기를 영화로 만든 것이다.

시간이나 상황 탓을 할 일이 아니구나, 그래서 즉시 출판사로 연락해서 하자, 했어요. 영화 보고 나서 책을 쓰기로 한 거죠. 그래서 책을 쓰기 시작했고 책 쓰는 일이 그때의 곤경에서 벗어나는 동기가 됐어요. 모든 시련을 벗어나는 데는 그런 동기가 있는 거 같아요. 제 생각에는.

김 나는 특별한 동기는 없었어. 내가 얼른 이 상황에서 헤어나려고, 굉장히 굉장히 혼자 애를 써서 한 거지. 특별한 동기는 없었어.

조 그래서 누이의 일생은 참 싱거워 보여요. 이렇게 말해선 안 되겠지만 드럽게 외로워 보여요. 하하하.

김 하하하하. 난 참 싱거워, 정말. 나 너무 재미없게 살았다구. 아! 하나 있다. 요가! 계기라고 하면 요가가 계기일 수 있겠다.

조 아, 그래도 싱겁고 외로워 보이기는 마찬가지예요.

김 내가 내간엔 그때 너무 힘들어서 절도 찾아가고, 유명한 스님도 참 많이 만났어. 그래도 이름이 패티김이니까 다들 만나주시더라구. 전두환 대통령이 두 시간 기다리다가 면회 못하고 왔다는 유명한 스님도 만났지. 신부님도 만나고, 수녀님들도 만났어. 수녀원에 가서 하룻밤 자기도 했어. 그런데 여기저기 다녀봐도 하나도 나한테 위로가 안 되더라구.

조 진작 그런 얘길 해주시지.

김 뭐가 그런 얘기니.

조 그렇게 백방으로 수습방법을 찾아나섰다는 거요. 나름 비상한 노력은 하셨네요.

김 음! 절에 다니는 거는 너무 멀고 절을 해야 되니까 그것도 못하겠더라고. 그리고 스님은 큰 방석 깔고 이렇게 딱! 앉아 계시고, 그 앞에 가면 세 번씩 절들을 해. 나는 안했지. 절을 할 줄도 모르니까, 난 그냥 이렇게 앉아서 "안녕하세요." 했어. 그러면서 저 사람이 뭔데 내가 절을 세 번씩 해야 되나 그게 굉장히 못마땅하더라구.

조   하하하.

김   얘는 남 심각한 얘기하는데 웃고 그러니.

조   아! 죄송해요. 계속 하세요.

김   그렇게 여기저기 찾아다니는데 크게 도움이 안 되는 거야. 마음은 여전히 괴롭고. 그때 큰딸 정아가 나더러 요가를 해보라고 하더라구. 걔는 20몇 년 전부터 요가를 했으니까. 요가가 그렇게 좋다고 해보라고 해서 내가 시작을 했지. 맨 처음에는 참 힘들더라구. 그런데 자꾸 하다보니까 마음이 편안해지는 거야. 요가는 나한테 큰 도움이 됐어. 정말.

조   이리저리 헤매다가 나름대로 방법을 찾은 거네요. 그런데 그게 요가라니, 참 특이하네요.

김   무지하게 헤맸지. 길을 찾는 거였어. 그게 몇 년이 걸렸어. 어떻게든 벗어나야겠다 생각했어. 우선 내가 내 마음에 평온을 찾아야 되잖아. 내가 자꾸 나쁜 사람이 되는 거 같더라구. 악한 마음을 먹게 되고, 어떡하면 복수를 할 수 있을까, 이런 생각만 나고 아주 나쁜 생각만 들어. 그래서 나를 다시 찾으려고 여기저기 찾아다니다 요가를 시작했지. 그리고 그때 동생[270]이 왔어. 동생이랑 같이 사니까 정신적으로 참 위로가 많이 되더라. 우선 집에 들어오면 저녁에 얘기할 사람이

---

270   패티김이 말하는 동생 역시 미아 씨를 말한다. 패티김의 결정적 순간에는 항상 막내동생 미아 씨가 있었다.

있다는 거.

조　음, 그렇지. 말동무할 수 있는 사람이 있는 건 중요하죠.

김　음악을 들어도 나 혼자 듣는 게 아니고 둘이 같이 듣는 거. 그게 정말 도움 많이 됐지. 어느날 내가 동생한테 그랬어. "참, 너하고 나하고는 같은 형제지간이래도 끊지 못할 인연이다." 그랬더니 "언니 전생에 내가 그 디자이너였어. 너무 죄를 많이 져서 이생에서 언니 도우라고 동생으로 태어난 거야." 그런 말로 나를 그렇게 웃겨. 나를 웃게 하려고 조크를 하는 거지.

그런데 그때는 내가 죽고 싶도록 정말 힘들었는데 지금 생각하면 또 아무것도 아니야. 그 정도 시련이야 견뎌야지. 얼마나 어려운 일을 당하는 사람이 많니. 그런 거에 비하면 나는 아직 건강하고, 나한텐 아직 무대가 있고, 팬이 있고, 가족이 있잖아. 돈이라는 거는 옛말 그대로야. 있다가도 없어지는 게 돈이고, 없다가도 생기는 게 돈이잖니. 이 세상에서 제일 힘든 건 건강과 가족을 잃는 건데 그까짓 돈이야, 뭐.

내가 한참 힘들어할 때 우리 둘째 카밀라가 이렇게 카드를 써주더라. 나는 아직도 그걸 가지고 있어. 우리에게는 두 가지 공이 있대. 하나는 고무공, 하나는 유리공이래. 고무공은 떨어뜨리면 튀어올라오잖아. 돈이나 직장은 한 번 잃어도 다시 찾을 수가 있잖아. 그래서 그런 건 고무공이래. 근데 유리공은 떨어뜨리면 깨지잖아. 그래서 건강과 가족은 유리공이래. 한 번 떨어뜨리면 깨져서 회복이 안 되는 거지. 정말 맞는 말이잖아. 건강 잃지 않은 것만으로도 나는 감사합니다, 감사합니다, 그러고 살아. 매일매일.

조　그럼 누이는 지금까지 살면서 시련이라고 해야 하나, 불행이라고 해야 하나. 그런 일이 있었어요? 길옥윤 선생하고 이혼했을 때하고 사업 어긋난 거 말고 다른 건 없는 거 같은데요?

김 길 선생하고는 마음고생은 했지만, 좀 불행하긴 했지만 큰 시련까지는 아니라고 생각해. 그저 행복하지를 못했을 뿐이지. 그런데 사업 실패는 시련이라고 할 수 있지. 돈 잃고 사람까지 잃었으니까. 내게는 돈보다 배신감이 제일 컸어. 바로 그 배신감 때문에 정말 견디기 힘들었어. 돈은 두 번째야. 그렇게 믿었던 사람한테 내가 완전히 배신당했다는 게 그게, 그게 제일 힘들더라. 그거를 수습하기가 힘들었어, 마음 돌리기가.

아, 싫다 정말. 이야기하기 싫은 데도 자꾸 하게 되네. 돌이켜보면 지금까지 살면서 정말 힘들다, 싫었던 건 그때지. 70평생 가장 큰 시련이긴 하니까. 근데 이제 그것도 법원에서 그냥 통지서만 가끔 안 오면 살 것 같아. 그런데 아직도 심심하면 한번씩 통지가 온다. 잊지도 않아. 하하하하.

조 아직도 남았어요, 해결할 게?

김 아유, 말도 마. 그런 거 한 번씩 올 때마다 괴로워. 그런데 내 동생이 참 유머가 있어. 그런 거 한 번씩 날아오면 내가 아무래도 기분이 안 좋을 거 아냐. 그럼 내 동생이 나더러 그래. "언니, 길거리 가다가 그 디자이너 만나면 뭐라 그러고 싶어요?" 그럼, 나는 그러지. "뭘 뭐라고 하니. 그냥 얼굴 딱 보고 뺨 한 번 때려주고 뒤도 안 돌아보고 가버려야지." 그럼 내 동생이 그런다. "그럼, 언니는 그렇게 한 대 세게 때려주고 앞으로 가. 내가 뒤에 따라가다가 언니 가고 난 담에 온갖 욕이란 욕을 다해줄게." "너, 어디 그럼 뭐라고 할 건지 연습해봐." 그러면 내 동생이 내 앞에 서서 진짜 그 디자이너가 앞에 있는 것처럼 온갖 욕을 다해. 정말로 연습을 하는 거지. 하하하. 그렇게 웃다보면 기분이 나아지곤 해.

조   욕을 하는데 무슨 연습이 필요해요?

김   내 동생도 말로만 그러지, 막상 앞에 서면 욕 한마디도 못할 거야. 우리는 욕을 입에 올려본 적이 거의 없어. 형제들이 다 비슷할 거야. 그거는 우리 어머니 영향이 커. 자식들 키우면서 보통 어머니들이 '이 년, 저 년' 뭐, 이렇게들 험한 말도 하잖니. 그런데 우리 어머니는 우리 형제들 키우시면서 그런 말을 입에 담지를 않으셨어. 어쩌다 우리 형제들이 장난으로라도 욕 비슷하게라도 입에 올리면 혼이 났지.

조   오래 같이 일한 사람들한테도 항상 그렇게 조심을 해요?

김   내가 조심을 따로 하는 게 아니라 나는 그런 습관이 아예 없어서 말을 함부로 하는 사람들을 보면 오히려 불편해.

조   그런데 같이 일하다보면 야단치고 싶을 때가 있지 않아요?

김   그럴 때가 물론 있지. 그렇다고 같이 일하는 사람들한테 험한 소리 하면 되니? 얼마전에 이런 일이 있었다. 너도 잘 알지? 내 차 운전해주는 박영호랑 우리 회사 안재영 대표. 두 사람 다 참 나랑 오래 같이 일했어.

조   그렇죠. 제가 본 것만 해도 오래 됐어요. 두 사람 다.

김   박영호는 거의 20여 년 된 거 같아. 참 사람이 한결같아. 하루도 지각하거나 결근하는 날이 없어. 그런데 고집이 말도 못해. 말을 안 들어. 운전대만 앉으면 자기 맘대로 하는 거야. 가고 싶은 길로만 가고. 차선 좀 바꾸라고 해도 절대 안 바꿔. 그럴 때 내가 "박영호, 이제 그만 나오는 게 어때?"라고 말하면 이런다. "제 등을 밀어보십시오, 제가 그만두나." 그래. 하하하. 안재영 대표도 그래. 안 대표는 처음

내 경호를 맡은 회사의 대표였어. 그러다가 인연이 이어져서 벌써 18년이나 됐어. 나의 모든 일을 다 맡아서 올인해주고 있지. 둘 다 늘 어떻게 하면 나한테 도움이 될까 고민해주는 고마운 사람들이야.

　그런데 얼마전에 이 두 사람이 서로 뭔가 착오를 해서 나한테 전해야 할 말을 못 전한 게 있었더라구. 함께 차를 타고 가는데 둘이 앞에 앉아서 "저는 안 대표님이 말씀 드린 줄 알았습니다." "저는 박 부장님이 말씀 드린 줄 알았죠." 그러는 거야. 그래서 내가 그랬지. "두 사람 다 그만둬. 내가 욕을 할 줄 아는 사람이면 두 놈 다 똑같다고 한마디 하겠지만 내 체면에 그럴 수는 없지."라고. 하하하. 그러면서 은근슬쩍 욕 한 번 했지.

조　그래서요? 무슨 욕을 했어요?

김　내가 지금 두 놈이라고 했잖아.

조　그게 욕이에요?

김　그럼, 놈이 욕이 아니니?

조　허허허. 그게 무슨 욕이에요.

그녀, 다시 사랑을 꿈꾸다

조   아르만도랑 그렇게 빨리 만나 결혼해서 지금까지 살았는데 매우 죄송하지만 새로운 사랑 같은 걸 꿈꾸거나 뭐 그런 적 없어요?

김   있지, 왜 없겠니. 내가 그랬잖아. 연하의 남자들하고 연애하는 할리우드 여배우들이 부럽다고.

조   백남준 씨가 돌아가시기 얼마전에 어떤 기자가 마지막으로 하고 싶으신 게 뭐냐고 물었어요. 그랬더니 이분이 "사랑을 해보고 싶어." 그러셨어요.

김   알 거 같아. 나도 정말 열렬한 연애를 한 번 다시 해보고 싶어. 그런데 패티김이라는 이름 때문에 그걸 다 억제해야 하는 거야. 살아오면서 후회되는 게 몇 가지 있는데 그중 하나가 바로 그거야. 정말 열렬한 사랑을 못해보고 이렇게 나이를 먹어가는 게 너무 슬퍼. 속상해. 그까짓것 남들이 뭐라면 어때. 그게 무서워서 열렬한 사랑을 못해보고 나이를 먹었어. 얼마나 아쉽겠니.

조　왜 그런 생각이 들까요?

김　결혼생활이 오래 됐고, 아르만도하고 나는 또 떨어져서 각자 살았잖니. 각자 생활이 있으니까 어쩔 수 없잖아. 그러니까 그런 생각이 들지. 영남이도 내가 거짓말을 못하는 사람이라는 거는 알 거야. 사람들은 내가 아무리 그래도 연애를 좀 해봤겠지, 그렇게들 생각하겠지만.

조　그럴 수 있죠.

김　나는 누가 그렇게 물으면 절대 아니라고 부정도 안했어. 왜냐면 너무 바보처럼 보이잖아. 그렇게 연애도 못하고 사는 게 스스로 바보 같았어. 그런데도 못했어. 사람들 눈이 무서워서. 패티김이라는 이미지를 지켜야 하니까. 그런데 진심은 너무너무 하고 싶었어. 연애하고 싶었어. 그래도 내 이름 지키려고 참았지. 그런데 지금 와서 생각해보니까 사실은 그게 아무것도 아닌 거야. 물론 아무것도 아니라고 잘라 말할 수는 없어. 내가 하고 싶은 걸 참고 살았기 때문에 지금의 패티김이 있다고는 생각해. 그렇지만 살면서 한두 번 연애했다고 내가 지금의 내가 아니게 되었을까, 과연?

조　그런 것도 아니죠. 제가 그렇게 대충 살았잖아요. 하하하.

김　그런데 영남이는 독신이잖아. 나는 결혼한 사람이고. 남편하고 아주 이혼을 했으면 나도 독신이니까 데이트를 해도 무슨 문제야, 이렇게 떳떳할 수 있지만 그렇지가 않잖아. 아르만도와 나는 떨어져 살고는 있지만 우리는 어디까지나 부부니까 그럴 수가 없는 거지. 패티김은 그러면 안 되는 거니까. 그래서 김혜자가 많이 손해를 봤어. 그런데 예전에는 그게 당연하다고 생각을 했는데 나이가 들고 날이 갈수록 자꾸 후회스러운 거야. 그까짓 소문 말이야, 좀 나면 어때. 요새는 별 소문들이 다 돌아도 아무일 없다는 듯이 활동들 잘하고 있는데 나는 왜 그러지를 못했을까. 그런데 이것도 지금 생각이지. 10년 전으로 돌아간다 해도 아마 나는 못했을 거야. 마음은 굴뚝 같아도 진짜 그러지는 못했겠지. 그래서 혼자 얘기해. '이 바보야. 어떻게 그렇게 참으면서 살았니.' 혼자 있을 때 가끔 그래. 하하하.

조　　아르만도에 대한 사랑이나 책임감 때문에 망설인 건 아니에요?

김　　나는 아르만도를 정말 사랑하고, 존중하지. 그렇지만 내가 다른 사랑을 못한 거는 아르만도에 대한 사랑이나 존중보다는 내 명예 때문이었던 거 같애. 내 자존심 때문에.

조　　자존심?

김　　남자하고 여자는 다르잖아. 영남이는 만일에 누구랑 연애를 한다고 하면 사실보다 더 이야기를 보태서 말할 수 있을 거야. 나, 쟤하고도 연애했어, 쟤하고도 만났어, 그렇게. 진짜로 연애를 했는지 안했는지는 모르지만 남자들은 말이라도 그럴 수가 있는 거야. 그치만 여자들은 그럴 수가 없잖아. 그리고 남자의 세계를 조금은 알아. 아르만도도 그랬어. 남자들끼리 만났을 때는 부인 이야기는 안한대. 각자 여자친구 이야기만 주로 하는 거지.

조　　그럴 수 있죠.

김　　그럼 생각해봐라. 대한민국에서 패티김하고 데이트했다, 그러면 자기들 친구하고 만나서 얼마나 자랑을 하겠니. 야, 나 패티김하고 데이트했다, 이럴 거 아냐. 나는 어떤 남자한테도 그런 만족감을 주고 싶지가 않았어. 내가 그렇게 누구 입에 오르내리고 싶지도 않았고.

조　　이해할 수 있어요.

김　　그렇지? 나도 사실은 기회야 있었지. 어떻게 기회가 없었겠니. 한창 젊고 멋있고 인기 있고 그랬는데. 돈이 좀 있거나 권력이 있는 남자들 중에는 유명하고 멋진 여자들만 골라서 데이트하는 남자들이 있어. 그런 사람들이랑 데이트 한 번 하면, 나는 그 사람들의 여자 목록에 들어가는 거잖아. 나는 그런 리스트에 끼고 싶지가 않았어.

조　쉬운 여자가 되는 게 싫은 거죠.

김　그럼. 생각만 해도 기분 나쁘지. 내가 지금까지 지나치게 결벽증처럼 느껴질 만큼 엄격하게 살아온 걸 알 사람은 다 알잖아. 그래서 나는 어느 장소를 가도, 수백 명, 수천 명의 남자들이 있는 공식석상에 가도 거리낄 게 없어. 누군가를 따로 만난 적이 있다면 아무래도 어머, 저 사람 저기 있네, 여기 있네, 그렇게 될 거 아냐. 그렇지만 나는 어느 장소를 가도 고개를 당당히 들고 자신만만하게 나설 수 있어. 그걸 굉장히 자랑스럽게, 자부심을 가지고 이야기를 하곤 했어. 그런데 이제 와서 생각해보니까 그게 너무 바보스럽지 않니? 하하하. 그게 뭐라고. 그러다보니까 어느새 일흔이 훌쩍 넘었어. 이제는 내가 원해도 연애하자는 사람이 없어. 벌써 내 나이가 그렇게 된 거야. 어쨌거나 패티김을 위해서 김혜자가 희생한 거지. 가수 패티김으로 사는데 방해가 되는 거라면 김혜자의 외로움도 그러려니 하고, 그냥 바라는 것도 포기하고 그랬어. 문제는 젊을 때부터 나한테 데이트하자는 사람이 별로 없었어.

조　누이한테 누가 감히 데이트를 하자고 하겠어요. 아무튼 바보처럼 느껴지긴 해도 지금 누구랑 연애하라고 하면 여전히 못할 걸요? 자존심이 허락 안 돼서.

김　인제는 내가 다른, 다른, 다른.

조　더듬지 마요. 하하하하.

김　지금이라도 다른 사람, 내 이상형의 남자가 나타난다는 건 이제

바랄 수 없는 거니? 그래도 연애할 기회는 있지 않을까? 내가 조금만 옆을 보면? 남자인 영남이 네가 볼 때 내가 아직 여자로서 매력이 있겠니? 아직 기회가 있겠니?

조   그럼요. 있죠. 충분히! 그러니까 가능성은 있어요! 제가 아는 여자가, 최근에 일흔 살 넘어서 일흔 넘은 남자하고 결혼을 했어요. 근데 보기에 전혀 나이 들어 보이지 않아요. 둘이 사랑을 하니까. 그래서 친구들이 모두 축하해주고 그랬어요. 그러니까 누이 같은 경우는 더 가능성이 있죠.

김   여보세요. 내가 만일 연애한다면 70대 남자하고는 안할 겁니다. 최소 열네다섯 살 연하랑 연애를 해야지. 얘.

조   나밖에 없는데, 그러면.

김   너는 나보다 여섯 살인가 일곱 살밖에 안 어리잖아.

조   그럼 저는 안 되는 건가요?

김   너 나한테 마음 있었니? 그래도 너는 안 되지. 네 후배 중에 하나 소개를 해주면 몰라도. 하하하.

조   하하하하.

김   내가 연애하고 싶다고 하면 사람들이 좀 놀라겠지?

조   그게 뭐가 놀랄 일이에요?

김   얘, 내가 연애하고 싶다고 하면 사람들이 의아해하지 않겠니?

조   누이가 시대를 몰라서 그래요. 그거는 아무것도 아닌 이야기에요. 패티김, 연애하고 싶어 한다, 그러면 누가 그런 거 관심이나 갖겠어요? 노망이라 그러지. 와, 그럴 사람이 어디 있어요. 시대가 어느 땐데.

김   얘는 나를 아주 그냥, 늙은이 취급을 해. 아주.

조　하하하하. 누이가 지금 그럼 노인네지, 뭐에요.

김　내가 얼마전에 용필이를 만난 적이 있었어. 조용필이는 나를 아주 어려워하지. 우리가 동갑이야.

조　허허허. 동갑은 동갑이죠. 띠동갑.

김　하하하. 이야기를 다 한 뒤에 헤어질 때쯤이야. 내가 그날 청바지를 입고 캐주얼하게 재킷 하나 걸치고 갔지. 내 뒤를 따라나오더니 용필이가 뭐라 그러냐면 "아우, 아직 정정하세요." 그러는 거야. 그래서 내가 어깨를 탁, 치면서 "이거봐, 정정하다는 건 노인한테나 하는 이야기야." 그랬어.

조　하하하.

김　그 이야기를 하는 순간 기분이 확, 상하지는 않았어. 하하하. 물론 그 말이 무슨 뜻인지는 내가 알아. 물론 좋은 말이지. 아직도 훌륭하다는 소리라는 건 알지. 그런데 그래도 정정하다는 소리는 내가 듣고 싶지가 않아. "나한테는 아직 멋있으세요, 또는 아직 섹시하세요. 뭐, 이런 말을 해야지. 정정하다는 말을 왜 해." 그랬다.

조　하하하하.

김　감히 용필이가 나더러 섹시하다고는 못하겠지. 하여튼 나는 누가 나더러 '아직 정정하시네요.' 이러면 따귀를 올려붙이고 싶어. 아우, 나는 진짜 싫다, 그거. 하하하. 사람들은 나를 아주 노할머니라고 생각하나봐. 엘리베이터나 그런 데서 모르는 사람을 만났는데 날더러 정정하대. 그런 소리를 들으면 마음 같아서는 '뭐요!' 하고 노려봐주고 싶어. 하하하. 그만큼 내가 내 나이를 잊고 살아. 아직 건강하시네요, 이러는 건 들을 만해. 그런데 정정하시네요, 이 소리는 좀 아니지 않니? 하여튼 그래서 용필이가 나한테 어깨 한 대 세게 맞았어. 하하하.

조   지극히 노인네다운 반응이에요.

김   어머, 왜?

조   그걸 그냥 호호, 웃고 말아야지. 거기서 어깨를 치면서 그렇게 말했다는 거는 스스로 노인네라는 걸 드러내는 거예요. 누이가 정말 노인네가 된 거예요. 내가 해석하기로는.

김   아이, 그건 네 맘대로 해석하는 거야. 네 스타일은 그런 거지. 얘. 그럼 내가 정정하지, 안 정정할 나이니, 내가 벌써. 그럼 내가 안 정정할 줄 알았나.

조   하하하.

김   자꾸 말하니까 화나잖아. 하하하. 정정하다는 말이 그럼 기분 좋니. 사실 나한테 딱히 할 말이 마땅하지는 않아. 하지만 아직 건강하시네요, 건재하시네요, 이러면 좋잖아.

조   같은 말이에요.

김   에이, 그래도 정정하시다는 말은 정말 노인네한테 하는 소리잖아. 나는 그 소리 너무 듣기 싫어. 아무래도 그래.

조   패티김을 만나면 정정하다는 소리를 하면 안 된다는 사실을 알았어요. 용필아, 네가 나이 들어서 정정하다는 소리 들어봐라. 너도 이 기분 알 거다. 하하하. 조심해라, 너.

조   너나 조용필이나 70몇 살에 그런 소리 들으면 그러려니, 당연하다고 생각할지도 모르지.

조   저 같으면 그렇게 바락바락 화를 내지는 않을 거 같아요. 그런 거 보면 누이가 젊게 사는 건 사실이죠.

김   화까지 난 건 아니야. 그렇지만 나는 죽을 때까지 정정하시다는 소리는 안 듣고 싶어. 하하하.

은퇴, 아름다운 뒷모습을 위하여

조   이제 우리가 은퇴 이야기를 해야 할 순간이에요.

김   벌써 그렇게 됐니.

조   그러게요.

김   내가 은퇴한다는 말 듣고 영남이 너는 굉장히 놀랐지.

조   놀랐죠.

김   내가 은퇴한다고 했을 때 너는 솔직히 어땠니? 내가 잘하는 거 같디? 아니면.

조   패티김다운 거 같아요. 설명은 잘 안 되는데 아! 패티답구나 그랬어요. 멋있었어요. 속으로는 너무 늦었죠, 그런 생각도 했어요. 히히히.

김   너한테 처음 말한 날 네가 깜짝 놀라더니 "아, 역시 누님다운 결정이십니다." 그랬어.

조   내가 그때 대답을 탁월하게 잘했네요. 네. 얼마나 당당해요. 아직까지 우리나라에서 은퇴공연을 제대로 한 사람이 없어요. 제 기억에는.

김　선배들 중에는 안 계시지. 내 앞의 선배님들은 한 시대의 스타였다가 나이 드시면서 활발하게 활동들을 안하셨잖아. '가요무대'에 가끔 나오시는 정도였고. 그런데 나는 현역에서 꾸준히 콘서트를 해온 가수잖아. 54년 중에 딱 2년 반 정도, 힘들었을 때, 노래를 안했지, 그 뒤론 쉬지 않고 지금껏 무대에 섰잖아. 그러면서 정식으로 은퇴를 선언하는 건 아마 내가 첫 케이스가 아닌가 싶어.

조　그럴 거예요.

김　혹시 어느 분이 정식 은퇴를 하셨는지 생각이 나니. 나는 아무리 생각을 해봐도 없는 거 같아.

조　글쎄요. 몇 분이 계실 거 같은데 정식으로 은퇴공연을 하신 선배님들 생각은 얼핏 떠오르질 않네요.

김　꼭 찾아봐라, 혹시 모르잖니.

조　그런데 누이야 타고난 목소리에 노력을 꾸준히 해서 이 나이까지 노래하지, 보통은 누이 나이까지 노래하기는 힘들죠. 더구나 누이 노래가 그냥 흥얼거리는 노래도 아니고 파워풀하잖아요. 격정적으로 올라갔다, 내려갔다 하잖아요. 진짜 혼신을 다해서 불러야 되는 노래니까 더 힘들었겠죠. 그런 와중에 느닷없이 은퇴 얘길 꺼내시니까 제가 놀랄 수밖에요.

김　내 노래가 그런 건 있지. 그래서 후배들도 내 노래는 리메이크를 잘 못한대. 하하하.

조　그러니까 그런 노래를 일흔 살 넘어서까지 부르는 게 얼마나 대단한 일이에요. 하기는 75살까지 산다는 보장도 없지만 말예요. 하하하.

김 정말 축복이지. 나로서는.

조 축복도 축복이지만 누이가 계속 피나는 노력을 해서 그런 거예요. 대단한 거죠.

김 네가 그렇게 말해주니 기분은 좋다. 하하하.

조 근데 은퇴 생각은 언제부터 했어요?

김 음. 60살부터.

조 이야. 50주년이 아니라 60살 때부터?

김 에이. 50주년은 얼마 안 됐잖아. 60살 되면서부터니까 아주 오래전부터 생각했던 거야.

조 그게 몇 년쯤이에요?

김 1999년쯤이지. 40주년 공연을 그때 했으니까. 사실은 만 40주년 되는 건 98년이야. 그런데 지난번에도 말했지만, 88년에 30주년을 해야 되는데, 88올림픽 때문에 한 해가 늦어졌어. 88올림픽 때문에 난리가 나서 세종문화회관을 도저히 잡을 수가 없고, 그때는 공연을 할 상황이 아니었어. 올림픽 때문에 전 국민이 들떠 있는데 무슨 공연을 할 수가 있겠니. 그렇게 한 해가 늦어지다보니까 40주년 공연도 한 해가 늦어진 거지. 그 무렵부터 은퇴 생각을 하기 시작했어.

조 은퇴를 그때부터 생각을 했어요?

김 그럼, 그 무렵부터 은퇴를 계속 생각해왔어. 40주년 공연 때 이걸 마지막 공연으로 만들까, 이걸로 은퇴를 할까, 고민을 많이 했어. 그런데 너무 아쉽더라. 노래가 정말 잘 나오는 거야. 그때 이미 예순이 지났는데도 더 할 수 있을 거 같았어. 40주년 때 너도 왔었지?

조 갔었죠. 게스트로 출연했죠.

김　그래, 그때 사흘 동안 공연을 하는데 목도 안 쉬고, 이건 뭐 목소리가 기가 막히게 잘 나와주는 거야. 그래서 '아니야, 70까지 가보자! 50주년 공연까지 가보자!' 그렇게 마음을 먹고 팬들한테 큰소리 뺑! 쳤지. "신체적인 문제로 못하게 되면 못하는 거지만, 제 목표는 50주년 공연입니다." 그러고 그때 발표를 했지. 인터뷰할 때도 앞으로 내 목표는 50주년 공연이다 그랬고. 그런 뒤에 쭉 그런 말을 해온 거지. 50주년 공연을 과연 내가 할 수 있을까, 그러면서 50주년 공연을 맞았는데 50주년 때도 여전히 좋은 거야. 그때까지도 목소리가 정말 잘 나왔어. 그것도 내가 처음으로 31개 도시를 돌았어. 공연 횟수가 60몇 회를 했더군. 매 주말마다 했는데, 날이 갈수록 목이 쉬기는커녕 더 좋아지는 거야. 그러니까 가수는 계속 노래를 해야 하는 거야. 3, 4개월 쉬면, 나는 목이 쉬어. 그러니까 보통 때도 자꾸 노래를 해, 집에서. 어쨌거나 현역으로 노래를 계속 하면서 50주년 공연을 하는 경우가 많지 않았잖니.

조　많지 않은 게 아니라 아예 없죠. 건강하게 살아 있을 때 은퇴공연한다는 건 아무나 할 수 있는 일이 아닐 거예요. 그래서 앞으로 은퇴공연을 하시면 그게 햇수로 몇 주년이 되는 거예요? 54년?

김　2012년이 54주년이고, 2013년이 55주년이야. 그리고 내 나이만 75살이 돼. 54주년에 은퇴 발표하고, 은퇴공연을 여기저기서 하게 될 테니까 55년을 노래하게 되는 셈이지.

조　은퇴를 하는 진짜 이유는 뭐에요?

김　나는 정말 노래 더 하고 싶어. 그런데 해야 될 거 같아.

조　글쎄, 왜요.

김　그것이 패티김이니까. 최고의 자리에서 가수로서 최고를 유지하고 있을 때 사라져야 하니까. 나는 아직 노래하는데 고음이 안 나오거나 무대에서 지치거나 그런 게 없어. 그러니까 지금 해야 되는 거야. 높은 음이 안 나오고 음정이 흐트러질 때 그만두면 안 돼. 그러면 의미가 없어. 반대로 얼마든지 노래할 수 있고, 체력도 좋고, 체격도 좋을 때 그만둬야 진정한 은퇴의 의미가 있는 거지. 내가 아주 규칙적으로 생활은 하지만 특히 여자의 성대가 언제 어떻게 될지는 모르는 거잖아? 60이 넘으면 더 그렇지. 그래서 일찍부터 은퇴를 고민한 거야. 그게 패티야.

은퇴를 생각하면서도 계속 고민이 됐지, 왜? 노래를 하고 싶으니까. 오래전부터 언제 은퇴를 하는 게 좋을까 내내 생각했어. 그러니까 은퇴라는 걸 햇수로는 거의 20년을 생각한 셈이고, 10년 전부터는 본격적으로 고민을 했지. 시작보다 끝이 나한테는 정말 중요하거든. 그래서 머리 한쪽에 늘 은퇴 문제가 있었어. 언제 할까, 언제 할까. 50주년 공연할 때도 이걸 은퇴공연이라고 타이틀을 붙여야 하나 고민 참 많이 했지.

내가 이렇게 고민했다고 하면 사람들이 '아, 팬들이 너무 서운해하실까봐 그러셨군요.'라고 인사로라도 그럴 거 아냐. 그런데 전혀 아니야. 순전히 내가 노래를 더 하고 싶은 마음에서, 그런 욕심에서 자꾸 뒤로, 뒤로 미룬 거야. 나를 위해서지. 1년 미루고 또 1년 미루고 그렇게 지금까지 끌어온 거야. 그런 와중에도 50주년 공연이 아주 화려했어. 50주년까지 했으니까 팬들하고 약속은 지킨 셈이지. 이제는 어느 때라도 내가 은퇴공연을 한다고 말만 하면 되는 거야. 무슨 햇수를 맞출 필요도 없지. 악기를 연주하는 게 아니니까 내 목 상태는 내가 잘 알잖아. 성대가 조금이라도 고장 나면, 몸이 잘못 되면 그날이라도 은퇴를 할 수 있지.

50주년 공연 끝나고 나서는 머리가 너무 복잡했어. 노래 없이 사는 게 나한테 가능하기는 할까, 이런 생각이 떠나질 않는 거야. 머리가 너무너무 복잡했어. 노래를 몇 달 안하잖아. 그럼 목이 확 잠겨. 그러다가 공연이 다시 잡히면 두 달 전부터는 레코드 크게 틀어놓고 매일 한 시간 이상씩 연습을 하지. 그러면 다시 목소리가 기가 막히게 나오는 거야. 그래도 50주년 지나니까 5년 후에 공연을 하자, 3년 후에 하자, 이런 약속을 차마 못하겠더라구. 그래서 이제는 1년씩 가자, 그렇게 1년마다 한 번씩 해왔지. 2010년에는 '패션'(Passion)이란 타이틀을 가지고 가죽바지 입고, 모자 쓰고 그동안과는 확 다르게 공연을 했어. 그러고는 순회공연도 여러 번 했지. 여전히 나는 끄떡없어. 그래도 한편으론 이럴 때 진짜 과감하게 은퇴를 해야 하는데, 그런 고민은 계속 했어.

그렇게 고민을 하다가 오케이! 날짜를 정하자. 2012년 초에 은퇴를 발표하고, 2012년 5월에 정식 은퇴공연을 시작해서 2013년 가을쯤에 끝마치자. 그래서 1년 동안 팬들하고 만난 뒤에 깨끗이 나의 노래 인생을 접고 바이바이 하고, 그다음에는 어디에도 나타나지 말자. 그렇게 정리를 했어. 그게 앞으로의 계획이야.

조   갈등은 없었어요. 막상 그렇게 결심을 하고?

김   말할 수 없이 심했지, 갈등이. 지난 몇 년 동안 '더해? 아니야. 말어. 그만둬. 더해?' 이거를 얼마나 왔다갔다 했는지 몰라. 결정을 한 뒤에는 참 우울하더라. 노래를 그만둔다, 이제 정말 내가 노래를 그만둔다, 생각하니까 당연히 우울하지 않겠니.

내 인생에 노래가 없으면 어떻게 사나. 노래 없이 산 기억이 별로 없잖아. 물론 가족은 있지만, 가족에 대한 애정하고, 내 노래에 대한 애정하고는 완전히 다른 거잖아. 둘 중에 어느 쪽이 더 크냐, 하면 나는 잴 수가 없을 정도로 노래는 내 인생의 전부라고 할 수 있잖아. 은퇴를 결정하고나서도 한참 동안 은퇴라는 단어를 입에 못 올렸어. 같이 일하는 친구들하고 의논을 해야 하잖아. 그런데 그 은퇴라는 말이 나한테서 잘 안 나오더라구. 그래서 그때는 한동안 은퇴라는 단어를 못 썼어.

조   그럼 은퇴를 은퇴라고 안하고 뭐라고 했어요?

김   '내가 무대를 떠날 때'라고 대신 했지. 나 혼자 속으로도 무대를 떠날 때가 있어야 하는 거라고 항상 그렇게 말했어. 그러니까 서서히 은퇴가 점점 받아들여졌고 그래서 지금 나한테 은퇴라는 말이 쉬워졌지.

조   이해할 것 같아요.

김   그치? 50년 이상을 노래만 하던 사람이, 그걸 안한다고 생각할 때 그 마음은 뭐라고 표현을 할 수가 없어. 나는 지금도 몇 달 노래를 안하고 있으면 너무너무 노래를 하고 싶어. 무대에 서고 싶지. 그런데 내가 이제 영원히 무대에 안 선다, 노래를 안한다, 생각하면 진짜 가슴이 막 아파. 진짜 눈물 날 거 같아.

조   그만큼 오래 했으면 그만 하고 싶어질 수도 있을 텐데 여전히 노래를 하고 싶어요?

김   그동안 내가 말을 안했지만 사실 영남이네 집에 오면 너는 항상 그림을 그리잖아. 그림도 그리고, 책도 쓰고. 노래도 하고, 악기도 다루고. 이런 취미와 재주가 있더구나. 난 그게 정말 부러워. 나도 책을 쓰거나, 작곡을 하거나 하면 얼마나 좋겠니. 노래는 안하더라도 곡을 쓰면 음악하고 사는 거잖아. 후회는 없지만 아쉬움은 있다 그랬지? 나의 큰 후회 중 하나가 옛날에 뉴욕에서 브로드웨이 뮤지컬 배우가 되려고 그렇게 뛰어다닐 게 아니라, 그때 좀더 적극적으로 음악공부를 할 걸, 하는 생각은 있어. 그때 작곡공부를 좀 했으면 곡을 써서 가수들한테 줄 수 있으면 좋잖아. 늘그막에 말야.

아니면 악기라도 제대로 배울 걸, 하는 생각도 해. 기타나 피아노를 배워보려고는 했었어. 그런데 악기 배우는 거는 끝을 못 보고 다 중간에 그만뒀지. 웬만한 거는 시작했다 그러면 끝장을 보는데 아마 그건 가수가 노래만 잘하면 되지, 내가 기타까지 배우나, 싶은 생각이 들었기 때문일 거야. 내가 기타 치면서 노래하는 스타일이 아니잖아? 내 노래들은 무대 한가운데 딱! 서서 정말 위풍당당한 모습으로 노래를 해야지 기타 치면서 노래하는 게 어울리지 않잖아.

조 그럼, 좀 우습죠.

김 피아노 치는 것도 웃긴단 말야.

조 누이나 이미자 누이가 기타 친다, 피아노 친다, 그러는 건 상상도 잘 안 돼요.

김 그러니까 내 노래만 믿고, 따로 악기 배우는 걸 중간에 그만둬 버린 거야. 근데 지금 생각하면, 뭐라도, 다른 뭐라도 할 줄 아는 게 있었으면 좋겠다, 싶은 거지. 노래 부르는 소질과 재주 외에 뭔가 하나만 더 있었으면 참 좋겠다, 싶어.

조 누이를 보니까 저도 슬슬 걱정이 돼서 하는 얘기인데요, 나 같은 경우는 그게 무슨 고민거리가 안 될 거 같아요. 저는 뭐 구태여 은퇴 같은 걸 왜 하나, 싶어요. 노래하다가, 놀멘놀멘하다가, 어느날 노래가 안 되면, 그냥 안하면 그만이지. 무대에서 내 입으로 '여러분 이

것이 은퇴공연입니다', 이 말을 저는 못할 거 같아요. 지금 같아선 말이죠.

김　너는 고민하는 성격도 아니고 네가 뭔가를 고민해서, 뭔가를 계획적으로 해도 웃겨. 하하하.

조　그렇죠. 하하하.

김　너는 언젠가 보니까 장례식 미리 치른다고 관 속에 들어가서 뭐 행위예술 비슷한 것도 하더라.[271] 네가 그런 사람인데 언제 은퇴를 정식으로 발표를 하나 그런 걸 고민하는 건 너하고 맞지도 않아.

조　맞아요.

김　그냥 노래하다가 나오던 음이 안 나오거나 가사를 자꾸 잊어버리거나, 어느날 스스로 느끼는 날이 오겠지. 그럼 너는 '에이, 이제 노래가 안 되니까 노래는 집어치고 그림이나 그리자!' 그러겠지. 그게 조영남스러운 거겠지. 그래도 나는 영남이를 사랑하는 마음에서, 영남이도 자기가 최고로 노래할 수 있을 때, 아주 화려하게 은퇴공연을 하면 좋겠어! 우리 동료들같이, 선배님들같이 흐지부지 사라지는 건 어울리지 않아. "조영남, 아직 노래해?" "아니, 안하는 거 같은데?" 왜 이런 소릴 들으면서 끝내니. 그래도 한 획을 그은 가수잖아. 노래로는 최고잖아. 조영남! 너는 노래를 잘하는 가수잖아. 노래 잘하는 가수라고 인정 받는 사람으로 열 손가락을 꼽을 수 있니? 억지로 꼽기도 힘들어. 다섯 손가락은 꼽을 수 있을까. 지금 우리 세대에? 있을까

271　지난 2009년 7월. 조영남은 장례식 퍼포먼스를 선보인 적이 있다. 특별미술기획전 '요셉 보이스(JOSEPH BEUYS)와 영남 보이스(VOICE) 展' 오프닝 행사였는데 이미 고인이 된 요셉 보이스를 만나려면 죽는 수밖에 없을 듯하여 본인 조영남의 제1회 장례식을 먼저 치른 것이다. 가수 이문세 등이 관을 들고 방송인 최유라 등이 조사를 낭독했다.

말까야. 그런데 나이 들면서 그렇게 흐지부지 없어지는 건 안타깝지 않니.

그러니까 영남이 너도 내년도 좋고, 후년도 좋지. 내고 싶은 고음을 마음껏 낼 수 있을 때 미련없이 은퇴를 하는 것도 좋을 거 같아. 너는 얼마나 좋으니. 노래 안해도 할 일이 이렇게나 많은데. 나는 은퇴하고 나면 이제 꽃장사를 하겠니, 다방커피를 팔겠니. 할 일이 하나도 없어.

조　　제가 염두에 둘게요. 꽃 파는 패티김, 은퇴 후 다방커피 파는 패티김, 생각만 해도 재밌네요. 하하하.

김　　그렇게 웃을 일이 아냐, 얘! 그래서 아주 멋지게 가수로서 마무리를 하는 거야. 와, 조영남! 흐지부지 그럴 줄 알았는데 야, 멋지다! 이런 소리 듣고 싶지 않니?

조　　그러면 정말 멋있죠.

김　　내가 영남이 아끼는 마음에서 그러는 거야. 진심으로 그래줬으면 좋겠어. 그냥 흐지부지 없어지지 말고. 흐지부지하다가 노래 안하면 그만이지, 이러는 게 사람들이 아는 조영남 스타일이지만, 한 번 확 바꿔보라는 거지.

조　　네. 알았어요.

김　　내가 외국에 가서 살더라도 영남이가 은퇴공연 한다 그러면 내가 불같이 올게! 꼭.

더 추가할 말은 없다. 인간은 인간이기 때문에 한계가 있다. 빈구석이 있게 마련이란 것이다. 그 빈구석을 채우기 위해 인간은 위로 받고 감동 받기를 원한다. 그래서 가수가 노래를 하고, 사람들은 가수의 노래를 통해 위로와 감동을 받는다. 비싼 돈을 지불해가면서까지 위로와 감동을 받고 싶어 한다. 책도 마찬가지다. 책을 만들어가면서 나 자신도 여러 번 위로와 감동을 받게 된다. 2010년 SBS방송국에서 박춘석 추모특집공연을 했다. 그때 나는 뜻밖에도 패티 누이로부터 최고 최상의 감동을 받게 된다. 당시 TV쇼의 대담 한토막에서다. 사회자가 의례적으로 국민가수 패티김이라고 칭하자 누이는 이렇게 대답을 한다.

"날더러 자꾸자꾸 국민가수, 국민가수 하는데 저는 국민가수가 아니에요. 저는 어느모로 봐도 국민가수가 아니에요. 진짜 국민가수는 이미자나 조용필이에요."

사회자가 묻는다.

"그럼, 패티김 선생님은 무슨 가수로 불러야 하나요?"

패티김이 대답한다.

"그냥 가수요."

아, 저거다. 저게 바로 참 위로이고 참 감동이라는 것이다. 나는 거기에서 배웠다. 이다음에 누가 국민가수 조영남 어쩌고 하면, 물론 그런 말도 안 나오겠지만, 일단 손사래를 치면서 단호히 거부하며 이렇게 대답해야겠다.

"저는 국민가수가 아니에요. 진짜 국민가수는 패티김 그리고 이미자, 조용필입니다."

놀면 뭐하나. 배울 게 있으면 배워야지.

조   누이랑 책을 같이 만들 거라고는 전혀 생각을 못했어요.

김   책을 내자는 이야기는 우리 쪽 같이 일하는 친구들 사이에서 몇 번 있었지. 그런데 전혀 진전은 안 됐었어. 안한다, 안한다 내가 그렇게 고집을 부렸지.

조   왜 안한다고 했어요, 그때?

김   내 스토리가 너무 재미없으니까. 그냥 노래 노래 노래 노래, 이거밖에 없잖아. 그래서 안한 거지. 못했던 거지. 내 인생이라는 게 별로 굴곡도 없고 큰 변화도 없거든. 그게 첫 번째 이유고, 두 번째는 내 사생활을 너무 노출하고 싶지가 않았어. 뭐 그렇다고 굳이 숨길 것도 없지만, 굳이 노출할 것도 없잖아. 나는 옛날부터 바깥에 잘 안 나왔고, 그건 팬들도 다 알고 있지.

조   그런데 책을 쓰기로 마음을 먹은 건 무슨 이유가 따로 있어요?

김   그런데 왜 이 책을 내느냐. 나는 지나치게 베일에 싸여 살았잖

아. 또 세상과 나 사이에 담을 너무 높게 쌓고 살았어. 노래를 하면서 평생 팬들 앞에서, 무대 위에서 노래를 했지만 나는 최고의 가수가 되겠다, 해서 꼭대기만 바라보고 살았거든. 옆도, 뒤도 안 돌아봤지. 그런데 이제 내가 무대를 떠나면서, 팬들하고 멀어지면서 한 번쯤은 내가 이렇게 살아왔다, 하고 공개하는 것도 좋겠다, 싶어 책을 만들기로 한 거야.

조 그렇게 책을 안 낸다고 했던 사람이 맘을 바꿔 내는 거라면 자기 이야기를 안 꺼낼 수는 없잖아요? 처음에는 바로 그 점이 은근히 걱정이 됐어요. 누이가 평생 있었던 일을 잘 꺼내놓으실까, 싶었거든요.

김 이왕 책에 내 이야기를 담기로 했으면 제대로 해야지. 이거는 감추고, 저거는 숨기고. 그러면 책을 왜 내니. 독자들도 금방 알 거 아냐. 이거는 순전히 보여주고 싶은 거만 보여주는 거다. 그런 걸. 읽는 사람은 금세 그걸 느낄 거 아냐.

조 물론이죠.

김 내가 결정하기까지는 시간이 걸렸고, 고민도 많이 했지만 나는 한 번 결정을 하면 최선을 다해. 오케이, 하면 올인이야. 하하하. 난 또 숨길 것도 별로 없어.

조 다 털어놓으신 거 같아요.

김 그런데 사람이 비밀 없는 사람이 어딨니? 솔직한 말로 몇 가지는 있어. 한두 건 정도는 말 못할 사정이 있어. 그건 공개 안할 거야. 나도 비밀 한두 개는 있어야 하지 않겠니. 하하하.

조 그렇죠. 그 정도는 뭐 양호하죠. 저도 어디 가서 자유롭게 말 못하는 거 많아요. 특히 내가 말하려는 상대방이나 당사자가 멀쩡히 살아 있는 경우는 말하기가 조심스럽잖아요. 누이는 길옥윤 선생이나 정아 관해서도 허심탄회하게 이야기하잖아요. 저는 저희 애들에 대해서는 말을 못해요. 할 수도 없어요. 내가 너무 잘못했기 때문에.

김　하기는 그럴 수도 있겠다. 아, 이 이야기를 해야지. 내가 책을 내기로 한 거는 조영남이랑 하는 거니까 오케이한 거야. 너랑 하면 다른 건 몰라도 재미는 있을 거 아냐. 그래서 내가 영남이랑 하는 거면 하겠다, 했지. 너랑 같이 하면 흥미롭겠다, 생각이 들어서. 자칫하면 상투적이고 재미없는 책이 될 거 아냐. 그러기가 쉽지. 그렇게 되면 평생 안 쓴다고 했다가 그런 책이 나오면 내 스스로 얼마나 후회를 하겠니.

그런데 너랑 하면 좋겠다는 생각이 든 거지. 우리가 매일 만나서 술 마시고 노는 친구는 아니지만 패티김이 조영남을 아끼고 사랑한다, 이러는 걸 아는 사람은 다 아니까. 우리가 그만큼 가까운 사이잖아. 내가 무대에서 네 흉을 좀 보긴 하지만. 하하하. 그것도 가까운 사이니까 그렇게 할 수 있지, 다른 가수한테는 내가 그렇게 말 못하지. 게다가 너는 같은 가수이고, 오랜 동료이고 선후배니까 내 입장을 아무래도 잘 알 거 아냐.

조　흥미로운 조합이죠, 누이랑 내가 함께 책을 만드는 건.

김　그리고 그동안 너는 책을 많이 썼으니까 어떻게 만들어야 하는지도 잘 알 거고. 아무리 조영남이라도 이 책이 처음이라면 내가 부탁을 못하지. 그렇지만 여러 권 낸 경험이 있으니까, 잘하겠지, 그렇게 믿고 한 거야. 나한테 이건 도박이야. 하하하. 그것도 어마어마한 도박이지. 영남이를 믿고서.

조　엇! 나한테 책임을 떠맡기는.

김 아냐, 아냐, 얘. 이런 걸 시작한다는 거 자체가 얼마나 대단한 거니. 너는 슬렁슬렁 사는 거 같지만 할 거는 제대로 해내는 사람이니까, 내가 믿고 하는 거야. 하하하.

조 넵!

김 이제 다 끝난 거니?

조 마지막으로 하고 싶은 말이 있어요?

김 마지막으로? 음. 물론 있지. 사랑하는 가족들에게 우선 감사를 하고 싶어. 얼마나 고마운지 몰라. 노래밖에 모르는 엄마를 이해하고 양보해준 내 딸들. 지금은 내 두 딸이 가장 소중한 친구야. 그리고 아르만도. 우리 큰사위 크랙(Craig), 둘째사위 마이클(Michael)도. 그리고 지금 나에게 새로운 기쁨, 즐거움, 행복을 주는 손자 킴, 손녀 인디고, 조금 있으면 만날 손녀 루나. 고마운 사람들 중에 내 형제들, 그중에도 막내 미아는 더더욱 그렇지. 예전부터 내가 가장 힘들 때, 그리고 지금 이 순간에도 늘 내 옆에 있어주는 고마운 동생. 나의 좋은 친구. 그리고 우리 부모님, 특히 어머니. 아마 어머니의 절대적인 후원이 없었으면 지금의 패티김은 없었을지도 몰라. 돌아가신 지 오랜 세월이 흐른 오늘도 보고 싶은 얼굴,

나의 어머니.

조 그리고 또 있어요?

김 물론 또 있지. 에드 마스터스, 박춘석, 길옥윤, 김정택 그리고 안재영 외에 많은 사람들. 그리고 가장 고마운 분들, 팬 여러분. 그동안 감사했습니다. 영원한 친구로 남고 싶습니다. 건강하십시오.

사랑합니다.

조 저한테는 뭐, 하실 말씀 없어요?

김   있지. 지난 몇십 년 동안 책을 안 쓰겠다고 고집을 부리던 내가 영남이하고 대화를 나누듯 써내려가면 읽는 사람이 홍미로울 거다, 그렇게 생각하고 영남이에게 나의 라이프 스토리를 거의 꾸밈없이 정직하게 다 털어놓았어. 그러니까 네 스타일로 설렁설렁, 놀멘놀멘 그렇게 쓰지 말고 나의 라이프 스토리를 아름다운 기록으로 남게 해줘. 알겠니? 미워할 수 없는 조영남, 너. 사랑해.

2012년 2월 15일
패티김은 예정대로 은퇴를 선언했다.

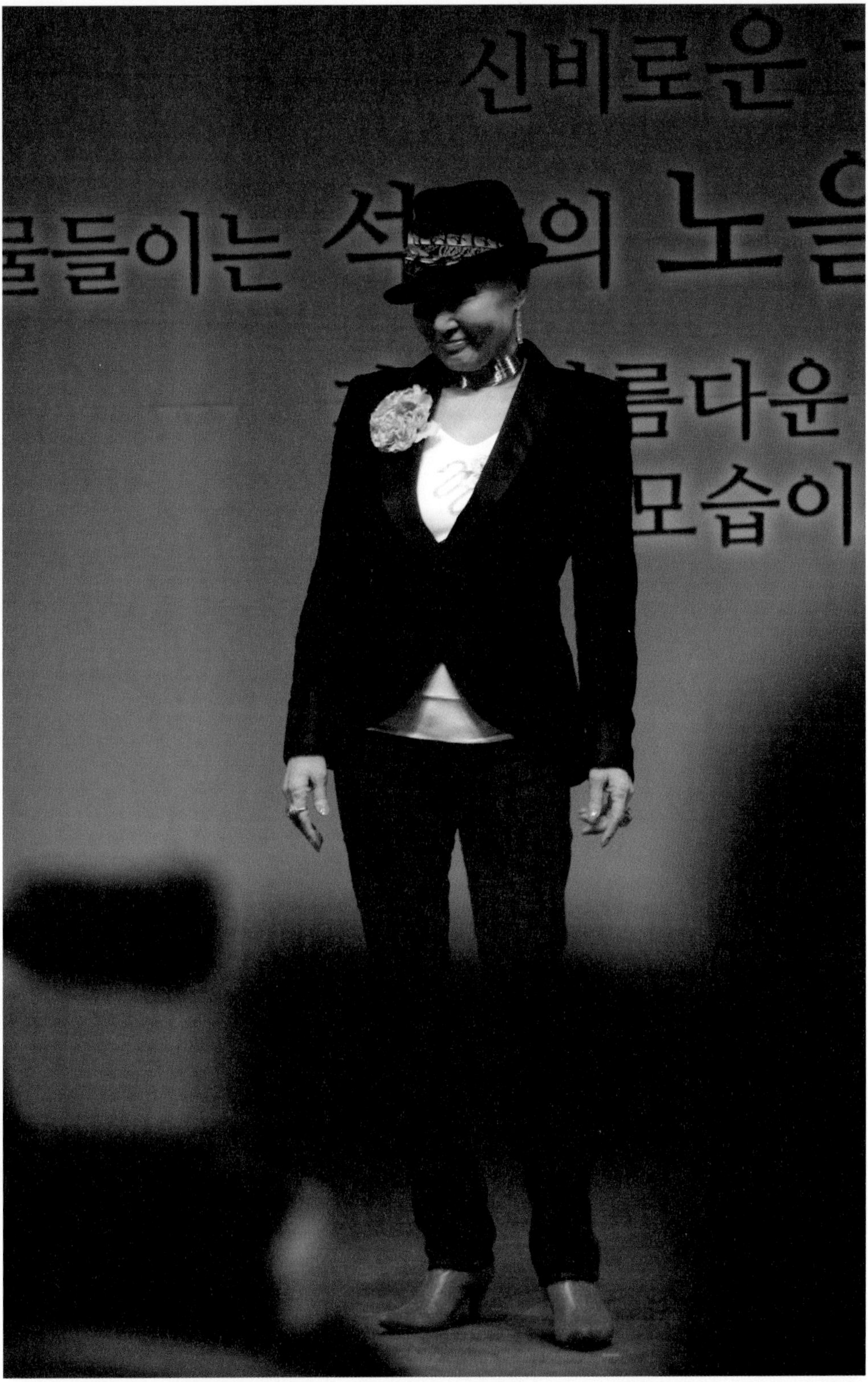
신비로운
물들이는
모습이

패티김, 이동성 그리고 탈스탠더드

신현준_음악평론가

　패티김이 은퇴한다는 소식을 들은 것은 서울에서 부산으로 가는 KTX 기차 안에서였다. '기차 안'은 차창 밖으로 장소들이 계속 이동하는 공간이다. 철로 주변의 공간은 도시의 일상생활에서는 잘 보지 못하는 장소들이고, 그래서 기차는 사람을 낭만적 향수에 젖게 한다. 장소 이동이 시간 이동으로 연결되는 것이다. 눈치 챘겠지만 '이동' (移動)은 이 글의 키워드 가운데 하나다.

　고개를 반쯤 돌려 스쳐지나가는 공간을 물끄러미 바라보고 있을 때, 기차 안에 설치된 TV에서 그녀가 은퇴한다는 뉴스를 보았다. 헤드폰을 이용하지 않으면 소리를 들을 수 없는 화면에 비친 패티김의 모습은 노년에도 여전히 화려하고 위풍당당했다. 스키니진, 검정색 벨벳 재킷, 자주색 페도라(중절모), 빨간 하이힐, 반짝이는 커다란 반지 등이 내 눈에 들어왔다. 자칫 울먹거릴 법한 은퇴 선언을 하는 자리에서도 그녀는 당당한 카리스마를 품고 있었다. 그 모습은 내가 그녀를 처음 접할 때의 이미지와 아주 다르지는 않았다. 그 이미지를 멋지게 표현해낼 수는 없지만, 그건 '강한 자립심으로 자신의 운명을 개척해온 한 시대의 한국여자'의 강렬한 이미지다.

그래서 예나 지금이나 내가 그녀에게서 느끼는 감정은 '범접할 수 없는 거리감'이다. 뉴스를 보고 나는 그녀와의 인터뷰를 다시 한번 포기하게 되었다. 10여 년 전부터 마음속에 품고 있었지만 아직 실행하지 못하고 있는 일이다. 그녀와 인터뷰를 하기 위해서는 꼼꼼한 사전 준비를 해야 할 것만 같았고, 그러지 않았다가는 괜한 핀잔을 듣고 시간만 허비할 것이라는 생각을 가지고 있었다. 이제 은퇴공연을 준비하기 위해 그녀는 마지막 정열을 불태울 것이고, 그 과정에서 신경이 예민해질 수밖에 없을 것이다. 차분히 기록할 수 있는 인터뷰를 하기 위한 타이밍으로는 부적절하다.

그래서 돌베개에서 패티김의 자서전이 나온다는 소식은 더없이 반가웠다. 7년 전 동료들과 함께 『한국팝의 고고학 1960/1970』을 출판했을 때, 패티김으로부터 직접 들은 육성이 없다는 사실이 내내 마음에 거슬렸기 때문이다. 이 책의 초점이 1960년대 후반 이후의 록과 포크였기 때문에 패티김을 비롯한 '스탠더드' 계열의 음악을 직접 다루지 않았다고 변명할 수는 있지만, '초점'이 아니었음에도 불구하고 패티김의 그림자는 책 여기저기에서 발견될 것이다. 1970년대까지의 한국 대중음악사를 아무리 압축해서 요약한다고 해도 「초우」와 「서울의 찬가」와 「이별」을 논하지 않기란 불가능했고, 그건 지금도 마찬가지다.

나의 후회와 한탄에도 불구하고, 그녀가 은퇴를 선언하는 타이밍이 매우 적절하다는 것을 인식하는 데는 오랜 시간이 걸리지 않았다. 그녀의 이름이 널리 인지되고 강하게 각인된 것이 1962년에 열린 '패티 킴 리싸이틀'이라면 정확히 50년, 반세기를 지난 시점에서 그녀는 공공의 시야에서 사라지는 것을 택한 셈이다. 다소 거창하게 말하자면, 그녀의 은퇴는 한 시대의 종언을 말한다. 그 시대는 어떤 시대일까. 이제 그 시대에 대해 객관적으로 인식할 시점이 온 것일까.

고백하자면 내가 패티김의 열렬한 팬이라고 말할 수는 없다. 그녀가 '리싸이틀'을 열었을 때 이제 갓 태어난 사람이 그녀의 삶과 노래에 대해 동시적으로 공감한다는 것은 아무래도 한계가 있다. 그녀의 이름으로 발표한 음반들을 차곡차곡 모은 것도 아니고, 그녀의 공연을 챙겨 본 것도 아니다. 오히려 패티김은 나보다는 (그녀보다 몇 살 나이가 많은) 내 모친의 '올타임 페이버릿'(alltime favorite)이었다. '엄마가 좋아하는 가수'를 좋아할 아들이 많지 않은 것은 이제나 저제나 마찬가지다.

그럼에도 불구하고 그녀의 존재감은 내게도 선명하다. 불행히도 그녀를 처음 본 경험에 대한 정확한 기억은 없지만, 1960년대 후반 어느 시점에 흑백 TV 화면에서 노래를 부르는 그녀의 모습을 뇌리에서 완전히 지우기는 불가능했다. 맨 처음 그녀를 보았을 때 나는 그녀가 '혼혈'인 줄 알았고, 이 혼동은 그 뒤 한동안 계속되었다. 한국사람이 '패티'라는 이름을 가지고 있다는 사실, 그리고 성(姓)이 '김'이 아닌 '킴'이라는 점만 이국적인 것은 아니었다. 서늘한 눈매에 훤칠한 키를 가진 여자가 몸의 볼륨을 강조한 원피스 차림으로 과단성 있는 제스처로 노래 하나를 요리해버리는 모습은 그 자체 하나의 비경(秘景)이었다. 본인이 의도한 바는 아니겠지만, 무대에 같이 오르는 다른 가수

들에게 '나는 너희들과는 달라!'라고 말하는 것만 같았다. 연말 가요
시상식에서 지정하는 '10대 가수'에 이름을 올릴 때보다는 올리지 않
을 때가 더 많았지만, 그녀는 마치 10대 가수들의 위에 존재하는 슈퍼
가수 같았다.

간단히 말하면, 그녀는 1960년대의 '근대'(modern)와 '도시'(urban)
의 첨단적 아이콘이다. 1960년대 불가피하게 한국사회의 변화가 가속
화되고 있을 때, 그녀의 노래들은 서울이라는 도시공간의 첨단적 장
소들의 스냅사진 같았다. 서울이 일본의 식민 잔재와 전쟁의 폐허를
넘어서려는 이후와, 지금처럼 살벌한 규모의 괴물 같은 메트로폴리스
가 되기 이전 사이의 어떤 상태에서의 희망과 욕망이 그녀의 낭랑한
목소리를 통해 전달되었다. 그리고 그녀의 노래가 마냥 명랑하고 건
전한 것이 아니라, 묘한 그리움과 아쉬움을 머금고 있다는 점도 당시
의 '조국 근대화'의 양면을 여실히 묘사해준다. 그래서 『그녀, 패티김』
에 등장하는 명동, 남산, 종로, 혜화동, 청파동, 남영동, 후암동, 흑석
동 등 그녀가 돌아다녔던 서울의 지명과 연관된 서사들은 매우 흥미
롭다. 사족이지만, 그녀가 「서울의 찬가」의 주인공이라는 점은 너무
도 자연스러운 일이다. 그녀가 1988년 서울올림픽 폐막식에서 이 노
래를 부른 것은 시의상으로는 적절치 않았을지 몰라도, 그녀에 대한
예우로서는 적절했다.

그런데 서울을 대표하는 노래의 주역인 그녀가 정작 서울에 오래
머물러 있지 않았다는 점은 아이러니다. 오히려 그녀가 어디에 있는
지를 알아내는 일은 쉽지 않았다. 그녀가 혼혈이 아니라는 사실을 알
아냈다고 하더라도, 혈통의 순수성이 소재의 불투명성을 해소하지는
않았다. 자료를 뒤져보면 그녀가 1966년 결혼한 이후 비교적 오랫동

안 한국에 머물렀다는 사실이 확인되지만, 그녀는 언제나 '이동 중인 존재'로 인식되었다. 미국, 일본, 베트남, 동남아시아의 어딘가에서 바쁘게 무언가를 한다는 뉴스가 전달되었고, 이 뉴스는 마치 그녀가 어디 있는지를 추적하는 일은 불가능하다고 말해주는 것만 같았다.

그녀는 계속 이동하는 삶을 살아왔고, 그 장소는 종종 한국의 경계를 훌쩍 뛰어넘었다. 그렇지만 그녀는 아무 데도 없는 존재가 아니라 어디에나 있는 존재였다. 그 점에서 그녀는 미8군 무대로 경력을 마친 사람들과도, 미8군 무대 이후 가요계에 정착한 사람들과도 다르다. 그녀 이전에 미8군 무대를 주름잡았던 전설적인 인물들(예를 들어 김시스터스나 손시향)이 '이민 갔다'는 말과 더불어 거의 자취를 감추었던 것과 달리 그녀는 언제든 기회만 닿으면 서울로 돌아올 수 있는 사람이었다. 또한 라디오와 TV로 정착하여 영원히 한국영토 내에 머물 것만 같은 사람들(예를 들어 이미자나 나훈아)과 달리 지금은 여기 있더라도 언젠가 자리를 훌훌 털고 미련 없이 떠날 수 있는 사람처럼 보였다. 당시 용어로 도미(渡美)와 도일(渡日), 귀국(歸國)을 반복하던 그녀의 동선은 그 자체로 흥미롭다. 그녀가 이 세상의 여러 장소들을 이동하는 동기와 경로와 효과가 궁금하다면, 이 책의 1부와 2부를 보라. 한 사람의 생애사에 관한 중요한 데이터가 될 수 있을 것이다. 이처럼 정확한 기억에 기초하여 자신의 이동을 체계적으로 묘사한 아티스트는 이제껏 없었다.

그녀에게 이동은 정착을 위한 일시적 실천이 아니라, 그 자체 삶의 일부인 것처럼 보인다. 그렇지만 그녀가 한국 밖에서 어떤 삶을 살았는지에 대해서는 이제까지 자세히 알려진 바가 없다. 어쩌면 그것을 자세히 알린다고 해도 그와 함께 공명할 만한 사회적 조건이 부족했다고 해도 크게 지나친 말이 아닐 것이다. 1960년대 전반기라면 한국의 1인당 국민소득이 방글라데시나 나이지리아와 크게 다르지 않았을 시절인데, 이때 한국에서 미국으로 노래를 부르겠다고 찾아오는 가수가 어떻게 인식되었을지 나는 이제 어렴풋이 상상할 수 있게 되었다. 반면 미국에 겨우 몇 년 살다 돌아와서 '한국문화에 적응하기 힘드네 어쩌네' 하고 말하는 사람들이 아직도 있는 상황에서 그녀가 국경을 넘나드는 삶을 살면서 겪었을 곤란함에 대해서도 어렴풋이 이해할 수 있다.

요약하자면, 그녀는 글로벌화라는 말이 확립되지 않았을 시대에 경계를 넘어 물리적 이동을 수행하는 한국(나아가 동아시아) 여성의 신체를 표상했다. 그 의미에 대해서는 간단한 비평을 넘어서는 진지한 학술 연구가 필요한 시점이 이미 도래했다. 그녀를 '아메리칸 드림'을 실현하고 코스모폴리탄 라이프스타일을 구가하는 극소수의 예외적 경우라고 할 수도 있다. 그렇지만 지금처럼 국제적 이동이 보편화된 글로벌한 시대에 국경을 넘나드는 삶은 점점 더 보편화 되고 있는 것은 아닐까. 물론 스타는 스타고, 팬은 팬이다. 스타가 스타인 것은 팬의 불가능한 욕망을 직접 그리고 먼저 공적으로 보여주기 때문이다. 보통사람의 꿈은 특별한 사람의 현실이 된다. 이렇게 해서 우리 같은 보통사람들은 비로소 그 꿈에 대한 정신분석에 착수할 수 있게 되었다. 얼마전까지 그 꿈은 본격적 자기성찰의 대상도 되지 못했으니 말이다.

그래서 나에게는 그녀가 회고하는 외국에서의 삶, 그리고 두 명의 남편과 두 딸을 포함하는 가족 이야기를 풀어놓은 4부의 내용이 퍽 흥미롭다. 솔직히 말하자면 나는 사적 생활을 옮긴 이 부분을 슬쩍 읽고 지나치려고 했지만, 그 예상은 빗나갔다. '초국적 가족'(transnational family)이라고 표현되는 가족의 이야기는 그녀 본인뿐만 아니라 가족 모두가 월경(越境)하는 삶을 살아가는 이야기들이었다. 이건 분명 특별하게 성공을 거둔 사람과 그 가족에 관한 이야기지만, 그 특별함이 친근하게 묘사되면 마치 내 주변의 어떤 이야기처럼 들린다. 국경을 넘나들면서 화려하게 노래 부르는 삶을 살던 가수가 자신의 딸들 앞에서는 전형적인 한국엄마가 되는 모습은 흐뭇한 웃음을 자아내게 한다. 공인(公人) 패티김과 사인(私人) 김혜자는 이렇게 서로 구분되면서도 봉합된다.

결론적으로 이 책은 한 사람이 자신의 삶에 대해 여러 각도에서 조망하고 정리한 기록이다. 이제까지 한국의 어떤 가수도 은퇴를 앞두고 자신의 삶을 이토록 또렷하게 기억해내어 정리한 경우는 없었던 것 같다. 더군다나 그 은퇴라는 행동에 대해 이렇게 한 권의 책으로 명확하게 정리한 경우는 없었던 것 같다. 한국의 명가수들 대부분이 이런저런 이유로 스멀스멀 대중의 공적 기억에서 잊혀져갔다면, 패티김은 달라도 무언가 다르다. 이미 40년 전쯤 '이혼'이라는 중대 사건에도 기자회견을 자청한 그녀라면 놀랄 만한 일은 아니지만 말이다. 어폐가 있겠지만 그녀의 행동은 엄격하고 독단적으로 보이면서도 매력적이다.

그녀가 다른 여가수들과는 달리 '대중의 연인'이라고 표현된 적은 드물어 보인다. '사랑스러운 존재'로서의 여성 연예인의 스테레오타입과는 거리가 있기 때문이다. 그런데 이 책을 읽고 나면 패티김을 '연인'으로 부르고 싶어지게 된다. 물론 본인에게 불경스럽지 않다는 조건 하에…. 단지, 연인에도 다양한 유형이 있다고 덧붙여야 한다. 일종의 연인으로서 패티김의 유형은 통속적이라기보다는 탈속적이고, 따라서 내가 품는 '연'(戀)의 감정은 연애(戀愛)라기보다는 연모(戀慕)라는 단어에 가깝다. 그건 실현될 수 없는, 어쩌면 실현하고 싶지도 않은 고결하고 승화된 감정에 가깝다. 너무나도 멋진 대상이지만, 그 멋짐은 대상과의 동화가 아니라 대상과의 거리에 의해 규정된다. 그녀는 (영어 단어 본래의 의미에서) '쿨'하다.

그래서 그녀를 한국에서 '스탠더드팝'을 개화시킨 존재라고 부르는 칭호에 이의를 제기하면서 글을 마치고 싶다. 그녀의 삶도, 노래도 '스탠더드'와는 거리가 멀다. '패티김'이 표준적인 삶을 거부하고 자립을 위해 투쟁했던 한 시대의 여성의 닉네임이라면 말이다.

■ 주요 연보

1938년 2월 28일에 서울 인사동에서 태어나다.

1945년 서울 혜화초등학교 입학 후 흑석동 을로초등학교로 전학을 가다.

1950년 한국전쟁이 일어나 수원으로 피난을 가다.

9·28 수복 후 서울로 돌아오다.

1951년 1·4후퇴 때 대구로 피난을 가다.

대구 성남초등학교를 다니다.

1952년 대구 연합중고등학교에 입학하다.

1953년 7월 27일 휴전 후 8월에 서울로 돌아와 중앙여자중학교에 들어가다.

1954년 덕성중고등대학 국악콩쿠르대회에서 1등상을 받다.

1955년 2월에 서울 중앙여자중학교를 졸업하고, 서울 중앙여자고등학교에 입학하다.

1958년 2월에 서울 중앙여자고등학교를 졸업했으나 졸업 당시 학교 월사금 미납으로 1년 후에 졸업장을 받다.

8월에 미8군 무대 활동 시작, 린다김이라는 예명으로 이해연 씨와 듀엣으로 무대에 오르다.

1959년 1월 초에 패티김으로 예명을 바꾸고, 솔로로 미8군 무대에 서기 시작하다.

1960년 12월에 조선호텔 전속가수가 되어 활동하다.

광복 이후 한국 연예인 최초로 일본정부의 공식 초청을 받아 NHK방송국의 한일 문화교류를 위한 친선 음악회 무대에 오르다.

1961~62년 일본에 진출한 뒤 일본 공연을 비롯하여 오키나와, 대만, 필리핀, 싱가폴, 방콕 등으로 동남아시아 초청 순회공연을 다니다.

미국으로의 진출이 결정되다.

故박춘석 작곡가의 권유로 미국에 가기 전 한국에서 단독공연 '패티김 리사이틀' 무대에 서다. 우리나라 최초로 대중가수의 공연에 '리사이틀'이라는 단어를 타이틀로 사용하다.

우리나라 최초로 「틸」(TILL), 「파드레」(PADRE), 「썸머타임」(SUMMER TIME) 등의 팝송 번안가요를 10인치 레코드 앨범으로 취입, 발표하다. 대표곡 중 하나인 「초우」를 녹음하다. 녹음 취입 후 미국 진출로 국내에서 활동은 못했으나 라디오 등을 통해 대중에게 널리 알려져 얼굴 없는 가수로 큰 인기를 얻다.

1963~66년 미국으로 진출하다.

미국 라스베이거스와 뉴욕을 거점으로 삼아 여러 무대에서 활동하다. 뮤지컬「플라워 드럼 송」, NBC TV '자니 카슨 투나잇쇼' 8회, '마이크 더글러스 토크쇼', '헐리우드 팔레스 버라이어티쇼' 등에 출연하다.

1966년 2월 어머니의 병환으로 일시 귀국한 뒤 한국에 머물게 되다. 미국으로 돌아가지 않기로 하다.

10월 한국 창작 뮤지컬의 효시로 꼽히는「살짜기 옵서예」의 주연으로 무대에 오르다.

12월에 작곡가 故길옥윤과 결혼하다. 워커힐호텔에서 2,000여 명 이상의 하객이 참석하여 당시 큰 화제를 불러일으키다. 하객들에게는 특별히 제작한 LP를 선물로 증정하다. 주례는 정치인 김종필이, 사회는 연예인 故곽규석이 맡다.

1967년 한국 최초의 개인 쇼인 TBC TV '패티김쇼'를 진행하다.

파월 장병을 위한 월남 위문공연을 故길옥윤과 함께 단둘이 다녀오다.

1968년 한국과 일본을 오가며 톱스타로서 왕성한 활동을 하다.

뮤지컬「대춘향전」에서 춘향이 역을 맡다. 당시 이도령 역은 배우 김성원이 맡다.

11월 13일에 큰딸 정아가 태어나다.

1969년 KBS TV 정규 프로 '패티김쇼'를 진행하다.

1971년 힐튼호텔 체인 동남아 투어 공연, '밥 호프USO쇼' 등에 출연하다.

1972년 영화「이별」에 영화배우 신성일과 함께 주연으로 출연하다.

캐나다 토론토 오페라하우스에서 공연하다.

9월에 故길옥윤과 이혼하다. 이혼 당시 조선호텔에서 이혼 기자 회견을 갖다. 당시 '이혼식'이라는 표현을 사용하였으며, 결혼식 사회를 맡았던 故곽규석이 이혼식도 진행하다.

1974년 도쿄국제가요제에서 故길옥윤의 곡「사랑은 영원히」로 수상하다. 이후 미국으로 건너가 가수로서 휴지기를 갖다.

1976년 2월에 이탈리아인 아르만도 게디니와 결혼하다.

12월 30일에 둘째딸 카밀라 태어나다.

1978년 가수 데뷔 20주년을 맞아 대중가수 최초로 세종문화회관에서 '서울의 연가' 타이틀로 공연, 무대로 돌아오다.

1981년 미국 샌프란시스코 '데이비드 심포니홀'(DAVID SYMPHONY HALL) 콘서트 등 세계적인 무대에서 공연하다.

1982년 한미수교 100주년기념 미주 순회공연을 하다.

1985년 세종문화회관 대강당에서 열린 '85팝스콘서트'에서 서울시립교향악단과 대중가수 최초로 협연을 하다.

미국 로스앤젤레스 '올림픽 오디토리움'(OLYMPIC AUDITORIUM)에서 콘서트를 하다.

1986년   '86팝스콘서트'에서 서울시립교향악단과 다시 한 번 협연하다.

1988년   88올림픽 폐막식에서 「서울의 찬가」와 「사랑은 영원히」를 부르다.

1989년   1988년 데뷔 30주년을 맞았으나 서울올림픽으로 인해 1년 뒤인 1989년에 데뷔 30주년 공연을 하다. 대중가수에게 대관을 허락하지 않는 세종문화회관에서 이례적으로 공연을 허가하여 세종문화회관 대강당에서 기념공연을 하다.

미국 뉴욕 카네기콘서트홀에서 한국 대중가수 최초로 공연을 하다.

1991년   생전에 패티김의 팬으로 알려진 일본 엔카의 여왕 미소라 히바리 3주기 추모공연에 단독가수로는 유일하게 공식 초청되다.

1992년   미국 LA 흑인 폭동으로 피해를 입은 '한인돕기 자선기금 마련' 콘서트와 소외된 여성을 돕는 국제봉사단체 '소롭티미스트'(SOROPTIMIST) 후원 자선공연을 하다. 그외 복지병원 장애인돕기 기금 마련 공연 등 다수의 자선공연을 하다.

1993년   가수 데뷔 35주년을 맞아 예술의전당 야외음악당에서 '영혼을 불사른 노래'라는 타이틀로 기념 공연을 하다.

서울 아카데미 오케스트라와 협연한 '패티김 신춘대음악회' 수익금 전액을 불우이웃돕기 성금으로 기부하다. 그해 발매한 싱글앨범의 수익금 역시 전액을 불우이웃돕기 성금으로 기부하여 화제가 되다.

1994년   일본에서 투병중인 故길옥윤을 생전에 한국으로 돌아오게 하다. SBS 생방송 특집으로 故길옥윤만을 위한 '이별' 콘서트를 하다.

'인천 여성의 전화' 기금 마련 콘서트를 하다. 이 공연의 수익금을 전액 기부하다. 이후 3년간 계속 하다.

가수 데뷔 36주년을 맞아 코엑스 대서양관에서 기념 공연을 하다.

11월 29일 서울시 '정도 600년' 기념 행사로 미래의 후손들에게 '1994년 서울의 생활, 풍습, 인물, 문화예술' 등을 알릴 수 있는 문물 600여 점 가운데 「서울의 찬가」가 선정되다. 패티김의 사진과 관련 이력이 '정도 1천 년'이 되는 2394년 11월 29일 개봉 예정으로 특수 제작된 타임캡슐 속에 봉인되다.

1996년   영국 만토바니 오케스트라와의 협연으로 서울 예술의전당 콘서트홀을 비롯한 전국 투어 공연을 하다.

'가정폭력방지법제정을 위한 여성의 전화' 기금 마련 전국 순회공연, 예술의전당 콘서트홀에서 나자로마을 기금 마련 음악회를 한 것을 비롯하여 장애인 기금 마련 콘서트 등 다양한 사회활동을 하다.

1997년	'여성의 전화' 후원기금 마련 콘서트를 서울 세종문화회관을 시작으로 전국 순회 공연을 하다.
1998년	조영남과의 듀엣 앨범 '우리 사랑' 발표를 기념하여 전국 순회공연을 하다.
1999년	가수 데뷔 40주년을 맞아, 40주년 기념음반을 발매하고, 세종문화회관을 시작으로 전국 순회공연을 하다.
2000년	호주 시드니 오페라하우스, 캐나다 밴쿠버 오페라하우스, 미국 워싱턴 D. C 세실 힐튼 메모리얼 콘서트홀, 미국 샌프란시스코 하비스트홀(HARVEST HALL) 등에서 공연하다.
	한반도 평화친선음악회 초청으로 평양에서 공연하다.
2001년	'여성단체연합' 후원회장으로 취임하고, 이 단체의 후원기금 마련을 위한 사랑의 콘서트를 세종문화회관을 시작으로 전국적으로 순회공연하다.
2002년	'Autumn&Love song' 이라는 타이틀로 세종문화회관을 시작으로 전국 순회공연을 하다.
2003~4년	독거노인을 돕기 위해 45주년 기념 대공연을 하다. 'I did it my way'라는 타이틀로 전국 투어를 하다.
	45주년 기념 음반 DVD를 발매하고, 세종문화회관 재개관 기념공연을 하다.
	미국 이민 100주년을 기념하여 LA, 하와이, 뉴욕, 워싱턴 등에서 미주 지역 순회공연을 하다.
2005년	세종문화회관에서 독거노인돕기 패티김 신년콘서트를 하다.
	세종문화회관 공연을 시작으로 패티김 이미자 조영남 '빅3콘서트' 전국 투어를 하다.
	대중가수로는 최초로 '서울 사랑 시민상'을 받다.
2006년	'객석으로'라는 타이틀로 전국 순회공연을 하다.
2007년	'친구 곁으로'라는 타이틀로 전국 순회공연을 하다.
2008~09년	50주년 기념 대공연 '꿈의 여정 50년 칸타빌레' 전국 순회공연을 하다. 모두 31개 도시 70회 공연을 하다.
	대한민국을 빛낸 '자랑스런 한국인' 대상을 받다.
	신곡「그대 내 친구여」를 수록한 50주년 기념 음반을 발매하다.
2010년	'PASSION, 패티김은 열정이다'라는 타이틀로 전국 순회공연을 하다.
2012년	2월 15일 대중가수 최초로 만55년 노래 인생을 마무리하는 공식 은퇴를 선언하다.
	5월부터 패티김 은퇴 기념 글로벌 투어 '이별' 콘서트를 시작하다.

| 최초의 기록 |

1960년   일본 NHK-TV 초청 패티김 콘서트
　　　　　−광복 이후 일본정부로부터 공식으로 초청된 한국가수

1962년   '패티김 리사이틀' 피카디리극장 공연
　　　　　−최초로 개인 이름을 걸고 리사이틀이라는 표현을 사용

1963년   미국 라스베이거스 및 뉴욕 진출
　　　　　−한국가수 솔로로 최초 미국 진출

1966년   뮤지컬 「살짜기 옵서예」 주연
　　　　　−한국 최초의 창작 뮤지컬 출연

1966년   TBC-TV '패티김쇼' 출연
　　　　　−국내 최초 개인의 이름을 타이틀로 한 프로그램

1978년   '패티김 리사이틀−서울의 연가'
　　　　　−대중가수 최초로 세종문화회관 대극장 공연

1983년   미국 샌프란시스코 오페라하우스 데이비스홀 콘서트
　　　　　−한국가수 최초 공연

1985년   '85 서울 팝스콘서트' 공연
　　　　　−서울 시립교향악단과 대중가수 최초 협연

1989년   미국 뉴욕 카네기콘서트홀 공연
　　　　　−한국가수 최초 공연

1990년   네스카페 셀렉타 커피 CF 1, 2편 촬영
　　　　　−한국 최초 해외 로케(프랑스, 이탈리아) 현지 촬영

2000년   호주 시드니 오페라하우스 공연
　　　　　−대중가수 최초 공연

2005년   서울사랑 시민상 수상
　　　　　−대중예술인 최초 수상

2008년   가수 데뷔 50주년 기념공연
　　　　　−한국 대중가요 100년사 최초 50주년 공연

　　　　　대한민국을 빛낸 자랑스런 한국인 대상 수상
　　　　　−대중가수 최초

| 주요 수상 내역 |

1974년	도쿄국제가요제 「사랑은 영원히」 수상
1994년	서울시 정도 600년 기념 자랑스러운 서울시민 수상
1995년	국제사회복지단체 소롭티미스트 제정, '95여성을 돕는 여성상' 수상
1996년	대한민국 연예예술 '대상' 수상, 화관문화훈장 서훈
2001년	민간소비단체 공로 소비자의 날 표창 (재정경제부장관)
2004년	골든디스크 공로상 수상 (문화관광부 장관)
2005년	서울사랑 예술시민상 공연부문 수상, 골든디스크 공로상 수상
2008년	대한민국을 빛낸 자랑스런 한국인 대상(수영 선수 박태환, 펜싱 선수 김연아, 우주인 이소연 공동 수상)
	국제뮤지컬 어워드 특별상, 화제집중 어워드 올해의 화제인물 선정 표창

●그 외 방송사 및 정부기관, 단체, 국내·외를 포함하여 약 1,000여 건 이상의 수상 기록을 가지고 있음.

| 주요 사회 활동 |

1967년	3월 파월장병을 위한 월남위문 자선공연
1974년	서울시 홍보대사
1988년	88서울올림픽 홍보대사, 폐막식 대표가수
1992년	국제사회복지단체 소롭티미스트 홍보대사, 사회복지법인 '사랑의 세계' 이사
1993년	대전엑스포 홍보대사(대전세계박람회조직위원회), 세계한민족체전 홍보대사
1994년	'여성의 전화' 후원, 나자로마을돕기 자선공연
2000년	'청소년을 위한 법' 제정을 위한 홍보대사
2001년	한국여성단체연합 후원회장, 국제 기아돕기 홍보대사, 한국방문의 해 홍보대사 (한국관광공사), 한국 에이즈예방재단 홍보대사
2003년	'하이서울'(Hi SEOUL) 홍보대사(서울시)
2004년	서울 문화포럼 위원(대중예술 부문)
2007년	사회복지공동모금 '사랑의 열매' 기금 마련 후원
2008년	88올림픽 20주년 기념 '세계걷기운동본부' 홍보대사
2010년	제1회 보행자의 날 홍보대사 위촉(국토해양부장관)

■ 연도별 주요 발표곡

1962년	「초우」,「틸」,「파드레」,「썸머타임」외 팝송 번안가요

1963~66년 ● 미국 활동으로 발표곡 없음

1966년 「4월이 가면」,「사랑의 세레나데」등

1967년 「무정한 밤배」,「살짜기 옵서예」등

1968년 「별들에게 물어봐」,「빛과 그림자」,「연자마을 아가씨」,「예이예이예이」등

1969년 「9월의 노래」,「사랑의 계절」,「사랑하는 마리아」,「내 사랑아」등

1970년 「서울의 찬가」,「태양이 뜨거울 때」,「1990년 정아는 스물하나」,「사랑이란 두 글자」,「람디담디담」,「하와이 연정」,「사랑하는 당신이」,「내 사랑이라네」등

1971년 「님에게」,「대한민국찬가」,「능금꽃 피는 고향」,「장미와 빤따롱」등

1972년 「이별」,「바람따라 별따라」,「서울의 모정」,「사랑이여 다시 한 번」등

1974년 「사랑은 영원히」,「다시 한 번 안녕」,「바닷가에서」,「남과 북」,「어머니」,「그대 없이는 못 살아」등

1975년 「연가」,「이수」,「나는 가야지」,「호반에서 만난 사람」등

1978년 「못 잊어」,「나의 길」,「친구여 안녕」,「멀리 있어도」,「초겨울」,「무인도」,「추억 속에 혼자 걸었네」등

1982년 「당신이면 좋아요」,「내 노래 들어봐요」,「행복한 여자」,「장미의 숲」,「임의 곁으로」,「가을의 연인」등

1983년 「가을을 남기고 간 사랑」,「사랑이여 그날까지」,「한줄기 사랑」등

1984년 「사랑은 생명의 꽃」,「가시나무새」,「밤에 쓰는 편지」,「검은 상처의 블루스」,「눈이 내리는데」,「임은 먼 곳에」,「누가 이 사람을 모르시나요」등

1985년 드라마「빛과 그림자」주제곡,「눈이 내리는데」등

1986년 「무지개 저편」,「사랑은 아름다워라」,「그늘진 미소」등

1987년 「사랑은」,「슬픈 사모」,「작은 배」등

1990년 「누가」,「사랑은 멀어지고 이별은 가까이」,「인생은 작은 배」등

1991년 일본 음반 '영혼의 조각'

1994년 '패티김 그리고 김도향' 듀엣 앨범

1995년 길옥윤 유작 앨범 '인형의 눈물'

1998년 패티김&조영남 듀엣 앨범 '우리 사랑'

1999년 40주년 기념 음반, 신곡「인연」

2004년 45주년 라이브 실황 앨범/ DVD 'I Did It My Way'

2008년 50주년 기념 앨범 '꿈의 여정 50년 칸타빌레', 신곡「그대 내 친구여」

CD

사랑은 생명의 꽃
(1984)

사랑은..가시나무새
(1987)

가을을 남기고 간
사랑(1990)

HIT SONG(1990)

사랑은 멀어지고
이별은 가까이
(1990)

BEST
COLLECTION
(1991)

인생은 작은 배
(1994)

인형의 눈물
－길옥윤유작(1995)

패티김&조영남
(1998)

40주년 기념음반
(1999)

지금까지 지내온 것
(Patti Kim Sings
Gospel)(2004)

패티김 45주년 라이
브 콘서트I Did It
My Way(2004)

The One & Only
－ 꿈의 여정 50년
칸타빌레(50주년기
념앨범)(2008)

LP

패티김 힛트집
No.1(1962)

패티김, 길옥윤 결혼
기념 싱글음반
(1966)

예그린 뮤지칼 1 살
짜기 옵서예(1967)

에이에이에이(1967)

무정한 밤배(1967)

힛트 앨범(1968)

패티김 스테레오 힛트 앨범 2(1968)

사랑하는 마리아 (1969)

힛트쏭 하이라이트 (1970)

영화주제가집(1970)

스테레오 VOL, 5 사랑하는 당신이 (1970)

White Christmas 크리스마스 앨범 (1970)

하얀 집 (CASAVIANCA) (1970)

THE BEST OF...VOL, 2 (1970년대 초)

패티김 힛트쏭 하이라이트(1970)

스테레오 힛트 앨범 VOL, 6 장미와 빤따롱(1971)

영어 골든 앨범 (1971)

님에게(1971)

패티김 애창곡집 (1971)

스테레오 골든 앨범 7집

GREATEST HIT VOL,3(1972)

패티김 히트곡 모음집 3집(1972)

Patti Kim On Stage(1973)

패티김 힛트 앨범 Vol, 2(1973)

패티김 그레이티스트 히트 앨범 Vol, 5 (1974)

동경가요제 3위 입상 기념(1974)

GREATEST HIT VOL, 3(1975)

GREATEST HIT ALBUM VOL.5 (1975)

바람/나는 가야지 (1975)

골든디스크 VOL, 1 (1976)

패티킴 힛트30곡 경
음악(1977)

스테레오 일대작 제1
집(1977)

크리스마스 앨범
(1977)

사랑을 노래하는 패
티킴(1978)

패티김이 부르는 정
다운 우리 노래
(1978)

패티김의 못 잊어
(1978)

귀국 대공연(1978)

패티김 국제가요제
작품집(1979)

패티김 캐롤송
(1979)

GOLDEN POP
SONG BOOK 3
(1981)

82' 패티김 VOL. 1
(1982)

82' BEST
COLLECTION
(1982)

GOLDEN HIT
SONG BOOK 2
(1982)

패티김 캐롤송
(1983)

GOLDEN HIT
SONG BOOK 1
(1983)

가을을 남기고 간 사
랑(1983)

패티김 '84(1984)

패티김 '85(1985)

힛트송(1986)

On Tour(1985)

빛과 그림자(1985)

앵콜 힛트송 1집
(1986)

앵콜 힛트송 2집
(1986)

사랑은… /가시나무
새(1987)

패티, 가요생활 30
년 기념음반 라이브
콘서트(1989)

조영남 묻고, 패티김 이야기하다

그녀, 패티김

2012년 4월 16일 초판 1쇄 발행

지은이	조영남
펴낸이	한철희
펴낸곳	주식회사 돌베개
책임편집	이현화
편집	김진구 · 이경아 · 소은주 · 권영민 · 김태권 · 김혜영 · 최혜리
디자인	이은정 · 박정영
북디자인	민진기디자인
마케팅	심찬식 · 고운성 · 조원형
제작 · 관리	윤국중 · 이수민
CTP출력	상지P&1
인쇄 · 제본	영신사
등록	1979년 8월 25일 제406-2003-000018호
주소	(413-756) 경기도 파주시 회동길 77-20(문발동)
전화	(031) 955-5020 팩스 (031) 955-5050
홈페이지	www.dolbegae.com 전자우편 book@dolbegae.co.kr

ⓒ조영남, 2012

ISBN 978-89-7199-483-2 03800

이 도서의 국립중앙도서관 출판시도서목록(CIP)은
e-CIP 홈페이지(http://www.nl.go.kr/ecip)와 국가자료공동목록시스템(http://www.nl.go.kr/kolisnet)에서
이용하실 수 있습니다. (CIP제어번호: CIP2012001657)

■ 표지 및 본문 사진 | 스튜디오다홍(본문 322~323쪽, 416쪽, 428~430쪽)
■ 사진 협찬 | 김용호 · 구본창 · 문덕환
　　　　　　　ELLE · BAZARR · 여성중앙